네 지붕 한 가족

2부

네 지붕 한 가족 2부

초판 1쇄 발행 2019년 7월 15일
지 은 이 황경호
발 행 인 권선복
편 집 전재진
표 지 진형근
디 자 인 오지영
전 자 책 서보미
발 행 처 도서출판 행복에너지
출판등록 제315-2011-000035호
주 소 (07679) 서울특별시 강서구 화곡로 232
전 화 0505-613-6133
팩 스 0303-0799-1560
홈페이지 www.happybook.or.kr
이 메 일 ksbdata@daum.net

값 15,000원
ISBN 979-11-5602-730-0 (03810)

도서출판 행복에너지는 독자 여러분의 아이디어와 원고 투고를 기다립니다. 책으로 만들기를 원하는 콘텐츠가 있으신 분은 이메일이나 홈페이지를 통해 간단한 기획서와 기획의도, 연락처 등을 보내주십시오. 행복에너지의 문은 언제나 활짝 열려 있습니다.

아버지, 아버지 인생은 성공하신 인생 맞습니다

네 지붕 한 가족

2부

황경호 지음

행복에너지

목차

제2부

추천사

식민지 말, 일본의 기세가 파죽지세로 뻗어나가던 시절, 억압에 못 이겨 나라를 버리고 떠나야 했던 우리 선대들의 흥미진진한 대서사, 수많은 민초들이 얽히고설켜 만들어내는 생생한 궤적에 어느새 빨려 든다. 당대 풍경이 눈에 보일 듯 펼쳐지고, 악조건에도 불구하고 수그러들지 않는 강인한 생명력에 새삼 감탄하게 된다. 나라의 약함을 뼈저리게 깨닫고 만주로 떠나는 것은 동일하지만 범진은 새로운 이상향을 만들려는 군인으로, 준길은 일본에 빌붙는 사업가로 전혀 다른 길을 택한다. 주인공, 아직 어린 영덕은 역시 일본인의 행패에 고국을 떠나야 했지만 숙부, 준길을 지켜보면서 나름대로의 가치관을 갖게 된다. 조선과 만주, 한국인들이 살던 봉천을 옮겨 다니면서 사람들의 삶을 그려낸다. 등장인물의 활약상을 말하기 위해 당대의 사건을 가져온다. 남만주철도회사와 관동군과의 연계과정이나 조선혁명군의 활약상을 읽어가노라면 철저한 공부에 놀라고 한편으로 이 많은 정보를 언제 수집했나 감탄하게 된다. 간혹 저자가 지나치게 개입해 자신의 감정을 대입하기는 하지만, 사업과 군대와 가정 그리고 장터를 아우르는 장대한 스케일과 거칠 것 없이 내닫는 필력이 놀랍다. 숨 가쁜 역사의 시간은 흐르고 흘러 자식 세대까지 아픔이 이어지지만 부모 세대보다 상대적으로 나은 여건 아래에서 슬기롭게 맺힌 매듭을 하나씩 풀어나간다.

작가는 어느 이데올로기나 민족적인 감정에 치우치지 않고 객관적으로 주인공 일가가 대를 이어 맞닥뜨리는 시련을 표현하였다.

이 소설에서 눈여겨볼 단어는 '신발'이 아닌가 한다. 우리가 일상에서 빠지지 않고 접할 수 있는 이 신발을 통해 가족의 생계가 이어졌고 이것이 또 매개체가 되어 가족 상봉을 이뤄주었다.

또한 주인공은 신발을 통해 더 나은 미래를 꿈꾼다.

작가가 나타내고자 하는 평화주의, 가족주의, 평범한 일상이 왜 그렇게 소중한지 작품을 읽으면서 찾아내는 재미도 있다.

우리 역사의 공백기라고 할 수 있는 식민지 시대의 만주 역사에 대해서 잘 모르는 세대들에게 꼭 권해주고 싶은 소설이다.

성균관대 영문학과 前대우 교수/번역가 이강선

추천사

1997년 베이징에서 중국어를 배우러 오던 첫날 부산공항에서 작가와 같은 비행기를 탄 지 벌써 22년. 황경호 작가는 유학 온 그 대학의 가장 예쁜 한족 학생과 결혼을 했고 그 이후로 중국 땅 위에서 젊음을 보내게 된다. 지금은 더 예쁜 딸 둘의 아빠가 되었고. 그가 보여준 삶에의 애착과 성실하고 공부하는 자세는 늘 귀감이 되었다.

네 지붕 한 가족. 작가의 부친이 바로 주인공과 같은 사천출신이라 감회가 남다를 것이다. 사천은 진주시 아래 바닷가로 갯벌이 잘 발달되어 예로부터 경상도에서는 살 만한 곳이었으나, 조그마한 한반도에 세상의 풍파를 비켜 갈 곳이 어디 있었으랴. 결국 이 소설 네 지붕의 한 가족, 어쩌면 한반도의 모든 한민족은 신의 버림 같은 숙명인지, 우리네 역사를 우리 스스로 갯벌 속으로 빠뜨린 우리의 아둔함인지. 여하튼 역사는 반복되고 그 아둔함도 숙명도 반복되는 것은 한반도 한민족의 운명인 듯하다.

작가의 도움으로 나도 동북지역을 제법 여행했다. 백두산 바로 아래 내두산, 우리말로 굳이 풀어보면 젖꼭지산인데, 이곳에 하늘 아래 첫 조선족 마을이 있고, 난 몇 년 전 그 마을 모처 산속 초가집에서 며칠을 묵은 적이 있었다. 그때 들은 얘기가 있다. 애기가 없던 조선족 한 사람이 북한에서 씨받이 처녀를 구했고, 그녀는 애기를 낳아주고 애기가 젖꼭지에 아직 젖을 물릴 때에 2만 인민폐를 받아서 북한으로 돌아갔는지 어쨌는지… 그 애기는 6살쯤 제법 영리해 보였다. 애기는 엄마 없이 자란 듯했고, 애기 아빠는 아무런 감정도 없이 그녀에 관해 우리에게 들려주었다. 술안주 정도로…

개개인의 슬픔이 민족의 비극이 되고, 민족의 비극이 개개인의 슬픔이 된다. 그러나 그 비극은 영원히 끝나지 않는 것이 인류사임이 이 소설을 통해 다시 각인된다.

흑룡강, 요동, 길림성의 중국 동북 삼성은 압록강 두만강에 잘리고, 러시아 동쪽 얼어버리는 바다, 몽고의 큰 산과 사막이, 아래로는 한족의 본산 베이징이 막고 있어, 동북은 기실 인구 일억의 섬이다. 오히려 반도인 우리가 대륙이다. 작가가 십여 년 동안 그 섬의 거의 모든 부류의 사람들과 어울린 경험이 이 소설의 힘이 된 듯하다. 시장바닥에서 채소 파는 아줌마 앞에 쭈그려 그들 삶을 듣고, 새벽에 청소하는 영감과 담배를 나누고, 희망으로 가득 찬 젊은이들과 교제하고, 동북의 명사들과 한잔했고, 또 가끔은 중국 미인도 만났으리라. 그러면서 부이황제의 흔적부터 일본군대, 중국공산당, 장학량을 거쳐 한국 전쟁 등 숱한 풍파를 온몸으로 느꼈을 것이다. 이 세월의 체득이 바로 이 소설에 녹아있고, 작가의 정신세계는 아마도 그 역사의 중심에서 소설 속의 가족들과 함께했으리라.

이제 독자들은 이 소설로 동북과 한반도가 하나로 연결되는 묘한 전개와, 그 속의 삶 하나하나의 한과 사랑을 만나보게 될 것이다.

단동압록강문제연구소장 김종대 박사

제2부

*〈일러두기〉

본문에 표기된 중국의 지명, 인명은 익히 알려진 경우를 제외하고는 우리말 한자음에 따랐음을 알려드립니다.

엇갈리는 길
〈1948년 10월 만주 봉천〉

"탕탕!"

오늘도 밤늦은 시간에 잠을 설칠 정도로 봉천 시내는 조용하지 않다.

조금 조용해진다 싶으면 저 멀리서 포성이 들리고 곧 반격하는 포성이 울려 요즘 들어서 장밍은 밤에 제대로 자본 적이 없다. 지난달에 공산군에 의해 장춘이 포위되어 수만 명이 굶어 죽었다는 말을 들었는데 그 여파 때문인지 봉천을 점령한 국민정부군의 사기가 갈수록 떨어지는 게 장밍의 눈에도 보일 정도였다.

포위된 장춘이 제 구실을 못 하니 이제 봉천은 만주에 남은 마지막 국민정부군의 거점이 되었지만 사수하겠다는 의지는 보이지 않고 오히려 정부군 군인들은 자기들이 살기 위해 봉천을 약탈하는 토비만도 못했다. 공산군 밀정 체포라는 명목의 학살은 더욱 기승을 부리고 있고 더 이상 약탈을 할 게 있을까 싶을 정도로 그렇게 빼어

가더니 이제 봉천도 아사자가 나올 형편이다.

이제는 공산군 밀정이라는 이유로 가하는 길거리 학살보다는 먹거리 구하는 군인들과 민간인들의 다툼에 의해서 길거리에서 죽는 경우가 더 많았다. 물론 총을 든 군인들이 이길 수밖에 없는 일방적인 약탈 행위로 한 가정의 가장이 굶고 있는 가족을 위해 기를 쓰고 챙겨 온 양식을 빼앗기지 않기 위해 반항하다가 총살되는 비극이 거의 매일 벌어지고 있었다.

이제 봉천 시내는 아사자가 발생한 장춘처럼 봉쇄가 되어 굶어 죽거나 아니면 맞아 죽거나 하는 최악의 상황에 다다랐고 거기에다가 포위된 상황에서 공산군의 집중 포격이 이어져서 곧 생지옥이 될 거라는 소문이 파다했다. 국민정부군의 약탈에 의해서 굶어 죽든 맞아 죽든 아니면 공산군의 포격에 의해서 죽든 실제 봉천에 있는 사람들의 삶은 선택의 여지가 별로 없었다.

금년 봄에 있었던 만융촌의 단체 조선행에 대한 소문은 봉천 시내에 다 퍼졌고 장밍의 가족들도 소문을 듣고 영덕네 가족도 급하게 조선으로 간 것이라고 추측만 할 뿐이었다.

홍역에 걸렸다가 목숨을 구한 금희를 데리고 있는 장밍 가족의 삶도 다른 봉천 사람들보다 더 나을 게 없었다. 원래 하던 만두집도 원재료가 부족해서 만들 엄두도 못 내어 가게를 접은 지는 벌써 오래되었고 장밍은 아내 순례와 아들, 딸에다가 금희까지 부양해야 하는 힘든 삶을 계속 이어가고 있다.

절강 상인 인맥을 통해 암시장에서 흘러나오는 옥수수 가루나 대두라도 어렵게 구했지만 집으로 돌아오는 길에 국민정부군의 검문에 걸려서 빼앗긴 적이 한두 번이 아니었다. 대들면 어떻게 되는지 여러 번 그 결과를 봤기에 장밍은 그럴 때마다 안면을 익힌 장교들에게 뇌물을 바쳐서 조금이라도 덜 떼이게 상납한 결과 겨우겨우 가족들 목숨을 부양하는 중이다.

아직 어린 겨우 9살 나이인 금희는 처음에는 에미 애비 생각에 그렇게 울고 집에 가겠다고 떼를 쓰더니 이제 자기가 처한 상황이 어떤지 알았는지 겉으로 표는 안 내기 시작했지만 어린 것이 어떤 심정일지 장밍과 순례는 잘 알고 있다.

먹을 거 구하러 간 장밍과 순례가 없는 집에서 이제 다 큰 처녀가 된 명자가 금희와 남동생인 인휘를 돌봐주는데 명자나 어른들에게 내색은 안 하지만 얼마나 부모와 가족 생각이 간절할지 말하지 않아도 다 알 것이다. 9살 나이에 맞지 않게 울고 떼쓴다고 해결될 문제가 아닌 걸 잘 아는 금희지만 그래도 밖에서 돌아오는 장밍과 순례의 입을 바라보는 반짝이는 까만 눈동자가 무엇을 알고 싶어 하는지 아는 어른들은 듣고 싶은 답을 알려주지 못하는 미안한 마음에 그냥 고개만 돌릴 뿐이다.

답답한 마음에 장밍도 식량을 구하러 나서면 무리를 해서라도 여러 번 폐허가 된 만융촌에도 가봤고 조선 사람들이 밀집한 서탑과 소가돈에도 가보면서 수소문을 해봤지만 특별하게 들려온 소식은 없었다.

지난봄에 만융촌에서 조선인 부대와 국민정부군 간의 격렬한 전투가 있었고, 전투가 발생한 후에 이미 조선인들은 단체로 요양으로 도망갔으며, 다들 조선으로 넘어갔다는 소식에서 더 이상 새로운 것이 없었다. 그 사건 이후의 분풀이로 서탑과 소가둔에 거주하는 조선인에 대한 탄압과 검문이 더욱 강화되어 그마저 이제 자유롭게 드나들기도 힘들 지경이었다.

'그렇게 자기 자식을 내팽겨 칠 무책임한 사람들이 아닌데 뭔가 피치 못할 사정이 있겠지'라고 장밍은 계속 생각해 보지만 당장 눈앞에 닥친 생존이라는 버거운 짐 때문에 소식을 알 수 없는 영덕네 가족을 찾는 일은 점점 더 소홀해질 수밖에 없었다.

재산이 있는 절강 상인들이나 봉천의 재력가들은 이미 정부군 장교들에게 뇌물을 줘서 봉천을 벗어나 공산군 치하에 있는 영구로 갔거나 영구를 통해서 화북, 화동으로 벗어난 지 오래이다. 이재에 밝아 저승사자랑 거래를 할 정도라는 말을 듣는 절강 상인들마저 모두 떠날 정도면 이제 봉천은 죽음의 도시가 되었다는 뜻일 것이다.

지금 상황에서는 어떻게 해서든 다시 삶의 길을 찾아서 영구로 나가 그나마 일거리와 먹거리를 해결할 수 있지만 애들 셋을 데리고 떠나기에는 부담스럽기도 했다. 그냥 굶어 죽느니 가보자는 생각을 해도 막상 발걸음을 떼지 못했는데 오늘 벌어진 일 때문에 결국은 영구로 가기로 결심하고 만다.

오늘로서 식량을 구하지 못해서 아무 것도 먹지 못한 지 이틀째이다. 길거리에 나도는 쥐새끼라도 잡아먹으려고 해도 쥐들도 다 말라 죽었는지 먹을 거라고는 아무 것도 없었다. 지금 이 시기면 수확을 다 해서 먹을 게 넘치던 계절인데 봉천 시내의 곡물은 군인들 손에 다 넘어갔고 그것도 모자라 힘없는 시민들은 계속해서 수탈만 당하고 있다. 어른들이야 어떻게든 버틴다 하더라도 애들은 배가 고파서 잠도 못 이뤄 서탑에서 구해온 말라빠진 개뼈다귀 고은 따뜻한 물이라도 먹이고 잘려는 순간이었다.

밖에서 다급하게 문을 두드리는 소리가 나더니 국민정부군 병사 2명이 총을 겨누고 집으로 들어온다.

"꼼짝하지 말고 먹을거리 있으면 다 내놔!"

이제까지 직접 군인들이 집까지 들어와서 행패를 부리기도 처음이었거니와 일반 사병들이 대범하게 민간인 집을 약탈할 정도면 국민정부군의 통제 능력과 배급 문제는 이미 정상 수준이 아닌 듯하다. 약탈해 간 식량은 어떻게 분배되는지 모르겠지만 일선의 사병들은 영양 상태가 좋지 않아 보이고 배가 고프니 야밤에 일반 가정집을 상대로 총을 들이대는 것이다.

더군다나 이제 다 큰 처녀가 된 명자를 아래위로 훑어보는 젊은 군인들의 음흉한 눈빛이 예사롭지 않다. 법이 없는 이곳에서 무슨 일이 벌어져도 어떻게 할 수 없고 당한 사람만 억울할 수밖에 없다.

"우리도 지금 먹을 게 없어 지금 말라빠진 개뼈다귀 고은 물 먹고 있소. 우리도 나눠줄 게 있으면 주고 싶지만 보다시피 애들도 굶고 있지 않소."

뻔한 살림살이 같아 보여 군인들도 더 털 게 없어 그냥 돌아서려는데 겁을 먹은 금희가 내뱉는 조선말을 듣더니 눈빛이 확 달라진다.

"여기 조선 사람들인가?"

"나는 절강 사람이고 내 아내는 조선에서 태어났지만 나와 결혼했으니 우리 중국 사람인게지요. 우리 애들도 우리말 잘하오. 금희야, 아저씨들에게 먹을 게 없어서 미안하다고 얼른 말해라!"

다급해져서 평소와 다르게 무서운 얼굴로 다그치는 장밍의 모습에 겁먹은 금희가 울먹거리면서 중국말로 겨우겨우 대답을 하자 군인들은 못마땅한 눈빛으로 쏘아보며 말한다.

"조선 사람들은 우리가 요주의 인물로 보고 있으니 조심 하시오! 이보게, 이 집 주소 좀 적어놓고 상부에 보고하라고!"

그 말을 마치고 군인들은 명자를 한 번 더 쳐다보더니 옆집으로 가 거칠게 문을 두들긴다.

먹고살기 바쁜 것도 힘든 마당에 이제 조선 사람이 산다고 더 주목을 받게 되었다. 장밍과 결혼한 이후 한동안 조선인 사회와 떨어져 살았던 순례는 처음으로 조선인에 대한 적개심을 보게 되자 겁을 먹고 숨도 제대로 쉬지 못한다. 거기에다가 명자를 대놓고 쳐다보던 젊은 군인들의 눈초리가 자꾸 마음에 걸린다. 그동안 영구로 갈까 말까 하던 장밍에게 그래도 여기에서 굶어 죽더라도 영구 넘어가다가 맞아 죽는 거보다 좋다고 했던 순례가 먼저 말을 꺼낸다.

"우리 이렇게는 못 삽니다. 어떻게든 영구로 넘어가든 어디로 가든 일단 피합시다."

이렇게 결정한 이상 더 이상 지체할 이유가 없었다.

이제 민가까지 들어와서 약탈하는 군인들은 언제든지 쳐들어올 수 있었고 조선인이라는 트집을 잡아 언제 어떻게 험한 일을 당할지 몰랐다.

배고픈 애들에게 개뼈다귀 삶은 물이라도 배불리 먹이고 가져갈 수 있는 세간살이는 다 정리하면서 어른들은 봇짐을 짊어지고 어린 인휘는 명자가 업고 금희도 짐을 꾸려 집을 나서려는데 순례가 구석에 있던 베개를 꺼내더니 배 속에 집어넣고 끈으로 동여맨다.

"그게 뭐길래 그렇게 챙기오?"

"우리 식구들 정말 굶어 죽기 전에 먹으려고 얼마 전에 콩 볶아서 넣어둔 거요."

그렇게 애들이 먹을 게 없어 칭얼거려도 안 내놓았고 장밍조차 몰랐던 볶은 콩을 챙기니 독한 순례도 이제 비장한 각오로 나서는 길인 것이다.

볶은 콩을 한 주먹씩 나눠서 가족들이 나눠 먹고 남서쪽으로 180킬로 걸리는 영구를 향해 온 가족은 봉천을 서서히 벗어나고 있었다.

몰래 도망가느라 이웃에 알리거나 누구에게도 말할 수 없어 그냥 조용하게 중가를 벗어났다. 봉천 시내 중심가인 중가에서 영구로 가기 위해서는 조선인 집단촌인 소가둔을 지나 더 남쪽으로 가면 요양을 거쳐야 하는데 요양은 공산군의 점령하에 있어 상대적으로 더 안전하다. 운 좋게 조선인 부대를 만나게 된다면 더 고마울 것이고 조선인 부대가 아니더라도 공산군을 만나면 목숨을 부지할 수 있다는 게 장밍네의 생각이었다.

중가의 집을 떠난 후에 낮에는 사람들의 눈을 피해 숨어있다가 밤이 되면 이동을 했는데 정말이지 볶아 놓은 콩이 없었으면 가족들 다 굶어 죽을 지경일 정도로 길거리에는 먹을 게 없었고 굶어 죽었는지 맞아 죽었는지 모를 시체들과 초점 없는 눈으로 그들을 바라보는 부랑인들만 있었다.

밤 새워 걸어서 요양 언저리까지 도착할 요량으로 캄캄한 밤길을 걷다가 뒤에서 따라오는 인기척이 있어 가만히 땅에 엎드려 살펴보니 장밍네처럼 일가족 6명의 사람들이 따라오고 있었다. 상대방도 갑자기 나타난 장밍 가족의 그림자에 움찔하더니 그쪽에서도 여기에 애들이 있는 걸 보고 자기들처럼 봉천을 벗어나려는 피난민인 걸 알고 남자가 다가온다. 장밍 또래의 부부가 노파 한 명과 애들 셋을 데리고 봉천에서 살다가 자기들도 영구로 가려고 한다고 한다. 다행히 남자가 장사하느라 이쪽 길을 자주 드나들어서 국민정부군 초소가 있는 곳을 잘 아니 자기들을 따라오라고 한다.

긴장했던 장밍 일행은 반가워하면서 시골 길을 돌고 돌아 그 사내 가족의 뒤를 쫓아갔다. 밤이 깊어 길이 잘 안 보여서 시골길에 넘어지기를 여러 번 했었지만 고맙게도 등에 업힌 인휘는 세상모르게 잘 자고 있었다.

얼마를 걸었을까 동쪽 하늘이 밝아오려는 즈음에 갑자기 맞은편에서 불빛이 확 들어와 이쪽을 비추더니 길가 양쪽에서 군인들이 총을 장전하는 소리가 들린다. 예상치 못한 상황에 장밍은 눈이 부셔 앞을 제대로 볼 수 없었지만 가족들에게 두 손을 번쩍 들라고 다급하게 외친다.

상대는 이쪽이 보이지만 여기서는 군인들이 몇 명인지 어떤 상황인지 도저히 알 수가 없다. 빛에 조금 적응이 되자 장밍네보다 몇십 미터 앞서 있던 가족들이 군인들에게 끌려가 길가로 가더니 조금 있다가 "탕탕탕!!" 총소리가 들린다.

총소리를 들은 장밍은 그동안 참았던 오줌보가 터지고 말았고 순례와 애들은 갑작스러운 상황이 무서워 울음을 터트리고 만다. 조용히 업혀서 자고 있던 인훠도 총소리에 잠이 깨어 자지러지듯이 울어버린다.

"거기 있는 사람들, 조금 더 앞으로 오시오."

깜깜해서 보이지 않는 곳에서 걸쭉한 만주 사투리의 군인이 지시를 한다. 오줌에 젖은 양쪽 발을 이끌면서 장밍은 두 손을 들고 시키는 대로 앞으로 간다. 가까이 오니 트럭에서 나오는 불빛으로 아무 것도 안 보이고 길 양옆에 매복한 군인들의 인기척만 느껴진다. 이번에 들리는 말은 남방 말이다. 아무래도 강서江西쪽 사투리 같은데 섣불리 판단할 수가 없다.

"당신들 모택동인가 아니면 장개석인가?"

전혀 예상하지 못한 질문이고 대답 잘못하면 정말 온 식구들 쥐도 새도 모르게 죽을 수밖에 없다. 만주 사투리를 쓰는 군인과 그의 상관으로 보이는 남방 사투리를 쓰는 사람. 장밍은 선뜻 뭐라고 대답할 수가 없었다. 살짝 눈을 돌려보니 그들 앞에 출발했던 그 남자 일가족의 시체가 길가에 그대로 널부러져 있다.

세 치 혀가 어떻게 움직이지에 따라 생사가 갈리는 상황이다. 뭘 선택하든 반반의 확률이지만 장밍은 머릿속이 하얗게 되어 아무 생각도 나지 않았다. 대답을 재촉하듯 또다시 총을 장전하는 소리가 양쪽에서 들린다.

순간적으로 장밍은 대답했다

“우리는 그런 거 모르고 살아온 그냥 무식한 놈들입니다. 그냥 살고 싶어서 애들 굶길 수 없어서 돌아다니면서 먹을 거 구하러 온 겁니다. 당신들께서 우리 같은 불쌍한 거지들이 누구를 섬겨야 하는지 알려주시면 우리는 그대로 따르겠소.”

이 말을 마치고 장밍은 순례를 끌어안고 눈을 질끈 감는다. 장밍의 답을 들은 상대방은 순간적으로 말이 없었다.

“그럼 우리가 누구를 따르라고 하면 따를 것인가?”

이번에는 다른 목소리의 만주 사투리가 들린다.

“우리는 그냥 배가 고파서 나온 걸인들이요. 제발 살려주시요.”

무릎을 꿇고 울부짖는 장밍의 목소리가 밤하늘에 울려 퍼진다. 검은 그림자가 앞으로 다가오더니 장밍을 내려다보며 말한다.

“그동안 장개석이한테 붙어먹고 배때지에 기름 낀 놈들이 자기들 살겠다고 먼저 기어 나오더군. 이제 봉천이 해방될 날이 얼마 안 남았으니 우리 공산군을 믿고 피신해 있다가 다시 돌아가게나. 통행증을 줄 테니 여기부터는 우리가 해방시킨 땅이니까 가고 싶은 곳 마음대로 가시오.”

눈이 부셔 찡그린 눈으로 보이는 공산군복이 반가워서 장밍은 그대로 엎드려 그 군인에게 큰절을 여러 번 했다. 치켜든 엉덩이는 이미 오줌에 차갑게 젖었지만 장밍은 살았다는 안도감에 눈물과 콧물이 범벅인 채로 고개를 땅에 박고 울음을 그치지 못했다.

한편 영덕은 신신당부하던 범진이 알려준 이호영 주둔 부대를 찾아가서 도움을 청하지 않고 그대로 압록강을 건너 봉천으로 향했다. 삼촌 준길의 일도 있지만 자기에게 꼭 딸을 찾아주겠다고 약속했던 이호영에 대한 불신이 깊었고 인간적으로 다시는 대면하고 싶지 않은 상대였다.

압록강을 다시 건너서 봉천까지 진입하는 데도 쉽지 않았고 몇날 며칠을 기다려서야 겨우 봉천 시내에 들어섰지만 직접 가본 봉천은 영덕의 상상 이상일 정도로 최악의 상태였다. 길거리에 널부러진 시체들과 걸인들이 우글거리는 봉천 시내에 어렵게 들어왔건만 아무것도 한 거 없이 그렇게 보름 넘게 허탕만 쳤다.

가져온 옥수수 가루를 자기가 잘 아는 봉천 역 앞의 폐건물에 잘 숨겨놓고 불심 검문을 피해 걸인 행세를 하고 어렵게 어렵게 중가에 있는 장밍의 집을 찾아갔지만 예상과 달리 비어있을 때는 너무나 허탈해서 그냥 바닥에 주저앉고 말았다.

떨리는 발걸음으로 다시 집을 둘러보니 이 안에서 사람이 죽거나 사달이 난 거 같지는 않고 장밍네 식구들이 했는지 아니면 외부인이 그랬는지 모르지만 옷가지와 살림살이가 어지러이 널려 있어 긍정적으로 생각한다면 아마 온 가족들이 급하게 피신을 한 거 같다고 생각했다.

어지러이 흐트러진 옷가지 속에서 뭔가 흔적을 찾고자 했던 영덕은 금희가 쓴 종이를 발견하고 그냥 그 자리에서 금희의 이름을 부르고 울고 말았다.

'내 이름은 배금희, 엄마는 정은심, 아빠는 배영덕, 아빠 고향은 경상남도 사천군 곤양면 중항리 안도 마을, 할아버지는 배상수, 할머니는 황언년, 외할아버지는 정범호, 외할아버지 고향은 평안북도 정주군 고안면 솟대마을, 동생 이름은 배옥희. 다들 보고 싶어요!'

어린 것이 혼자 남겨진 것을 알았는지 아니면 가족 생각이 간절했는지 꼭꼭 눌러쓴 글씨는 답답한 어린 마음을 보여주듯 너무나 절박해 보인다.

딸이 쓴 종이를 보고 울고 또 울던 영덕은 가까스로 눈물을 훔치고 다시 생각을 정리한다.

'금희가 병원에서 치료를 잘 받았고 결국은 살았구나! 그랬으니까 숙모하고 아재가 집으로 데리고 왔겠지. 그리고 여기서 살다가 이 난을 피하려고 어디론가 갔을 것이고. 그래! 우리 금희는 아직 살아 있다! 어떻게든 다시 여기로 돌아올 거다.'

만주국 시절뿐 아니라 내전 전에는 상업 지구로서 중산층 이상의 사람들이 모여 살던 중가 인근은 너무나 고요했고 간혹 지나가는 사람들은 영양 부족으로 다 죽어가는 유령처럼 떠돌 뿐이었다.

다시 정신을 차리고 장밍 집을 오가면서 안면이 있는 이웃들을 통해서 혹시 들을 말이 없나 싶어 문을 두들겼지만 아무도 장밍 가족의 소식에 대해서 아는 사람이 없었다.

'도대체 어디로 간 것일까? 내가 너무 늦게 왔구나.'

시간이 흐를수록 영덕의 마음은 더욱더 초조해져 갔고 속만 타들어 갔다.

급한 마음에 눈에 띄는 종이와 벽에다 한자와 조선글로 자기가 와 봤었다고 적고 조선 정주와 평양에 있는 범진의 주소까지 써놓고 왔지만 효과가 있을지 의문이었다.

걸인 행세를 하면서 몰래 숨겨왔던 옥수수 가루마저 다 떨어져 가고 하루에 한 주먹 물에 풀어서 버텼건만 이제는 정말 먹을 것도 없는 건 시간 문제였다. 혹시나 해서 한참을 걸어서 소가둔도 가봤고 서탑 거리도 이 잡듯이 찾아보았지만 남아있던 조선인들에게도 아무런 단서를 듣지 못했다. 영덕이 할 수 있는 거라고는 가는 곳마다 자기가 왔다는 걸 알리느라 종이 붙이고 벽에다 글을 남기는 거 외엔 없었다. 폐허가 된 만융촌의 살던 집에 가서 봄에 급하게 나오느라 챙기지 못했던 영덕의 책과 사진 몇 장만 건졌을 뿐 더 이상의 진전은 없었고 걸인 행세를 했던 영덕은 이제 진짜 걸인이 된 것이었다.

장슈에웨이를 찾아서 도움을 청하고자 했지만 그 자리에는 아무도 없었고 가게도 문을 닫은 지 꽤 오래된 모습이었다. 도저히 자기가 10년 넘게 살았던 곳이라고 믿기지 않을 만큼 봉천은 예전의 젖과 꿀이 흐르던 곳이 아니었다. 혹시 장밍네 가족이 서탑 거리에 있던 옷가게 자리로 갔나 싶어서 여러 번 헛걸음을 했지만 그래도 오늘도 영덕은 단념하지 않고 또 둘러보고 지난번에 붙여놨던 종이가 잘 붙어있는지 확인해 본다.

하루도 쉬지 않고 봉천역, 서탑, 중가, 소가둔, 만융까지 돌아다녔던 영덕은 이제 체력이 다해서 서탑 거리의 한적한 곳에서 쏟아지는 잠을 참지 못하고 그냥 깜빡 잠이 들고 말았다. 꿈속에서 금희를 찾고 같이 손을 잡고 압록강을 넘으려는데 갑자기 나타난 정체 모를 사내들이 뒤쫓아 와서 도망치다가 그만 금희의 손을 놓치고 말았고 그렇게 아빠를 부르는 금희에게 다가가지 못하는 지독한 꿈을 꾸다가 다시 깨어났다. 잠에서 깨어 고개를 드니 저 멀리서 자기를 유심히 바라보는 한 사내의 모습이 영덕의 눈에 들어왔다. 절름거리는 발걸음으로 서서히 다가오는 사내는 바로 지난번에 범진에게 호되게 당했던 레이하오였다. 먼저 레이하오를 알아본 영덕은 가까스로 몸을 일으키고 달아나려고 했지만 힘이 풀린 다리는 말을 듣지 않아 곧 넘어지고 말았다. 상대가 영덕임을 확인한 레이하오는 몸을 날려 영덕을 덮쳤고 우악스럽게 영덕의 머리카락을 잡고 외쳐댔다.

“너 이 새끼. 신발가게 조선놈! 내가 너를 얼마나 찾았는지 아냐? 이제 내 손에 한번 죽어봐라!”

아무래도 이 놈이 근처를 돌아다니다가 영덕이 써놓은 글을 보고 기회를 엿보고 있었던 모양이었다. 악을 쓰던 레이하오는 영덕이 반격을 가하자 목에 차고 있던 호루라기를 힘차게 불기 시작했다. 어둠이 깔려가던 조용한 서탑 거리에 요란한 호루라기 소리가 울리기 시작하고 영덕은 가까스로 몸을 일으켜 레이하오의 얼굴에 박치기를 하고 일어났지만 다시 레이하오에게 발목을 잡히고 말았다.

버둥거리던 손끝에 무언가 쥐어지길래 바로 그걸 들고 레이하오의 뒤통수를 딱하고 때리니 레이하오의 흰자가 점점 더 커지면서 손의 힘이 풀리기 시작한다. 영덕은 냅다 일어나서 뛰기 시작했고 그런 영덕의 뒤에 군인들의 발자국 소리가 어지러이 들리기 시작한다.

“거기 누구냐? 안 서면 쏜다!”

이윽고 ‘탕탕’ 총소리가 나면서 총알이 영덕의 귀를 스치면서 지나가지만 영덕은 쉬지 않고 달렸다.

구두닦이 하면서 서탑의 골목골목을 잘 알고 있던 영덕은 여기저기로 뛰면서 예전에 자주 갔었던 식당의 쪽문을 찾아서 급하게 몸을 숨겼다. 그 쪽문을 따라 올라가면 식당 2층으로 가는 사다리가 있고 거기에 식당 종업원들이 쓰던 눈에 띄지 않는 자그마한 다락방이 있는 걸 알기에 올라오자마자 잽싸게 사다리를 치워버렸다. 밖에서는 요란한 불빛이 오가고 있고 여전히 분주한 군인들의 발자국 소리만 들린다. 영덕은 숨소리조차 크게 내지도 못하고 조용해질 때만 기다리고 있다.

'절대로 여기서 죽을 수는 없다. 절대로.'

버텨보려고 했지만 영덕은 자기도 모르는 사이에 그대로 기절하고 말았다.

장춘에서 벌어졌던 비극처럼 위태위태하던 봉천은 2개월 뒤에 공산군이 점령하게 된다.

진퇴양난
〈1949년 5월 북한 평양〉

1948년 9월 9일 조선민주주의 인민 공화국이 선포되고 바로 그다음 달인 10월에 소련은 북한 정권을 승인하면서 자연스럽게 소련군은 그해 12월에 철수를 시작하였다.

북한 정권의 내각과 인민회의, 당, 군부의 인사들을 보면 김일성의 만주파가 주도적인 역할을 하면서 남로당계, 연안파, 갑산파 등의 세력이 모여있는 연합체적인 구성을 이루게 된다.

초기에 조선인민군의 주도권을 놓고 최용건과 연안파 출신 무정 사이에 심한 갈등이 있었지만 당의 세력을 뒤에 업은 최용건이 북한군의 실세를 쥐게 되어 무정을 집중적으로 견제했기에 전반적으로 만주파가 북한의 핵심 세력으로 성장했다.

제1경비 여단 작전참모인 범진은 최용건의 두터운 신임을 받아 북한 군부 내에서 차근차근 입지를 쌓아나갔다. 최용건에 의하면 다음 달인 6월 조선 노동당이 창당될 것이며 이제 곧 남한 정부에게 평화통일 회담을 제안할 계획이지만 남이나 북이나 어차피 따로 정권이 들어선 마당에 '평화 통일'은 그냥 말하기 좋은 수단임을 범진도 잘 알고 있다.

현재 최용건의 관심사는 범진을 비롯한 군부 측근들을 통한 연안파인 무정(김무정) 세력의 견제와 더불어 만주에 주둔 중인 중국 인민 해방군 소속의 조선인 부대를 원만하게 합류시키는 데 있었다. 평화 회담이 허울뿐이라면 이제 남은 거는 실전의 경험이 풍부한 조선인 부대를 조선인민군으로 끌어들여서 이쪽의 군사력을 강화시켜 미래의 조국 해방에 요긴하게 써야 한다. 이 문제에 대해서는 지난 3월에 김일성이 소련을 방문하기 전에 중국에 들러 모택동에게 조선인 부대의 북한으로 귀환을 요청하여 이미 동의를 받은 사항이었다.

최용건과 무정의 심각한 갈등은 알 만한 사람은 다 알 정도로 북한 군부 내부의 문제였지만 앞으로 김일성이 꿈꾸는 세상을 위해서는 내부적으로 잡음이 생기더라도 군사력 강화를 위한 어쩔 수 없는 선택이었다. 조선인민군은 공병과 통신, 포병, 기갑 요원들이 매우 부족한 상황이라서 소련으로부터 받은 장비의 태반을 운용할 수 없는 상황이라 이들에게 국공 내전에 참전하여 실전 경험이 풍부한 중국 공산당 소속의 조선인 부대는 큰 힘이 될 것이었다. 김일성의 의중을 잘 아는 최용건은 군부의 문제는 책임지고 견제할 세력은 견제하고 받아들일 수 있는 세력은 받아들여서 내부의 역량을 강화하는 데 최선을 다해야만 하는 입장이다.

"정 중좌, 여기 좀 앉았다가 가게."

보고를 마친 범진이 돌아서려고 하자 담배를 건네면서 최용건이 턱짓으로 건너편 소파를 가리키길래 범진은 마주 보고 앉아 최용건이 준 담배를 공손하게 받는다. 나이에 비해 젊어 보이고 멋 부리기 좋아하는 최용건은 만주에서나 소련에서나 항상 옷차림과 머리 모양에 신경을 썼고 지금도 칼처럼 각이 잡힌 군복을 입고 있다.

"난 자네만 보면 참 신기해. 나는 중국에서 24년이나 살았지만 그래도 중국말은 입이 안 터져서 통역이 필요한데 어떻게 자네는 소학교도 안 나왔는데 그렇게 중국말도 만주 사투리로 배우고 소련말까지 하는감? 싸움 잘하는 거야 만주에서 소문났지만 일하는 것도 보면 똑 부러지게 잘하고 이제 이것저것 마무리 되면 내가 오백룡이하고 김장군에게 말해서 자네 대좌로 진급시켜야 한다고 한소리 해야겠구먼."

자기를 잘 봐주는 최용건의 칭찬에 범진은 표정 관리하기가 힘들어진다.

"그래, 자네 조카사위는 어떻게 잘 적응하고 있는가? 자네 형님 돌아가시고 자네 신경 쓸 일이 많은데 조카 문제는 나도 신경 쓰고 있으니 너무 걱정하지 말게나."

아랫사람의 집안일까지 챙겨주는 자상한 통솔력을 갖춘 최용건이다.

작년에 만주 봉천에서 죽을 고비를 여러 번 넘겼다가 다시 돌아온 영덕은 몸도 회복되기 전인데도 봉천이 공산군의 세력에 넘어가자마자 또 봉천으로 갔다가 허탕치고 올해에만 벌써 두어 번 만주로 들어갔었다. 딸 찾기에 혼이 나간 영덕이 제정신이 아닌 거 같아 범진이 설득하여 최용건의 소개로 평양중앙도서관의 사서로 취직한 지 한 달이 다 되어간다.

큰애를 친척에게 맡겼다가 그대로 생이별해서 범진의 조카 내외가 반실성했다는 얘기는 최용건도 익히 알고 있었고 만주에 곳곳에 주둔하고 있는 인민 해방군의 조선인 부대 지휘관들에게도 인적 사항을 전달해서 수배를 해달라고 부탁까지 해줬다.

"네. 워낙에 똑똑한 친구라 지금은 적응을 잘하고 있다고 들었습니다. 앞으로 일 없을 테니까 염려 마시라요. 저 그런데 형님..보고는 드렸고 무정 장군 쪽은 우리가 잘 보고 있습니다만 나중에 인민 해방군 소속 조선인 부대가 들어오면 상황이 어떻게 되는 겁네까?"

범진이 보기에도 지금 조선인민군의 조직이 어수선한 상황에서 만주가 안정이 되면서 중국의 조선인 부대가 들어오면 또 새로운 국면에 접어들 거 같고 나쁘게 말하면 좋든 말든 소련군 출신들, 더 자세히 얘기하면 자기와 같은 만주 빨치산파들에게 좋을 것은 없을 거 같다.

자기는 물론 김일성이나 최용건 등 소련군 출신들은 동북항일연군에서 국지적인 게릴라전을 위주로 했지만 국공 내전에 참전하거나 실제 중국 팔로군과 같이 전투를 벌인 중공군 출신들에 비해서 실전 경험은 비교할 수가 없을 것이다. 그렇기에 중국에서 실전 경험이 풍부하고 장군 대우를 받던 무정이 사석에서 소련군 출신들을 보고 애들 병정놀이하던 출신들이 제대로 전쟁을 해봤냐면서 무시하는 데도 나름 이유가 있었던 것이다. 해방이 되자마자 중국 대륙이 내전에 빠져 정신이 없는 틈을 타서 소련군이 먼저 들어와 김일성이 북한에 자리를 쉽게 잡도록 길을 닦아놓고 기초를 다져주지 않았다면 지금쯤 군부의 세력은 역전이 되었을지도 모르는 일이다.

"정 중좌, 지금 우리가 모순인 게 김장군(김일성)의 영도 아래에는 있지만 그래도 연안파와 중공군 출신들의 실전 경험은 우리 소련군 출신보다는 더 풍부하고 인원이 더 많겠지. 거기에다 중국에서도 지금의 무정 세력과 새로 들어 올 조선인 부대가 여기서 어떻게 지내는지 음으로 양으로 계속 간섭을 할 것이고. 당장은 우리가 겉으로는 조선인민군대가 되겠지만 지금처럼 내부적인 갈등은 더욱 심해질거야.”

이제 좋든 싫든 만주 빨치산파로 갈린 범진은 더 이상의 선택권이 없고 아무 것도 안 하고 가만있어도 저들 연안파, 갑산파에게는 이미 김일성과 최용건의 사람이 되어버린 것이다.

“사실 김 장군은 지금 당장 저들의 도움이 필요하지. 보나마나 남조선 괴뢰놈들은 평화 회담하자는 말 씨알도 안 먹힐 거고 지들끼리 싸우기에 바쁜데 무슨 평화란 말이 귀에 들어오갔어? 자네도 알다시피 이제 순차적으로 중공군 출신들이 들어오면 우리 전력이 얼마나 막강해지겠나? 이제 김 장군 생각은 말로 해서 안 되면 우리가 군사력으로 남조선을 해방시켜야 한다고 생각하지.”

범진도 그걸 알고 있다. 언젠가 올 그날을 위해서 자기 아들 만춘도 이제 어엿한 공군 장교가 되지 않았는가.

그런데 뒤이어 최용건이 한 얘기는 범진의 입장에서는 약간 서운했다.

“지금 김 장군이 중국이나 모스크바에 가면 여기저기 찾아가서 애걸복걸하는데 나는 우리가 군사력을 모아서 남조선 괴뢰를 치는 거에 반대한다네.”

마주보는 범진의 실망한 눈을 보면서 최용건은 계속 말을 이어나간다.

“나는 지금 남조선의 해방에서 제일 두려운 게 바로 미국이라네. 우리가 해방 전쟁을 시작하면 저들은 즉각 개입을 할 거야. 지금 김 장군은 그럴 리가 없다고 생각하고 만약에 미군이 개입하면 중국과 소련이 도와줄 거니까 아무 걱정 없을 거라고 하지만 저들은 미국이야 미국. 왜놈들을 상대로 태평양 전쟁에다가 유럽에서도 독일군하고 동시에 싸울 수 있는 군사 대국이라네. 거기에다가 원자 폭탄까지 갖고 있는 나라가 우리의 적이 된다니 나는 굳이 어떻게 해서든 무력으로 남조선 해방하는 건 반대라고 생각해."

최용건의 말이 끝나자 범진은 자기 생각을 얘기했다.

"형님. 지금 우리가 조선에 새로운 세상을 만들자고 이렇게 공을 들이고 있고 북쪽은 인민의 낙원으로 만들어가고 있는데 말 안 듣는 남조선 괴뢰 정부는 무력을 써서라도 하나된 조국으로 만들어야 되는 게 우리 공화국 군인의 도리 아니겠습니까?"

"자네의 조국과 당에 대한 충성은 내가 이해하지만 어떻게든 무력 충돌을 피하고 남조선 내부적으로 균열이 가서 자빠지게 만드는 게 최고의 상책이야. 이 생각은 나뿐만 아니라 김원봉이나 박헌영도 마찬가지라고."

남로당 출신으로 월북한 박헌영을 최용건은 개인적으로 싫어하지만 박헌영이 주장하고 있는 남조선에서 활약하는 남로당 20만 명이 남조선을 분열에 빠트리고 사회적으로 혼란이 가중되는 상황이 온다면 자연스럽게 미국의 눈치를 보지 않고 최소한의 군사적인 행동으로 남조선을 해방시킬 수 있다고 믿고 있었다.

어찌 되었든 신생국인 북한의 집안 살림을 꾸려야 하는 최용건의 입장에서는 중국과 소련의 지원을 믿고 무력으로 남한을 침략하기엔 부담이 되었고, 이런 상황에서 남로당 출신인 박헌영의 말대로 남한 내부 세력의 분열을 통해 정권이 전복된 상황에서 북한의 개입이 이뤄지는 게 리스크를 줄여준다고 생각했지만 김일성은 그와 생각이 달라서 대놓고 말하기에도 어려운 입장이었다.

'지금 이 양반이 조국 통일의 과업을 앞두고 이런 불순분자 같은 생각을 하다니. 지금 우리가 흘린 피가 얼마고 앞으로 얼마나 더 많은 피를 흘려야 하는지 뻔히 아는 사람이 이런 반동 같은 생각을 하다니. 쯧… 이제 이 양반이 더 이상 군인이 아니고 배가 부른 정치가가 다 되었구먼.'

대놓고 말로 표현은 못 하지만 범진은 최용건이 군인으로서 비겁한 생각을 갖게 되었다 여기고 그에 조금 실망하게 된다.

지금 시대가 어떤 시대인가? 자기도 마찬가지지만 나중에 중공 소속의 조선인 부대가 들어오면 김무정 장군이고 방호산이고 누구라도 같이 힘을 합쳐서 빨리 남조선 괴뢰를 물리쳐 새로운 세상을 만들 때가 아닌가? 조국 해방을 위해서는 고양이 손이라도 빌려야 하는 마당에 선비 같은 박헌영의 말이나 믿고 세월아 네월아 남조선이 갈라겠지 하는 생각은 감나무 아래에서 입 떡 벌리고 있는 모습과 다름없다고 생각했다.

감나무에서 감이 안 떨어지면 도끼를 들고 감나무를 베어버려야지 최용건은 이제 정치를 하더니 변해서 이론만 늘어놓는 글쟁이가 된 거 같아 묘한 거리감을 느끼게 된다. 이와 반대로 소련의 수뇌부를 찾아가 무력으로 남한과의 통일을 원하는 김일성을 보고는 정말 남자다운, 자기와 맞는 사람이라는 생각을 굳히게 된다.

한편 영덕은 또 가슴이 갑갑해서 사무실을 나와 도서관 앞의 정원을 거닐고 있다. 범진의 도움으로 취직하게 된 평양중앙도서관은 너무나 편하고 좋은 직장이었지만 항상 영덕의 마음은 편하지 않았다. 하는 일이라고는 도서 정리 목록에 따라 책 분류하고 정리하는 일이 고작이다. 일어, 중국어에 능통한 영덕이라 가끔씩 원문 서적 분류 작업을 도와주고 필요하면 번역 작업 일부만 하면 되는 업무였지만 보수는 괜찮았다.

책을 좋아하는 평소의 영덕이었다면 더할 나위 없이 좋은 직장이었지만 지금은 뭘 하더라도 집중이 되지 않고 틈만 나면 바깥으로 나와서 멍하니 하늘만 바라보고 있다.

중앙도서관의 몇 안 되는 남한 출신인데 그것보다도 최용건의 측근인 정범진의 조카사위라는 사실은 이미 다 알려져 있어 그런 영덕을 주위 동료들도 많이 어려워하는 걸 잘 알고 있었다.

작년 9월 봉천이 함락되기 전에 금희를 찾으러 갔다가 죽을 고비를 넘긴 영덕은 간신히 몸만 빠져나와서 목숨은 건졌지만 그래도 딸 찾기를 포기할 수 없었다. 평양으로 돌아와 겨우 몸을 추스리자마자 다시 봉천으로 들어갔다가 허탕을 치고 돌아왔고 올해 들어서만도 2번이나 더 가봤지만 도저히 장밍네 소식을 들을 길이 없었다.

도대체 어디로 갔단 말인가?

범진의 요청으로 이호영까지 직접 부하들을 동원해서 조선인 마을뿐 아니라 만주로 돌아오고 있는 절강 상인들에게도 수소문을 해 봤지만 결국은 허탕이었다. 아무 소득 없이 평양으로 돌아와서 영덕과 금희를 기다리던 은심을 끌어안고 미안하다고 울기만 했을 뿐 가족을 위해 아무것도 한 게 없는 자기 자신이 미울 뿐이었다.

다행히 은심은 정신력이 강한 여자였다. 큰딸 금희와 생이별하고 조선으로 돌아오자마자 애비인 범호를 잃었지만 자기마저 무너지면 안 된다는 걸 알기에 새로운 곳에서 이를 악물고 버텨나갔다. 아직까지 언니를 찾고 싶다는 옥희를 보면 마음이 아팠지만 이제 전쟁이 다 공산군의 승리로 끝나면 중국도 다시 안정이 될 거고 전란을 피해 숨어있던 장밍 일가족도 다시 봉천으로 돌아와서 금희를 찾을 수 있을 거라는 희망을 놓지 않았다.

이런 영덕의 가족에게 범진네 가족은 친부모처럼 큰 도움을 주었고 여기 생활에 정착할 수 있도록 모든 배려를 아끼지 않았다. 숙모인 삼월은 잘나가는 군부 핵심 세력의 안사람 답지 않게 검소한 삶으로 범진 부하 장교 가족들을 알뜰하게 챙겨서 주위에서 평가가 좋았으며 범진 또한 은심이네 일이라면 열 일 마다하고 항상 언제 어디서든 도우려고 했다.

영덕 같은 인재가 앞으로 해방된 조국에서 할 일이 많을 것이니 지금은 영덕이 가기에는 부족해 보이는 중앙도서관 사서자리에 있지만 공부를 더 원하면 대학 공부도 할 수 있다고 끊임없이 다독여 주었다.

다 좋은 얘기였고 새로운 세상도 좋지만 이제 영덕의 관심사는 언제 중국이 안정이 되어 큰딸 금희를 볼 수 있느냐 그거 하나뿐이었다. 바깥세상은 이렇게 바뀌고 있는데 딸을 위해 아무것도 할 수 없는 자신 때문에 가슴이 답답하고 숨이 안 쉬어지면 영덕은 이렇게 습관적으로 밖으로 나와 담배를 피우면서 멍하게 하늘을 보는 게 습관이 되었다.

도저히 오늘은 그냥 집에 갈 수가 없어 범진을 찾아가 보기로 결심한다. 집에 가서 얘길 할 수도 없고 낯선 평양에 딱히 아는 지인도 없어 이렇게 답답할 때 마음 터놓고 얘기할 사람은 이제 처삼촌 범진밖에 없는 것이다.

그날 밤, 모처럼 찾아 온 영덕을 범진네 부부는 반가이 맞아주었고 반주로 마시던 술은 이제 저녁상 자리를 밀어내고 제대로 자리를 잡았다. 주로 답답해하는 영덕을 위해 범진 부부가 힘을 실어주는 자리로 분위기가 이어졌지만 영덕의 한숨과 걱정은 끊이지 않았다.

"그래. 영덕아. 이제 그 자리 일은 할 만한가?"

"네. 이런 일하고 봉급 받기가 미안할 정도로 너무 좋은 자립니다."

"아무렴. 자네 같은 사람이 계속 그런 한직만 맡을 수 있나? 내가 좀 더 잘되면 힘 좀 써서 자네 공부도 좀 더 하고 교원 자리로 나가든지 해야지. 지금은 일단 자리를 잡고 은심이도 좀 다독여 가면서 하나씩 해보자구."

삼월이는 계속해서 측은한 눈빛으로 영덕을 바라보며 범진과 영덕의 술잔이 비면 채워주기에 바쁘다.

"삼촌, 앞으로 도대체 어떤 일이 벌어지는 겁니까? 내 사실 금희만 찾아왔으면 남쪽으로 갈려고 했는데 어차피 갈 수도 없지만 지금은 삼팔선이 생겨서 남쪽으로 왕래도 못 한다면서요? 왜 우리가 해방이 되었는데 같은 민족끼리 따로 정부가 들어서고 대관절 뭐하자는 심산입니까?"

봉천에서 금희와 헤어지고 북한으로 돌아오자마자 장인 범호가 별세하고 또 봉천으로 들락날락하면서 바깥세상이 어떻게 돌아가는지 까맣게 모르고 살아온 영덕이다. 북으로 와서도 범호의 별세로 정신없이 보내다가 사천에 있는 부모에게 조금 안정이 되면 고향으로 간다는 소식을 전했지만 아직까지 고향 소식이 없는 걸 보니 진짜 서신이나 인적 교류가 완전히 단절된 거 같았다.

그래도 바깥세상이 어떻게 돌아가는지 들은 바는 있어 상황을 알아보려면 그나마 범진이 제일 적합한 사람일 것이다. 이런 영덕에게 범진은 최대한 자세하게 자기가 알고 있는 만주의 상황이며 지금 남북의 현실에 대해서 알려준다.

"그럼 남한 단독 정부하고 같이 평화 회담을 제의하지만 서로 얘기가 안 되면 어떻게 되는 겁니까?"

"그럼 어쩔 수가 있는가? 우리 공화국의 우월한 군사력으로 남조선을 해방시켜야지."

영덕에게는 술이 확 깨는 소리다.

"아니, 삼촌! 왜놈들이 물러간 지 얼마나 되었다고 남북으로 갈라지더니 무슨 군사력으로 남조선을 해방을 시킨다고 그럽니까? 그럼 같은 민족끼리 총부리 돌리고 싸울 수도 있다는 말입니까? 그럴 바에야 무슨 새로운 세상이 필요하고 차라리 해방이 안되는 게 낫지 왜 그런 식으로까지 해야 됩니까?"

범진이 제일 싫어하는 말이 나오니 범진의 얼굴은 굳어지고 옆에서 듣고 있던 삼월의 얼굴은 사색이 된다. 이미 조국의 발전을 위해 모든 걸 다 바치기로 한 범진의 의지를 꺾는 맥이 풀리는 소리를 하는 영덕을 범진은 아무 말 없이 쏘아본다.

"이보게 자네가 뭔가를 몰라서 하는 소리인데, 지금 남조선 인민들도 우리 공화국의 영도를 받고 싶어 하고 작년부터는 전라도 려수 지역의 남조선 군인들이 우리에게 동조하기 위해 폭동까지 일으켰다네. 그뿐인가 지금 남로당 소속의 수십만 명이 우리를 기다리고 있어. 평화 회담이 안 되면 그게 다 전적으로 남조선 책임이고 우리가 삼팔선을 밀고 내려가면 남조선 인민들은 만세를 부르면서 환영해 줄 끼야. 자네가 생각하는 그런 불상사도 안 생길 거고 서로 장군님을 모시고자 하는 남북조선 인민들이 하나가 되는 계기를 만들어주는 기야."

"방법이 어찌 되었든 일단은 대화가 안 되면 힘으로 누르겠다는 생각이 잘못된 거 아입니까? 같은 민족끼리 그럴 수는 없다는 전제로 준비를 해야지 지금 삼촌 얘기는 말로 해서 안 되면 두들겨 패자는 얘긴데 남쪽 사람들은 그대로 맞고만 있겠습니까? 그게 바로 같은 민족끼리 전쟁해서 서로 죽이고 죽자는 거 아입니까?"

"이 사람이 자꾸 말이 안 되는 소리를 하는구먼. 지금 우리는 가만히 있으려고 해도 남조선 괴뢰도당에서 군사력을 키워서 언제 우리를 칠지 모르는데 그냥 앉아서 당하고만 있으라고? 지금도 이승만 일당이 삼팔선에서 자꾸 우리를 도발하려고 하는데! 남조선 사람들의 염원을 지금 이승만 정권이 가로막고 있어서 그런 거지 우리가 구멍만 훅 내주면 그동안 말 못 하고 억압받았던 남조선 민중들도 다 따라오게 돼있다고. 그 와중에 작은 희생은 있겠지만 그게 다 역사라는 큰 관점에서 보면 어쩔 수 없는 과정인 게지."

"그럼 삼촌, 남조선 쳐들어가면 삼촌도 내 친구들, 내 친척들 총으로 쏴 죽일 거고 걔들도 만춘이 상춘이한테 총질하겠네예! 정말 그리 되어도 새로운 세상이 온 게 맞네예. 참 세상 잘 돌아갑니더!"

맞받아치는 영덕의 얼굴도 술기운에 더 불콰해지고 언성이 높아지니 손윗사람이라 화를 참는 범진의 숨소리도 거칠어진다. 중간에 끼인 삼월은 둘 사이를 뜯어말리려 하지만 저녁 식사 자리부터 같이 참석했기에 술기운을 이기지 못하고 방으로 들어가 버리고 범진과 영덕은 아직까지 서로 잔을 주거니 받거니 하면서 밤이 깊은 줄도 모르고 마시고 있다.

만주에서 가져 온 독주인 빼갈을 이미 3병이나 마시고도 모자라서 한 병을 더 까서 주고받는 둘의 대화는 이제 서로 혀 꼬부라지는 소리로 자기가 하고 싶은 얘기만 하고 어떤 답이 돌아와도 했던 얘기가 다시 되풀이되는 이상한 자리가 되어간다.

"이보게 조카사위, 역사의 흐름이라는 게 개인이 어찌할 수가 없는 기고 지금 상황에 맞게 판단하는 게 바로 현실인기다."

"삼촌, 배가 떠난 항구를 알고 있어야 항해를 하더라도 얼매나 멀리 왔는지 알고 돌아갈 수가 있습니더. 우리가 왜 항구를 떠났는지 어디서 떠났는지 모르는 배가 되어버리면 나중에 가고 싶어도 돌아갈 수가 없는 거라예. 그렇게 같은 민족끼리 상처를 주면서 통일되면 무슨 의미가 있습니꺼? 서로 죽고 죽이고 통일되면 나중에 후손들이 좋아하겠습니까? 중국에서도 만주에서 말이 통하는 같은 민족끼리 서로 죽고 죽이는 거 눈으로 봤다 아입니꺼?"

"자꾸 같은 말만 하는데 역사가 시키면 해야 하는 게 지금 시대를 사는 우리의 숙명인기라."

이렇게 이어지는 그들의 대화는 영덕이 취해서 곯아떨어지자 겨우 끝나고야 만다.

"이보게 조카야. 니가 보는 세상이 다 맞는 게 아이고 내가 보는 세상도 다 맞는 게 아니지만 이 시대가 시키면 시키는 대로 해야 안 되겠나? 내 솔직히 왜 왜놈들이 그렇게 했는지 지금은 쪼금 이해는 하겠더라. 고거이 위에서 시키니까 했지 고 아새끼들도 집 떠나가 맞아 죽고 얼어 죽고 싶어서 만주까지 왔겠나? 그게 바로 우리가 어쩔 수 없이 해야 하는…."

범진도 술기운을 못 이기고 머리를 식탁에 박고 그대로 잠들어 버린다.

보금자리
〈1949년 11월 만주 영구〉

이제 내일이면 자기의 분신같이 키워왔던 첫딸 명자가 출가외인이 되는 날이다. 작년에 영구로 들어온 이래 장밍과 순례는 영구 항구에서 조금 떨어진 요하의 하구에 위치한 흑영촌에 자리를 잡았다. 흑영촌은 만주를 거쳐서 흘러오는 요하가 큰 구비를 돌아서 발해로 들어가는 데 위치한 마을로 항상 나룻배가 끊이지 않고 드나드는 물자가 풍부한 곳이다.

작년 겨울이 오기 전에 영구로 들어온 순례는 먼저 살았다는 안도감에 감사했다. 최소한 공산군이 점령한 영구에서는 조선인이라고 불안해할 이유도 없었고 벌건 대낮에 길 가다가 총 맞아 죽을 일도 없었다.

생지옥 같던 봉천에서 벗어나자마자 부지런한 장밍은 열심히 할 일을 찾아다니다가 영구 항구에서 20여 리 떨어진 이곳 흑영촌에 있는 자그마한 어구 공장을 저렴하게 인수했다. 기술은 현지 사람이

대고 장밍은 운영과 판매를 맡게 되었다. 공장이라고 해봤자 우선은 새로운 제품을 만드는 거보다 그동안 전쟁통에 어민들이 제대로 조업을 할 상황이 못 되어 바닷가에 널려있던 그물을 거둬들여 다시 손질을 하고 꿰맬 곳은 꿰맨 후 세탁해서 재판매하는 일이 위주였다.

다행히 이제 만주가 완전히 해방되었다고 하니 고향을 떠났던 어민들도 하나둘씩 돌아오고 있어 장밍이 예상한 대로 어구 판매는 너무나 순조롭게 잘되었다. 떠난 사람들이 돌아오고 요하를 건너는 배들이 끊임없이 오가더니 이제 제대로 사람이 사는 세상으로 돌아옴이 반갑기 그지없다.

순례 일가가 영구에 자리를 잡자마자 바로 봉천이 해방되었다는 소식이 들려왔으나 앞으로 어떻게 될지 몰라 당장 봉천으로 돌아갈 엄두는 못 내었고 이제 여기서 자리 잡은 어구 사업이 잘 되어가니 봉천을 생각할 겨를이 없을 정도로 바쁘게 살게 됐다. 장밍은 늘어나는 물량에 신식 그물 제직기계를 산다고 대련으로 왔다 갔다 하면서 돈 버는 재미에 푹 빠지고, 생활이 안정되니 이제 조금 사람 사는 세상으로 돌아가는 느낌이다.

그러다가 지난달에 장개석의 국민당 정부가 대만으로 도망가고 모택동이 10월 1일 천안문 광장에서 신생 '중화인민공화국'의 개국을 선포하게 되었다. 이제 정말 이 땅에 전쟁이 사라지고 죽음의 공포에서 벗어날 수 있는 세상이 오게 된 것이다.

전쟁 후에 찾아온 상처는 아직 완전히 아물지 못했고 다 아물려면 시간이 걸리겠지만 그동안 숨죽여 지냈던 민중들은 겨울잠에서 깨어난 생명처럼 다시 먹고살기 위해 개미처럼 움직였고 또 그렇게 세상은 언제 그런 일이 있었냐는 듯이 활기를 띠게 된다.

솔직히 국민당이면 어떻고 공산당이면 어떠리, 내가 살아가는 데 문제없고 목숨만 부지하면서 가족들 안 다치고 살아남으면 그게 천국이라고 순례는 혼돈의 시대를 겪어오면서 새삼 느끼게 된다.

첫째 딸 명자는 장밍의 공장에 출근해서 공장 일을 돕고 있고 15살 둘째 딸 수련부터 12살 아들 인휘, 그리고 이제 10살이 된 금희까지 애들도 가을부터 학교를 다니기 시작했다. 멋도 적당하게 부리고 꾸밀 줄도 아는 18살 장성한 처녀가 된 명자는 영구 시내에 위치한 진陳씨 성을 가진 어구 도매상 아들과 6개월 정도 만나더니 이제 드디어 혼례를 올리게 되었다. 신랑은 전형적인 북방 남자 스타일로 덩치도 크고 아주 호방한 성격으로 장밍이나 순례 모두가 좋아했으며 그쪽에서도 명자를 마음에 들어 한다.

명자를 생각하면 순례는 정말 미안한 마음밖에 없는 아픈 손가락이다. 수련은 친부인 준길에 대한 기억이 하나도 없고 장밍을 아빠라고 부르면서 자랐지만 명자는 어릴 적 준길과 자기가 겪은 갈등을 옆에서 보고 자랐다. 사천에서 만주 봉천까지 와서 명자를 낳았고 준길이 돌아오지 않는 그 많은 시간 어린 명자를 품에 안고 얼마나 울었던지, 그리고 준길의 학대에 죽어버리려고도 하다가 잠든 명자의 손을 꼭 잡고 어떻게 해서든 살아남아서 내 새끼 불쌍하게 안 키우겠다고 얼마나 수없이 다짐했던가.

준길의 폭행에 어린 명자가 엄마를 지킨다고 감싸다가 준길의 발길질에 내동댕이쳐지고 그래도 끝까지 달려들어서 기어코 엄마를 감싸 안고 얼굴에 흐르는 피를 닦아주던 너무나 든든한 딸이었다. 강제로 이혼당한 이후에 엄마인 순례를 따라 서탑에 들어오고 뒤에 연달아 태어난 동생들 다 거둬 키우고 고생만 했는데 부모로서 해준 것도 없이 이렇게 자라준 것만 해도 고맙건만, 이제 벌써 시집을 간다니 순례의 마음은 착잡하기만 하다.

좀 더 자기 옆에 품고 싶은데 20년도 못 품고 이제 한 남자와 가정을 이루니 축하해 줄 일이지만 막상 내일이면 딸을 보내야 하는 순례는 늦은 밤까지 잠을 못 이루고 이런 저런 생각에 밤을 하얗게 지새운다. 자기가 준길에게 시집갈 때 떠나보냈던 친정 부모의 마음도 이해가 가고 부모님을 이제 다시 못 볼지도 모른다는 생각에 눈시울이 붉어진다.

오늘 같은 밤엔 명자가 클 때 옆에서 언니처럼 챙겨줬던 은심이 없었으면 먹고살기에 바쁜 자신이 어떻게 살았을까 할 정도로 영덕과 은심의 생각도 많이 난다. 친언니처럼 명자를 키워왔던 은심이 명자의 혼례를 알면 얼마나 기뻐할까 하는 생각과 영덕과 은심의 피붙이 금희 생각에 순례는 눈물을 멈출 수가 없었다.

그 누구보다 영덕과 은심이 맺어지길 바랐고 젊은 부부의 탄생을 진심으로 축하했으며 첫 결실인 금희가 태어날 때 누구보다도 기뻐했던 순례였다. 점순 할매와 같이 직접 금희를 받아냈던 그 순간의 희열을 지금도 잊을 수 없었고 그렇게 태어난 금희는 정말 예쁘게 잘 자랐지만 어떻게 된 운명인지 부모와 떨어져서 살게 되었다.

그림 잘 그리던 제 어미 은심을 닮았는지 틈만 나면 종이에 영덕과 은심, 그리고 자기와 동생 옥희의 그림을 그려놓고 보고 싶은 마음을 대신하는 금희는 이제 겨우 10살이지만 그 사이에 나이답지 않게 너무 철이 들어버렸다.

순례는 가만히 누워서 지난번에 갔다 왔던 봉천에서의 일을 떠올려 본다.

비록 중국 땅에 살지만 친부 친모가 조선 사람이라는 생각에 순례는 명자 혼인식에 입히려고 한복을 사러 큰마음 먹고 봉천까지 가서 떠난 지 1년이 넘은 봉천을 다 둘러보고 왔다. 순례가 봉천에 간다는 소식을 듣고 금희는 아무 말도 없이 까만 눈을 들어 간절히 쳐다보는데 그게 무엇을 말하는지 알기에 순례는 예상보다 더 오래 봉천에 있었다.

먼저 들렀던 예전의 만융촌은 다른 곳에서 이주한 조선인들이 새롭게 터를 잡고 부락 곳곳에 새 집을 짓는다고 정신이 없었다. 사람들 붙잡고 하나씩 물어보니 대부분이 인근 소가돈이나 무순, 청원이나 길림성 통화 지역에서 대도시 봉천으로 이주해 온 조선인들로서 원주민들은 찾아볼 수가 없었다.

예전에 영덕네가 살던 집도 찾아갔지만 이미 새로 단장해서 통화에서 이주해 온 일가족이 자리를 잡고 있었고 수소문해서 예전에 만융에 살던 사람을 소가둔까지 찾아가서 물어봤지만 대부분의 주민들이 해방된 조선으로 가서 돌아 온 사람은 없다고 한다. 전쟁통에 사람이 죽고 사는 문제도 예삿일인데 사람 잃어버린 거 가지고 그렇게 난리냐고 핀잔을 들을 정도로 순례는 악착같이 묻고 또 물었지만 아무런 소식도 들을 수 없었다.

순례가 아는 영덕도 자식과 헤어지고 그냥 편하게 살 사람이 아닐 것이고 틀림없이 영덕도 자기네 식구들을 찾기 위해 백방으로 뛰어다녔을 것이라고 확신을 하고 순례는 서탑에 도착했다.

해방이 되고 난 서탑은 예전만큼은 아니지만 활기를 되찾았고 만주 곳곳에 박혀있던 조선 사람들도 다시 돌아와서 떠나기 전의 생지옥은 아니었다. 그래도 아직까지 약탈과 방화의 흔적이 남아있어 공산당 정부가 봉천 중심가인 서탑의 이미지 개선을 위해 곳곳에 새로 집을 짓고 골목길도 정비하여 예전의 좁은 골목길에 다닥다닥 집이 붙어있었던 흔적은 하나도 남지 않았다.

바로 이 자리가 점순 할매 식당이고 여기가 구두방이고 저기가 우리 가게였는데 하고 눈대중으로 짐작만 할 뿐 새롭게 단장되어 가는 서탑 골목이 낯설기만 할 뿐이었다. 혹시 이러다가 지금 눈앞에서 사라진 옛 골목길처럼 영원히 영덕네 식구를 볼 수 없을지도 모른다는 불길한 생각이 일었지만 이내 떨쳐내고 다시 예전에 살던 중가의 집으로 향한다.

모처럼 들어서는 중가는 서탑보다 더 활기가 돌았고 오가는 사람들도 많았다. 여기도 서탑처럼 여기저기서 낡은 건물 부수고 붉은 벽돌로 새집을 짓는다고 큰길가 구석구석마다 먼지가 날리고 완장을 찬 사람들의 지휘 아래 사람들이 바쁘게 일하고 있다.

조심스레 예전에 살던 집에 도착하여 열려있는 문을 밀려는 순간 벽에 써놓은 조선 글자와 한자가 눈에 들어왔다.

'조○ 평양○○○지구 ○○○ ○영덕'

시간이 오래되어서 지워지고 잘 보이지는 않지만 분명히 영덕이 왔다 갔다는 증거고 이걸 보면 분명히 영덕네는 조선으로 잘 들어갔다는 뜻일 게다.

듣자하니 은심의 삼촌이 북조선에서 고관으로 지낸다더니 틀림없이 목숨을 부지했을 뿐만 아니라 여유가 생겨 여기 다녀왔을 거라는 생각이 들자 순례는 쏟아지는 눈물을 멈출 수가 없었다. 손으로 벽을 쓰다듬으면서 "영덕아, 은심아"를 수없이 외치면서 순례는 한동안 그 자리를 떠날 줄 몰랐다.

아무런 성과 없이 돌아오는 순례를 보자마자 금희는 아무 말 없이 입술을 꼭 깨물고 검고 큰 눈을 두어 번 깜빡거리더니 굵은 눈물이 줄지어 흘러내린다. 어린 것이 표현을 안 했을 뿐이지 얼마나 가슴 졸여가면서 엄마 아빠 소식을 기다렸을까 생각을 하니 순례도 죄인처럼 금희를 똑바로 쳐다볼 용기가 안 생긴다.

"금희야. 이제 괜찮아. 울고 싶으면 소리 내고 울고 엄마 아빠 보고 싶으면 보고 싶다고 해. 할머니한테 언제든지 와서 울고 싶다고 얘기해."

"할머니, 나 지난번에 앓니 뺄 때 할머니가 빼준 이빨 나 아직도 안 버리고 주머니 안에 갖고 있어요. 내 몸에서 난 건 다 엄마 아빠가 준건데 내가 꼭 엄마 아빠 보여주고 버리려고 했는데. 엉~"

지켜보던 장밍이나 명자 다들 눈물을 훔치기에 바빴고 그동안 참고 참았던 설움이 터진 금희의 울음은 그칠 줄을 몰랐다.

"할머니, 우리 그거 하자."

"그래. 니 이름은 뭐꼬?"

"배금희."

"너거 엄마 아빠 이름이 뭐꼬?"

"엄마는 정은심, 아빠는 배영덕."

"너거 아빠 고향이 어디고?"

"경상남도 사천군 곤양면 중항리 안도 마을."

"너거 할아버지 할머니 이름이 뭐꼬?"

"할아버지는 배상수, 할머니는 황언년."

이까지 말하고 금희는 울면서 말을 이어나간다.

"아빠가 이것만 기억하고 있으면 엄마 아빠 만날 수 있다고 했는데. 할머니, 하루라도 엄마 아빠 금희 얼굴 안 그리면 잊어 먹을 거 같아서 맨날 그려요. 이대로 엄마 아빠 얼굴 잊어 먹을까 봐 무서워요. 그런데 정말 엄마 아빠 생각이 안 나요. 어헝~"

"금희야, 절대로 그럴 일이 없을 거고 인제 세상이 조용해졌으니까 할머니가 꼭 금희 델꼬 아빠 고향에 데려다줄께. 거기에 가면 엄마 아빠하고 옥희하고 다들 니 기다리고 있을 끼다. 이번에 봉천에 가서 너거 아빠가 우리 집 앞에 다녀갔다고 글 써놓은 거 보고 왔거든."

그날 그렇게 울다 지친 금희를 겨우 달래고 재우고 난 후에 장밍과 순례도 다 같이 울어버렸다.

날이 밝으면 이제 이 집을 떠나서 출가외인이 되는 명자도 오늘은 쉬이 잠들지 못한다.

어둠에 눈이 익으니 내일 아침에 입을 분홍색 한복이 걸려있는 게 눈에 들어오고 이제서야 정말 시집을 간다는 게 실감이 난다. 어릴 적 기억이 가물가물한 조선 땅은 꿈인지 생시인지 모를 정도로 아득하게 먼 곳이고 여기서 자라 여기서 학교를 다닌 명자는 이제 만주 땅이 조선보다 더 편하다. 어느새 중국말이 더 익숙해지고 한족인 남편을 만나니 앞으로 조선말을 접할 기회가 더 적을 거 같다. 그래도 엄마인 순례가 굳이 봉천까지 가서 한복을 사 와서 내일 혼례식에 입으라는 의미를 명자는 잘 알고 있다. 앞으로 중국 사람으로 살 거지만 그래도 애비 에미가 조선 사람인 건 부인할 수가 없는 것이다.

어린 시절 그가 기억하는 친부 황준길은 너무나 무서운 존재였다. 지금 금희보다 더 어린 시절에 세상을 떠난 친부였지만 일본어를 안 한다고 무서운 눈으로 노려보고 순례를 때릴 때의 살기등등했던 그 눈빛은 아마 명자가 죽을 때까지 잊지 못할 것이다. 아무리 생각해도 자기 친부가 왜 그렇게 미련하게 살았는지 모르겠고 아마 그때 느낀 조선 남자에 대한 반감 때문에 명자는 철저하게 일부러 조선 남자를 만나지 않았는지도 모른다. 아니면 계부인 장밍을 통해서 다정다감한 모습으로 가족을 감싸는 중국 남자의 매력을 봤기 때문에 남편이 될 사람을 고른 걸 수도 있다.

친부인 준길은 자기를 칭찬한 적도 그리고 안아준 적도 없는 거 같고 순례나 자기한테 따뜻한 말 한마디 해준 기억도 없었다. 그렇게 지난 세월 동안 모녀가 서로 의지하면서 살아왔는데 이제 내일이면 남의 사람이 된다. 영구 시내에 있어 지금 살고 있는 동네와 그리 멀지 않지만 그래도 혼인을 한 몸이라 예전과 다를 것이라 생각하니 눈물이 나고 생각이 많아진다.

어제도 자기 전에 동생 수련과 인휘를 불러서 부모님께 잘하라고 단단히 일렀지만 가여운 조카 금희가 제일 마음에 걸린다. 어린 시절에 먹고살기에 바쁜 순례가 놀아주지도 못하면 항상 그의 옆에는 은심이 있었다. 지금 생각하면 어린 시절 은심이 없었으면 어떻게 살았나 싶을 정도로 은심은 명자에게 엄마 다음 가는 존재였던 것이다.

점순 할매도 보고 싶고 자기를 씻겨주고 머리 빗겨주던 은심의 소식도 궁금하다. 항상 먹을 게 있으면 치마폭에 숨겼다가 명자만 나타나면 짠~하면서 꺼내주던 고마운 은심 언니, 자기 시집가는 날인 줄 알면 머리도 빗겨주면서 직접 화장도 해줬을 은심 언니가 너무나 보고 싶어 눈물이 난다. 혹시나 만약에 은심 언니를 못 만나더라도 자기가 꼭 금희는 잘 키워내리라고 다짐한다.

그날 날이 밝을 무렵까지 잠자리를 뒤척이던 모녀는 아침에 서로 보자마자 눈이 벌게진 채로 껴안고 숨죽여 울고 말았다.

폭풍전야
〈1950년 5월 북한 평양〉

분명히 뭔가 큰일이 일어날 징조이다. 지금 평양 시내 곳곳에는 팽팽한 긴장감이 흐르고 있다.

작년 여름에 기회를 봐서 다시 봉천으로 가고자 하던 영덕은 신의주까지 갔다가 다시 발걸음을 옮겨야만 했다. 급한 마음에 도강이라도 하려고 했지만 민간인 통제 구역까지 설정이 되어서 들어갈 엄두조차 못 내고 저 멀리 보이는 압록강을 그냥 바라만 보다가 왔다. 지난달에 갔을 때는 더 경비가 삼엄해서 아예 신의주 근처에는 가지도 못하고 그냥 발걸음을 돌려야만 했다.

북한에 정착한 이후에 금희 때문에 가슴에 자리 잡은 큰 돌덩이를 못 치운 그런 갑갑한 기분이 계속되는데 상황이 이렇게 되니 영덕은 진짜 병이라도 날 거 같았다. 무슨 일이 벌어지는지는 지난번 범진을 통해서 들었지만 끊임없이 중국 쪽에서 무장한 병력들이 트럭을 타고 또는 도보로 북한으로 들어오고 있었다.

신의주에 도착한 병력들은 그전까지 인민해방군에 소속되었던 조선인 부대였고 이들은 북한에 들어오자마자 바로 북한 인민군 군복을 갈아입고 북한군으로 편제되었다. 이제 북쪽 중국으로도 민간인 출입이 막혔고 남쪽 역시 삼팔선으로 막혀있는 지금 평양은 무언가 큰일이 벌어질 준비를 하는지 통행금지도 강력하게 실행하고 있다. 영덕은 직감적으로 조만간에 범진이 얘기하던 '남조선 해방 전쟁'이 다가옴을 알았다.

평양에서도 남쪽을 향해 진군하는 병력과 탱크 부대가 대낮에도 돌아다녔고 자기가 일하는 중앙도서관에서도 하루가 멀다 하고 남조선 해방의 당위성에 대한 군중대회가 열리며 어린 학생들도 '남조선 해방 만세'를 외치면서 시가행진을 하고 있다. 이제 정말 당장 내일 전쟁이 일어나도 이상하지 않을 분위기고 영덕을 뺀 모든 사람들이 다들 남조선 해방을 위해서 싸우려고 하는 것 같아 영덕은 그저 아무 일 없이 지나가기만 기도할 수밖에 없었다.

그동안의 노고를 인정받아 범진은 제1경비여단 작전참모 상좌로 진급하였다.

범진이 승진하자마자 제1경비 여단은 다시 오백룡 소장이 지휘하는 조선인민군 제8사단으로 개편되어 이제 곧 38선 인근으로 이동할 것이다. 작년부터 서서히 진행된 중국인민해방군 소속 조선인 부대의 합류는 최용건의 치밀한 준비로 적재적소에 다 자리를 잡았고 이제 몇 배 더 강력해진 힘으로 남조선을 해방시키는 위대한 과업만 수행하면 된다.

사실 작년까지만 해도 군사력은 오히려 남한이 북한보다 더 우세할 정도였고 이승만이 대놓고 북진 통일을 외칠 정도로 김일성이 느끼는 위기감은 컸으나 김일성은 그 상황을 더 부풀려 과장하여 어떻게든 방어력 강화라는 명분으로 계속 소련과 중국을 설득해 나갔다.

사실 모택동이나 스탈린이나 지금 당장 김일성이 남한을 칠 거라는 생각은 하지도 못했고 국방력 강화 차원이라는 선에서 지원을 해준 거였는데 실제로 김일성이 침략 의사를 밝히자 처음엔 동조하지 않았다. 전쟁을 일으키기엔 김일성의 짧은 경력과 수행 능력에 의심을 가졌던 모택동은 끝까지 반대 의견을 밝혔지만 김일성은 자기 방어를 위해 들여온 병력에 대해 자신감이 붙자 이제 스탈린을 찾아가 끊임없이 노골적으로 남침에 대한 당위성을 설명하게 된다. 국내적으로 지지기반이 약한 김일성으로서는 당연히 남조선 해방이라는 명분을 통해 돌파구를 마련해야 했고 중국의 세력을 등에 업은 연안파를 견제하기 위해서라도 뭔가 일을 저질러야 하는 상황이었다.

마침내 1950년 1월에 미국의 국무장관 딘 애치슨이 선언한 미국의 극동 방위선이 알류산 열도-일본-오키나와-필리핀으로 발표되면서 한반도가 배제되자 스탈린으로부터 남침에 대한 승낙을 받은 김일성은 중국의 동의를 구하라는 소련의 지시에도 불구하고 남침 직전에 김책을 통해서 계획만 중국에 통보했을 뿐 작전 계획이나 구체적인 날짜는 아예 일러주지 않았다.

김일성은 순전히 자기의 야심을 위해 전투력이 강한 중국 인민해방군 출신의 조선인 병력이 필요할 뿐이었고, 전쟁이라는 전환점 없이 현 상황이 장기화되어 군부를 장악하지 못하면 반대파 세력이 어떤 일을 벌일지 몰라 불안해서라도 중국에 일방적인 통보 형식만 취하고 자기만의 전쟁을 일으키려고 했다.

겉으로는 자주 국방을 위한 명분으로 김일성의 침략 야욕을 채워줄 인민해방군 조선인 부대의 입북은 해방 후에는 부분적으로만 일어났었지만 1949년 7월부터는 본격적으로 시작되게 된다.

제일 먼저 인민해방군 제164사단 7천 5백 명이 중국 측으로부터 장비를 지원받아 입북하여 인민군 제5사단으로 개편되었고 방호산이 이끄는 제166사단 12,000명도 인민군 제6사단으로 개편되었다. 방호산은 1916년 함경북도 출생으로 중국인 항일 유격대에 참가하였고 1932년에 중국 공산당에 입당한 후에 나중에 모스크바 유학까지 다녀온 중국 인민해방군에서도 엘리트 중의 엘리트였다. 인민해방군 166사단장으로 국공내전에 참전하여 만주 봉천 탈환 전투에도 참여하였으며 곧 있을 한국전쟁에서 남일, 김무정과 같이 손꼽히는 북한의 명장으로 이름을 날리게 된다. 김무정과 마찬가지로 방호산 역시 김일성이 키운 만주 빨치산파에 대해 노골적으로 실력이 없는 것들이라고 까놓고 비판을 했지만 당장 이들이 필요한 김일성이나 최용건은 어쩔 수 없이 비위를 맞출 수밖에 없었다.

이 밖에도 인민해방군 출신 조선인들은 제1사단, 제4사단, 제7사단 등으로 개편되었고 전쟁 전까지 추가로 5만 명의 조선인 부대가 입북하게 된다. 전쟁 후에 중공군의 참전이 있을 때 펑더화이가 이끄는 인민해방군에도 많은 조선인이 있었지만 이들을 제외하더라도 10개 사단 135,000명의 인민군 병력 중 1/3이상은 국공내전과 항일 전쟁이라는 실전을 통해 단련된 인민해방군 출신들로 이뤄졌고 이들은 남침의 최선봉에 서게 된다.

오늘 범진은 인민해방군 독립15사단 15,000명의 조선인 부대를 인민군 제7사단으로 개편하는 행사에 참석하여 복잡한 심정으로 집으로 돌아왔다. 바쁘다는 일정으로 김일성은 못 왔고 최용건과 자기 직속 상관인 오백룡이 같이 참석하였지만 같은 군복을 입게 된 이들과 이질감이 없다고 하면 거짓이었다. 행사 후에 간부들끼리 같이한 회식 자리에서도 인민해방군 출신들이 김일성 인맥을 타고 온 자기들을 노골적으로 무시하는 게 느껴졌지만 이미 한두 번 당한 게 아니라 그냥 참고 넘어갔다.

술이 돌고 돌면서 자기들이 중국 서북에서 항일 운동을 하고 국민정부군 상대로 요심전역에서 전쟁을 벌일 때 당신네들은 소련에서 신선놀음하고 계집질만 하고 놀았다는 둥 비꼴 때는 예전 성질 같았으면 바로 그 자리를 엎었겠지만 거기에 맞게 자세를 낮추는 최용건을 보고 그냥 삼켜버렸다.

처음에는 같이 항일운동하던 동지라고 생각했던 사람들이 이제는 직접 마주치기도 싫은 상대들이 되었지만 조국 해방 전쟁을 위해서는 힘을 합쳐야 하는 상황인 걸 잘 알고 있다.

앞 전에 오랜만에 이호영을 만나서 속에 있는 얘길 했는데 이 문제에 대해서는 이호영도 많이 실망하고 있었다.

이호영은 1946년에 이홍광 지대의 정치위원으로 있던 방호산의 눈에 들어 지금은 방호산이 지휘하는 6사단의 작전참모로 대좌 계급을 달고 있다. 원래 방호산이 제16기계화 여단장으로 강력하게 추천하였으나 김일성과 최용건의 반대로 인해 무산되었다. 일단은 아직까지 방호산을 보좌하고 있으므로 이호영 역시 그가 보는 만주빨치산파에 대한 불만이 있을 것이다.

"형님, 요거이 아무래도 우리가 이렇게 지내면 안 되는데 어쩌다가 이렇게 형님 만나는데 눈치가 보이는지 모르겠구먼."

둘이서 밤새도록 술을 퍼마시고 옛날 얘기도 하면서 할 말도 많건만 대낮에 평양 뒷골목에서 간첩 접선하듯이 만나니 서로가 민망하기만 하다.

"그러게 말이지. 나야 왜놈 때려잡는다고 여기저기 옮겨 다니다가 해방된 조국으로 왔건만 어쩌다가 이제 자네하고 마음 편하게 못

볼 사이가 되었구먼. 허허."

씁쓸하기는 이호영도 마찬가지다.

"내래 형님 말 듣고 소련으로 간 기고 형님은 더 큰일하려고 이홍광 지대로 간 건데 고사이에 우리가 영 불편하게 되부렀네. 그때 형님도 같이 소련으로 갔으면 또 지금은 얘기가 다를 거고."

"시대가 이상하니 이렇게 되부린게지비. 인차 힘을 합해가 남조선 해방까지 하고 나면 다시 또 전우들이 되는 거 아이겠니? 지금은 괘념치 말고 우리 해방전쟁 멋지게 잘 치르자우. 오늘 못 마신 술은 우리 조선 통일의 임무를 완수하는 그날에 같이하자우."

같은 군복을 입은 대좌, 상좌의 고급 장교들이었지만 같이 술도 한잔 제대로 못 하고 돌아서는 그를 향해 아쉬워하며 손을 흔드는 이호영을 보며 범진은 처음 봉천에서 만나서 밤새도록 대작했던 그날 생각이 났다.

'참, 세월 빠르다. 벌써 15년이구먼.'

승마 바지에 장화를 신은 자기의 모습을 쭉 내려다보던 범진은 그래도 누구 덕분에 자기가 이런 옷을 입고 이런 대우를 받는지 잘 안다는 듯 돌아서는 이호영을 향해 공손하게 고개를 숙인다.

오늘은 오랜만에 집에 온 만춘이 부대로 복귀하기 전날이라 모처럼 네 가족이 모두 모이게 되었다. 이번에 조선인민군 공군 상위로 진급한 만춘은 범진의 기대대로 엘리트 공군이 되었고 앞날이 촉망받는 전투기 조종사로 주목을 받고 있다. 김일성이 스탈린에게 한 군사 지원 요청으로 인하여 창설된 제11항공사단의 핵심 인력으로서 1949년 6월 당시 북한 공군이 보유했던 전투기 48기 중에서 당장 실전에 투입이 가능한 조종사 11명 중의 한 명이 바로 아들 만춘이었던 것이다.

거기에다가 소련군 전사 출신으로 소련 말에도 능통하여 소련 군사 고문관들로부터 차세대 조선 인민 공군을 이끌고 갈 인재라고 칭찬을 받았고 그 말을 전해 들은 범진은 미칠 듯이 기분이 좋아 동네방네 만나는 사람들마다 자랑하고 다녔다. 그만큼 너무나 대견하고 자랑스러운 아들도 이제는 자기처럼 '남조선 해방과 조국 통일'을 위해 장도의 길을 떠나게 되었으니 오늘은 대업을 앞둔 자기나 아들 만춘을 위해서라도 기분 좋게 마셔야 하는 날인 것이다.

"우리 육군 8사단은 이제 탄탄하게 전력을 갖췄고 수령님의 명령만 있으면 내일이라도 내려갈 수가 있어. 그래, 니들은 우찌 되가니?"

"지금 남조선 전체 비행기가 22기밖에 안 되니 준비하고 자시고 할 것도 없을 거 같습네다. 지난주부터 서울 여의도, 김포, 수원을 목표로 정해놓고 매일 훈련하고 있으니 이제 눈 감아도 요기는 여의도구나 요기는 수원이구나 알 수 있을 정돕네다."

자기를 닮아서 장난기도 있고 농담도 잘하는 만춘이 자신감 있게 되받아친다.

이렇게 좋은 날 삼월이는 또 범진에게 재수 없다고 한 소리 들을까 봐 아무 말도 없이 주방만 왔다 갔다 하고 굵은 뿔테 안경을 낀 상춘은 조용히 둘 사이에서 대화를 들으면서 혼자 곰곰이 생각에 잠겨있다.

"임자, 이리 와보라우! 이리 기분 좋은 날에 한잔해야지. 내래 한강 넘어 낙동강 건너서 남조선 괴뢰도당 놈들 현해탄으로 싹 쓸어버리고 핍박받는 남조선 인민들 구제하고 우리 만춘이는 또 공중에서 남조선 참새들 다 쪼아대고. 아니, 이러다가 솔개들이 부산까지 싹 다 뒤집어 놔서 우리 육군들이 그냥 놀면서 전쟁하는 거 아니네. 하하하!"

호들갑 떠는 범진의 성화에 삼월이는 마지못해 자리에 앉았지만 아니다 다를까 삼월의 눈은 벌써 벌겋게 젖어있다. 분위기가 분위기인지라 범진은 눈치도 주지 않고 뭐라고 책망하지도 않고 삼월 앞에 놓인 잔에 술을 가득 따라준다.

"임자. 그래 아들이나 서방이나 큰일 하러 가는 건데 우리가 다 과업을 완수하고 오면 그때는 또 기쁨의 눈물을 흘리면 되는 거지비. 쭉 들라우. 이 전쟁은 아무리 내가 봐도 질 전쟁이 아이야. 우리 인민군 전사들 절반이 중국에서 전투를 했던 용맹한 팔로군 출신들이지, 그리고 남조선 인민들은 이미 남로당을 통해서 다 포섭을 해놔서 우리가 내려가면 당장 그쪽에서 합류할 거라고. 삼팔선에 있는 애들한테 물어보이 남조선은 땅크도 없고 다들 오합지졸이라더만. 허허."

걱정하는 삼월을 달래기 위해 범진이 주저리주저리 늘어놓는 얘기였지만 왠지 삼월이에게는 범진이 자기 자신을 위해 하는 얘기로도 들린다.

"그런데 아바디, 형님. 우리 공화국에서 내려가면 미국놈들이 정말 가만있겠습네까? 아무리 애치슨 라인에서 제외되어서 니들끼리 알아서 먹고살라고 했다지만 바다 건너 일본에 미국놈들이 죽치고 있지 않습네까?"

그동안 묵묵히 듣고 있던 상춘이 한마디를 던진다.

"고거이 그럴 수가 없는 게 이제 미국도 우리 조선 전쟁에 끼어들 수가 없는 기다. 자기들 입으로 방어선을 그었는데 그걸 번복하고 다시 이 전쟁에 들어오면 미국 국민들이 가만 안 있을 거라는 게 우리 공화국의 결론이지비. 고노무 새끼들의 나라는 의회를 통해서 정해지는데 얼마나 융통성이 없는지 뭐 하나 바꾸는 데도 허송세월

하다가 다 보낸다고 하더구만. 그라고 정말 미국이 끼어들면 중국하고 소련이 가만있갔어? 그리되면 3차 대전이 되는 거고 미국이 그걸 뻔히 아는데 이 조그마한 땅덩어리 우리끼리 통일한다는데 전혀 끼어들 일이 없다는 게 수령님의 판단이지비. 말하기만 좋아하는 샌님 같은 놈들이 그런 소리를 지껄인다는데 내가 직접 보게 되면 아가리를 찢어버리갔어."

서슬이 퍼런 범진의 얘기에 상춘은 뜨끔해서 입을 다물어버린다. 애비인 범진 앞에서는 큰소리를 쳤지만 사실 만춘은 인민군 공군에 대한 확신이 서지 않았다. 그가 몰고 있는 YAK-9 전투기도 신형인 줄 알았는데 중고가 들어와서 툭하면 고장인 데다가 부품을 확보하기도 힘들고 무엇보다도 운용 능력이 있는 조종사가 절대적으로 부족한 상황이었다. 절대 열세인 남한 공군의 요격 능력을 무시해서 북한 공군은 전투기보다 폭격기의 숫자가 더 많았는데 현재 보유한 180명의 조종사로는 226기의 항공기를 굴리기에 기본적으로 필요한 인원의 절반밖에 없는 셈이었다.

공군 조종사가 육군 보병처럼 하루 이틀 안에 만들어지는 게 아닐진대 북한군은 육군 우대 정책으로 나갔고 공군 조종사가 확보가 안 되어 전투기가 제대로 굴러가지 않아도 어차피 대적할 상대가 남한 공군이라면서 전략 증강의 우선순위에도 두지 않았던 것이다.

이런 상황인데 만약에 미국 공군이 참전한다? 생각만 했었지만 일어나서는 안 될 일이라 여긴 만춘은 이내 불길한 생각을 떨치려고 고개를 세차게 흔들었다. 애비 범진은 신이 나서 떠들어대지만 삼월은 그 짧은 순간에 스쳐간 만춘의 불안한 얼굴을 착잡하게 바라만 볼 뿐 딱히 왜 그런지 물어볼 수도 없었다.

그날 밤, 범진네 식구들은 봉천 생활, 빨치산 시절부터 소련 시절을 회고하면서 울기도 하고 웃기도 하면서 다들 만취했다.

다음 날 아침, 조선인민군 육군 상좌 계급장을 단 범진이 앞에 앉고 그 옆에는 어색한 미소를 짓는 삼월, 그들 뒤에는 늠름한 공군 조종사 복장의 만춘과 뿔테 안경의 상춘이 나란히 서서 가족사진을 찍었다. 귀대하는 아들에게 삼월은 만춘이 좋아하는 녹두 빈대떡을 챙겨 넣어주면서 말없이 눈물만 훔치고 있고 범진은 돌아서서 헛기침만 하며 만춘을 보냈다.

대반전
〈1950년 9월 경북 영천〉

푹푹 찌는 더운 날씨에 범진은 망원경으로 전장을 내려다보면서 최용건이 직접 하사한 마우저 권총만 들었다 놨다 하다가 다시 다급하게 무전병과 부관을 부른다.

무전병이 뛰어오는 순간 바로 범진의 10여 미터 앞에서 포탄이 터지고 범진은 흙먼지를 덮어쓰면서 입에 들어온 흙을 뱉어낸다. 급하게 몸을 더듬어보니 다친 곳은 없는 거 같은데 망원경은 어디로 날아갔는지 보이지도 않는다. 무전병과 부관을 찾아보았으나 포탄에 몸이 다 날아가서 핏자국이 바닥에 조금 남아있는 게 조금 전까지 '사람'이라는 생명체가 있었음을 증명해 줄 뿐이다.

머리가 조금 따끔하다 싶었는데 좀 있다가 머리에서 뜨거운 게 흘러내려 오더니 곧 그의 시야를 가려버린다. 소매로 대충 피를 닦아내고 흐릿해진 눈으로 전방을 주시하니 오늘 공세도 국군의 거센 저항으로 더 이상 진격하기가 도저히 힘들 거 같다.

죽은 인민군들의 시체 썩는 냄새가 이까지 진동하기에 범진은 참호에 등을 기대어 헛구역질을 하고 다시 일어서려고 했지만 현기증을 느끼면서 그 자리에 푹 고꾸라지고 만다. 이를 악물고 다시 일어서는데 이번에도 기다렸다는 듯 또다시 퍼붓는 포격에 참호 안에서 머리를 감싸 쥐고 이 폭풍이 지나기만 기다릴 뿐이다.

유엔군의 공중 폭격 때문에 낮에는 꼼짝없이 숨어있어야 했고 조금이라도 움직이면 기다리고 있었다는 듯 포격을 해대는 맞은편 국군 제6사단의 막강한 포병 화력은 며칠째 중대 단위로 벌이는 야간 침투 작전을 무용지물로 만들었고 아까운 병력만 죽어나갔다.

사단장 오백룡의 우려를 뒤로하고 오늘은 적의 허를 찔러 주간 공세를 감행했지만 피냄새를 맡고 나타나는 공중 폭격에 이어 바로 포병의 집중 포화를 받아 1개 중대 병력이 고지 밑에서 죽어가고 있고 여기서는 지켜만 볼 뿐 더 이상 지원해 줄 수도 없다. 며칠 동안 잠도 못 잔 데다가 파편이 스친 머리에서 피가 줄줄 흐르니 머리가 더 멍해진다.

처음에는 정말 계획대로 되는 줄 알았다. 개전 3일 만에 서울에 인공기를 꽂자마자 속전으로 남하하였고 역시나 기대한 대로 인민해방군 출신 전사들은 약해 빠진 국군을 두들기면서 연전연승을 거듭했다. 우스갯소리로 부대가 이동한다고 해서 기차에 탔고 자고 일어나 보니까 군복 바꿔 입으라고 해서 인민해방군에서 북한군이 된 제4사단, 6사단의 활약이 컸는데 대전에서 미24단을 격퇴하고 딘 소장을 포로로 잡은 부대도 이권무가 이끄는 제4사단 18연대 중공군 출신이었다.

중공군 출신 부대들은 공격의 주력이었고 서울 점령과 낙동강 전선에 이르기까지 최강의 부대였으며 국공 내전에서 산전수전 다 겪은 방호산이 이끄는 6사단의 전과도 놀라웠다. 전쟁이 시작되자마자 서부 전선의 국군 1사단을 패퇴시켜 개성을 점령하고 인민군 중에서 가장 먼저 한강을 도하하더니 충청도와 전라도 쪽은 그냥 전진만 계속해서 남하하여 병력 손실 없이 개전 약 한 달밖에 지나지 않은 7월 말에 진주를 점령하고 마산을 향해 진격하기 시작했다.

너무나 빠른 진격에 미군과 국군은 6사단의 이동을 전혀 눈치채지 못했고 정찰기가 먼저 포착해서 존재를 알게 된 게 남한으로서는 천운이었다. 낙동강 방어선의 국군과 유엔군은 남하하는 인민군을 막기 위해 서북쪽 위주로 병력이 배치되어 있어 제대로 허를 찔리게 되는 상황이었고 만약 마산이 뚫리면 부산까지는 불과 50여 킬로에 불과해서 그대로 전쟁이 끝날 수 있는 위대한 과업의 완수가 눈앞까지 다가오게 된 거였다. 더군다나 인민군 주력 부대들이 낙동강을 삼면에서 뺑 둘러싸서 옥죄고 있었고 마산을 공략하는 방호산의 제6사단은 국공 내전, 항일 운동 시절부터 전투력 최강을 자랑하던 핵심 전력 중의 핵심 전력이었기에 이들이 부산을 점령하는 건 시간문제라고 생각했다.

그러나 범진의 예상과 달리 미국의 참전이 전쟁 초기에 이뤄진 것이 불운이었다. 특히 미 공군은 개전하자마자 하루 만에 참전하였고 미 육군도 초반에 인민군 제4사단에 밀리기는 했지만 전세가 몰린 한국을 구하기 위해 병력을 보충하였다. 거기다 연합군까지 한국을 돕기 위해 참전하기로 했다고 한다.

제2군단은 포항까지 진격하였고 범진의 인민군 제8사단은 제2군단의 다부동 돌파 계획이 실패로 돌아가자 전차 부대를 증원받아 신녕을 목표로 진격하여 8월 말에는 조림산까지 진출하였으나 국군과 유엔군의 거센 반격과 공중 폭격으로 병력과 장비의 손실을 입게 되고 갑작스러운 전황의 역전에 사기마저 떨어졌다. 반면에 한 발만 물러나면 이제 끝장이라는 걸 아는지 적의 반격은 거셌고, 내려만 가면 호응해 줄 거라 기대했던 핍박받는 남조선 인민의 협조도 없었다. 인민군 공군은 다 어디에 갔는지 코빼기도 보이지 않는데 강력한 적의 공중 지원과 포격으로 사상자는 늘어만 갔고 부족한 병력은 남쪽에서 징집한 의용군으로 채우고 있지만 탈영병 역시 속출하고 군기는 이미 해이해질 대로 해이해졌다.

9월 초에 제15사단이 영천을 점령하자 제8사단은 신녕을 점령한 후에 영천을 통해 대구로 들어갈 계획이었다. 그러나 대구를 우회 공격하기 위해 국군의 방어선을 돌파하려 신녕으로 진출하자마자 국군의 포병에 꼼짝없이 당해버려 일단은 숨을 고르다가 9월 7일에 조림산과 운산동에서 1개 대대 병력이 다시 공격을 전개했으나 포병의 집중 포화로 고스란히 대대 병력이 전멸하고 말았다.

범진의 제8사단과 맞서는 국군 제6사단의 강력한 저항에 돌파구를 찾고자 558고지, 637고지와 화산으로 이어지는 방어선 중 화산 일대에 주간 공격을 개시했으나 6사단 포병의 집중 포격을 받고 오히려 탱크를 8대나 잃어버렸고 미 공군의 전투기와 폭격기에 제대로 얻어맞아서 대열까지 분산되었다.

인민군 제8사단이 큰 타격을 입자 국군 제6사단은 즉시 반격을 가했고, 범진의 부대는 공세 작전은커녕 현 전선만 유지하고 야간에 중대 규모 수준의 소규모 전투만을 전개하고 있는 중이다. 이런 상황에서 국군 제6사단은 5개 연대가 동서 간 32km에 이르는 구축선을 강화해 나갔고 거기에다가 국군제1사단마저 제6사단 좌측에 자리를 잡아 가산에서 13km, 화산 쪽에 15km의 난공불락의 구축선을 공고히 하여 범진의 인민군 제8사단을 옥죄어 오고 있었다.

이런 상황이 계속되면 영천으로 먼저 진격했던 인민군 제15사단은 대구로 우회하여 진격하려던 제8사단의 지원이 없게 되어 꼼짝없이 포위당하는 큰 위기를 맞을 수밖에 없다.

전황을 잘 아는 범진이기에 하루하루가 지날수록 입이 바짝 타들어 갔다. 사단장 오백룡은 항공 지원이 없으니 주간 공격은 자제하고 야간에만 작전을 펼치라고 했지만 마음이 급한 범진은 금방 전에도 1개 중대 병력을 정찰 겸 선발대로 침투 보냈다가 눈앞에서 또 속절없이 병력만 축내고 만 것이다.

공군의 위력은 항일 전쟁을 할 때부터 알았지만 만주에서 잘 접해보지 못했던 포병의 화력은 정말 치명적이었다. 낮에는 공군 폭격에 숨어 지내고 조금 움직이려고 하면 또 포병의 포격에 시달리니 사단 작전참모가 뭘 하려고 해도 제대로 할 수 있는 게 없어 정말 미치고 환장할 노릇이었다.

포격이 잠잠해지자 범진은 가까스로 머리에 흐르는 피를 지혈하고 참호 밖으로 나와 주위를 둘러본다. 여기저기 수북하게 포탄에 맞아 죽은 시체들이 즐비하고 살아남은 전사들의 눈은 두려움에 떨고 있는 게 보인다. 엊그저께 자해를 가한 병사 둘을 공개 처형을 해서 경각심을 일깨워 줬지만 군인이 공포심을 느끼고 제자리를 벗어나려고 하면 제아무리 유능한 장교라도 통솔하기 힘들어지는 걸 범진도 잘 알고 있다.

그러나 금방 눈앞에서 1개 중대가 포격에 의해 우왕좌왕하다가 곧이어 나타난 폭격기에 고깃덩어리가 되는 걸 봤는데 이건 부대원들은 둘째치고 만주에서 산전수전 다 겪은 지휘관 범진이라도 공포심에 찌든 얼굴이 그대로 드러날 수밖에 없었다.

우선 참호를 더 깊게 파라는 명령을 내리고 사단장 오백룡에게 무전으로 전황 보고를 하니 정신없을 정도로 쌍욕을 듣고 얻어터지고 말았다. 믿었던 방호산이 이끄는 제6사단도 마산 전투에서 수천 명의 전사자와 포로를 냈지만 결국 전황이 불리하게 돌아간다는 소식이 들어왔다.

생각보다 적은 강했고 미국은 빨리 들어왔다. 그러고 보니 저 강력한 미 공군만 눈앞에 보이고 인민군 공군은 보이지도 않는데 아들인 만춘은 어떻게 지내는지 불안하기만 하다.

오늘은 야간에 더 이상 전투를 하기 어렵다고 판단해서 정찰조만 보내고 사주 경계를 강화시킨 뒤 잠깐 눈을 붙였는가 싶었다.

아래에서 웅성거리던 소리가 들려 깜짝 놀라 눈을 떠보니 벌써 동쪽 하늘이 밝아온다.

"상좌님, 전군 후퇴하랍니다. 빨리 철수하라는 명령입니다!"

결국 인민군 제15사단은 영천에서 고립된 채 전멸 상태까지 가게 되었고 신녕 전투에서 패전한 인민군 제8사단도 겨우 병력만 수습하여 가까스로 북쪽으로 후퇴를 했다. 영천 지구 전투에서만 인민군은 3,500여 명의 전사자와 수백 명의 포로만 남긴 큰 피해를 입었고 그다음 날인 9월 14일에 천하무적 인민군 제6사단도 마산 전투에서 패하여 북쪽으로 군사를 물리고 다음을 기약했지만 다시는 마산뿐 아니라 낙동강 근처에 얼씬도 못 하게 되었다.

9월 15일 새벽, 유엔군 사령관 맥아더가 지휘한 인천상륙작전이 성공함에 따라 낙동강에서 진지를 구축하고 웅크리고 있던 국군과 유엔군이 9월 23일부터 본격적으로 북진을 시작했다. 인천상륙작전 성공이 알려지자 낙동강에서 잠시 물러나서 병력 보충을 기다리던 인민군 야전 부대들은 사기가 떨어지고 도주병이 속출하는 등 모든 전선이 무너지기 시작했다.

곧 9월 28일에 서울이 수복되었고 보름 만에 38선 이남 지역은 모두 국군과 유엔군이 다시 점령하게 되었다. 어떻게든 북으로 귀환하려는 인민군의 눈물겨운 생존을 위한 탈출이 있었지만 지상군 13만 5천으로 남침을 했던 병력 중 10만을 잃고 북으로 귀환한 병력은 채 3만 명이 안 되었다.

북한은 개전 100일 만에 자랑스럽게 여기던 최정예 인민해방군 출신 병력의 대부분을 잃고 부산을 목전에 두고 반대로 쫓기게 되어 전세가 역전되고 만다.

또 다른 이별
〈1950년 10월 북한 평양〉

전쟁이 시작된 초기에 평양은 연이어 전해져 오는 승전보로 거리에 활기가 넘쳤었다. 조국 해방 전쟁에 나가겠다고 고등학생뿐 아니라 심지어 중학생들까지 입대를 자원하고 거리 곳곳에는 확성기를 통해서 용맹한 인민군이 어디까지 진격했고 미국을 비롯한 연합군 괴뢰도당이 참전했으나 모두 패퇴했다며 이제 이승만은 부산으로 도망갔다고 하루도 쉬지 않고 떠들어댄다.

영덕도 인민군 제6사단이 진주를 점령해서 마산으로 진격했다는 소식을 듣고 착잡한 심정과 함께 이렇게라도 조국이 해방되면 어떻게든 고향으로 가봐야겠다는 생각을 했다. 이 전쟁통에 고향은 어떻게 피해를 안 받았는지 부모님과 누나네 식구들은 잘 있는지 궁금했고 이왕에 한 전쟁 빨리 끝나서 통일이 되면 자유롭게 남과 북을 오가고 이제 중국도 마음대로 드나들어 금희도 찾아올 수 있을 거란 생각만 했다. 중앙도서관의 동료들도 이제 영덕을 보면 해방 전쟁이 끝나고 남한 구경 같이 가자고 할 정도로 승리를 확신하던 평양이었다.

그러다가 한 달 두 달 시간이 길어지더니 평양의 분위기가 점점 심상치 않게 변했다. 거리 곳곳에서 시끄럽게 떠들던 확성기는 이제 조국 해방이 얼마 남지 않았다던 소리만 앵무새처럼 되풀이하고 있고 부산이 코앞이라는 얘기만 한 달 넘게 하고 있다. 여유로워 보였던 평양 거리에선 거리 곳곳에서 학생들을 상대로 모병을 하고 있고 자고 일어나면 하루에도 여러 번 지원군을 가득 실은 기차가 남쪽으로 향했으며 또 이들을 배웅하는 사람들로 인해 평양역 일대와 중심가에는 발 디딜 틈이 없다. 이기고 있는 전쟁인데 계속 군인들이 보충되고 좀 있으면 곧 끝난다는 전쟁은 길어지니 평양에도 서서히 불안한 기운이 감돌고 있었다.

소문은 생각보다 빨리 퍼졌고 이제 반대로 전황이 불리하다는 소리가 들릴 즈음이던 9월 달부터 남쪽 하늘에서 전투기들이 날아들더니 하루에도 몇 번씩 평양 상공을 휘젓고 다니다가 사라졌다. 국군과 유엔군이 인천에 상륙하여 38선 이북까지 진격했다는 소문이 다 퍼졌지만 북한 당국은 공식 발표도 안하고 계속 승리의 발걸음이 얼마 안 남았다는 대민 방송만 해대고 있다. 그러다가 만 15세 이상 남녀는 모두 생업을 정리하고 거주지 단위별로 모여 조국 해방 전쟁에 적극적으로 동참하라는 소집령이 떨어지니 이제 소문이 거의 확실한 것이다.

영덕네 집에서만 영덕과 은심, 그리고 고등학교를 다니는 경춘까지도 소집 대상자가 되어 내일부터는 지정된 장소로 나가야만 했다. 공장, 농장, 학교 등등 모든 단위 사업체의 업무가 중지되는 총동원령이 내려져서 평양에 연고가 없는 영덕네는 할 수 없이 막내 옥희를 범진네 집에 맡기기로 했다.

전쟁이 난 후에 두어 번 범진네 집에 찾아갔을 때와 달리 그동안 삼월의 얼굴은 많이 수척해졌다. 이제 곧 전쟁이 끝나서 범진과 만춘이 금방 집에 올 거라고 믿었던지 항상 밝은 웃음을 짓더니 오늘 만난 삼월은 근심과 걱정으로 잠도 제대로 못 잔 얼굴이다.

상춘도 학교에 휴교령이 내려졌는지 집에 와있어 자기에게 안기는 옥희를 번쩍 안아주고 자기 방으로 데리고 간다.

"숙모님, 이제 곧 전쟁이 끝난다니 조금만 기다려 봅시다."

위로가 안 된다는 걸 알지만 영덕은 한마디 건네본다.

"곧 끝난다고 하더니 아무런 소식도 없고 요즘에 계속 비행기가 뜨는데 그게 우리 인민군 비행기가 아니라고 하니 도대체 어떻게 된 일인지 알 수가 없네. 요즘에 잠 한숨도 못 잤어."

억지로라도 웃으려고 하는 삼월이다.

고위 장교층이 모여 사는 동네라 당국에서는 쉬쉬하지만 삼월도 이미 전세가 불리해져서 인민군들이 북으로 퇴각하고 있다는 걸 들어 알고 있었다.

"숙모."

뭐라고 할 말이 없는 은심은 그냥 삼월의 손을 잡고 눈물만 흘릴 뿐이다.

"내 걱정은 말라우, 만추이 아바디가 이렇게 집 나갔다가 다시 돌아온 게 한두 번인감? 만추이도 별일 없이 올거니께네 날래들 가보라우. 옥희는 내가 잘 델꼬 있을 거이니 보고 싶으면 언제든지 보러 오라우."

그러나 강제 동원된 인원들은 삼월이 생각한 대로 오고 싶으면 마음대로 오고 할 그런 처지가 못 되었다.

영덕네 가족들은 동평양 지역으로 배치되었다. 매일매일 임시로 설치한 막사에서 먹고 자고 하면서 여자들이 마대 자루에 흙을 담아 주면 남자들은 지게에 싣고 산 위로 올려주거나 여자들이 파낸 자리를 다시 참호 형태로 깊게 파는 작업에 동원되었다.

이제 정말 전장이 다가오는지 처음에는 저 멀리서 쿵쿵하는 소리가 들리더니 이제는 제법 가까이에서 포성이 들려오고 이들을 지휘하는 인민군 경비 병력들의 발걸음도 바빠진다. 땀 흘리면서 작업을 하다가도 포 소리가 가까이에서 들리면 사람들은 작업을 멈추고 긴장한 얼굴로 여기저기 사방을 둘러볼 뿐 아무도 선뜻 어떻게 된 상황인지 물어보는 사람은 없었다.

점심 때 잠깐 쉬면서 땀을 식히고 있을 때 새벽에 건너편 산등성이 쪽으로 작업을 나갔던 경춘이 돌아왔다.

“매형, 누님. 얘길 들어보니 지금 상황이 심상치 않습네다. 지금 괴뢰들이 황주하고 사리원까지 왔다 카디요. 좀 있으면 평양이 넘어가는 건 시간문제라고 합디다. 괴뢰들이 넘어오면 제일 먼저 인민군 가족부터 먼저 죽인다니 우리는 여기서 죽든지 아니면 북쪽으로 가든지 달리 방법이 없을 거 같습네다.”

경춘의 말이 맞다. 좋든 싫든 영덕네는 인민군 상좌의 가족인 것이다.

영덕네가 둘러앉아 있는데 웬 젊은 인민군 군관이 다가와서 작업자들을 쭉 둘러보다가 지휘봉을 들어 경춘을 가리키더니 불러 세운다.

그의 뒤에는 경춘 또래의 청년들 서너 명이 불안한 얼굴로 서 있다.

“학생은 나이가 몇인가?”

갑작스럽게 지명을 받은 경춘은 당황해서 머리에 쓴 교모를 재빨리 바로 돌려 잡았다.

"네. 지금 2학년입네다."

"고래? 따라오라우."

영덕과 은심이 뭐라고 말을 할 사이도 없이 경춘은 뒤따르던 병사들에 의해 끌려가 버렸다.

오후 작업 시간이 끝나갈 즈음에 '장하다! 공화국의 학도 지원병'이라는 깃발을 든 경춘이 어색한 인민군 군복을 입고 20여 명의 일행과 그들 앞을 지나가는 걸 볼 수 있었다.

"경춘아!"

영덕과 은심이 경춘의 이름을 부르자 경춘은 살짝 돌아보기만 했고 그길로 군인들과 함께 산을 넘어갔다.

그다음 날, 밤새 울던 은심을 겨우 달래고 나니 아침이었다.

누워있는 동안에도 포탄 소리가 더 가까이 오는 거 같아 잠을 설치다가 좀 있으면 기상나팔이 울리겠거니 하면서 누워서 기다리는데 아직까지 조용하니 영덕뿐 아니라 주위에 있던 사람들도 웅성거리기 시작했다. 무슨 일인가 싶어서 밖으로 나가보니 어제까지만 해도 보이던 인민군들이 하나도 보이지 않는다.

"여보, 일어나 보시오. 군인들이 보이지가 않소."

사람들이 우왕좌왕하는 사이에 남쪽 하늘에서 비행기 편대가 나타나더니 저 멀리에 보이는 평양 시내에 공중 폭격을 하기 시작한다. 바로 눈앞의 평양 시내에서 시커먼 연기가 올라오는 걸 보고 영덕과 은심은 사람들과 같이 미친 듯이 산을 뛰어서 내려갔다.

"빨리 타셔야 합네다. 오마니!"

옥희의 손을 잡은 상춘이 차에서 손을 내밀며 다급하게 삼월을 부르지만 삼월은 아직까지 차에 오르지 못하고 있다. 국군과 유엔군의 북진이 일어날 무렵, 정확하게 말하자면 서울을 수복할 때부터 이미 북한은 정부, 기관, 수뇌부가 평양에서 철수 준비를 하고 있는 상태였고 10월 9일부터 본격적으로 철수를 시작했다. 인민군 일부 부대는 만일에 대비해서 압록강을 넘어 중국 국경의 만주까지 빠져나갔다. 김일성 역시 평양 사수라는 말로 민관을 다독이다가 10월 12일에 평양에서 덕천으로 피하고 이미 임시 수도 강계로 도망간 상황이라 평양 거리는 한산하기 그지없었다. 이제 마지막으로 군관과 공직자 가족들을 대피시키는 군용 트럭 몇 대가 와서 임시 수도 강계 쪽으로 갈 채비를 하고 있었다.

빨리 가야 하지만 이대로 가려고 하니 삼월의 발걸음이 쉽게 떨어지지 않는다. 영덕이나 은심에게 기별이라도 전해야 하는데 어디에 있는지도 모르고 그렇다고 마냥 기다릴 수도 없었다.

"씨융~" 바람을 가르는 소리가 멀지 않는 곳에서 들리더니 바로 길 건너에 있던 건물이 날아가 버렸고 파편과 흙먼지가 길거리 여기저기에 쫙 하고 퍼진다.

"야, 이 썅 에미나이야. 뒤질라믄 혼자 뒤지라우! 전사 동무. 얼른 출발하라우!"

잡아먹을 눈으로 차에 타길 주저하던 삼월일 노려보던 일행들 중의 누군가가 거친 욕을 하자 차에 타고 있던 사람들도 삼월에게 쌍욕을 해대고 다급해진 상춘은 얼른 차에서 뛰어내려 주저하는 삼월을 안아서 차에 태운다.

삼월과 만춘, 그리고 옥희를 태운 차가 떠난 지 얼마 후에 삼월이 살던 동네는 폭격을 맞고 검은 연기에 휩싸이고 만다. 시내에 들어서니 평양은 벌써 아수라장이 되어있었다. 군인들은 여기저기 뛰어다니고 시내 곳곳에는 폭격에 죽은 사람들 몸이 찢어진 채 널부러져 있었고 여기저기에서 가족을 찾는 처절한 소리와 살려달라는 신음밖에 들리지 않았다. 평양역 일대에는 온전히 남아있는 건물이 거의 없을 정도여서 영덕은 여기가 정말 평양이 맞나 싶었다.

영덕과 은심은 뛰다가 걷고 하면서 쉬지 않고 시내를 달려나갔다.

그때 누군가가 외쳤다.

"폭격이다!"

그나마 움직일 수 있는 사람들은 황급히 어디론가 피했고 영덕은 은심의 손을 잡고 가까이에 문이 열려있는 남의 집 대청마루 밑으로 기어 들어갔다.

"콰쾅쾅쾅!!"

고막을 찢는 소리가 주위에서 들렸고 영덕은 허겁지겁 은심의 등위에 올라타서 은심을 감싸고 귀를 막았다. 폭탄이 터질 때마다 지축이 요동을 치고 그 진동에 영덕의 머리가 마루바닥의 어딘가에 쿵하고 부딪혔지만 지금 영덕이 할 수 있는 건 그냥 가만히 엎드려서 어서 끝나기만 기다리는 일밖에 없었다.

"여보, 우리 이제 어떻게 해요?"

울면서 외치는 은심의 떨리는 목소리도 어느새 포탄 소리에 파묻혔고 잠시 후에 다시 정적이 찾아왔다.

조심스레 몸을 일으켜 은심의 몸과 자신의 몸 곳곳을 더듬고 조심스레 밖에 나오니 여기저기서 우는 소리가 들렸다.

담벼락이 무너지면서 사람 몇 명이 깔린 모양이었는데 영덕이 가보니 애엄마로 보이는 여자의 머리가 날아갔고 그 옆에는 서너 살된 사내아이가 땅바닥에 주저앉아 울고 있었다. 은심이 가까이 가보려고 했지만 영덕은 세차게 은심의 손을 잡고 가던 길을 재촉한다. 걷다가 발에 뭔가를 밟고 미끄러져서 내려다보니 어디선가 날아온 사람 내장 덩어리들이었다. 넘어져서 입고 있던 바지가 핏물에 젖었지만 지금은 조금도 시간을 지체할 때가 아니었다. 어떻게 해서든 빨리 범진네로 가서 다들 무사한지 그거부터 확인해야 한다.

부서지고 망가져서 낯설게 변해버린 평양 시내 골목길을 돌고 돌아 범진이 사는 고려 호텔 뒷길로 들어서자마자 영덕은 그만 온몸이 얼어붙고 말았다. 고급 주택이 들어섰던 동네가 거의 사라지다시피 했고 처절하게 파괴되어 동네 곳곳이 검은 연기만 토하면서 이미 흉물처럼 변해버렸다. 떨리는 발걸음으로 범진네 집 앞에 다가섰으나 집은 벌써 폭격에 의해 반파되었고 원래 2층이던 집이 폭삭 주저앉다시피 해서 밖에서 보기에도 도저히 사람이 살 수 있을 거 같지가 않았다. 허겁지겁 지붕에서 잔해가 떨어지는 폐허 속으로 뛰어들어 보니 다행히 걱정했던 대로 사람의 시체는 보이지 않는데 포격에 날아간 건지 아니면 어디로 피난을 갔는지 알 수가 없었다.

숨을 몰아쉬면서 뒤따라오던 은심도 정신없이 여기저기 뒤지다가 맥이 풀렸는지 탁 바닥에 주저앉아 버린다. 머리를 감싸고 있던 영덕은 뒤늦게 정신이 들어 주위를 둘러보다가 황급히 은심의 손을 잡고 집 밖으로 빠져나간다. 위태위태하게 버티고 있던 2층이었던 집은 조금 있다가 흙먼지를 일으키면서 완전히 무너지고 말았다.

"여보, 부..분명히 집에 사람 없는 거 맞죠?"

떨리는 목소리로 은심이 다시 확인한다.

"그럼. 사람 없었어. 아무래도 숙모님이 옥희 데리고 안전한 곳으로 가셨는갑다."

참고 있던 눈물이 터지자 은심은 그 자리에 주저앉아 울음을 터트린다.

"아이고 우리 금희야, 옥희야. 엄마 아빠가 미안하데이. 정말로 미안하데이!"

"아무 일 없을 끼다. 공화국 간부 집 가족들은 나라에서 다 미리 피신을 시켰다고 하더라. 진짜로 아무 일 없다."

꼭 그래야만 했고 이 말은 은심이 아닌 영덕 자신을 위한 말이었다.

공중 폭격으로 평양을 공습한 국군과 유엔군은 10월 19일에 평양에 입성했고 곧이어 평양 비행장을 탈환한 후에 김일성 대학에서 저항하던 1개 대대의 인민군을 격퇴함에 이어 북한 인민위원회와 내각 본부를 차례대로 점령하고 마침내 태극기를 계양하였다. 미국은 평양을 점령한 후에 평양 통치권을 실행하였고 유엔군은 평양에 군정을 실시할 준비를 하면서 계속 북진을 하게 된다. 평양에는 제7사단을 예비대로 두고 미 제1기병 사단이 평양 경비를 담당한다.

약속
〈1950년 12월 북한 평양〉

국군과 유엔군은 평양을 점령한 후에 치안 유지에 힘썼고 동시에 평양이 점령되었던 10월 19일에 평양 시청을 수색하던 제15연대가 발견한 우익 학살 사건에 대한 조사를 시작했다. 조금이라도 북한 정권과 관련이 있던 사람들은 다들 잡혀갔고 부역자를 색출하는 작업은 국군 제7사단 헌병대에 의해서 이뤄졌다.

갑작스럽게 옥희와 이별한 충격이 가시기도 전에 영덕과 은심은 북한군 고위 장교의 친척으로 밀고를 받아 바로 격리 조치를 당해서 계속되는 심문에 몸과 마음이 지쳐갔다. 영덕의 심문을 맡은 헌병대 상사는 황해도 출신으로서 해방된 이후에 지주였던 가족들이 토지 몰수 후 학살을 당하고 혼자 살아남아 월남을 한 사람으로 북한 정권에 대한 적개심이 대단했다.

영덕은 처음에는 왜 잡혀 왔는지 영문도 모른 채 그냥 평범한 중앙도서관 사서로 일을 했다고 둘러댔지만 매질은 더욱 가혹해졌고 어떻게 남한 출신이 북한에서 이런 자리에 올랐는지에 대하여 집중 추궁을 당했다. 계속 부인을 하자 헌병대는 중앙도서관에서 같이 근무했던 직원을 증인으로 데리고 왔고 그는 아주 철저하게 영덕이 누구의 빽으로 어떻게 지냈는지 다 밝혀주었다. 영덕은 자포자기 심정으로 할 수 없이 어린 시절부터 지금까지 겪어왔었던 일을 다 실토하였다.

남한으로 가던 길에 삼팔선에 가로막혀서 이렇게 되었다고 설명을 하고 평양에 자리를 잡으려고 하다 보니 처삼촌을 통해 궁여지책으로 이렇게 먹고살게 되었다고 하자 상대방도 수긍을 했는지 더 이상의 매질은 당하지 않았다.

"배영덕, 한 대 태우겠나?"

영덕이 고개를 끄덕이자 강인한 인상에 코와 귀에 난 털이 눈에 거슬리는 헌병대 김동석 상사가 담배에 불을 붙이고 영덕의 입에 담배를 물려준다.

"어쩌다가 그 어린 나이에 만주까지 가서 그 고생을 했는가? 이제 압록강까지 올라가서 곧 북진 통일이 이뤄질 거니까 그때는 고향으로 돌아가서 찍소리 하지 말고 살게. 빨갱이 친척이라고 알려지면 언제 죽을지 모르는 목숨이니 처신을 잘하라구. 우리 사촌 형님도 왜정 시대에 만주에 갔다가 실종이 되어서 소식을 알 길이 없는데 자네를 보니 딱해서 그러는 거여."

도대체 이 놈의 전쟁은 어린애 장난인지 어떻게 된 건지 불과 몇 달 전에는 부산이 무너지면 통일이 된다더니 이제는 또 북진하여 통일이 될 거란다. 김 상사가 시키지 않아도 남쪽이 이기든 북쪽이 이기든 영덕은 빨리 통일이 되어서 잃어버린 가족들 찾고 고향으로 가서 조용히 살고 싶은 생각뿐이다.

"그래, 자네가 직접 죄를 지은 거 같지는 않은데 당신 처삼촌이라는 정범진. 그놈이 아주 악질인 데다가 김일성, 최용건의 수족 같은 놈이라 자네는 처벌을 면하기 힘들 거 같네."

범진이 북한 정권에서 그 정도의 파워를 가진 줄은 영덕도 몰랐다.

"빨갱이 놈들이 들어서면서 얼마나 무고한 사람들이 억울하게 죽었는 줄 아나? 나는 지금이라도 고향으로 가서 어제까지 굽신거리다가 세상이 바뀐다고 광기를 부리던 새끼들을 다 잡아들여서 갈아 마시고 싶네."

"선생님, 제 아내는 어떻게 되는 겁니꺼?"

"자기 삼촌이 인민군 상좌인데 온전하겠나? 자네는 내가 정상 참작을 해서 잘 써줘서 노동 교화형에 처하면 그만이겠지만 자네 처는 조금 힘들겠네. 그래도 듣자 하니 평양에 와서 그냥 조용하게 살았다고 하니 혹시 모르지. 내가 저쪽에 자네 처를 어떻게 처리할 건지 물어는 봐주지."

취조실로 끌려온 은심은 끌려오자마자 머리채를 잡힌 채 벽에 던져졌다. 백열등 하나만 있는 컴컴한 방 안에 있던 남자 둘은 은심이 쓰러지자 얼굴에 물을 퍼붓고 의식이 돌아오니 의자에 묶어놓았다. 은심에 대해 이미 충분한 조사를 한 듯 하나씩 물어보고 은심이 조금만 답을 망설이면 사정없이 따귀를 날렸다.

'정범진의 조카로서 평양에 와서 무슨 일을 했는지, 남편 따라 남한으로 갈려고 했으면 전쟁이 터지자마자 왜 못 갔는지, 혹시 평양에 남아서 무슨 지령을 받았는지' 등등 은심이 뭐라고 대답을 하더라도 돌아오는 건 잔혹한 매질이었다.

은심은 그렇게 한 3일 동안 정신없이 얻어맞고 그냥 혼절하고 말았다.

꿈인지 생시인지 훌쩍 커버린 금희와 여전히 귀엽게 웃는 애교쟁이 옥희가 손을 잡고 퇴근하는 영덕과 은심을 기다리고 있다. 언제나처럼 금희는 하얀 이빨을 드러내서 웃고 있고 옥희는 언니 옆에서 방방 뛰어다닌다. 은심은 애들을 보자마자 끌어안고 저 멀리서 영덕도 달려온다. 이렇게 다시 만나게 된 네 가족, 서로 부둥켜안고 울고 또 운다. 금희와 옥희는 엄마 아빠 어디 갔었냐면서 울고 영덕과 은심은 애들에게 미안하다는 말밖에 못 한다. 엄마를 부르면서 젖가슴을 파고드는 금희의 손길은 의식이 흐릿해도 또렷하게 느껴지는데 그 느낌이 너무나 생생해서 정신이 드는 순간, 은심의 입에 고약한 냄새의 수건이 물린다.

'쉿!'

누군가의 강한 손길이 밑에서 올라오고 또 다른 한 명은 은심의 팔을 잡고 있다. 아래쪽의 사내가 은심의 상의를 말아 올려 얼굴을 덮더니 드러난 젖꼭지를 입에 물고 가득 빨아들인다. 그의 입에서 풍기는 구취가 너무나 역겨워서 은심은 입에 물린 수건을 뱉고 토악질을 하고 싶었다. 온몸을 뒤틀며 반항을 했지만 위에서 팔을 잡고 있던 사내가 은심의 뒤통수를 힘껏 내리쳐 은심은 몸에 힘이 풀려 더 이상 움직일 수 없었다. 조금 있다가 허리춤이 풀리면서 하의가 벗겨진 걸 느낀 후에 무언가 뜨거운 게 은심의 허벅지 사이를 파고들고 은심은 다시 혼절하였다.

어느새 정신이 들었을까 눈이 가려지고 입은 아직 막혀있었지만 열려있는 은심의 귀에 사내들의 목소리가 들려온다.

"요 안에 있는 빨갱이 중에서 이년이 제일 반반하고 이뻤는데 자네 덕분에 오늘 회포를 풀었네. 자세가 불편해서 그렇지 다른 애들보다 더 탱탱한 게 오늘 제대로였는데. 크크크.”

“하하, 중위님, 미리 언질을 주셨으면 밑이라도 좀 씻겼을 건데 말입니다.”

“아니지 아니지, 이렇게 갑작스럽게 충동적으로 하는 것도 또 다른 맛이 있지. 그런데 이년 왜 가만있어? 죽은 거 아냐?”

“참, 중위님도. 여기서 빨갱이 기집 하나 죽어 나가는 거 무슨 대수겠습니까? 안 그래도 밖에 나가면 널린 게 시체들인데.”

“어허, 사람이 그러면 쓰나? 내 씨앗을 받아준 귀한 인연을 맺은 계집인데 잘 좀 해주게. 자 이제 나가보자고.”

덜컹 철문이 잠기는 소리가 들리고 입에 있는 수건을 토악질과 함께 뱉어낸 은심의 눈에는 눈물만 흘러내린다. 치욕스러웠다. 평생 남자라고는 영덕 하나만 알고 살아왔는데 창녀처럼 아무런 저항도 못 하고 그냥 당하고만 말았다. 엉거주춤 일어나는 은심의 허벅지를 타고 깊은 곳에서 뜨거운 무언가가 흘러나오자 은심은 수치심에 몸을 떨었다.

혀를 깨물고 죽을까 아니면 저 벽에 머리를 처박고 죽을까?

분노와 수치심을 못 이긴 은심을 혀를 억세게 깨물려고 하다가 그냥 바닥에 주저앉아 울고 말았다. 어디에 있는지 모르는 금희와 옥희, 그리고 남편 영덕을 못 보고 죽을 수는 없었다.

어떻게든 살아남아서 엄마와 아내의 역할을 다 해줘야 했다.

영덕에 대한 조사는 다 마쳐가는지 영덕은 이제 결박은 풀리고 헌병대들이 가져오는 자술서만 반복해서 쓰고 있었다. 그러던 중 갑자기 밖에서 군화 발자국 소리가 어지러이 들리더니 김 상사가 소령 계급장을 단 장교를 데리고 들어왔다.

"소령님, 이 친구가 만주에서 학교를 다녀서 중국말도 능통하고 조사를 해보니 이적 행위가 없는 걸로 나왔습니다."

키가 큰 소령은 영덕을 아래위로 쭉 훑어보더니 턱짓으로 영덕을 끌고 나오라고 한다. 영문도 모른 채 영덕은 군인들에게 끌려가서 다른 취조실로 들어갔다. 거기에는 농민 복장을 한 짧은 머리의 남자 2명이 피투성이로 바닥에 널부러져 있었다.

"니 빨갱이 새끼, 똑바로 들어라. 이 새끼들 1사단에서 잡아들인 놈들인데 분명히 중국 놈들이다. 빨리 이 새끼들한테 뭐하는 놈인지 물어봐라. 통역관이 온다는데 애새끼들이 오다가 디졌는지 갑갑해 죽겠네."

영덕은 시키는 대로 바닥에 쓰러져 있는 사람들을 중국말로 불렀다.

"이보시게 당신들 어디서 왔고 도대체 왜 여기로 왔소?"

먼저 정신이 돌아온 한 놈이 고개를 돌리면서 외면하려다가 체념한 듯 영덕에게 말한다.

"우리는 미제로부터 조선을 구하러 온 팽덕회 장군이 이끄는 인민지원군이다. 우리 인민지원군은 벌써 평안도와 함경도 곳곳에 깊숙이 들어와 있고 이제 곧 미제와 남조선 괴뢰 도당을 싹 쓸어버릴 것이다."

영덕이 그 말을 전하자 소령의 얼굴은 사색이 되더니 그 자리를 벗어나 어디론가 달려갔다. 자기가 들은 얘기에 영덕도 놀라서 한동안 멍하니 서있었다.

'이제 곧 북진 통일이라더니 어떻게 된 일인가? 중국에서 지원군이 참전하게 되었다니.'

평양이 국군과 유엔군의 수중에 떨어진 지 불과 며칠 후의 일이었다.

영덕은 곧 풀려나 헌병대의 중국어 통역 지원 인원으로 임시 배치되었다. 중국어 통역관이라고 몇 명이 나왔지만 만주 사투리를 완벽하게 구사하는 영덕의 수준에는 한참 못 미쳤고 자기에게 주어진 기회를 잡은 영덕은 부역자 출신이라는 딱지를 떼어내기 위해 성실하게 업무에 임하여 헌병대 간부들의 인정을 받게 되었다. 무엇보다도 직접 중공군을 심문하여 전황에 대해서 빠르게 이해를 해나갔다. 중공군이 참전하게 되면 이제 전쟁은 더 길어지고 그러면 이 땅에 또 무수히 많은 생명들이 죽어나갈 것이고 가족을 찾기는 더욱 어려워질 것이라는 생각이 먼저 들었다.

중공군의 남진이 가까워지면서 중국어 통역 인원이 절대적으로 부족해지자 은심도 노역에서 풀려나 임시 통역원으로 발탁이 되었는데 여기에는 헌병대 김 상사의 도움이 컸다. 아직까지 은심이 완전한 자유의 몸이 아니라 수감방에 별도로 갇혀있어야 하지만 낮에 오가면서 먼발치라도 무사히 지내고 있는 은심을 보면서 영덕은 마음이 놓였다. 볼 때마다 영덕이 반갑게 손을 흔들어도 왠지 모르게 은심은 고개를 돌려서 자기를 피하는 듯했지만 이런 혼란스러운 세상에 서로 생사 확인만 되어도 감지덕지한 것이다.

이제 중공군의 한국 전쟁 참여는 사실이 되었고 압록강까지 밀고 올라갔던 국군과 유엔군은 후방에서 갑작스럽게 출몰한 중공군의 등장에 당황하고 중공군의 게릴라식 전법에 익숙하지 못해서 계속 남쪽으로 후퇴를 했다. 평양과 원산 간의 요충지에 국군과 유엔군이 강력한 방어전을 펼칠 거라고 예상한 모택동은 지원군 사령관 팽덕회에게 며칠간 휴식을 취하면서 탄약과 식량을 보충하여 대기하도록 지시를 했지만 뜻밖에도 국군과 유엔군은 평양 방어를 포기하고 신속한 철수를 결정한다. 이에 당황한 모택동은 다시 전문을 내려 '적이 평양을 포기했으면 우리는 신속하게 38선까지 진격을 하라'고 바뀐 명령을 내렸다.

국군과 연합군은 철수를 하는 김에 아예 기동력이 떨어지는 중공군이 따라오지 못하도록 단숨에 200여 킬로나 뒤로 물러섰다. 12월 4일 본격적으로 평양 철수가 이뤄지면서 국군과 연합군은 평양에 그나마 남아있던 산업 시설, 공업 시설과 보급품 2,000톤을 소각하였고 부상병과 포로, 그리고 피난민을 실어 나르기 위해 진남포에 있는 모든 선박을 다 이용하여 빠르게 후퇴를 진행했다. 평양 철수 명령을 접하고 온 부대가 어수선하게 움직이는 가운데 영덕은 미친 듯이 은심을 찾아 헤맸다.

이제 임시로 군속이 되어 함께할 수 없는 상황에서 어떻게든 은심을 만나야 했다. 빨리 철수 병력에 합류하라는 헌병들의 재촉을 뿌리치고 여기저기 뛰어다니다가 가까스로 여자 수감방으로 돌아가려는 은심을 발견하고 영덕은 급하게 외쳤다. 헌병대원들이 제지를 하려고 하다가 뒤따라온 김 상사를 보고 그냥 그대로 내버려 두었다.

"여보, 지금 우리 남쪽으로 피난가야 하요. 난 이제 군대를 따라 움직여야 하니까 내 말 잘 들으시오. 남쪽으로 가면 어떻게 해서든 내 고향으로 가시오! 여기로 올려면 또 언제 올지 모르니 꼭 그렇게 하시오! 내 고향 주소 경남 사천군 곤양면 중항리 안도부락! 자 여기 주소도 적었소! 부디 어떻게든 우리 다시 만나서 애들 찾으러 가야지."

영덕은 짧은 시간동안 은심의 손을 잡고 얘기하더니 자기가 입고 있던 두꺼운 국군 점퍼를 벗어서 은심의 어깨를 덮어주었다.

"금희 아바디! 부디…"

은심의 얘기가 끝나기도 전에 요란한 호각 소리가 들리고 바쁘게 승차를 재촉하는 군인들의 성화에 영덕은 아쉬워하면서 발걸음을 돌렸지만 은심은 그 자리에 서서 뜨거운 눈물을 흘린다.

'금희 아바디, 부디 살아만 줘요. 비록 더럽혀진 몸일지라도 당신이 기다리면 내 꼭 찾아가겠소!'

멀어지는 영덕을 보고 은심은 또 다짐한다. 영덕의 얘기처럼 어떻게든 다시 만나서 같이 애들 찾으러 가자고…

미8군이 피난민 철수 대책을 세우지 못하고 평양 철수 작전을 감행하는 바람에 후퇴하는 길에는 큰 혼선이 일어났다. 국군과 연합군이 철수한다는 소문을 듣고 12월 3일부터 이미 많은 피난민들이 모여들었고 특히 대동강 이북의 피난민들은 끊어진 대동강 철교를 건너다가 많이 떨어져 죽기도 하였다. 그렇게 몰려든 피난민들은 평양 남쪽 중화에서 신막까지 가는 도로로 몰려 그 인원이 50만여 명에 달했고 남쪽으로 갈수록 그 인원은 더더욱 늘어나 도보로 서울까지 가는 데만 열흘이 넘게 걸렸다.

평양 철수는 갑자기 기동력 있게 후방에 나타난 중공군의 전력을 오판한 미8군의 실수였다. 실제로 중공군도 12월 초쯤에는 북한으로 들어올 때 가져온 탄약과 식량이 바닥난 상태였고 병사들의 피로도가 극심했음에도 유엔군은 전력 보존이라는 명분하에 제대로 방어선을 구축하지 않고 도망치다시피 후퇴하면서 평양을 다시 내주게 된 것이다.

영덕은 근래에 잡힌 포로들을 통해서 '조선으로 지원 나올 때의 식량과 탄약은 이미 소진되었다'는 얘길 상부에 보고했지만 그 의견은 묵살되었다.

시련
〈1951년 2월 강원도 횡성〉

1.4후퇴 이후 서울을 내주고 한강 이남으로 몰렸던 국군과 유엔군은 재반격을 준비하고 있었고 영덕은 통역 인원으로 차출되어 지금 국군 제6사단이 위치한 강원도 횡성으로 와있다.

횡성은 국군 제6사단이, 지평리는 유엔군이 주둔하여 돌출된 전선을 형성하게 되었는데 중공군은 횡성, 지평리 두 군데 모두가 뿔처럼 튀어나온 지역이라 한 군데에 병력을 집중하여 국군과 연합군의 반격을 저지하기 위한 제3차 공세를 준비하고 있었다.

국군은 북진을 위한 공격적인 태세를 취하느라 방어 진지를 제대로 구축하지 못했고 6사단과 인접한 3사단, 5사단과의 연합하여 체계적인 방어선도 꾸리지 않아 전선 곳곳에 빈틈이 많았다.

영덕은 지금 수색부대가 생포한 중공군 중사를 며칠째 심문 중이었다. 그를 통해 얻어낸 정보에 위하면 횡성과 지평리 중 어디를 칠 것인가에 대해서는 수뇌부들끼리 아직 결정을 못 냈고 자기들은 아직까지 아무 명령을 들은 바 없다고만 했다.

취조하던 국군 장교들이 물러가면 영덕은 그 중공군 중사와 담배를 나눠 피면서 안면을 트게 되었고 만주 이야기도 전해 들었다. 중사는 중공군 40군 소속으로 고향은 하북성 랑방 사람으로 이름은 푸강付剛이었고 올해 25살로 국공 내전에 참가하여 봉천 탈환 전투에도 참여한 베테랑이었다. 정찰 임무 도중 다 죽고 부하 한 명과 잡혀서 심문을 당하는 중이었고 겁먹은 채 주위를 둘러보는 눈이 송아지처럼 아주 큰 잘생긴 청년이었다.

"이제 나는 어떻게 되는 겁니까?"

"포로들은 여기서 심문이 끝나면 사단 본부로 이송될 거니까 너무 걱정 말게. 이왕에 이렇게 된 거 우리한테 협조 잘하면서 어떻게든 살아서 고향으로 가야지."

"저는 정말 아무것도 모릅니다. 상부에서 진격하라면 진격하는 거고 지키라면 지키는 군인인데요."

"그래. 너무 걱정하지 말고, 그런데 자네 봉천에 언제까지 있었나?"

"조선으로 들어오기 전까지 봉천에 주둔했었습니다."

"봉천은 지금 어떤가? 다들 제대로 살고는 있는가?"

"장개석 놈들이 워낙에 인민들을 쥐어짜는 바람에 모든 인민들이 해방군을 보자마자 얼싸안고 기뻐해 주고 우리 인민해방군이 봉천의 낡은 건물 다 부수고 새로 만들어줄 정도로 많이 변했습니다."

"자네 혹시 서탑이라고 조선인이 많이 사는 마을 가봤나? 아니면 만융이나 소가둔이라든지."

"저는 봉천 북쪽 기반산 쪽에 주둔해서 못 가봤습니다."

푸강은 고개를 가로저으며 미안한 얼굴로 답한다.

잠시 침묵을 깨고 영덕은 다시 담배에 불을 붙이면서 물어본다.

"자네 고향에는 누가 있나?"

"아내하고 아들 하나가 있는데 조선에 오기 전에 잠깐 얼굴 보고 왔었죠."

그때였다.

헌병 2명이 들어오더니 그중에서 하사 계급을 든 사람이 영덕에게 푸강을 일으켜 세우고 포박을 하라고 지시한다.

막사 밖으로 나오니 눈보라가 휘날리고 사뭇 추운 날씨라 눈조차 제대로 뜨기 힘들다. 푸강과 다른 중공군 포로 3명이 포박당한 상태에서 헌병이 영덕을 향해 뭐라고 외치는데 바람 소리에 퍼져서 영덕은 알아들을 수가 없었다.

"뭐라고요?"

"야 이새꺄. 이 놈들한테 계급순으로 줄 서서 오른쪽으로 가라고 그래. 포로놈들 사단 본부까지 데리고 간다."

그제야 제대로 알아듣고 영덕은 포로들을 향해 손나팔을 하고 전달 사항을 알렸다.

헌병 1명이 앞장서자 영덕이 그 뒤를 따르고 중사 계급의 푸강이 무리를 이끄는 듯이 앞에 선 뒤 나머지 3명의 포로들이 고개를 푹 숙이고 따라가고 대오의 마지막에 헌병대 하사가 앞에 총을 두면서 뒤를 따른다.

추운 날씨에 땅이 꽁꽁 얼어 참호도 파지 못하고 산등성이에 기대어 서로 어깨를 맞대어 추위를 피하던 국군 병사들은 증오의 눈빛을 보내며 지나가는 이들에게 쌍욕을 던진다. 이제 곧 북진 통일을 앞두고 있었는데 중공군의 개입으로 통일은커녕 서울까지 내주게 되었으니 얼마나 이들이 미웠겠는가? 중공군이 없었다면 지금쯤 이 병사들은 이 엄동설한을 고향의 따뜻한 아랫목에서 가족들과 같이 보냈을 것이다.

사단본부까지 가는 길은 험했고 산등성이를 내려오는 길은 미끄러워서 멀쩡한 영덕도 여러 번이나 미끄러졌는데 손이 묶인 포로들은 넘어지고 일어서서 다시 걷기를 반복했다. 그때마다 사정없이 헌병들에게 두들겨 맞았는데 눈보라가 휘날리고 시야가 확보가 안 되는 상황에서 인솔자나 인솔되는 사람이나 다들 힘들기는 마찬가지였다.

한참을 걸어도 계속 무릎까지 푹푹 파이는 눈밭이고 지금 이 방향이 사단 본부로 가는 건지 영덕마저 확신이 들지 않았는데 갑자기 맨 뒤에 따라오던 헌병대 하사가 영덕을 불러 세운다. 쏟아지는 눈보라에 눈을 찡그리면서 노려보는 눈매가 아주 무서웠다.

“야 통역, 지금 이대로 사단본부까지 못 간다. 우리가 인솔하던 포로들은 탈출을 감행하다가 우리에게 사살된 거다. 알겠나?”

처음에는 무슨 말인지 못 알아듣다가 영덕의 눈은 커지고 만다.

“아니, 하사님, 사단본부로 데려가야 하지 않습니까?”

“시끄러 이 빨갱이 새끼야. 우리가 그렇게 여유가 있어서 이 새끼들 모시고 가? 딴소리하면 너도 같이 쏴버리겠어.”

작심한 듯 소총을 장전하던 하사는 뒤도 돌아보지 않고 포로들을 향해 걸어가고 맨 앞에 있던 헌병은 익숙한 듯 몸을 돌려서 이쪽으로 온다. 행군을 멈추고 불안하게 이쪽을 보던 푸강이 뭔가를 감지하고 포로들에게 외쳤지만 말로 이어지지 못하고 난사한 소총 세례에 그냥 푹 쓰러지고 말았다.

그렇게 짧은 시간에 네 명의 포로는 눈밭에 붉은 피를 흘리고 쓰러지고 말았고 헌병은 시체를 하나씩 발로 굴려서 산 밑으로 버리며 영덕에게도 와서 거들라고 고함을 질렀다.

"야! 김일병. 그리고 통역, 연대에 복귀하면 포로 4명이 악천후를 틈타 도주하여 사살했다고 보고한다! 알겠나?"

겁에 질린 영덕과 헌병은 "예!" 하고 복창한다.

전쟁에서 사람이 죽고 사는 게 늘상 있는 일인지라 영덕은 덤덤하게 낮의 기억을 지우려고 했지만 헝겊으로 비바람만 대충 가린 막사 안은 너무나 추웠다. 곳곳에서 기침하는 소리와 깊은 한숨 소리, 그리고 코 고는 소리가 들려 추운 날씨에 다들 깊은 잠을 자기는 어려웠다. 영덕이 있는 막사 안은 포탄을 운반하거나 참호를 파는 일에 동원된 민간인들의 숙소인데 고된 노동을 마친 사람들도 몸은 피곤했지만 매서운 추위에 잠을 못 이루고 뒤척이고 있었다.

"쾅쾅쾅!!"

포격 소리가 바로 앞에서 나더니 이윽고 사이렌 소리가 울려 퍼졌다.

"중공군의 기습이다!"

예상치 못하게 중공군이 시야가 보이지 않는 악천후에 기습을 감행한 것이고 국군은 전혀 대비책을 세우지 못했다.

2월 11일 밤, 지평리가 아닌 횡성을 공략지로 택한 중공군의 제3차 공세가 이어졌고 제8사단은 대대, 연대, 사단의 지휘 기능이 마비되어 조직적으로 저항조차 하지 못했다.

"연대 철수한다! 퇴각하라!"

포탄 섬광에 비친 어둠 속에서 국군은 허겁지겁 군장을 챙기고 철수를 시작했고 보이지 않는 곳에서 중공군의 피리소리와 꽹과리 소리가 요란하게 들려왔다. 그 소리는 가까이 있는 거 같기도 하고 또 멀리 있는 거 같기도 해서 듣는 사람의 심장을 얼어붙게 만들 정도로 공포심을 극대화했다.

막사에 있던 사람들은 대충 옷만 챙겨 입고 군인들을 따라서 산을 내려갔고 포탄을 피해 넘어지고 고꾸라지면서 산 밑에 도착했지만 방향이 어디가 어딘지 알 수가 없어 그냥 후퇴하는 군인들의 등만 보고 쫓아갔다.

한참을 달리고 또 달렸다. 후퇴하는 군인들 사이 곳곳에 포탄이 터지면서 사람들의 비명과 울음소리가 가득 찼고 영덕은 달리다가 그 자리에 멈춰 섰다. 오른쪽 저편에서 부러진 나무 아래에 몸을 숨기던 김 씨가 영덕을 보고 이리 오라 손짓을 했고 영덕은 그쪽을 향해 달려가던 중 바로 옆에서 터진 포탄에 몸이 휙 날라갔다. 아무 생각도 들지 않았고 그냥 온몸이 공중에 붕 뜬다고 느껴진 순간이었다.

얼마나 시간이 흘렀을까.

영덕은 비몽사몽간에 여기서 이러다가 얼어 죽겠다는 생각이 들어 몸을 일으켰지만 몸이 말을 듣지 않았다.

지금 온몸의 구석구석을 바늘로 찔린 거 같은데 추워서 그런 건지 아니면 포격에 의해서 아픈 건지 구분이 안 된 영덕은 일단 주위를 둘러보았다. 눈보라가 그치고 동쪽 하늘에서 해가 뜨려는지 주위가 서서히 밝아오는데 영덕에게 애타게 손짓하던 김 씨는 엎어져 죽어 있었고 곳곳에 시체들이 나뒹굴고 있었다.

일어서려던 영덕은 얼굴에 극심한 통증을 느끼고 꽁꽁 언 손으로 얼굴 여기저기를 만져봤는데 눈, 코, 머리 다 아무렇지도 않았지만 자꾸만 입속으로 찬 바람이 사정없이 들어왔다. 갑자기 턱 쪽에 극렬한 통증을 느끼는 순간 입과 목에서 피가 나왔다.

'입이 왜 이렇지' 하면서 손을 턱으로 가져가는 순간 그의 손에 턱이 만져지지 않았다!

"어헉."

그제야 무슨 말을 하려고 해도 말이 나오지 않고 왜 자꾸 목구멍으로 찬 바람이 들어오는지 알게 되었다. 부랴부랴 얼굴을 만져보니 파편에 맞았는지 영덕의 아래턱은 2/3가 날아가고 없었고 그때부터 턱에 극심한 통증이 느껴졌다.

아래쪽 양쪽 어금니 쪽만 남기고 영덕의 턱은 부서진 게 아니고 완전히 날아가 버린 것이었다.

'이거 어떻게 하나.'

재빨리 주위를 뒤져서 날아간 턱이 어디 있는지 찾아보았지만 보이지도 않았고 그럴수록 눈에는 눈물만 방울방울 흘렀다.

'이래 가지고 사람 구실 할 수 있나. 이제 어떻게 하나?'

울면서 누구든 도와달라고 소리를 질렀지만 말은 나오지 않고 '어헉' 하고 짐승 짖는 소리처럼 들리는 영덕의 말은 허공에서 사라져만 갔다. 혼자서 '어머니 은심아'를 외쳐보았지만 단어가 되지 못한 괴성은 무심하게 무심하게 울려 퍼질 뿐이다.

눈밭에 털썩 누워서 하늘을 올려다보았다.

참을 수 없는 턱 부위의 통증과 가슴속을 후벼 파는 차가운 바람에 다시 윗몸을 일으켜 기침을 하다가 입속에 가득한 피를 뱉어냈다. 하얀 눈 위에 핏방울이 쫙 뿌려지면서 눈을 붉게 물들인다.

한참을 잔기침을 하다가 다시 눈밭에 드러누웠다.

'그냥 이대로 죽어버릴까? 이제 병신이 되었는데 더 살아서 뭐하겠노? 전생에 무슨 죄를 지었길래 사는 게 와 이리 힘드노?'

드러누운 영덕의 얼굴 위로 겨울 햇볕이 내리쬐는데 실눈을 뜨고 하늘을 보니 파랗다 못해서 하늘에 진한 물감을 뿌려놓은 거 같았다. 눈이 부셔 힘없이 고개를 돌리니 저쪽의 김 씨 시체 옆으로 까마귀 두세 마리가 접근을 하더니 영덕의 눈치를 보며 살금살금 다가온다.

살아남더라도 이런 모습을 남에게 보이기 싫으면 여기서 몇 시간만 이렇게 누워있어도 그냥 얼어 죽을 수 있을 것이다. 죽는다고 생각하니 무섭지도 않았고 그다지 슬픈 것도 없는데 은심과 애들이 보고 싶었다. 그리고 이제 남쪽으로 넘어왔는데 고향에 계신 부모님도 생각이 났다. 여기서 죽으면 그냥 까마귀밥이 될 거고 자기 소식을 모르면서 살아야 할 가족들을 생각하니 죽을 때 죽더라도 고향에 소식이라도 전하는 게 맞지 않나라는 생각이 들었다.

만약에 잃어버린 금희가 자기보다 더한 모습이 되어도 살아만 있었으면 좋겠다라는 생각이 들자 영덕은 다시 마음을 고쳐먹었다.

'금희나 옥희나 은심이나 어떻게 되더라도 살아만 있으면 된다. 아마 우리 어무이 아부지도 똑같지 않겠나. 그래 죽더라도 고향까지 가서 죽자.'

김 씨 근처를 얼쩡거리던 까마귀 떼에게 작대기를 던져서 쫓아내고 영덕은 극심한 통증을 참고 일어나 눈 위에 난 발자국을 쫓아 계속 따라갔다. 입에서 나오는 피는 곧 영덕의 국군 방한복을 얼룩지게 했고 흘러내린 피는 옷을 타고 눈 바닥 위에 뚝뚝 떨어진다. 얼어버린 손가락은 감각이 없지만 한 손을 들어 피가 흘러내리는 턱을 감싸 쥐고 눈밭을 헤쳐나갔다. 해가 중천에 떠있을 때쯤 허기를 느낀 영덕은 눈을 뭉쳐서 목에 넣고 삼켰다. 상처 부위가 아파오면 그냥 눈 덩어리로 누르는 수밖에 달리 방법이 없었다.

"꼼짝 마라! 손 들어!"

산 아래쪽으로 막 빠져나올 때쯤 매복 중이던 국군이 영덕을 발견했다.

"아흐아 아아."

총에 맞아 턱이 나간 영덕의 얼굴을 보더니 일병 한 명이 얼굴을 찌푸리고 뒤로 물러서며 소대장을 찾는다.

"이 새끼 7사단에서 차출된 연대에서 뙤놈 말 통역하던 빨갱이 아냐?"

영덕의 얼굴을 알아본 소대장이 급히 부하들을 시켜서 영덕을 부축시키더니 이리저리 영덕의 상처를 살펴보았다. 영덕은 맞다고 고개를 끄덕거리면서 알아들을 수 없는 괴성만 내지른다.

"명이 긴 놈이구먼, 포탄 파편에 아래 턱 절반 이상이 날아갔어. 조금만 비껴갔으면 목이 뚫렸거나 아니면 머리에 정통으로 맞았을 건데… 살아날지 모르겠지만 일단은 의무병에게 보여줘라."

돌아서는 영덕의 귓가에 소대장이 내뱉는 소리가 무심하게 들려온다.

"운이 좋은 건지 나쁜 건지… 입으로 먹고사는 새끼가 저래 가지고 이제 써먹을 일이 있겠나."

따뜻한 남쪽
〈1951년 5월 경기도 여주〉

중부 전선의 국군과 유엔군은 중공군과 치열하게 서로 밀고 밀리는 작전을 전개하면서 전선의 남쪽은 중공군이 그 북쪽은 유엔군이 차지하는 등 엉망진창으로 엉켜있어 아군들끼리도 서로 정확한 위치를 파악하기 어려운 상황이었다.

날씨가 풀리자 불안한 수도권을 벗어나 남쪽으로 향하는 피난민 무리가 시골 길을 따라 긴 행렬을 이루고 그 대열의 가운데에 수건을 마스크처럼 쓴 영덕도 있었다. 응급 치료만 받고 겨우 목숨만 부지하였지만 턱이 떨어져 나간 부위에는 계속 통증이 있고 진물이 줄줄 흘러 나왔다. 양쪽에 서 너개씩 남은 어금니로 음식을 씹어야 했지만 입을 벌리기에 통증이 심해서 배급 받은 주먹밥을 물에 풀어서 죽처럼 후루룩 마실 수밖에 없는데 통증보다 제일 답답한 건 말을 제대로 못 한다는 거였다.

6사단에서 이런 영덕이 불쌍했는지 지혈 치료만 해주고 다시 제

7사단으로 보내줬는데 이런 영덕을 본 김 상사는 안타까워하면서 자기가 책임을 지고 '귀향증'을 써주었다.

'성명: 배영덕 연령: 31세 주소: 경남 사천군 곤양면 중항리 안도부락 914번지.

이 사람은 민간인 신분으로 반공정신이 투철하여 아군의 군사 작전에 도움을 주었고 작전 수행 중 부상을 당했으므로 아군은 이 사람의 귀향에 방해가 되지 않도록 선처 바랍니다.'

김 상사가 그에게 줄 수 있는 거라고는 사단장의 직인이 박힌 귀향증과 진통제 2통, 그리고 미숫가루 1봉지와 건빵 2봉지가 전부였을 뿐이었다. 김 상사는 은심이 평양 철수 때 무사히 피난민 대오에 합류했다는 소식을 전했고 어떻게든 살아서 고향으로 가서 잘 살라는 말밖에 달리 해줄 게 없었다.

영덕이 합류한 피난민들은 한강 이북에 거주했던 사람들인데 전쟁통에 서울이 수복되고 또 뺏기고 하는 바람에 좌익 부역자와 우익 부역자들이 바꿔가며 색출당하고 길거리에서 행해지는 학살에 못 이겨 아예 중부 지방을 벗어나 충청도 깊은 산골짜기로 가는 사람들이 주류를 이뤘고 이렇게 이어진 피난 행렬은 마을을 지날수록 더더욱 늘어만 갔다.

있는 사람들은 소달구지에 살림살이를 싣고 가고 그마저 없는 사람들은 지게를 지고 머리에 이고 피난 행렬에 나섰다. 피난민 행렬의 사람들이 많아질수록 남쪽으로 북쪽으로 오가는 군인들에게 방해가 되어 군용 차량 이동이 있을 때면 다들 길가에 비켜섰다가 군인들이 물러나면 다시 말없이 남쪽으로 쉼 없이 걷는다.

그러다가 누군가 남의 눈치를 봐가면서 길가에 솥단지를 걸고 밥을 해 먹으면 영덕은 혼자 아무도 없는 곳을 찾아 쪼그리고 앉아 턱을 감쌌던 붕대를 다시 풀고 개울물을 받아 미숫가루를 타서 허기를 달랜다.

이제 아래 턱 없이도 요령껏 미숫가루를 타 먹을 줄 알지만 그래도 턱 밑으로 줄줄 새는 건 어쩔 수가 없다. 입으로 씹을 수가 없고 먹는 양도 적어서 수통을 손에 든 영덕의 팔은 앙상하게 말라있었다. 이런 영덕을 주위에서는 '벙어리 총각'이라고 부르는데 아무도 왜 영덕이 수건으로 입을 가리는지 몰랐지만 아마 끔찍한 흉터가 있거나 문둥이일 거라고 짐작만 할 뿐이다.

오늘도 피난민들 사이에 묻혀서 터벅터벅 걸어가는데 가까운 하늘에서 굉음이 들린다. 피난민들 머리 바로 위를 무언가가 지나가는데 영덕이 자주 봤었던 미 공군의 전투기였다. 사람들이 본능적으로 '오' 하면서 머리를 숙이고 움찔했다가 비행기가 눈앞에서 사라지자 다시 이동을 하려는 찰나, 멀리 갔던 비행기가 다시 이쪽으로 다가오더니 갑자기 기총소사를 한다.

갑작스러운 전투기의 사격에 피난민들은 비명을 지르다가 총탄에 맞아 쓰러지고 일부는 길옆의 논바닥으로 피하거나 일부는 그냥 자기가 서있던 땅바닥에 엎드린다.

'이건 분명 오인 사격인데.' 영덕은 다른 생각을 할 겨를도 없이 앞에 있던 소달구지 밑으로 기어갔지만 기총소사는 멈추지 않고 서너 번 머리 위를 오가면서 계속되었고 영덕은 달구지 밑에서 총을 맞고 픽픽 쓰러지는 사람들의 모습을 안타깝게 지켜볼 수밖에 없었다.

누군가가 총에 맞았는지 달구지가 한 번 크게 풀썩거렸다.

다시 들었던 고개를 숙이려는 순간 갑자기 오른쪽 발목이 불에 덴 거처럼 아프더니 굉장한 통증이 찾아와 영덕은 바로 총에 맞았음을 직감했다. “아흐흑” 얼마 안 남은 어금니를 꽉 깨물면서 빨리 이 고통이 지나가기만을 기다렸다.

잠시 후 비행기 소리가 들리지 않자 여기저기서 울음소리가 터져 나오고 살아남은 사람들은 울부짖으면서 자기 가족을 찾고 애들은 또 부모를 찾는 생지옥이 펼쳐졌다.

통증을 참고 달구지에서 기어 나온 영덕은 다 나오기도 전에 달구지 옆에 널부러진 자기의 오른쪽 발을 먼저 보고 말았다. 정확하게 복숭아뼈까지 잘려 나간 발은 영덕이 신발을 만들며 많이도 만졌던 신골을 싼 신발 모양이었기에 조금도 자기 발이라는 생각이 안 들었지만 이윽고 찾아온 통증에 급히 기어 나와서 허겁지겁 자기의 오른쪽 발을 봤다. 피가 펑펑 쏟아져 나오는데 통증은 이루 말할 수도 없었고 등에 있는 진통제를 찾으려고 했지만 손이 떨려 아무것도 할 수 없었다.

금방 전까지 같이 옆에서 걷던 사람들이 머리가 깨지고 팔다리가 떨어져 나간 채로 죽어있는데 목숨을 건진 거는 천운이라고 해야겠지만 지금 당장 몸을 추스릴 수 없는 영덕은 달구지 바퀴에 억지로 기대어 힘없이 고개를 떨군 채 의식을 잃어갔다.

“이런 개씨발! 때려 죽일 놈의 양키 새끼들.”

누군가가 욕지거리와 차량의 빵빵거리는 소리에 영덕은 꺼져가는 의식이 돌아왔지만 피를 많이 쏟았는지 하늘이 까맣게 보여 제대로 앞을 볼 수가 없었다. 가만히 바퀴에 기대어 소리가 나는 쪽을 보니 군용 짚차에 탄 군인들이 남쪽을 향하려고 하는데 좁은 길에 시체들이 널부러져 있자 하나씩 내려서 시체들을 길가로 치우고 있었다. 민간인의 학살 현장을 본 군인들은 참혹한 장면에 치를 떨고 있었고 차에서 내린 중령 계급장을 쓴 장교도 침통한 얼굴로 여기저기 둘러보고 있었다.

"선생님, 우리 좀 살려주세요."

머리에 피딱지가 앉은 중년 여성이 군인들을 보며 애원했지만 그 군인들도 딱히 해줄 게 없는 처지인지라 조금 있다가 본대가 내려오는데 의무병들이 있으니 기다려보라는 말만 할 뿐이었다.

떨어져 나간 자기의 오른발을 물끄러미 바라보면서 영덕은 입에 있던 붕대를 풀어 발목 부위를 지혈하고자 했지만 금세 빨간 피에 흥건히 젖어버린다. 점점 더 어질어질한 게 정말 이대로 가만히 있으면 죽을 거 같았다. 지휘봉을 들고 권총을 찬 중령이 좀 더 가까이 다가온 순간, 영덕은 '어헉헉' 괴성을 지르면서 달구지 바퀴를 붙잡고 가까스로 일어섰고 그 바람에 턱을 가렸던 수건이 흘러내렸다. 괴물 같은 영덕의 모습을 본 군인들은 깜짝 놀랐고 앞에 있던 어린 병사가 영덕을 발로 차려고 하자 뒤에 있던 중령은 손으로 제지한다.

"야. 불쌍한 피난민 함부로 대하지 마라!"

단호한 말에 병사는 미안했던지 그냥 고개만 숙이고 영덕의 옆을 스쳐 지나간다. 영덕은 그 중령을 보고 뭐라고 외쳤지만 군인들은 무시하고 영덕 옆에 있는 소달구지 주인의 시체를 들어서 길옆으로 옮기려고 한다. 영덕은 무릎으로 박박 기어서 앞서가던 그 중령의 발목을 잡았다.

"이 새끼는 뭐야?"

부관인 듯한 소위가 그런 영덕의 등을 발로 밟고 제지하는데 영덕은 손에 쥐고 있는 피 묻은 붕대를 풀어 길바닥에 뭐라고 썼다.

"보ㅊ"

이런 영덕을 군인들도 동작을 멈추고 지켜보고 있었고 등을 밟았던 부관도 자기도 모르게 서서히 다리의 힘을 풀었다.

중령은 무슨 일인가 해서 더 가까이 다가와서 글씨를 본다.

핏물이 부족했는지 영덕은 팔을 뻗어 다시 자기의 피를 묻혀 길바닥에 세차게 적어나간다.

"봉천, 서탑"

흙바닥에 뭉쳐진 붉은 글자를 확인한 중령은 "어어" 하면서 영덕의 얼굴을 자세히 본다. 분명히 어디선가 본 기억이 있는 얼굴인 거 같더니 얼른 머릿속에 떠오르는 사람이 있었다. 뭔가 설명이 부족했다고 생각한 영덕이 다시 피를 묻히고 더 적으려고 하자 장교는 얼른 영덕의 피 묻은 손을 잡는다.

"나 자네 기억나네. 그때 서탑에서 봤던 그 구두 닦던 학생 맞지? 아니, 이게 어찌 된 일인가? 야! 어서 이 사람 빨리 차에 태워! 얼른!"

고개를 들어 그 중령의 얼굴을 보니 역광으로 얼굴이 까맣게 보이지만 서탑에서 같이 밥을 사주고 영덕에게 용돈까지 주었던 일본 하사관 군복을 입었던 그 키 작은 청년이 맞았다.

영덕은 자기 앞뒤에서 사람들이 바쁘게 움직이며 일으키는 흙먼지의 냄새와 차에 시동이 걸리는 소리를 들으면서 누군가에 의해 몸이 들려지는 느낌을 받자마자 그대로 푹 고꾸라지고 말았다.

악몽을 꾸었다. 자기가 턱이 날아간 병신에다가 발목까지 날아간 절름발이가 된 것이다.

허허… 자기는 사지가 멀쩡하고 앞으로 해야 할 일도 많은 사람인데 그런 말도 안 되는 일이.

'왜 내 오른발이 없어? 당연히 이 자리에 그대로 있는데.'

영덕은 오른쪽 발가락이 간지러워 잠결에 긁으려고 했지만 손끝에는 뭉툭한 헝겊 조각만 만져졌다.

'이건 꿈이다. 난 지금 오른쪽 발가락이 간지러울 뿐인데.'

불안한 생각이 머리를 스치고 지나갔지만 이내 코끝에 맡아지는 알코올 소독약 냄새에 영덕은 정신이 번쩍 들었다. 다시 오른쪽 다리를 들어 발가락을 긁으려고 했지만 그의 눈에 들어온 건 붕대로 칭칭 감아놓은 헝겊 덩어리뿐이었다.

'여기가 어디지?'

길바닥에서 그 장교를 봤던 장면까지는 기억이 나는데 도저히 여기가 어딘지 모르겠지만 자기가 환자복을 입고 있고 방 안에 소독약 냄새가 나는 걸 보니 병원인 모양이었다. 갑자기 생각이 나서 턱을 만져보니 너덜너덜하던 살은 양쪽이 붕대로 잘 감싸져 있었다.

'꿈이 아니었구나. 내가 정말 말도 못하는 벙어리에 절름발이가 되었구나.'

겨우 정신이 든 영덕은 드러누워서 엉엉 소리를 내고 울고 말았다.

"이제 정신이 좀 드나?"

저 발치에서 사람 발소리가 들리더니 중후한 남자 목소리가 들린다.

"여기는 충주에 있는 국군 병원이라네. 자네는 여기서 5일 동안 혼수상태에 있었는데 정말 살아있는 게 대단하네."

충주, 충주. 생각해 보니 충청도 쪽이었고 여주에서 남쪽으로 더 내려온 모양이었다.

"여기에 실려 올 때 조금만 늦었으면 자네는 과다출혈로 죽었을 것이야. 군인들 살릴 피도 모자라는데 연대장님이 얼마나 살려내라고 성화를 하던지. 운이 없다면 운이 없다고 해야겠지만 자네는 운이 없는 사람 중에서 제일 운이 좋은 사람이야."

'아. 그분이 연대장이었구나.'

영덕은 다시 스르르 의식을 잃었고 깊은 잠에 빠졌다.

또다시 꿈을 꾸었다. 금희와 옥희가 문을 열고 들어오고 영덕과 은심은 반가이 그들을 웃으면서 안아준다. 그리고 장인 범호가 이놈들 하면서 은심을 닮은 여자의 손을 잡고 방으로 들어오는데 경춘도 바로 뒤에서 군고마를 두 팔에 가득 안고 헤헤거리면서 들어온다. 좀 있다가 상수와 언년이 내 새끼들 하면서 들어오고 장밍과 순례도 같이 웃으면서 들어온다. 오랜만에 보고 싶은 얼굴들이 꽉 찬 방 안에는 진수성찬이 차려져 있고 금희와 옥희가 부리는 재롱에 다들 박수 치고 웃으면서 시간 가는 줄 몰랐다.

웃고 떠드는데 갑자기 누군가가 밖에서 문을 두들긴다. 웃는 얼굴로 무심코 문을 열어준 영덕은 그 자리에서 얼어붙고 말았다. 얼굴의 아래턱이 나간 절름발이 괴물이 지팡이를 짚고 방 안을 노려보고 있었고 그 뒤에는 외삼촌 준길, 경도가 무표정한 얼굴로 방안의 사람들을 보고 있었다. "안 돼!"라고 외치려고 했지만 영덕은 괴성만 질러댈 뿐이었고 가족들은 갑자기 동작을 멈추고 말없이 일어나서 문밖으로 나간다.

나가는 가족들을 잡아보려고 영덕이 뛰어가지만 오른발이 앞으로 휙 날아가면서 그대로 방바닥에 고꾸라지고 급한 마음에 다시 올려다보니 밖에 있던 괴물이 바로 자기였고 자기가 바로 밖에 있던 괴물로 변해있었다.

기를 쓰고 방바닥을 엉금엉금 기어서 밖으로 나가려는 금희의 발목을 잡았다. 발목을 잡힌 금희는 싸늘한 눈빛으로 영덕을 내려다보면서 말한다.

"아바디, 그거 맨날 하는데 왜 나 찾으러 안 오시는 겁니까?"

매정하게도 금희는 영덕이 잡은 발목을 휙 뿌리치고 가족들은 영덕을 향해 경멸스러운 눈빛을 남기고 그렇게 하나씩 시야에서 사라진다. 영덕은 다시 방바닥을 기어가지만 문밖에 서있던 준길과 경도마저 비웃으면서 그런 영덕을 지켜보고만 있었다.

"어헉."

다시 눈을 뜨니 캄캄한 밤이었고 옆자리 다른 사람의 코고는 소리가 들렸다.

온몸이 땀으로 젖어든 영덕은 그날 밤은 한숨도 잘 수가 없었고 계속 악몽에 시달리기만 했다.

"자, 김흥섭 연대장이 자네에게 남겨둔 편지라네. 알다시피 지금 전선의 상황이 좋지 않아 중환자들이 몰려드니 더 이상 이곳에 오래 있기는 힘들 거 같네."

지난번에 들었던 중후한 목소리의 주인공인 짙은 눈썹의 군의관은 영덕에게 종이 몇 장을 전달해 주었는데 그의 손은 짙은 눈썹과 목소리에 어울리지 않게 하얗고 날씬했다.

"자네의 날아간 턱의 곪은 부위는 잘라내고 상처 끝은 봉합을 했지만 이제 날씨가 더워지면 많이 가려울 거니까 더 이상 감염되지 않도록 조심하게. 그리고 구강 구조상으로 더 이상 말을 못 할 건데 턱 근육을 쓰면 쓸수록 통증이 더 심해질 거야. 무엇보다 항상 침이 흐르면서 성대와 입안이 건조해질 테니 솜에 물을 묻혀서 항상 촉촉하게 유지해야 한다네. 겨울철에는 입 주위를 단단히 봉해야 되고 안 그러면 폐병에 걸리거나 기관지염, 식도염 등등 호흡기 질환에 걸리기 쉬울 거라고."

이런 말을 하면서 군의관은 짙은 눈썹을 잠시 모아서 영덕의 반응을 살핀다.

영덕은 눈에 눈물만 고인 채로 그냥 고개만 끄덕인다.

"잘려 나간 발목은 이제 새 살이 나오겠지만 살아가면서 통증은 계속 있을 거야. 진통제를 큰 걸로 한 통 챙겨줄 테니 통증이 오면 그걸로 참게나. 물론 턱의 통증에 비할 바가 아니지만 살아가면서 찾아오는 통증을 내 몸의 일부라고 생각하면서 받아들이게."

영덕의 어깨를 툭툭 치며 군의관은 병실을 나갔고 영덕은 한참 그렇게 앉아 있다가 연대장이 준 편지를 펴보았다.

"영덕군, 자네 이름이 배영덕이었구먼. 다들 많은 사연이 있겠지만 어쩌다가 이렇게 되었는지 나도 더 이상 묻지 않겠네. 그저 살아서 보게 된 것만 해도 반가웠고 이런 난리 통에서 귀한 인연을 만난 게 정말 믿기지가 않네. 갑자기 내 앞에 나타나서 봉천과 서탑이라는 글을 쓰는 자네를 보고 어떻게든 살아야겠다는 강한 의지를 느꼈다네. 봉천을 떠나오던 날에 친구들과 자네 얘기 많이 했었네. 그 날 먹은 개장국이 너무 맛있었고 중국에서 싸울 때도 나중에 고향으로 가는 길에 꼭 봉천에 들러서 같이 먹기로 했지만 결국은 그 두 친구들은 살아서 고향으로 돌아오지 못했고 나는 이렇게 국군이 되어 조국을 위해 싸우고 있다네. 자네의 귀향증에다가 내가 추천장을 한 장 써주었네. 지금 자네가 이틀째 혼수상태지만 내가 자리를 오래 비울 수 없어 오늘은 본대로 복귀해야 한다네. 어떻게든 꼭 살아서 고향으로 돌아가도록. 살면서 여유가 있으면 봉천에서 만났고 전장에서 다시 스친 이 인연이라도 꼭 기억해 주게나." -김흥섭

나의 살던 고향은
〈1951년 9월 경남 사천〉

자고로 사천에서도 곤양면하고도 거의 끝 쪽에 위치한 안도 부락은 임진년 때나 병자호란 때나 그리고 가까이는 왜정 시대에도 아무 탈 없이 조용히 잘 지내왔다. 바다에 인접해 있지만 워낙에 오지가 되어서 이번 전쟁에도 진주 시내까지 공산 괴뢰군이 쳐들어왔다는데 여기 안도 부락의 부락민들은 아무 탈 없이 살아갔다.

사실 동네는 아무 탈이 없었다고 해도 되지만 거기에 사는 사람들은 그렇지 못했다. 윗집에 사는 상수의 친구 장섭네 아들은 결혼하고 애까지 있는데도 일본으로 징용 가서 결국은 해방 후의 귀국선 명단에 이름을 못 올려 행방불명되고 말았고 명절이면 '어무이 아부지' 하면서 인사 오는 영덕의 친구인 무영도 일본군으로 징집되어 남양 군도로 갔다가 겨우겨우 살아 돌아왔다. 그 밖에도 젊은 사람들은 남자면 남자대로 여자는 여자대로 다들 일본에 의해서 어디론지 징용되어서 사라졌고 살아서 돌아온 이는 몇 명 되지 않았다.

해방이 되었다 싶었는데 이제 또 공산 괴뢰군이 쳐들어온다고 해서 마을 젊은이들은 또 다른 정부에 의해서 사라져갔고 동네에는 가끔씩 아무개 집 아들의 전사 소식만 들려오지 아직까지 전쟁 중이라 무사히 집에 온 사람은 없었다. 영덕은 경우가 다르지만 어떻게든 이 동네에서 태어난 영덕 또래와 그 아래 세대는 일제에 의해 그리고 대한민국에 의해 원하지 않는 전쟁에 휘말려 나갔다. 다만 동네의 풍경은 매일 되풀이되는 밀물과 썰물처럼 이들이 있건 없건 계절 따라 시시각각 변해왔고 몇 십호 안 되는 부락 사람들의 아픔을 너무나 무심하다 싶을 정도로 덮어버릴 만큼 평화로웠다.

몇 년 전에 배에서 그물을 올리다가 넓적다리가 배 사이에 끼어서 고관절이 부러졌던 남편 상수는 거동도 제대로 못 하고 시름시름 앓다가 작년 겨울에 조용히 눈을 감았다. 다리가 부러져 농사도 못 짓게 된 뒤로 언년이 동네에서 품을 팔고 텃밭을 가꿔서 겨우겨우 먹고만 살았고 딸들이 가끔씩 주는 넉넉하지 않은 생활비로 연명을 해왔었다. 날씨가 좋으면 기어 나와서 따뜻한 햇볕을 쬐면서 마루에 걸터앉아 끊임없이 대문을 향해 눈길을 던지는 상수가 누굴 기다리는지 언년은 잘 알고 있었다.

처음에는 준길을 통해 영덕의 소식을 전해 들었고 영덕이 전하는 서신에 울고 웃고 하다가 갑자기 주재소 순사가 신문을 하나 던져주고 갔는데 준길이 죽었고 알고 보니 살인 공모를 해서 대역죄인이 되었다고 한다. 읽을 수 없는 일본 글자였지만 신문에 나온 살인 공모자이자 일본을 배신한 사람의 얼굴은 분명히 준길이었다.

그 충격에 언년의 노모는 바로 쓰러져서 곧 있다가 세상을 떠나고 집안의 자랑이었던 준길이 일본의 개가 되려다가 오히려 같은 민족 사람에게 죽임을 당했다는 수군거림이 들려왔다. 언년은 그런 소문이 도대체 믿기지가 않았고 믿으려고 하지 않았다. 그래도 그런 수군거림은 견딜 수가 있었는데 준길의 회사를 통해서 전해지던 영덕의 소식마저 완전히 끊어지고 말았다.

참다못해서 홧병이 난 상수가 가진 거 다 팔아서 봉천으로 간다고 몇 번을 얘기했지만 사실 상수도 봉천에 가도 달리 방법이 없다는 걸 알고 있었다. 그래도 정말 그렇게 영덕이 보고 싶었으면 살아생전에 아니 몸이라도 건강했을 시기에 그냥 두 눈 딱 감고 봉천에서 거지가 되더라도 영덕을 찾아볼 껄 하는 후회가 들기도 했다.

그러다가 해방되기 몇 해 전에 영덕의 소식이 전해졌고 결혼사진과 애기 사진을 받게 되었다. 그날 상수와 언년은 둘이서 울며 영덕네 가족사진을 쓸어안고 몇 번이고 몇 번이고 그 사진을 보고 또 봤었다. 영덕은 어릴 때의 소년티는 완전히 벗어버리고 늠름한 청년으로 자라있었고 그의 곁에는 평안도 출신이라는 아주 참해 보이는 여자와 그 품에 안긴 너무나 이쁘게 생긴 딸이 웃고 있었다. 그러다가 또 딸이 하나 생겼다면서 사진을 보내왔고 자그마한 작은 손녀의 얼굴에 어릴 적 영덕의 얼굴이 남아있어서 얼마나 신기해했던가.

이제 곧 날이 풀리면 고향으로 와서 인사드리겠다던 영덕은 그 이후로 소식이 끊어졌다. 그 뒤로 들려오는 소식에 의하면 남과 북이 갈라져서 이제 자유롭게 왕래도 못 하고 서신도 주고받을 수 없다고 하는데 하물며 저 멀리 중국 봉천 땅에 있다는 영덕과의 연락은 꿈도 꾸지 못했다.

언제 영덕이 오나 말은 안 해도 상수는 날씨만 따뜻하면 창호문을 확 열어놓고 곰방대를 빼끔 빼끔 빨면서 문밖만 내다봤다. 겨울이면 또 겨울대로 비가 오면 또 비가 오는 대로 상수는 거동이 불편해도 기력만 있으면 문지방에 걸터앉아 다 빠진 이빨을 드러내며 웃었다가 울었다가 했다.

“보소.”

작년 겨울 어느 날, 언년이 아랫마을 선착장에 품을 팔려고 나갈 채비를 하는데 상수가 언년을 부른다.

“내 아무래도 영덕이 못 보고 죽는 갑다. 내 죽으면 저기 대나무 밭 위에 바다가 훤히 보이는 곳에 묻어주소.”

곰방대를 빨면서 상수의 눈은 허공을 향하더니 시선을 다시 집 앞에 있는 대나무 밭으로 던진다.

“지금 또 전쟁이라 카던데 우리 새끼들은 어느 하늘 아래에 있겠노? 빙신이 되도 좋고 사람 구실 못 해도 좋으니 살아만 돌아오믄 을매나 좋겠노? 내가 생각해 보니께 그때 자네 말 듣고 영덕이를 말렸어야 했는가 싶기도 하고.”

오늘따라 왜 이리 말이 많아졌나 싶었다.

“영감, 그리 생각하지 마소, 그나마 봉천에 갔으이 다행이라 생각하이소. 만약에 고향에 남았으면 정섭이네 아들래미처럼 징용 갔거나 요 아래 춘길이네 맨키로 아들 셋 다 군인으로 끌려갔을지 우찌 압니꺼?”

“하모, 하모.”

그제야 만족해하면서 빠진 앞니를 드러내며 호탕하게 웃는 상수의 얼굴은 그래도 자기가 최소한 영덕의 앞길을 막지 않았고 그나마 봉천으로 가게 되어서 더 큰 화를 피할 수 있었으리라 믿으려는 자기만족의 뜻인 걸 그때 언년은 알지 못했다.

그날은 유난스럽게 날씨도 춥고 바람이 심하게 불던 날이었다. 품을 팔아서 받은 굵직한 숭어 세 마리를 안고 몸 불편한 영감 얼어 죽지 않게 오늘 밤 군불을 제대로 넣자는 생각으로 집에 들어온 언년은 자기가 태어난 방에서 조용히 벽에 기대어 앉아 숨을 거둔 상수를 보고 오열하고 말았다.

그렇게 상수를 보내고 언년은 마당에 있거나 밭에서 일을 해도 고개를 들어 상수가 묻힌 자리를 쳐다보면서 먼저 간 영감에게 빌고 또 빌었다.

'영감, 우짜든지 우리 영덕이하고 새끼들 무사하게 돌아오게 해주소.'

지난 4월 달, 어둑어둑해질 무렵 쇠죽을 끓이며 저녁을 준비하는 조용한 집에 갑자기 누렁이가 짖기 시작한다. 누가 왔나 싶어서 밖을 내다보니 남루한 옷차림의 웬 젊은 여자가 이쪽을 조심스레 쳐다보고 있었다. 혹시나 해서 그 여자의 뒤도 봤지만 아쉽게도 여자 혼자였다.

언년은 그 여자를 보는 순간 누군지 한눈에 알아봤다.

마음속에서 몇 번이나 상상하면서 사진이 닳도록 들여다보았던 며느리라는 은심이였다!

"아가, 니가 으… 은심이가?"

"우리 오마니, 되십니까? 우리 그이는 안 왔습네까?"

처음 들어보는 억양이었지만 사진에서 본 얼굴을 꿈에서도 몇 십 번이나 봐서 시장 바닥 100만 명 중에서도 찾을 수 있을 거 같았던 은심이 바로 눈앞에 있는데 은심이 오히려 영덕을 찾는다.

그날 밤, 은심은 언년에게 큰절을 하고 고부지간에 못다 한 얘기를 하면서 같이 껴안고 울기도 많이 울었다. 언년은 제대로 안아보지도 못한 손녀를 둘이나 잃어버렸다는 데 기가 막히면서도 또 이렇게 험한 길을 어렵게 찾아와서 자기 앞에 나타나 준 며느리가 고마웠고 또 어디에 있는지 모르는 아들 영덕 생각에 울고 또 울었다.

은심은 천만다행으로 평양에서 김 상사의 도움으로 국군이 철수하면서 학살한 좌익 부역자 명단에서 빠져나와 무사히 피난민 대열에 합류하여 서울까지 왔었다. 태어나서 생전 처음 오는 곳들이지만 영덕이 일러준 주소는 외우고 또 외우고 있었다. 피난민들 따라 남쪽으로 남쪽으로 내려오다가 남들이 충청도나 경상북도에 정착해도 은심은 때로는 혼자서 때로는 또 다른 피난민 무리에 끼여서 묻고 물어 여기까지 찾아왔다.

여자 혼자서 피난길에 오르니 남쪽 놈이건 북쪽 놈이건 사내놈들의 유혹이 많았고 피할 수 없을 때면 그때마다 은심은 두 눈 감고 허리춤을 풀어서 살아남았고 더 강해지려고 이를 악 물고 버텼다. 그 잘난 정조 지키느라 길거리에서 개죽음 당하느니 이왕에 더럽혀진 몸 구차하게라도 건사해서 다시 가족을 만나야 했고 은심은 그렇게라도 살아남으면 나중에 영덕에게 용서를 구하고 싶었다.

영덕에게 말로만 듣던 진주라는 곳으로 오니 정말 동네 사람들 말씨가 영덕하고 비슷하고 한나절 걸어가면 곤양까지 간다는 말을 듣고 이제 곧 영덕을 만날 거라는 기대감에 쉬지 않고 걷고 걸어서 여기까지 오게 된 것이다. 영덕이 꼭 올 거라고 했으니 언제 올지 모르는 남편이지만 언년과 같이 살면서 기다려야 했다.

어려서부터 엄마 정을 모르고 자란 은심을 언년은 친딸처럼 지극정성으로 보듬어주었고 그런 언년에게 은심은 친모 이상으로 효성을 다했다. 여자의 마음은 여자가 안다고 했을까 떼어놓은 새끼들 생각에 은심이 잠 못 이루고 울면 자기 역시 새끼를 잃어버린 언년이 달래주고 그렇게 둘은 서로가 서로에게 의지를 하면서 언제 올지 모를 영덕을 기다렸다.

진주 시내에 챙이 넓은 밀짚모자를 쓰고 목발을 짚은 걸인이 고개를 숙인 채 절뚝거리면서 걷고 있었다.

죄인도 아닌데 남의 눈에 띌까 봐 조심스러워 하지만 가끔씩 고개를 들고 길가의 풍경을 훔쳐보는 사람은 바로 영덕이었다.

길 건너편에 보이는 진주역, 17년 전에 영덕이 떠났던 그 역사 그대로였고 주위 건물도 큰 변화가 없었다. 발 아래로 지나가는 남강물은 어릴 때 영덕이 봤던 그 푸른 물결 그대로 흘러만 간다.

오가는 사람들이 나누는 말이 자기와 똑같은 사투리를 쓰니 영덕은 이제 사천이 눈앞에 있다는 것을 알고도 실감이 안 났다. 어떻게 이 모습으로 집으로 갈까 고민하다가 그래도 어차피 맞을 매 미리 맞자면서 절뚝이면서 사천으로 향하는 발걸음이다. 산길 입구에 자리를 잡고 심호흡을 하다가 일부러 저녁 해가 어둑해질 무렵 동명소학교 뒷자락에 있는 산길로 들어섰다. 고향에 돌아와 있으면 언젠가는 다들 마주치겠지만 누굴 마주치더라도 오늘만큼은 피하고 싶었다.

반달이 뜬 하늘 아래 앙상하게 마른 손으로 목발을 짚고 힘겹게 한 걸음씩 내디디면서 절룩거리는 영덕의 모습이 비친다. 가을이라 신나게 콘서트를 열던 귀뚜라미들도 다가오는 영덕의 그림자에 숨을 죽이고 영덕이 지나가면 다시 자지러질 듯이 음악을 켠다. 누렇게 익어가는 나락이 밤바람에 춤을 추고 있고 저 멀리 사천만에 고기잡이 나서는 어선들의 등불이 보이니 지금 여기는 전쟁이라고는 모르는 평화로운 모습이라 자기가 봐왔던 참혹한 현장과 비교하니 천국이 따로 없었다.

비탈길을 겨우 올라 아래쪽을 내려다보니 영덕이 다녔던 동명 소학교가 어둠 속에 서있는 모습이 어렴풋이 보인다. 왼쪽 바닷가 아래쪽을 보니 예전에 미우라 수산이 있던 자리는 건물터만 남아있고 불은 꺼져있었다. 꿈에 몇 번이나 봐왔던 그리운 풍경들이건만 영덕은 애써 고개를 돌려 외면했다. 어두워서 잘은 안 보여도 학교 건물이나 교정이나 변한 거 하나 없이 그대로 서있건만 왠지 영덕을 반기지 않을 거 같다는 건 기분 탓일까 아니면 진짜 그런 것일까?

만주로 가던 그날 어린 마음에 학교를 내려다보며 다짐했던 각오도 떠오른다.

'꼭 성공해서 다시 돌아오리라.'

성공을 다짐하며 많은 사람들의 기대를 한 몸에 받고 떠났던 길을 이제 말도 못하는 벙어리에 절름발이가 되어서 혼자서 쓸쓸히 걷고 있는 자기가 너무 처량했다.

만약에 영덕이 읽은 소설책의 주인공 중에 이런 사람이 있다면 영덕은 어떻게 평가를 했을까?

'야이, 바보 같은 놈, 니 주제에 무슨 성공이고 출세냐? 그냥 고향에서 남들처럼 평범하게 살면 될 거를 괜히 객지에 나가서 몸도 마음도 병신이 되서 돌아오는 병신 중의 상병신.'

'그래도 자기의 한계를 뛰어넘어 보려고 노력하면서 이제까지 열심히 성실하게 살아왔잖아. 역사의 큰 흐름에 힘없는 사람이 할 수 있는 게 없으니 그냥 부초같이 힘없이 떠밀리다가 이렇게 된 거잖아.'

어느 게 답인지 모르겠지만 야밤에 쓸쓸하게 시골길을 걷는 영덕은 익숙한 풍경이 눈에 들어올수록 집으로 가는 발걸음이 더더욱 느려진다.

외갓집이 있는 검정 마을이 보이고 어릴 적 그렇게 높아 보였던 안도 마을로 향하는 고갯길은 절름발이가 되니 더더욱 높다. 목발을 짚은 오른쪽 겨드랑이는 피부가 벗겨졌는지 쓰리고 아팠지만 그보다 더 아픈 건 이런 모습으로 곧 집에 가야 하는 자신의 처량한 신세이다.

고개 꼭대기에 올라서자 반대편 언덕 저 멀리에 서있는 무영 아버지네 교회가 눈에 들어오고 왼쪽으로 고개를 돌리면 사천만 건너 사천 읍내의 불빛이 비치는 걸 보니 꿈에도 그리던 고향 마을이 맞았다.

조심한다고 내리막을 내려가다가도 두어 번 돌부리에 채여서 넘어지고 구르다시피 해 마을 입구에 들어서니 저 멀리서 개 짖는 소리가 들리고 바다에서 불어오는 바람에 기억 저편에 저장되어 있던 익숙한 갯내음이 물씬 풍긴다. 만주에서나 평양에서나 한 번도 맡아보지 못했던 짭조름한 그 바람을 제대로 맞으려고 영덕은 수건을 내리고 깊게 심호흡을 한다.

아직 날이 밝으려면 서너 시간이 더 있어야 한다. 이제 이대로 마을회관을 건너 오른쪽으로 꺾어서 내리막길을 가면 고향 집이지만 영덕은 마을회관 뒤편의 옥수수밭을 가로질러 집 뒷산으로 갔다. 풀벌레 소리가 요란하다가 달그림자만 비추는 조용한 옥수수밭에 영덕이 힘겹게 내뿜는 거친 숨소리가 들리자 주위가 다시 조용해진다.

눈을 감고 찾아갈 정도로 익숙한 자리, 어릴 적 영덕의 교실이었고 쉼터였던 그 자리에는 나무 그루터기가 아무 일 없었다는 듯 그대로 있었고 그 옆에 있던 소나무들과 자그마한 언덕까지 변한 게 없건만 영덕만 그 시절의 영덕이 아닌 것이다.

그루터기에 앉아서 영덕은 다시 주위를 둘러보았다. 보이지는 않지만 북서쪽 하늘 저쪽에 지리산이 있을 것이고 내리막을 내려가면 물 길어 먹던 우물이 있고 그 위에는 대나무 밭이 있을 것이다. 이 자리에 앉아서 외삼촌 준길에게서 글과 셈을 배웠고 무영이, 득호와 시간을 보냈고 만주로 떠나기 전에 키무라 선생도 찾아와서 충고도 해줬다.

'애들하고 애엄마하고 같이 비행기 타고 오고 싶었는데.'

처량해진 자기의 모습에 영덕은 그 익숙한 자리에 엉덩이를 걸치고 무릎에 얼굴을 묻으며 한참을 흐느꼈다. 아침 해가 뜨려는지 동쪽 하늘이 서서히 붉어진다. 영덕은 힘들게 몸을 일으켜 조심스레 내리막길을 내려가 최대한 천천히 왼쪽으로 몸을 튼다. 이제 두 집만 건너면 영덕의 고향집이다. 조금씩 조금씩 집을 향하는 영덕의 발걸음은 갈수록 무거워졌고 풀었던 수건을 다시 묶기 전에 최대한 입을 벌려 심호흡을 하며 한 걸음씩 집으로 다가간다.

이른 아침부터 컹컹 짖는 누렁이 때문에 언년은 잠에서 깼다.

아침 일찍 마실 나가는 동네 주민이 있어도 누렁이가 아는 사람이면 짖지도 않는데 지금은 마치 그날 은심이 오던 날처럼 유난스럽게 짖어댄다. 여기까지 생각이 미치자 언년이 벌떡 일어나서 창호문을 벌컥 여니 그 바람에 곁에서 자고 있던 은심도 일어난다.

여명의 햇살을 등지고 우두커니 이쪽을 보고 서있는 사람은 분명히 영덕이었다.

"영덕아!"

버선발로 언년이 뛰어나오고 은심도 따라나선다.

"아이고 이놈아. 안 죽고 살아 왔구나. 아이고~"

믿어지지가 않아 아무 말 없이 서있는 영덕의 얼굴을 어루만지는 언년의 손길을 피하고 영덕은 "으헝" 울음을 터트리며 언년을 끌어안았고 은심도 살아 돌아온 남편이 고마워 셋은 같이 부둥켜안고 울고 말았다.

"금희 아바디, 금희 아바디."

"영덕아. 내 새끼 영덕아!"

반가운 마음에 기쁜 마음에 영덕을 품에 안은 은심은 아무래도 느낌이 이상했다.

이윽고 언년도 뒤늦게 목발을 짚고 서있는 영덕이 눈에 들어왔고 아들이 수건으로 코 밑을 감싸고 있는 생각하지도 않은 모습에 잠시 어리둥절해한다. 자세히 보니 오른쪽 발은 없고 영덕이 우는 얼굴로 가리고 있던 수건을 내리자마자 그 모습을 본 언년은 “헉” 소리만 내지르고 그대로 기절하고 말았고 은심은 믿기지 않는 남편의 모습에 입을 막고 그 자리에 주저앉고 만다. 넘어진 두 여자들을 내려다보며 영덕은 고개만 숙인 채 죄인처럼 그렇게 그렇게 서있기만 했다.

무너지는 기다림
〈1951년 12월 북한 평양〉

작년 10월 평양이 함락될 때 삼월은 상춘과 옥희만 데리고 북한의 임시 수도였던 강계로 피난을 갔었다.

정부나 군부의 가족들은 몸만 빠져나가서 겨우 목숨만 구했지만 뒤에 들어보니 평양은 폭격을 제대로 당해서 성한 건물이 거의 없을 정도이며 대부분의 간부 가족들이 살던 고려 호텔 부근의 가옥은 다 불타서 없어졌다고 한다.

인민군이 계속 밀리다 보니 이제 조금만 더 가면 중국 땅이라 이제 우리 다 죽었다는 소리가 들리고 중국에서 인민지원군이 참전해서 다시 반격을 시작한다는 소리도 들렸다. 그러다가 두어 달밖에 안 되었는데 다시 평양이 수복되었다는 반가운 소식이 들렸고 이제 남조선 괴뢰당과 미군과 미군 앞잡이들이 서울까지 내놓고 다시 후퇴하여 해방 전쟁이 얼마 안 남았다는 소문이 또 돌았다.

평양이 수복되었다는 소리를 듣고 삼월은 추운 날씨에 주변의 만류에도 불구하고 애들을 데리고 제일 먼저 평양으로 들어왔다. 봉천보다 더 익숙하지 못한 강계에 가만히 앉아서 소문만 들으니 답답해 죽을 지경이었고 제 눈으로 제 귀로 들어야만 속이 시원할 거 같았다. 평양에 도착하니 역시나 소문대로 도시는 폐허가 되어있었고 그나마 간부 가족이라고 임시 거처를 배정받아서 일반 서민들보다는 먹는 거나 자는 거는 훨씬 나았다.

항일 운동하는 범진을 따라 여기보다 더한 거지 움막 같은 곳에서도 살아본 삼월에게는 이마저도 감지덕지였다. 예전에 살던 집터에 가서 쓸 만한 거라도 찾아보려고 했지만 무너져 버린 돌더미에서 만춘이 떠나기 전에 찍었던 가족사진과 책 몇 권, 범진이 아끼던 훈장이라도 건져내서 그나마 다행이라면 다행이었다. 영덕과 은심이 어떻게 되었는지 수소문을 해봤는데 아무도 아는 사람이 없고 영덕네 집에도 가봤지만 그 동네도 폭격에 폐허가 되어있기는 마찬가지였다.

평양역 근처의 방직 공장 창고에서 남조선 괴뢰군들이 애국 인사 수백 명을 처형했다는 소식을 듣고 상춘과 득달같이 달려가 보았다. 철사 줄로 손이 꽁꽁 묶여 가지런히 놓여져 있던 시체들은 꽁꽁 얼어버리고 색깔도 벌겋고 퍼렇게 보여서 사람이 아닌 얼려놓은 동태 같았다.

처형당한 사람들은 모두 정부 공무원 가족이나 당에 충성했던 사람들이라는데 그렇다면 영덕과 은심도 이 안에 있을까 싶어서 한 명씩 한 명씩 얼굴을 확인할 때마다 몸서리가 쳐졌다. 어릴 때부터 죽음을 보고 자랐던 상춘도 끔찍하게 죽은 시신을 보고 구역질을 해댔고 혹시나 가족이 있나 나온 사람들은 가족을 찾아서도 울고 또 못 찾아서 울고 완전히 생지옥이었다. 떨리는 손으로 하나하나 시신을 확인하다가 아는 얼굴이 나오면 기겁을 했고 자기도 만약에 제때에 철수를 못 했으면 이렇게 되었으리라는 생각에 삼월은 몸서리가 쳐졌다.

이 전쟁은 누가 이기든 반드시 사람이 죽어야 하고 정말 자기 남편 쪽이 지면 이렇게 처형당해서 죽어있을 게 자기 가족들이라 생각하니 이제 사람 살기 좋은 새로운 세상을 위해서가 아니라 가족들이 살아남기 위해서라도 무조건 이 전쟁은 이겨야 한다고 생각한다.

남조선 괴뢰군이 물러나면서 평양 시내 곳곳에 학살이 벌어진 곳이라고는 모두 찾아갔지만 다행히 영덕 부부네 시신을 찾지 못해서 삼월은 안도의 한숨을 쉬었다. 이리저리 시체를 돌려서 신원을 확인한 손에서 씻고 씻어도 시체 냄새가 나는 거 같아 삼월은 습관처럼 킁킁거리면서 손 냄새를 맡았다. 아니, 손에서만 아니고 자기 몸에 시체 냄새가 스며든 거 같아 온몸이 가려운 거 같고 피부병이라도 걸린 거 같았다.

그렇게 아무런 성과 없이 집으로 돌아와서 엄마 아빠를 애타게 찾는 옥희를 끌어안고 니 부모 아직 살아있다고 같이 울던 지도 어언 1년이 지나 이제 평양도 전시지만 그래도 제법 안정을 찾아간다. 개전 초기에 영등포와 수원 비행장 폭격에 앞장섰던 만춘은 북한 공군이 궤멸 상태까지 갔었지만 자기 편대를 잘 건사해서 임시 수도 강계까지 와 직접 만나봤었고 상춘도 김일성 종합대학 의학부로 진학하여 학교 숙사로 들어가 다시 열심히 공부 중이다. 남편 범진은 함흥 이북까지 후퇴했다가 다시 부대가 편제되어 지금 동부 전선 쪽에서 큰 공을 세웠고 금년 여름에 대좌로 진급까지 했다.

이제 모든 게 조금씩 자리를 잡아가는 거 같고 죽음의 도시였던 평양도 조금씩 활기를 되찾고 있다. 성격이 쾌활한 옥희가 부모와 헤어진 이후에 약간은 우울하게 변했지만 그래도 천성이 밝은 아이라 전쟁이 끝나면 엄마 아빠랑 언니하고 다 같이 만날 거라는 삼월의 말을 곧잘 믿어준다.

이제 겨우 7살짜리 아이가 무엇을 알겠는가.

하얀 피부에 애교가 많은 옥희마저 없었으면 아직까지 정도 안 붙은 이 새 거처에서 남자들은 모두 떠난 마당에 어떻게 살았을까 하는 생각이 들어 옥희의 존재가 고맙기까지 했다. 배급받은 식량은 자기가 한입 적게 먹더라도 옥희 입에 하나라도 더 넣어주려고 하는데 그러다 보니 예전에 봉천으로 가기 전에 고향 정주에서 은심을 키우던 생각이 났다.

그때만 해도 아들 둘에 은심에다가 경춘까지 혼자서 애들 넷 키우느라 힘이 들어 죽을 지경이었는데 지금도 그때처럼 너무나 막막했었지만 그 또한 시간이 지나가니 다 추억으로 남았다. 그러니 지금의 힘든 시간도 과거에 그랬던 거처럼 잘 지나가리라고 삼월은 굳게 믿었다.

그러나 삼월이 살아오면서 몇 번이나 남편과 자식들을 기다리는 삶을 살았지만 아무리 그래도 기다리는 데는 익숙해질 수도 없었고 익숙해지기도 싫었다. 하지만 익숙한 듯했던 그런 기다림이 무참하게 깨어져 버린 시간이 마침내 오고야 말았다.

낮에 신나게 뛰어놀던 옥희를 씻기고 초저녁에 재우려고 하는데 밖에서 문 두드리는 소리가 들린다. 뭔가 모를 불안한 마음에 옷을 챙겨 입고 나가 보니 인민군 공군 정복을 입은 장교와 군인들이 문 앞에 서있었다. 불길한 기분이 싸하게 삼월을 휘감는 거 같다.

"사모님, 이 시간에 이리 찾아와서 미안하게 되었습니다."

그러면서 손에 들고 있던 서류를 조심스레 펼치면서도 천천히 삼월의 안색을 살핀다. 무언지 모르지만 이를 지켜보는 삼월의 입술은 바짝 타들어 가는데 상대방 역시 침통한 표정으로 헛기침만 할 뿐이다.

"용맹한 인민군 전사 정만춘 대위는 1951년 12월 조국 통일을 목전에 두고 원산 앞바다에서 행해진 전투에서 장렬하게.."

삼월은 흥분한 채 되받아친다.

"군관 동무, 여기가 어느 자리라고 그런 농을 하십네까? 절대로 그럴 리가 없디요."

"사모님, 우리야말로 정말 애통합니다. 제 말씀 좀 들어보시라요."

삼월은 귀를 막고 고함을 질러대고 그 바람에 잠에서 깨어난 옥희가 울면서 삼월의 품에 안긴다. 따닥따닥 붙어있던 임시 가옥의 이웃들이 무슨 일인가 밖에 나와서 쳐다보면서 혀를 쯧쯧 차지만 이들이 어찌 삼월의 찢어지는 마음을 공감할 수 있을까.

"경애하는 김일성 수령님의 특별 지시로 고인이 된 정만춘 대위를 2계급 특진하여 중좌로.."

계속해서 읽는 군관의 말은 귀에 들어오지도 않고 삼월은 옥희를 쓸어안고 끊임없이 목 놓아 "만춘아. 내 아들 만춘아! 아이구, 내 새끼야!"만 외쳐댄다.

개천 초기에만 반짝 맹활약했던 북한 공군은 예상보다 조기에 개입한 미 공군에 일방적으로 밀려 4개월 만에 조종사와 전투기, 폭격기 대다수를 잃고 말았다. 50년 연말에 들어서 남은 전술기는 83기에 불과했지만 이마저 운용할 조종 인력도 없다시피 해서 북한 공군은 사실상 궤멸되고 만 것이다.

개천 초기에 25개나 되던 북한 전역의 비행장은 미 공군에게 압도적으로 당해서 모두 쑥대밭으로 변해버렸다. 야크기를 몰던 만춘의 편대는 거의 마지막 남은 북한 공군으로 메뚜기처럼 임시로 비행장이 생기면 뛰어다닌다고 해서 '메뚜기 편대'라고 불렸다.

압도적인 미 공군의 폭격으로 중공군은 하루에 평균 30대 이상의 수송 차량이 공습을 당했고 소련에서 긴급하게 17,000대의 차량을 지원해서 겨우겨우 보급선을 유지해 나가는 실정이었다. 압도적인 공군력에 밀린 김일성이 소련에 간청해서 소련은 1950년 11월이 되어서야 만주에 제64전투비행군단을 보내줬지만 이미 사용 가능한 비행장이 없는 북한의 하늘에서 제공권을 되찾기에는 역부족이었다. 이에 소련은 자국의 조종사들은 미 공군과의 대결을 피하게 하고 약체였던 중공 공군과 북한 공군의 재건을 위해 제64전투비행군단에서 2~3개월 동안 조종사들을 훈련시켜 공군력을 강화하고자 하였다.

그러나 한국 전쟁 개전 이전에도 절대적으로 부족했던 조종사가 불과 몇 개월간의 교육으로 쉽게 양성될 리가 없었고 이에 마음이 급해진 김일성은 북한이 원하는 건 2,000명 이상의 조종사라고 구원 요청을 하며 급한 김에 소련에 유학 중인 북한 국적 학생과 조선계 소련인 중에서 2~300명을 선발하여 조종사로 양성하기로 한다.

당시 만주에 주둔했던 소련 제64전투비행군단은 2차 대전 때보다 조종사 양성 속도가 늦다는 질책을 받았고 결국은 억지로라도 1개 비행사단 65명의 조종사를 양성해 내고야 만다. 소련의 지원하에 조종사를 양성하던 시기까지 마지막까지 버티고 있던 북한 공군은 야간 기습으로 미군 함정을 공격하려던 작전을 진행하던 중 원산 앞바다에서 전멸하고 말았고 인민군 공군 최고의 에이스였던 정만춘 대위는 그렇게 전사했다. 시신은 찾을 수도 없어서 만춘이 입던 군복이 대신 안장되었고 동부 전선에 참전 중이었던 범진도 아들의 장례를 위해 부랴부랴 달려왔다.

북한의 공군력 재건이라는 김일성의 노력은 헛되지 않아 1953년이 되어서 공군 사령부 예하에 3개 전투비행사단, 1개 폭격기사단과 2개의 독립폭격연대를 갖추게 되었으며 미그기 조종사만 179명을 비롯해 폭격기 70대와 예비 조종사 70명까지 갖출 정도로 성장하고 만다.

소련으로부터 들여온 항공기는 모두 무상이 아닌 유상으로 구매를 하였고 소련군에게 훈련받는 조종사 인원의 교육비까지도 북한이 금과 자원을 팔아서 충당할 정도로 김일성은 공군 재건에 온 힘을 쏟아부었다. 김일성의 입장에서는 아쉽게도 전쟁이 끝날 때까지 비행장을 갖추지 못해서 애써 키워왔던 공군 전력을 제대로 활용하지 못했지만 막대한 투자 덕분에 전쟁 직후부터 70년대까지는 한국 공군보다 더 월등한 공군력을 보유하게 된다.

만약에 만춘이 마지막 원산 작전에서 전사하지 않았다면 실제 전투 경험을 갖춘 노련한 조종사로서 공중전에서 미 공군기를 2기나 격추시키기도 했던 그의 앞길은 인민군 공군 내에서 탄탄대로였을 것이다.

내가 살아야 하는 고향은
〈1952년 5월 경남 사천〉

오후 늦은 시간이 되자 영덕은 아버지 상수가 그랬듯이 낚싯대를 들고 서포가 보이는 서쪽 갯벌가로 향했다. 아침에 비가 좀 내려 턱과 얼굴의 통증이 더 심해져 진통제를 한 움큼 털어 넣었지만 막상 치유되지 않은 아픔은 몸의 상처가 아니라 마음의 상처인지라 날씨가 갠 김에 바람이라도 쐬려고 나왔다.

질매섬이 있는 사천 읍내와 마주 보는 동쪽 바닷가는 수심도 깊고 고기도 많지만 제법 큰 선착장이 있어 아무래도 사람들 눈에 띄는 게 불편했다. 고향에 와도 좀처럼 사람을 만나지 않는 영덕이 조용하게 시간을 보내기에는 서포가 마주 보이는 서쪽 바다가 안성맞춤이었다. 썰물 때가 되어 망둥이 훌치기 낚시를 하면 저녁에 구워도 먹고 찌개에 넣을 수도 있을 정도로 제법 잡을 수가 있다.

여기 오기 전에는 돌아가신 아버지 상수가 생각나서 무덤에 들러 아버지와 말 없는 대화를 하고 막 내려왔다.

자기가 만주로 떠나던 날 역 밖의 담장에 아슬아슬하게 기대어서 손을 흔들던 아버지의 모습이 마지막이었다는 걸 그때는 알지 못했다. 영덕은 살아생전에 효도도 제대로 못 했다는 죄책감에서 벗어날 수 없었다.

'떠나던 날 잘못하면 무조건 빌으라고 하셨던 내 아버지!'

힘없고 배운 거 없는 소작농이 살아오면서 몸소 터득한 최고의 생존 방식이었으리라. 그게 애비로서 자식에게 해줄 수 있는 유일한 처세술이었고 실제로 영덕은 여기까지 오면서 위기가 닥치면 잘못했다고 싹싹 빌어서 목숨을 연명한 것이다. 늘 아버지가 가던 바닷가의 늘 앉던 그 자리에 오니 돌아가신 아버지 상수에 대한 그리움이 더 몰려온다.

작년 가을에 영덕이 돌아왔다는 소문은 곤양면 일대에 퍼졌는데 왔다는 사실보다도 완전히 사람 구실 못 할 병신이 되었다는 소문이 더 빨리 퍼졌다. 소문에 소문을 더해서 나중에는 인민군으로 참전했다가 중공군 통역을 잘 못 봐서 인민군 대장이 총을 쐈다는 얘기도 들리는 등 할 일 없는 시골 사람들에게 똑똑하던 영덕이 변한 모습은 술자리에서는 술안주로 밥 먹을 때는 반찬으로 항상 요긴하게 쓰였다.

사람이라는 간사한 존재의 심리가 묘한 게 자기보다 잘났다고 생각한 사람이 더 불행해지면 거기에 비하면 나는 정말 행복한 존재라는 만족감을 얻는다. 그래서인지 좁은 사천에서 배영덕이라는 이름은 대통령 이승만보다 더 많이 사람들 입에 오르내렸다. 심지어 바다 건너 서포에서 배를 타고 일부러 일거리를 찾아서 안도 마을로 왔다가 먼발치에서 영덕을 보고 가는 사람들까지도 있을 정도로 사람들은 수군거렸고 그러다가 내린 결론은 '비록 병신이 되었지만 전쟁통에 살아남은 억세게 운이 좋은 사람'으로 모아졌다.

비단 안도 마을뿐 아니라 곤양면 일대에 전장에 나간 장정들이 전사 통지서만 남기고 시체도 어디 있는지 모르는 세상에 벙어리가 되고 절름발이가 된 게 그나마 운이 좋다는 것이다.

시간이 지나가면서 사천의 시골 마을들을 떠들썩하게 했던 영덕은 자연스레 사람들의 관심사에서 멀어져 갔고 영덕은 영덕대로 이제 평범한 일상을 살게 된다. 어릴 적부터 한결같은 모습으로 자기를 챙겨주는 만복과 영덕의 소식을 듣고 진주에서 달려온 무영과만 가끔씩 만날 뿐 평화로운 마을 풍경에 묻힌 영덕은 낮에는 거의 외출도 하지 않다가 새벽이나 해질 무렵이면 이렇게 나와 바닷가나 뒷산을 오르면서 시간을 보내는 것이다.

영덕의 변한 모습에 큰 충격을 받았던 언년은 처음에는 현실을 받아들이지 못하다가 그래도 목숨 부지해서 살아 온 거에 감사해했지만 자기도 모르게 깊은 한숨이 새어 나오는 건 어쩔 수가 없었다. 어디서나 고생하면서 커온 은심은 피할 수 없는 사실을 받아들여서 곧 적응을 해나갔고 정상적인 대화가 안 되는 영덕의 말을 절반 정도는 알아들을 수 있을 정도로 영덕의 마음을 읽어나갔다. 생활력이 강한 은심은 텃밭을 가꾸고 남의 집에 품도 팔면서 사실상 가장 노릇을 하면서 음식 솜씨가 좋다고 소문이 나 저 멀리 서포나 사천 읍내까지 불려 다녔다. 지난 설날에는 서포에 사는 외숙모 순례네 본가를 찾아가 가족들에게 순례 소식을 전하고 만주에서 좋은 중국 남자 만나서 애 낳고 잘 살고 있다는 소식을 전해주며 같이 펑펑 울고 오기도 했었다.

늙은 순례의 부모는 멀리서 찾아와서 죽었는지 살았는지 모르는 딸 소식을 전해준 은심에게 고마워했고 은심은 어릴 때부터 친언니처럼 자기를 돌봐준 순례 생각에 그리고 사실 지금은 소식이 끊어졌다는 말은 전하지 못하는 미안함 때문에 더 많이 울었다. 순례의 부모는 은심을 죽은 줄 알았던 딸이 돌아온 것으로 생각할 테니 그리 알고 이제 영덕이네 시가에 왔으니 자기네는 친부모로 여기는 친정으로 생각하고 자주 오라는 고마운 분들이었다.

그러나 정착한 지 1년 넘게 여기서 살아오면서 모든 사람들이 하는 행동이 은심의 마음 같지는 않았다. 처음에는 동네에서 '영덕이 색시'로 불리다가 지금은 아예 '평양댁'으로 불리는 은심이 느끼기에 이 시골 바닷가 마을들의 텃세는 장난이 아닐 정도로 심했다.

뭐라고 해야 하나, 고향인 정주 마을은 평양과 신의주의 가운데 위치해서 예전부터 중국이며 조선을 오가는 길목이었고 조금만 더 가면 제법 큰 항구도 있어 외부인들의 출입이 잦았으며 마을 사람들도 소작농, 노비, 백정 등 핍박받는 사람들이라 홀애비 마음 과부가 안다고 지주들 빼고는 서로 돕고 사는 분위기였었다. 봉천 역시 도시가 크기도 했지만 조선인, 중국인, 만주인, 일본인, 타타르인, 소련인, 무슬림 등등 여러 민족이 모여 살아서 아주 개방적이었다.

반면 여기 시골 마을은 사람들이 생활의 리듬이 느린 삶 때문에 심심해서인지 둘만 모여도 남 얘기를 많이 했고 일단 자기들과 다르면 거리를 두면서 간을 보는 느낌이었다.

처음에는 괴물 같은 남편하고 같이 살면서 뽀뽀는 하고 사느냐는 이웃 아낙네의 짓궂은 농도 적당히 받아줬지만 자꾸만 웃으면서 받아주니까 딸까지 팔아넘겼네 어쩌네 하면서 농담이 도를 넘어서는 거 같아 주걱을 집어던지고 머리채를 잡고 싸우기도 하면서 동네에는 아주 억센 평안도 여자로 소문이 났다. 한번은 서포 쪽 회갑 잔치에 일을 해주러 갔다가 술 취한 안주인이 여자 혼자 피난 오면서 남자를 몇이나 잡아먹었고 허리를 얼마나 돌렸는가라는 헛소리를 하자 손에 들고 있던 사발 그릇으로 그 여편네의 머리통을 깨버렸고 말리려고 달려드는 사람들에게 식칼을 들고 다 덤비라고 했다.

"이런 가이(개)들이 우찌 말째게(안 편하게)만드니? 쩨까치(젓가락)로 눈까리(눈알) 뽀부가 찔게(반찬)로 쓴다디! 간나 새끼들, 들어 오라우!"

눈에 독기를 품고 처음 들어보는 무시무시한 평안도 사투리로 욕을 하면서 머리를 풀어 제치고 덤벼드는 은심을 덩치 좋은 남정네들도 겁이 나서 함부로 하지 못했고 은심은 머리에 피를 철철 흘리면서 자빠진 여편네의 속곳을 뒤져 자기 품삯을 당당하게 챙겨 나갔다.

남편마저 병신 취급당하는데 자기마저 여기 사람들한테 잡혀서 만만하게 보이면 앞으로 더 살기가 힘들 거라고 생각한 은심이었다. 욱하는 성질이 있는 애비 범호나 용맹함이 호랑이에 못지않았던 삼촌 범진의 피는 못 속이는 법인지 낯선 환경에 정착해 가면서 순하디 순했던 은심은 이제 독을 품은 뱀처럼 처절하게 자기의 영역과 자존감을 지켜나갔고 기싸움에 밀리지 않기 위해서는 꼭 그래야만 했다.

막말로 자기는 몇 번이나 죽음을 무릅쓰고 여기까지 왔는데 고향에 가만히 앉아서 갖은 세파를 다 피한 사람들이 자기나 남편에 대해서 이러쿵저러쿵 얘기하는 게 싫었고 자기보다 더 처절하게 살아온 사람이 손가락질하면 기꺼이 받아주겠지만 여기 사람들은 그럴 자격이 없다고 생각했다.

'당신들이 뭔데 열심히 살아온 나와 내 남편을 욕되게 하는가? 내가 강해지고 독해져야 내 새끼들 도로 찾고 우리 가족들 먹고 산다'

라는 생각은 은심을 더욱 독하게 만들었고 강해지게 했다.

해가 뉘엿뉘엿 지는데 뒤에서 들리는 인기척은 안 돌아봐도 분명히 무영이었다. 일부러 영덕을 보러 질매섬 선착장에 가서 아나고를 썰어 와서 깻잎에 쌈장, 소주까지 가지고 온 것이다. 아나고도 영덕이 먹기 좋기 칼로 난도질을 해서 몇 번 안 씹어도 삼킬 수 있도록 준비를 해 왔다. 그뿐만이 아니라 영덕이 답답하면 적으라고 책가방만한 칠판도 하나 챙겨서 옆구리에 끼고 오는, 영덕의 마음을 제일 알아주는 고마운 친구다. 지금 진주에서 제일 큰 빵집 '명화당'에서 일하고 있는데 제빵 기술도 괜찮았고 특유의 쾌활한 성격으로 손님들에게도 인기가 좋다.

징용으로 남양군도까지 갔다가 살아 돌아와 지금은 진주 여자를 얻어 아들 하나와 딸 둘을 둔 무영이도 영덕의 소식을 듣고 한달음에 달려 왔었다.

그토록 보고 싶었던 친구 영덕의 소식을 영덕의 부모님과 영덕의 누이들을 통해서 들어는 왔었는데 제일 잘될 줄 알았던 친구가 이런 모습으로 돌아와 놀라긴 했지만 자기나 영덕이나 전쟁통에 운이 좋아서 살아남았으니 이렇게 보게 된 걸로만 해도 좋았다.

어린 시절의 무영에게 영덕은 우상이었고 제일 좋은 선생님이자 친구였다. 지금 영덕이 괴물이 되었네 병신이 되었네 해도 앞으로도 그건 변하지 않을 것이다.

오늘은 모처럼 가게를 일찍 나와서 영덕 생각이 나 들러봤다. 영덕이 있을 곳은 집 아니면 여기나 마을 뒷산 또는 영덕 아버지 산소뿐이라 어렵지 않게 영덕을 찾을 수 있었다.

"어이, 친구야! 마이 낡았나? 함 보자."

촛불을 켜고 자기가 가져온 것들 주섬주섬 늘어놓으면서 무영은 특유의 귀여운 웃음을 짓고 이에 영덕은 눈웃음으로 되받아 준다.

"이제 컴컴해지는데 니는 머한다꼬 아직까지 이거 쓰고 있노? 내 앞에서는 이럴 필요 없다. 회도 묵어야 되니까 얼른 벗어라."

그제야 영덕은 수건을 내려 목에 걸고 시원한 바닷바람을 온몸으로 들이마신다.

"인제 날도 더워질 낀데 니 혼자 있으면 이런 거 달고 댕기지 마라."

가져온 소주잔에 술을 부어주는 무영의 오른손은 엄지와 검지만 남아있다. 무영 역시 전쟁통에 수류탄을 던지다 총에 맞아 손가락 세 개를 잃었지만 그게 무슨 대수랴? 자기는 그 무시무시한 미군의 공격에도 살아남았고 당당하게 고향으로 돌아오지 않았는가. 옆에서 총 맞고 픽픽 쓰러져 간 전우들은 지금쯤 남태평양 어느 섬에서 썩어서 백골이 되어있을 거에 비하면 자기는 정말 행복한 놈이라고 생각한다.

"자, 우리 빙신들끼리 한잔하자!"

영덕이 분필을 잡고 칠판에다가 쓴다.

'제수씨하고 애들은 다 잘 있나?'

"그래 임마, 근데 너거 제수씨 장난 아이게 쎈갑더라. 선착장에 있는데 아지매들이 평양 가스나 대가 쎄가지고 아무도 몬 건딘다 카던데. 앞 전에도 서포에 가가 아지매 대가리 깼다 카더만 요번에는 선착장에서 통영 뱃놈들하고 다구리 붙을 뻔했다 카더라. 그노마 새끼들이 빨갱이 여자 한번 먹고 싶다고 농을 걸었다는데 잘한 거 아이가. 내가 옆에 있었으문 마 고놈의 새끼들 뼈도 못 추렸을낀데."

영덕은 그 말을 듣고 피식 웃고 만다.

아무리 생각해도 어릴 적에 처음 봤을 때 그 여리고 여린 은심이 어쩌다가 저렇게 되었는지 아무래도 고생만 시킨 자기 잘못 같았기 때문이다.

"그래도 제수씨 뭐라 카는 사람 별로 없드라. 다들 그카더라. 젊은 여자가 부지런하고 싹싹한데 덜떨어진 것들이 먼저 주둥아리로 사람 복을 채운다카데. 원래 촌에 할매들하고 양아치들이 할 짓이 없어가 그러는 거 아이가."

'내는 만주에서 살 때 니가 나한테 준 찐빵 진짜 생각 많이 나더라.'

"짜슥아. 내 그거 처음 만든 긴데 니가 묵고 안 죽었으면 내가 잘 만든 기네. 히히. 내도 전쟁터에 있을 때 영덕이 니 생각 마이했다. 진짜로."

예나 지금이나 언제나 밝은 기운을 실어주는 무영의 입담이 고맙기만 한 영덕이다.

"니 그날 진주역에서 만주로 갈 때 그날 사실 득호도 왔었다 카더라. 쪼다 같은 기 니하고 말도 몬 하고 멀리서 보고 그냥 가삣다 아이가."

지난번 얘기 듣기로는 일본이 물러나면서 득호의 아버지인 충섭이 일본인의 수산물 공장을 인수해 사업을 크게 하다가 나중에는 부산으로 본사를 옮겨 갔고 이제 득호네 일가는 부산에서도 손꼽히는 갑부가 되었다고 한다. 명절에 고향에 와서 조상들 성묘하러 찾아오면 그때마다 영덕 소식을 묻고는 보고 싶어 한다는데 영덕에게는 이미 다 지나가 버린 일이었다.

'내 인제 우찌해야 될지 모르겠다.'

영덕이 쓴 글을 보고 무영은 말없이 건너편 서포에서 비치는 불빛을 향해 시선을 돌리며 소주잔만 들이킨다.

희망을 잃고 하루하루 살아가는 친구에게 현실적으로 해줄 말도 없었고 무슨 말로 위로를 하더라도 무의미하다고 생각했다. 다리가 불편해도 하다못해 말이라도 했으면 똑똑한 영덕이 뭘 해도 했을 건데 농사를 지을 수가 있나 바닷일이라도 해서 먹고살 수가 있나 지켜보는 무영도 답답하기만 했다. 그렇게 둘은 아무 말 없이 서로 소주잔을 주고받으며 한참을 거기에 있었다.

돌아오는 길에 오른쪽 어깨에 목발을 짚고 왼손에는 낚싯대와 망태기를 들고 절룩거리며 위태롭게 걸어가는 영덕의 뒷모습을 보니 깡말라 버린 종아리 살이 더욱 안쓰럽게 느껴졌다. 이런 친구를 위해서 자주는 못 오더라도 가끔씩 이렇게라도 얼굴 보면서 세상 돌아가는 이야기 전해주는 게 무영이 해줄 수 있는 전부였다.

영덕이 늦게까지 오지 않자 문 앞에서 기다리던 은심이 영덕과 무영을 발견하고 반갑게 맞이해 주고 무영은 밥을 먹고 가라는데 바쁜 척하면서 돌아갔다.

영덕의 식사는 언제나 조촐하다. 쌀이든 옥수수든 뭐든 잘게 부숴서 죽으로 만들어야 하고 어쩌다 잔치 자리에서 얻어 오는 육고기는 은심이 잘게 부수고 다져서 준다. 수건을 풀고 먹어야 하는데 아래턱이 없는 영덕의 혀는 목매달고 죽은 사람처럼 축 늘어져 있어 숟가락질 조금 잘못하면 죽이 목을 타고 흘러내리니 가족 아니고는 도저히 볼 수 없는 장면이었다. 언년과 은심은 익숙해졌고 남도 아닌 자기 자식에다 남편이지만 정작 본인 영덕은 매번 식사 때가 되면 자존감이 떨어져 혼자 먹길 원했고 그러면 은심은 가족끼리 이러는 거 아니라고 항상 영덕을 밥상 앞에 같이 앉혔다.

밥상을 물리고 난 후 언년과 은심의 빨래 다듬이질하는 소리를 들으며 영덕은 방에 들어가 아픈 다리를 주무르면서 잠이 드는 그런 저녁 일상이 매일 되풀이되고 있는 것이다.

은심이 고단한 하루를 보내고 방으로 들어오자 영덕은 감았던 눈을 도로 떴다. 사실 영덕과 은심은 고향으로 내려온 이후에 부부 관계를 제대로 갖지 못했는데 둘 다 그럴 경황도 없었고 애를 더 가지면 금희와 옥희를 찾는 데 방해가 될 거라는 생각도 했다. 애를 낳기만 하면 자꾸 잃어버리니 영덕도 이제 더 자식을 갖는 거에 대해서 트라우마가 생겼고 자기의 몸이 이렇게 되다 보니 부부 관계를 몇 번이나 했는지 손으로 꼽을 정도였다.

깨끗하게 세안을 하고 자리에 눕는 은심을 보니 자기 눈에는 아직까지 처음 만날 때 순하디 순한 그 모습 그대로인데 어딜 봐서 그렇게 독하다는 소리를 듣는지 하는 생각에 영덕은 은심을 보고 눈웃음을 짓는다.

그런 영덕을 보고 은심은 부끄러운 듯 고개를 돌리고 영덕의 손이 천천히 속곳을 열어 은심의 젖가슴을 파고들지만 은심은 그 손을 뿌리치고 등을 돌려버린다. 같이 누워 실랑이를 하다가 이미 주체할 수 없게 흥분한 영덕이 집요하게 은심의 몸을 만지자 은심은 벌떡 일어나서 다시 돌아앉아 버렸다.

영덕이 뒤에서 은심의 양쪽 가슴을 움켜지자 은심은 두 눈을 꼭 감고 미동조차 하지 않는다. 아랑곳하지 않고 영덕이 은심의 귀와 목을 따스한 손길로 어루만지고 천천히 은심의 얼굴을 이쪽으로 돌려보는데 영덕의 손은 은심이 흘리는 눈물로 이미 젖어있었다.

어찌 된 영문인지 몰라 영덕은 은심의 눈을 쳐다보았다.

궁금한 눈길의 영덕과 차마 눈을 마주치지 못하고 은심은 다시 고개를 돌려 외면했다.

이윽고 은심의 입술이 파르르 떨리더니 영덕을 향해 울면서 무릎을 꿇는다.

"금희 아바이, 내가 잘못했어요. 이제 나는 깨끗한 여자가 아니란 말입니다. 여기까지 오는데…"

영덕은 은심의 입술 앞에 검지손가락을 세운다.

이 험한 전쟁통에서 여자 혼자서 몇 달에 걸쳐서 여기에 오기까지 무슨 고초를 겪었고 어떤 일이 있었을지 영덕은 충분히 상상이 갔다. 자기도 피난 오면서 부녀자들이 미군에게 국군에게 또 같은 피난민들에게 험한 꼴 당하는 모습을 한두 번 본 게 아니었다. 심지어 강간도 아니고 밥 한 끼 못 먹는 극한 상황까지 가면 멀쩡한 처녀들도 강냉이죽 한 그릇에 몸을 주는 세상에서 그게 무슨 큰 잘못이란 말인가.

고향으로 내려오면서 영덕은 속으로 빌고 또 빌었다.

은심이 자기처럼 병신이 되어도 좋고 험한 일 당해서 남의 애를 가져도 좋고 어떻게 되어도 좋으니 살아만 달라고 서낭당을 지나면 빌었고 혼자 밤길을 걸으면서 보름달을 보고 빌고 또 빌었다. 영덕은 조용히 다가가서 은심을 다시 껴안았고 은심은 영덕의 품에 안겨서 소리 죽여 서럽게 울었다.

은심이 그동안 얼마나 괴로워하고 마음고생이 많았을지 영덕은 다 아는 거처럼 은심의 등을 툭툭 쳐줬고 은심은 그런 남편이 고맙고 미안해서 다시 온몸을 맡긴다. 남들이 보기에는 흉칙한 몰골의 남편이지만 은심에게는 세상에서 제일 멋지고 잘생긴 얼굴이기에 은심은 영덕의 얼굴 곳곳에 뜨거운 입김을 뿜어낸다.

자기가 태어난 곳에서 영덕은 새로운 생명의 씨앗을 은심에게 뿌렸고 은심은 그 씨앗을 잘 받아서 자기의 자궁에 다시 그들의 2세를 잉태한다.

누구를 위한 전쟁인가
〈1952년 11월 강원도 고성〉

인민군 제9사단 제1연대를 이끄는 연대장 정범진 대좌는 이 고지를 다시 재탈환했다.

김일성이 '금강산을 빼앗기는 한이 있어도 월비산은 반드시 확보하라'고 명령을 내렸을 만큼 중요한 고지인 이곳은 강원도 고성 인근 월비산 동쪽에 있다. 남이나 북이나 동부전선에서 절대로 물러설 수 없는 지리적, 전술적 요충지로서 서로 반드시 뺏어야 하는 땅이고 이 중요한 고지의 흙은 이미 피아 간에 흘린 피를 먹고 자랐지만 오히려 해발 고도는 잦은 포격으로 줄어들었다.

1951년부터 이전의 38선 인근에서 서로 밀고 밀리면서 사상자가 늘어나자 7월 들어 휴전 회담을 시작한 지 1년이 넘었건만 회담이 진행되면 전선은 잠시 소강상태를 유지하다가 회담이 결렬되면 다시 치열하게 전투가 전개되는 양상이 계속되고 있었다.

가장 큰 이슈인 군사 분계선 설정은 서로를 끝까지 몰고 간 전력이 있었던 양측에서 본전 생각이 나면 언제나 손해 본다고 느끼게 마련이었고 포로 교환에 대해서도 서로의 의견이 엇갈렸다. 유엔군은 현 전선 상황에 따라 군사 분계선으로 정하자는 입장이었고 공산군은 전쟁 이전의 38도선을 주장하는데 결국 1951년의 휴전 협상은 교착 상태에 빠지고 말았다.

나중에 공산군 측에서 유엔군의 제안을 받아들여 휴전 협상이 재개되었지만 서로 협상 테이블에 앉아있는 동안에도 전선에서는 한 치의 땅이라도 더 뺏기 위해 치열한 고지 쟁탈전이 진행되었다.

범진의 부대는 국군 제5사단과 대치하며 7월부터 고지를 점령했다가 뺏겼다가를 반복하며 치열하게 싸우고 있다. 작년 가을 전투에서는 국군수도사단에 밀려서 월비산 일대의 고지를 내주고 남강 너머로 후퇴하였다가 이번에 다시 고지를 점령하게 되었다. 김일성의 말대로 여기를 사수해야만 군사 분계선을 유리하게 가져가고 동해안의 현 접촉선을 한참 아래 남쪽으로 더 밀어낼 수가 있었다.

반드시 고지를 점령하기 위해 전선에 배치되었던 병력을 예비대와 교대시켜 후방으로 물린 후 공격 목표와 유사한 지형에서 약 한 달간 맹렬한 전투 훈련을 실시하는 동안 새로 배치된 예비대가 수색과 정찰을 통해 적정 파악을 하도록 하는 작전은 범진의 아이디어였다. 충분한 훈련을 마친 공격 부대는 공격 개시일 며칠 전에 다시 전선으로 배치되어 이미 적정 탐색을 마친 예비대를 통해 지뢰 및 장애물을 제거한 다음에 공격을 개시하였다.

제8사단 소속으로 치열했던 낙동강 전투에서 살아남았지만 병력이 부족한 상황에서 국군과 유엔군의 공세에 후퇴를 하여 함경도 회령까지 물러났었던 범진이 패배의 원인을 곱씹은 뒤 병력이 충분하다는 가설하에서 구상한 작전이었는데 동부 전선 고지 쟁탈전에서 실행에 옮기게 된 것이다. 이런 범진의 작전은 치열하게 고지전을 전개하는 인민군 야전 부대 사령관들의 주목을 받게 되었고 특히 김일성은 전문을 통해 범진의 공을 각 예하 부대에 널리 알리기까지 했다. 그러나 범진의 직속상관이었던 제3사단장 이영호 소장은 노골적으로 김일성의 귀여움을 받는 범진을 견제하였고 범진도 이러한 이영호에게 대놓고 불만을 드러내지 못할 뿐 철저하게 상하 관계로만 상대했다. 그러다가 이영호의 속이 드러나 보이는 배척 때문에 걱정이 된 최용건의 조치와 훗날 북한의 실세가 되는 최룡해의 아버지인 제9사단장 최현의 요청에 의해 명목상으로는 공세 지역 강화의 사유로 범진은 다시 제9사단으로 전근하게 된 것이다.

이영호는 김일성, 최용건, 범진과 같은 소련88경비여단 출신으로 김일성에게 중용되어 범진이 중좌 계급을 달고 있을 때 소장 계급을 단 인물로서 범진이 제일 싫어하는 참 군인이 아닌 정치군인 부류의 인간이었다. 개전 3일 후에 서울로 진입한 북한군은 제3사단, 제4사단과 105전차여단이었다. 서울에서 벌어진 민간인과 국군 포로, 우익 인사 학살 등은 모두 이영호가 이끄는 3사단에 의해 자행되었다고 할 정도로 인민군 내부에서도 그의 잔인함은 악명이 높았다.

모택동은 중국 고전의 심정心征이라는 전략으로 적들에게 심리적인 감화를 통해 정치적, 사상적인 좀비를 만들고자 해 심지어 일본군도 항복하면 죽이지 않을 정도였다. 또한 국공내전이라는 동족 간의 싸움에서 포로 학대 금지를 심리전으로 이용하여 실제로 많은 국민 정부군이 투항하였다. 이에 영향을 받은 인민해방군 출신의 1군단장 김웅이나 제4사단장 이권무는 한국 전쟁에서도 철저하게 예하 부대에 이를 교육하고 실행하기도 하였다.

인민해방군에서 제대로 된 소양 교육을 받아 점령지에서 민심을 얻는 심리전을 제대로 깨우친 김웅과 이권무와는 달리 김일성 밑에서 이론적으로 교육을 받지 못한 만주 빨치산 출신의 이영호 같은 경우는 무지비하게 적군을 사살하는 단순한 작전만 있었지 그 결과 적군이 더 이를 갈고 죽자 살자 덤벼든다는 기본적인 도리조차 알지 못하는, 범진이 말하는 '티껍은 미추과이 넝감(더러운 미치광이 영감)' 일 뿐이었다.

같은 소련군 출신이었지만 미치광이 같았던 이영호와 헤어지고 동북항일연군 출신인 최현의 지휘를 받게 되니 한결 더 마음이 편해졌으나 최현은 다시 인민군 제2사단장으로 부임하게 되었으니 범진의 상사복은 지독하게 없었던 셈이었다.

고지를 점령한 후에 다시 탈환에 나선 국군을 죽어가는 인민군 병사들의 고기 방패로 다시 사수해 냈고 범진은 공병 중대를 투입하여 진지 구축에 나선다. 동해안에 인접한 지역 특성상 미 공군과 미 제7함대의 공세에 충분히 대비를 하려면 토굴과 참호를 부지런히 파놓아야 했다.

전투의 양상은 언제나 같았다.

미 공군의 공습과 7함대의 함포 사격이 이뤄지면 두더지굴처럼 파놓은 땅굴로 들어가서 잠잠해질 때까지 버텨야 했고 조금 있다 땅을 뒤흔드는 포성이 멎으면 바로 기관총과 박격포를 걸고 참호로 튀어나와야 했다. 조금이라도 늦어 산 밑에서 함성을 지르고 올라오는 적군에게 산 중턱이라도 내주게 되면 방어가 더욱 힘들어진다. 남쪽 지휘관이 간이 커서 공중 지원과 포격이 진행되는데 이 상황에서 진격을 외치거나 아군이 집중적으로 모여있는 곳에 포탄이 떨어져 방어하는 쪽의 손실이 크면 또 고지를 뺏기게 된다.

진지 구축 강화를 독려하느라 전선 곳곳을 부관만 데리고 시찰

하는데 산 정상부터 저 아래까지 새까맣게 덮여서 죽어있는 아군과 적군의 시체가 눈에 들어온다. 다행히 날씨가 영하로 떨어져 시체 썩은 냄새로 진동하던 여름철보다는 나았지만 죽어서도 얼었다 녹았다 하는 젊은이들의 시체를 보니 이를 보는 범진의 마음도 편하지 않았다.

저 밑에 죽어서도 서로 포개져 있는 적군 병사나 인민군 병사 모두 기껏해야 막내 상춘 또래들인데 무슨 죄를 지었길래 죽어서도 땅에 못 묻히는지 저들의 부모는 자식이 죽은 걸 아는지 그리고 알면 어떤 심정인지 범진은 직접 경험해 봤었다.

"이보라우, 애들 몇 명 뽑아서 위험 지역까지는 가지 말더라도 우리 애들이나 국방군이나 죽은 놈들은 한곳으로 모아두라우."

"대좌님, 저놈들도 여기 점령했을 때부터 고대로 방치한 겁네다."

그 얘기는 굳이 그렇게 해야 되겠냐는 의견이었고 또 고지가 점령당하면 괜히 헛수고만 한 셈이라는 뜻이다.

"어차피 땅이 얼어 묻어주지는 못하는데 죽은 놈들이라도 한곳에 몰아 넣으라우. 너무 아래까지는 가지 말고."

단단하게 다시 다져진 토굴 속으로 들어와 보니 지난번에 뺏겼을 때보다 더 넓어져 있었다.

'남조선 아새끼들, 야무지게 넓혀놨구만 기래.'

토굴 벽을 손으로 꾹꾹 눌러 보다가 범진은 의자에 기대어 앉아서 담배를 꺼내 물었다.

그러고 보니 이제 다음 달이면 자기보다 먼저 가버린 큰아들 만춘의 기일이 다가온다. 의욕적으로 추진해서 김일성으로부터 극찬을 받았던 새로운 작전이 무르익어 가는 시기에 들었던 아들 만춘의 전사 소식은 범진에게 이루 말할 수 없는 큰 충격을 주었다.

솔직히 말하면 아들이 죽은 후에 만사가 다 귀찮았고 의욕도 생기지 않았는데 이영호가 이런 범진을 앞에 놓고 갖은 모욕을 줄 때는 자기도 모르게 자꾸 오른손이 권총 손잡이 쪽으로 가려고 해서 참느라 진땀이 날 정도였다.

괜히 애비 욕심 때문에 자기 자식을 사지로 몰아넣은 게 아닌가 하는 생각으로 밤에 깊은 잠도 못 이루어 수면제라도 몇 알 털어 넣고 싶었지만 지휘관으로 그럴 수는 없었다.

만춘이 죽은 지 1년 가까이 되는 시간은 곧 예전의 범진이 죽은 시간과 똑같은 것이고 지금의 정범진은 빈껍데기만 남은 셈이라고 생각했다. 눈만 감으면 만춘과 헤어지던 그 마지막 장면이 생각났고 애들 어릴 때부터 애비 역할을 제대로 못하고 고생만 시키고 보내준 거 같아서 한없는 죄책감에 시달렸다.

'내가 이렇게 약한 존재였던가'라고 다시 채찍질을 해봤지만 군관 정범진은 약하지 않았어도 아버지 정범진은 한없이 나약한 존재였던 것이다.

애들 한참 클 때를 못 봤고 겨우 가족들 재회한 뒤에도 어린 애들 데리고 이 산골짝 저 산골짝 끌고 다니면서 못 볼 모습도 참 많이 보여줬었다. 착한 효자였던 아들은 소련군에 남기를 원했으나 애비의 지시대로 인민군으로 들어왔고 육군이 되고 싶어 했으나 또 공군이 되라는 말 그대로 다 따라 했었다.

만약에 그때 소련군에 남았더라면 아니면 그냥 육군의 길을 걸었더라면 아들의 운명이 바뀌었을까, 아니 백 번 양보해서 삼월의 소원대로 병을 핑계로 고향으로 내려가서 예전처럼 살았으면 아들이 지금까지 살아있지는 않았을까.

시신도 못 찾고 군복으로 행해진 만춘의 영결식에서 아내 삼월은 몇 번이나 까무라쳤고 나중에는 범진을 붙자고 "이게 다 당신 욕심 때문이오." 울부짖는데 범진은 그런 아내의 행동이 자리에 참석한 윗분들한테 꼬투리 잡힐 것 같아 덤덤한 척하던 속 좁은 자기 자신이 부끄러웠다.

자식이 죽었는데 왜 나는 뭐가 무서워서 아내처럼 땅바닥에 주저앉아서 울지도 누구 원망도 못 하고 근엄한 척 가면을 썼었던가.

자기는 그날 진짜 비겁한 존재였던 것이다.

자기의 피와 살을 나눠준 자식이 죽었는데 조국 해방을 위해 해야 할 일을 해야 했다는 듯 자기는 눈물 한 방울도 흘리면 안 되는 그런 대단한 사람이었나? 아니 절대로 아니었다.

범진은 수없이 자기 머리를 쥐어뜯으면서 자학을 했고 불면증에 시달렸지만 날이 밝으면 벌게진 눈으로 다시 전장에 나서는 그냥 타고난 군인이었던 것이다.

야간에 정찰 보낸 애들이 국군 중위를 하나 생포해서 잡아 왔다길래 직접 범진이 불러서 심문을 하려고 가보니 가슴과 복부의 총상이 심해 더 이상 취조할 수도 없는 지경이었다. 토굴 대들보 밑에 묶어 놓았는데 범진이 가서 가만히 보니 자기 아들 상춘과 비슷한 또래로 스물 한두 살쯤 되어 보이고 중위 계급장을 달고 있었다.

"소속이 어딘가?"

"나는 자랑스러운 대한민국 육군 제5사단이다… 헉헉"

"무슨 작전을 하던 중이던가?"

"…"

"자네 나이도 어린데, 육사 출신인가?"

"…"

혼절을 했는지 아니면 죽었는지 잠시 답이 없다.

어차피 도움 될 정보를 얻을 것도 아니고 좀 있다가 갖다 치우라고 해야지 하면서 빨갛게 충혈된 눈을 비비고 참모들과 논의할 작전판을 들여다보는 중이었다.

"여기. 담배 있으면 쪼까 빌렸으며…"

잠깐 잊고 있었던 국군 중위가 아직 숨이 안 끊어졌는지 범진을 올려다보며 입술을 움직인다.

담배를 하나 꺼내어 그를 보면서 다시 물어본다.

"자네, 고향이 어딘가?"

"그딴 걸 와 물어보오. 지는 전라도 벌교지라."

그의 입에 물린 담배에 불을 붙이던 범진에게 벌교라는 낯익은 지명과 그리운 사람이 언뜻 머릿속을 스치고 지나간다.

"자네 고향 꼬막이 그리 맛있는가?" "…"

희미하게 감기는 중위의 눈이 잠시 커지는가 싶더니 담배를 입에 물고는 아무 말 없이 담배만 세차게 빨아댄다.

이윽고 가느다란 소리가 나온다.

"그걸 어찌 아우? 겁나게 맛있지라."

그 말을 마치고 담배를 깊숙히 빨아들이고 입과 코로 연기를 길게 뿜어내더니 중위는 고개를 푹 떨어뜨리고 만다.

사람은 죽었지만 아직 입에 물려있는 담배 불씨는 살아있었다.

범진이 한참을 내려다보다가 묶여있던 그의 팔을 풀려던 순간, 피에 젖어있던 중위의 이름을 보게 된다. '박상용'

벌교 사람에다가 이름도 비슷한 '박격포' 박만용이 떠올랐고 문득 그가 보고 싶었다.

그가 살았다면 같이 벌교로 가서 그 맛있다는 꼬막을 먹을 수 있었을까?

아마 그래도 힘들었을 거라고 생각하고 고개를 가로저었다.

정말 조카사위 영덕의 말대로 이 전쟁은 새로운 세상을 핑계로 한 피와 살을 나눈 동족 간의 살상극이 아닐까라는 반동적인 생각이 떠올라 다시 머리를 가로저으며 애써 지워나가려고 했다.

여기서 징집된 남한 출신 의용군들도 우리말을 쓰고 죽어가던 국군들도 인민군들하고 똑같이 마지막에는 '어머니'를 부르다가 죽어갔다.

'왜놈들하고 싸울 때는 몰랐는디 동족들끼리 서로 죽이려고 하니 마음 참 세게 먹어야겠구먼.'

불순한 생각을 떨치려고 범진은 다시 마음을 굳게 먹어본다.

그러다가 작전판을 거칠게 획 집어던지고 밖으로 나가서 담배를 다시 물고 깊게 들이마신다. 충분히 잠을 자지 못해서 머리가 아파오는데 사실 전쟁이 터지고 나서부터 계속 그런 거 같았다.

도대체 왜 이 전쟁을 했는가!

새로운 세상을 만든다고 했는데 동족끼리 서로 죽이고 죽이는 세상이 이렇게 잔인할 거라고는 범진은 생각도 못 했다. 화가 났지만 화를 내야 할 대상이 자기 같은 사람 때문이라고 생각하니 더 화가 났다. 전쟁을 일으킨 놈들은 다들 안전한 곳에 숨어있으면서 개수작이나 하고 있고 죽어가는 이들은 다들 젊은 사람들이고 왜 싸우는지 모르면서 서로가 서로를 죽이고 있었다.

그 망할 놈의 휴전 협정은 얘기가 나온 지가 언제인데 아직까지 저러고 있고 그 사이에 누군가의 귀하디 귀한 아들일 젊은 목숨들은 전선 여기저기서 사라져갔다. 자기 아들 만춘이처럼 말이다.

자기가 따랐던 박만용, 조카사위 영덕 모두가 남쪽 사람이고 만주에서 이슬처럼 사라져갔었던 수많은 남쪽 출신 전우들도 오롯이 한

가지 목표, 왜놈들 몰아내고 새로운 세상을 만들기 위해서 죽어갔건만 정말 이게 그들이 원하던 세상이었던가.

자기는 조국 해방이라는 명분 아래 어쩌면 처조카 영덕의 친구를, 아니면 박만용의 친척을 죽이고 있는 게 아닌지 정말 그랬다면 이렇게 싸우는 의미가 뭔지 묻고 싶었지만 더 화가 난다. 왜냐하면 아직까지 자기 자신 말고 누구한테 물어야 할지 몰랐기 때문이다.

범진에게 이 고지는 죽어간 양측 젊은이들의 피와 살로 다져진 커다란 고기 방패였을 뿐이었다.

범진이 점령한 이곳은 원래는 366고지로 불리다가 잦은 포격으로 고지가 낮아져서 351고지로 불리게 되는 동부 전선의 격전지였다.

국군은 351고지 탈환을 위해 4차례에 걸쳐서 반격을 했으나 끝내 탈환하지 못했고 범진의 인민군 제9사단은 악착같이 지켜내어 휴전이 되었을 때는 북한 땅으로 귀속되었다.

안식처
〈1957년 1월 함경도 회령〉

전쟁이 끝난 이후의 북한 정세는 어지러웠다.

북한 정권 초기부터 김일성이 최고 지도자이긴 했지만 권력이 확고하지 않아 절대 권력을 누리지 못한 상황에서 그가 이끄는 만주파 그리고 허가이의 소련파, 무정, 방호산, 박일우의 연안파와 박헌영, 이승엽의 남로당파 등 다른 파벌들과의 팽팽한 긴장 관계를 유지하고 있었다.

소련은 북한의 새로운 지도자로 누구를 내세울까 저울질을 하다가 소련파 안의 인물이 아닌 만주 빨치산 계열의 김일성을 지지했고 그 바람에 북한 정권은 출발부터 파벌 싸움이 될 수밖에 없는 구조적인 모순점을 안고 있었던 것이다.

소련말을 할 줄 아는 이유로 스탈린 시대에 중앙아시아로 강제 이주당한 고려인들을 지도자로 내세우려고 해도 이들은 북한에서의 인지도가 너무 낮아 부담이 되었고, 더구나 북한 국내에서의 지지

기반도 없었다.

실제로 소련군 사단 참모까지 올라가서 2차 대전의 스탈린그다드 전투, 베를린 전투에 참전했던 남일 말고는 북한에 들어온 소련파는 소련군에서도 하위직 장교 출신들이 많아 전문성이 떨어졌는데 이 또한 언어 위주로 선발된 소련파의 한계였다.

지명도로 따진다면 남로당의 거두인 박헌영을 내세울 수도 있었다. 게다가 박헌영은 1930년대 소련 모스크바의 국제레닌대학에 유학하면서 공산주의를 제대로 학습하였고 소련과 직접 관련이 있는 인물이기도 했다. 그러나 스탈린 대숙청 때 코민테른의 지령을 따르던 박헌영을 소련은 그다지 호의적으로 보지 않았다.

소련에게는 어느 정도 인지도가 있으면서 소련말을 이해하고 딱 부려 먹기에 알맞은 인재가 필요했는데 소련 연해주로 넘어가 어느 정도 소련물을 먹은 만주 빨치산파의 김일성이 적임자로 낙점된 것이다. 스탈린의 이 결정으로 평생을 그저 소련군 장교로 보낼 수 있었던 김일성은 신생 국가 북한의 최고 지도자라는 자기도 생각해 보지 못한 자리까지 오르게 된 것이다.

이는 동유럽의 공산국가에 정권을 세울 때 소련계가 아닌 현지의 공산주의자를 전면에 내세우는 소련의 대외 정책과도 일맥상통하는 것이었다. 따라서 소련은 만주파를 권력의 핵심세력으로 키워주되 소련파는 선전과 언론 부서에 집중 배치하여 이들이 서로 견제하도록 구조를 짰다.

전쟁이 일어나기 전에 남쪽에서 공산당 활동을 하다 대거 월북한 박헌영을 중심으로 한 남로당 계열은 전혀 기반이 없는 북한에서의 정치 생활을 힘들어했고 다시 남쪽으로 내려가서 그 예전의 명성을 되찾고 싶어 했다. 김일성과 합이 맞아 남침을 하게 되면 남한 곳곳에 있는 지하당의 공산당원들과 좌익 대중들이 호응을 할 것이라고 김일성의 귀에 바람을 불어넣어 주며 더욱 남침 야욕을 부추기게 된다.

그러나 이미 월북했던 남로당 계열은 남한과 연락이 완전히 봉쇄되어 버렸다. 대구 10.1사건, 여순사건, 제주 4.3사건 등을 통해 이승만 정권의 강한 숙청 작업으로 남한에 있던 좌익계는 전향한 자라도 좌익의 혐의가 있으면 모조리 처형당했기에, 남쪽에서는 사회주의와 좌파의 싹은 자랄 수도 없었다.

갑산파는 만주파와 연합을 하게 되었고 남로당의 민중 지원에다 중국 팔로군에서 잘 훈련된 군사력마저 손에 쥐어지게 되니 김일성은 잘 알려진 대로 북한 내부의 갈등 관계를 돌리기 위해 승리를 장담하면서 남침을 저질렀다. 거기에다 미국의 극동 방어선에서 남한이 제외되었으니 김일성뿐만 아니라 누가 보더라도 도저히 지고 싶어도 질 수 없는 전쟁이었고 통일만 되면 모든 계파가 행복할 수밖에 없으리라 믿어진 전쟁은 그렇게 시작되었다. 그 결과 3년 넘는 기간 동안 많은 인명과 재산을 희생하였지만 결국은 '조국 통일, 남조선 해방'이라는 과업을 완수하지 못했다.

전쟁이 터지자 항일 전쟁과 국공 내전에서 잔뼈가 굵은 팔로군 출신들은 거침없이 진격을 하여 그 명성이 헛되지 않음을 보여주었으나, 박헌영이 장담하던 남쪽 민중의 호응은 없었다. 만약에 개전 초기에 미군의 반격 준비가 제대로 갖춰지지 않아서 낙동강 전선까지 국군이 밀렸을 때 박헌영이 장담한 대로 좌익 세력에 의해 대구나 부산에서 노동자 파업이나 민중 봉기가 있었으면 정말 그대로 전쟁이 끝날 수도 있었다.

전황이 불리해지자 김일성은 박헌영에게 대놓고 "당신이 큰소리치던 남한 민중의 봉기는 어떻게 된거냐”면서 술잔을 집어 던지면서 남로당 계열에 대한 적개심을 노골적으로 드러냈다.

자기가 바라던 대로 전쟁이 진행되지 않자 김일성은 전쟁을 통해 전후에 있을 반대 세력을 하나씩 제거해 나갔다. 군부 세력에서 가장 큰 정적이었던 연안파 리더인 김무정에게 낙동강 전선 실패의 책임을 물었고 김무정이 평양 방어는 불가능하다고 했음에도 억지로 평양 방어 총책임을 맡긴 뒤 당연히 퇴각하게 되자 1950년 12월에 김무정을 숙청하게 된다.

정확히 말하면 김무정뿐 아니라 연안파의 장교들이 대거 축출되었고 그 자리는 김일성이 키운 만주 빨치산파 출신들이 대체하게 되는데 경험이나 작전 능력을 놓고 봤을 때 연안파에 비해 수준이 떨어지는 장교들이 요직을 차지하게 된 것이다.

김무정은 중국 공산당의 대장정에서 살아남은 인물로 팔로군 포병 사령관까지 지낸 거물로서 중국 군부와 사이가 좋아서 중국의 눈치가 보여 차마 고문이나 처형을 할 수는 없었기에 중국의 요청으로 중국으로 송환되었다가 곧 병사하고 말았다.

모두가 승리를 예상했던 전쟁은 승리하지 못했고 전쟁 이후의 계파 갈등의 불씨는 여전히 남아있었다.

김일성은 이에 아랑곳하지 않고 미제 침략에 맞서서 싸운 전쟁에서 당당히 승리하였다고 하면서 휴전 협정일인 7월 27일을 조국해방전쟁승리 기념일로 정하고 거기에다가 스탈린의 우상화를 따라하며 김일성 개인숭배 강화를 통해 권력을 더 키워나갔다.

전쟁 이전에도 중국과 소련은 김일성을 그렇게 믿음직한 지도자로 보지는 않았는데 전쟁 이후에는 중국과 소련을 줄타기하면서 외교적 이득만 취하자 은혜를 모르는 배은망덕한 인물로 판단하여 김일성 대신 자기들과 친분이 있는 인물이 북한의 정권을 잡았으면 하면서 박헌영, 김두봉, 최창익 등을 눈여겨보고 있던 시기였다.

세력을 키워는 나갔지만 여전히 소련파와 연안파의 뒤에는 소련과 중국이라는 지지 세력이 있어 함부로 건드릴 수 없는 그런 팽팽한 긴장감이 전후의 북한 권력 중심부에 남아있었고 김일성은 뭐라도 해야만 했다.

개인 우상 숭배에 대한 비판이 일자 김일성은 남로당계의 리더 박헌영을 개인숭배의 원흉으로 덮어씌웠고 박헌영의 위치가 위태로워진 걸 알게 된 소련과 중국이 박헌영을 자기들에게 보내달라고 했으나 김일성은 이를 거부한다.

조선의 레닌이라 불리는 박헌영은 국제적으로 명성이 있는 공산주의자였고 김일성의 견제를 위해서 꼭 필요한 인물이었으나 김일성은 박헌영을 간첩 혐의로 체포하고 말았다.

김일성의 조직 장악력과 카리스마는 위기 때에 빛을 발하여 정적 제거와 동시에 갖은 수완을 발휘해 소련파였던 내무상 방학세와 총참모장 남일을 배신하게 만들어 자기파로 끌어들이게 된다.

1956년 당시 전후 복구의 방향에 대해서 만주파는 연안파, 소련파와 갈등을 빚고 있었는데 이는 표면적인 갈등일 뿐 실제로는 권력 투쟁의 일부였었다. 만주파는 중화학 공업 육성을 통한 장기적인 재남침 준비 위주의 경제 정책을 고집했고 연안파와 소련파는 인민 경제와 생활의 제고를 위해 경공업을 통한 산업 육성을 주장했으나 결국은 만주파의 주장대로 결정되었다. 이에 실망한 연안파와 소련파는 김일성의 동유럽 순방 중에 김일성 실각을 준비하게 되었고 소련은 이를 그냥 묵인해 주기로 하였다.

그러나 만주 빨치산파의 조직력과 정보력은 연안파와 소련파 그리고 남로당파가 이겨내기에는 너무나 강했다. 김일성이 자리를 비우면 언제나 그 자리를 채워주던 충직한 최용건의 레이더에 이런 움직임이 포착되었고 김일성은 소련에게 북한의 내정에 간섭하지 말라고 엄포를 놓고 더욱 치밀하게 조직적으로 반격을 준비한다. 게릴라전이 주특기인 만주파답게 반대파의 곳곳에 동조 세력을 심어놓아 핵심 인물들을 요주의하면서 지속적으로 감찰을 지시했던 최용건의 공로가 컸다.

소련파는 소련이라는 큰 세력을 등에 업었지만 중심 세력을 이끌 확실한 리더가 없었고 연안파는 김무정이 숙청된 이후에 중소리더들로 이뤄져 구심점을 잃었으며 남로당계는 핵심인 박헌영이 체포되어 힘을 쓰지 못하는 실정이었다.

1956년 8월에 당 중앙 위원회를 기점으로 김일성은 완전하게 권력을 장악하여 반대파를 숙청해 나갔고 연안파와 소련파는 신의주를 통해 중국으로 도망가거나 그러지 못한 사람들은 정치범 수용소로 끌려가 버렸다. 남한 공산당의 우상, 국제적인 공산주의자 박헌영 또한 이 시기에 김일성이라는 큰 벽을 넘지 못하고 비공개로 처형되었다.

종파 사건 이후에 군부 내의 연안파와 소련파를 숙청하는 확대 간부 회의가 있는 날이라 범진은 급히 평양으로 불려 왔다.

동부 전선의 수훈으로 범진은 전쟁 후에 소장으로 진급했고 지금은 강원도 평강에 주둔한 5군단 산하 제4보병 사단장을 맡고 있다. 변방에 있다 보니 평양 소식을 잘 듣지도 못했지만 범진은 위에서 뭘 하든 크게 관심도 없었다.

다만 격려차 최전방 순시를 왔던 최용건으로부터 들은 얘기로는 자기들이 속한 만주파가 이제 권력의 실세가 되었고 지금처럼만

한다면 범진의 앞날은 승승장구할거라고 했다. 꿈에도 그리던 소장으로 진급했지만 기쁘지 않았고 아들을 잃은 이후에는 더더욱 평양 집에도 자주 가보지 않을 정도로 가족과의 연락도 뜸했다.

전쟁이 시작된 이후 오랜 기간 동안 불면증에 시달려 이제 수면제 없이는 잠을 못 이룰 정도로 정신이 피폐해진 범진은 만사가 귀찮았고 죽고 싶다는 충동을 자제해 나가면서 하루하루 버텨나가고만 있었다. 전쟁이 끝났지만 여전히 삼월을 보기에도 미안했고 집을 다녀오면 더 잠을 이루기가 어려워 범진에게는 지금 적과 대치하고 있는 최전방 자리가 그나마 제일 마음 편한 곳이었다.

최용건이 주재하는 회의장에 앉아 참석자들을 쭉 둘러보니 이영호, 최현 등 중장급 인사들 거의 대부분은 만주파 군부 세력이고 전향한 소련파 일부인 남일 총참모장 등등이 보였다. 이미 정해진 결론이었지만 형식상으로 어디 소속 누구누구 이름이 불리면 처형 또는 수용소로 판단하는 자리인지라 좋은 싫든 거수기 역할을 해야 하는 자리가 재미없었고 졸음이 쏟아져 내려오는 눈꺼풀을 치켜뜨느라 힘든 시간을 보낼 때였다.

"그다음은 제9군단 정치참모 이호영 대좌, 처형. 다들 동의하십니까?"

낯익은 이름이 나오자 내려앉았던 범진의 눈이 번쩍 떠진다.

이호영의 이름이 불리자 참석자들은 망설임 없이 전원 손을 든다.

"그러면 이호영은 판결대로 처형하는 걸로.."

최용건이 정해진 내용대로 읽어가는데 "잠깐! 발언 좀 하겠수다"라는 범진의 목소리가 터져 나온다.

거한의 범진이 뚜벅뚜벅 단상으로 걸어 나오자 좌중은 웅성거리기 시작한다.

“이호영 대좌는 저를 항일 운동으로 끌어주신 분이고 만주에서 항일 운동을 한 유능한 군관입니다. 어떻게 그런 공적을 가진 분을 몇 사람이 모여서 무슨 죽을죄를 지었다고 처형을 한답네까? 저는 반대합니다! 절대로 이런 식으로 과거의 동지들을 죽일 수는 없는 겁니다.”

범진의 발언에 좌중은 술렁이고 분위기가 산만해진다.

“정 소장, 진정하고 들으시오. 이호영 대좌는 중국의 사주를 받은 방호산의 오른팔로 우리 공화국의 존엄을 해치고 정권 정복을 기도한 핵심 인물로서 증거는 충분히 갖고 있소. 지금 이 자리에서 제기하는 반론은 받아들이지 않겠소.”

아주 무서울 정도로 차분한 최용건의 목소리다.

“아니, 형님! 세상에 이런 게 어디 있습니까? 그리고 여기 계신 동무들, 저들도 다들 우리와 같이 피 흘렸던 전우들 아닙네까? 왜놈들하고 같이 싸웠고 미제에 맞서 싸웠는데 이런 판결은 받아들일 수가 없습네다!”

좌중이 웅성거리자 당황한 최용건이 “야, 범진아. 내려오라. 나중에 얘기하자고”라고 범진에게 속삭였지만 범진은 물러서지 않고 단상에 서서 좌중을 둘러보았다.

총참모장 남일이 분위기 수습을 위해 책상을 탁 치고 일어난다. 180이 넘는 훤칠한 키에 아주 잘생긴 40대 중반의 귀공자 스타일이다.

“이보시오 동무. 지금 위대한 당의 판정에 반기를 드는 건 반동행위인 걸 모르시오! 어서 불경죄를 사죄하고 단상에서 내려오시오!”

“지금 제 얘기는 억울한 사람이 없도록 제대로 다시 보자는 말입니다. 같은 식구들끼리 이게 뭐하는 겁네까?"

"이 소장 동무가 말을 못 알아듣는구먼. 서로 노선이 다르면 적이 되고 같으면 편이 되는 게 세상의 이치 아이갔어?"

"그러면 참모장님은 노선이 달라지면 언제든지 같은 편한테 총도 쏘겠구만요."

이렇게 되받아치는 범진의 반격에 남일의 얼굴은 붉으락푸르락 한다.

김일성에게 충성을 맹세하며 자신이 몸담던 소련파를 배신하고 숙청에 앞장선 지울 수 없는 마음속 깊은 곳의 트라우마를 범진이 제대로 건드려버린 것이다. 소련파 출신과 일부 장성들이 일어나서 범진에게 손가락질을 하고 호위관들 세 명이 붙어 범진을 단상에서 끌어내려고 하지만 강하게 버티는 범진의 완력을 당해내지 못한다.

"야! 니들이 군인이니? 정치가니? 내가 이런 꼴 보고 싶어서 군인질 하는 줄 아니? 다시는 상종하고 싶지 않은 더러분 군상들이구먼. 내 차라리 고향에 가서 농사나 짓고 말겠어!"

머리에 쓰고 있던 군모를 집어 던지고 범진은 제 발로 회의장을 박차고 나갔다.

그러나 범진은 고향으로 가서 농사를 지을 수 없게 되었다.

범진이 일으킨 파장은 너무나 컸다. 김일성은 당장 정범진을 처형하라고 노발대발했고 직접 모욕을 당한 남일도 명령만 내려주면 자기가 직접 처형하겠다고 부추기는데 미쳐 날뛰는 이들로부터 최용건이 적극적으로 변호를 하여 겨우 범진의 목숨은 구하게 되었다.

만주 시절, 소련 시절부터 우직하고 충직한 군인이라는 점, 그리고 조국 해방전선에서 전과를 세운 점, 무엇보다도 인민군 공군의 전설 정만춘의 부친으로서 아들을 잃은 이후에 정신병에 시달렸다는 점 등이 참작되어 지병 치료와 자아비판을 통한 자숙 기간을 보내는 것으로 벌을 받아 함경북도 회령의 지하 노역장 관리원으로 쫓겨나게 된 것이다.

다행이라면 삼월을 비롯한 가족들은 연안파나 소련파 가족들처럼 강제 수용소로 끌려가지 않고 평양에 남게 되었고 일단 모든 당적은 박탈당하지만 범진의 병세가 호전되면 복직 가능하게 한 이 모든 조치는 범진을 아꼈던 최용건이 있었기에 가능한 것이었다.

한반도 북쪽에 있는 함경도, 거기에서도 끝에 있는 회령의 겨울은 매우 추웠다.

말이 좋아서 노역자 관리원이지 범진은 정신 병동에 입원 조치되어 정치범에 준하는 수준으로 당국의 감시와 통제를 받고 있었다. 답답한 병실에서 나와 북쪽 하늘을 보니 저 두만강 건너가 중국 연변 땅인데 거기가 이호영의 고향이라는 생각이 떠올랐다. 저 하늘 아래 어딘가에 모든 걸 다 버리고 항일 운동과 민중 계몽을 위해 그리고 새로운 세상을 만들기 위해 뛰어나왔던 이호영의 가족과 친척들도 있을 것이다.

범진의 항명에도 불구하고 사형을 언도받은 이호영의 마지막 가는 길이라도 보여달라고 간청했으나 받아들여지지 않았고 그렇게 이호영은 그들이 바라던 새로운 세상에서 생을 마감하게 되었다. 나중에 이호영의 처형 소식을 듣고 범진은 통곡하면서 머리를 벽에 찧으며 격렬하게 분노를 표출하였으나 이마저 정신 이상 증세의 악화로 판정되어 독방에서만 2년 동안 감금당했다.

그 후로도 오랫동안 그곳에서는 범진의 울부짖는 소리가 계속 들려오게 된다.

이호영을 아끼면서 중용했던 맹장 방호산도 숙청되어 함경도 단천의 검덕 광산 지배인으로 좌천되었고 그로부터 3년 뒤에 처형되었다.

김일성은 정권을 완전히 장악한 뒤에도 자기에 대해 맹목적인 충성을 하지 않는 사람은 가차 없이 숙청하여 그의 심복이었던 김광협, 반대파의 실세였던 최창익 등도 모두 정치범 수용소로 보내져 죽어서야 나오게 된다.

주체 사상의 강화는 계속되었고 김일성의 무자비한 숙청은 1960년까지 이어져 수만 명의 반대파와 가족들이 중국으로 망명한다. 그 후로도 김일성은 중국의 입김을 완전히 제거하기 위해 1958년 전쟁 방지라는 사유로 북한 땅에 주둔하던 중공군을 다시 중국으로 돌려보낸다.

역사에서 말하는 8월종파 사건을 계기로 북한은 소련과 중국의 입김에서 벗어나 김일성 독재주의 체계를 공고히 하는 암흑의 세계로 빠져들게 되었다.

또 다른 새싹
〈1961년 3월 경남 사천〉

자고 일어나면 드디어 기다리고 기다리던 진주로 이사 가는 날이다.

앞니가 빠진 개구쟁이 현철은 괜히 가슴이 설레어 누웠다 일어났다 잠도 안 자고 돌아다니다가 자는 동생 깨운다는 엄마 은심의 핀잔을 듣고 잠자리에 누워서 자는 척을 하지만 한쪽 눈만 뜬 채 장난스럽게 엄마의 눈치만 본다.

내일 배웅해 주겠다던 친구 녀석들하고 해 뜨자마자 마을 회관에서 만나기로 했는데 왜 이리 시간이 더디게 가는지 잠이 안 온다.

전쟁이 끝나기 전에 이 마을에서 태어난 현철은 영덕과 은심의 장남으로서 좁은 안도 마을에서 알아주는 개구쟁이에 골목대장이었다.

고향에서 낳은 귀한 아들에게 영덕은 어질고賢 밝게哲 크라고 현철이라는 이름을 지었다. 외모는 아버지인 영덕을 닮아 피부도 뽀얗고 팔다리가 길쭉한데 자기 아들을 쏙 빼어 닮은 첫 손자를 보게 된 언년은 손자를 땅에 내려놓지 않을 정도로 안고 업고 다니면서 귀하게 키웠다.

집안의 실질적인 가장 역할을 하는 은심은 여전히 고되고 힘든 일을 하며 가족의 생계를 책임지고 있었고 영덕은 아랫방을 개조하여 자그마한 작업장을 만들어 지게, 호미 같은 농기구나 애들 장난감으로 팽이나 연을 만들어 팔지만 생계에 크게 도움이 되지는 않았다.

언년은 늦게 얻은 손자 때문에 가문의 대가 안 끊어지게 되어 이제 조상들 볼 낯이 생겨 저승에서 남편 상수를 만나더라도 자기가 직접 손자를 받았노라고 자랑할 수 있어 다행이었다. 가난한 살림이지만 어린 현철을 먹이고 키우는 데 어른들은 최선을 다했고 현철은 어른들의 사랑을 받으며 건강하게 자라났다.

또래 친구들과 다르게 현철은 커오면서 아버지 영덕의 음성을 한 번도 들어보지 못했다.

어린 나이였지만 아버지 모습이 다른 사람과 다른지는 알 수 있었고 분명히 자기를 사랑하니까 자는 얼굴을 들여다보고 자기 손을 쓰다듬는구나 느꼈지만 부자간의 정상적인 대화를 할 수 없는 상황이었다. 은심 역시 매일 농사일에 품 파는 일에 바빠 현철은 거의 언년이 키우다시피 해서 할머니와 제일 정이 많았다.

언년은 어린 현철의 손을 잡고 앞산에 있는 상수의 산소부터 동네 여기저기 데리고 다니면서 현철의 조상들이 어떤 사람들이었고 얼마나 현철이 자기들에게 소중한 사람인지 알려주었다. 그럴 때마다 꼭 빠지지 않는 얘기가 있었다.

"너거 아부지가 얼매나 똑똑했는지 사천에는 수재라고 소문이 났는 기라. 시험만 치면 맨날 1등만 하고 인물도 억수로 좋았다. 니도

니 아바이 닮아가 이리 인물이 좋으니께 너거 아바이한테 고맙다고 큰절 해야 된다이."

"할매, 근데 왜 우리 아부지는 말을 못 하는교?"

"너거 아부지는 전쟁통에 100명이 죽었는데 혼자서 살아남아서 온 사람인기라. 말은 못 해도 살아온 것만 해도 대단한 사람아이가. 사람이 너무나 잘나고 똑똑해갔고 하늘이 질투해서 그런 거 아이겠나."

뭔가는 잘 모르겠지만 아버지 영덕은 자기가 모르는 사연이 많은 사람이라고 어린 현철은 어렴풋이 생각했다.

"너거 할배가 살아있어가 우리 강아지를 봤으면 을매나 좋았겠노. 철아. 요기 요 자리 잘 봐두거라, 내는 나중에 죽으면 너거 할아버지 옆에 여기에 누워 있을꺼니께 니가 후세에 더 크면 너거 누이들 꼭 찾아갔고 델꼬 오이라."

상수의 산소에 오면 언년은 꼭 그런 말을 했었다.

그렇게 현철을 아껴서 품에 안고 키우던 언년은 현철이 여섯 살이 되던 해에 노환으로 세상을 떠나고 만다.

어른들의 중신으로 이웃 마을 가난한 총각 상수에게 시집와서 딸 둘을 낳고 아들 하나를 얻었으나 어린 나이에 저세상으로 먼저 보냈다가 귀한 영덕을 얻었고 고향을 떠난 영덕을 기다리면서 한 많은 삶을 살았었다. 어디 그뿐이랴, 집안의 자랑이었던 남동생 준길도 저 멀리 객지인 봉천에서 잔인하게 살해되어 불귀의 객이 되었으니 험한 일을 보고 겪고 살아온 언년의 인생도 사연이 많았다.

그래도 죽기 전에 보고 싶었던 아들과 며느리도 봤고 가문의 대를 이을 현철도 품에 안았으니 평생 한을 안고 살다가 죽은 남편 상수보다는 조금 더 복을 누리긴 했지만 홀어머니를 보내게 된 영덕와 은심의 슬픔은 아주 컸다. 이제 정말 영덕과 은심이 의지할 수 있는 어른은 이 세상에 아무도 없게 되었고 이 거친 세상에 억센 평안도 여자와 장애인 남편 둘의 힘으로 서로 기대어 살아갈 수밖에 없게 된 것이다.

언년이 그토록 바라던 대로 상수의 곁에 묻힌 그 이듬해에 딸이 하나 더 태어났다.

마흔이 다 되어가는 나이에 큰딸 금희보다 19살 터울이 나는 생각하지 못한 딸을 얻은 영덕은 복덩어리 막내를 통해서 모든 자녀들이 만났으면 하는 희망을 담아 맞이할 봉逢에 기쁠 희喜를 써서 봉희라는 이름을 지어주었다.

봉희는 또 은심을 닮아서 갓 낳았을 때부터 속눈썹이 길어 꼭 큰언니 금희의 애기 때를 보는 거 같았다. 어쩌다 보니 큰딸과 막내는 은심이 판박이고 둘째와 셋째는 또 영덕이와 붕어빵인 것이다.

사실 영덕네가 진주로 이사 가기로 결심하기에는 두 가지 이유가 있었다.

모친 언년이 별세한 이후에 어르신을 모시고 살 필요가 없기도 했지만 이제 국민학교 2학년에 올라가는 현철과 3살밖에 안된 봉희를 지금 사는 거처럼 살면 도저히 제대로 키울 자신이 없었다. 영덕이 혼자서 물건 만들어 파는 건 큰돈이 되지 못했고 은심이 농사를 짓거나 품을 파는 건 그냥 딱 먹고살 만큼이었지 나중에 애들 교육까지 생각하면 엄두가 나지 않았다.

그리고 전쟁이 끝난 후에 어수선한 사회가 어느 정도 정리가 되니 이제 사회 분위기는 첫째도 반공 둘째도 반공이었다. 전후 기록을 작성하면서 육군제7사단 헌병대 기록 중 영덕과 은심의 평양 심문건이 남아있는 것이 밝혀졌고 지역 요주의자의 감시와 통제를 맡은 경찰은 정기적으로 영덕네를 찾아왔다. 좁은 시골 마을에서 남들의 관심을 자꾸 끌게 되니 호기심 어린 사람들의 눈초리가 영덕네 가족에게는 큰 부담이 되었다.

물론 진주로 가게 되더라도 공안 당국과 경찰의 감시는 계속되겠지만 그래도 큰 도시는 여러 가지 조건이 더 나을 거 같아서 고민을 했었다. 무영 아버지와 친분이 있는 경찰의 말을 들어보니 은심의 삼촌이 인민군 장군까지 올라서 이 지역 내에서는 특급 감시 대상자라고 들었다. 이 얘기는 만약에 전쟁이 또 일어난다면 제1순위로 격리를 당하고 경우에 따라서는 위험인물로 몰려서 총살도 시킬 수 있다는 말이었다.

어떻게 하나 고민을 하던 중 무영이 돈을 대줘서 진주중앙시장에 작은 구두 수리점 하나 할 수 있는 자리가 나게 되었고 시장의 식당에 은심이 일할 수 있는 자리도 구했다.

집안의 재산 1호인 황소를 처분하여 시장 뒷골목에 네 식구 비바람 피하고 잠잘 곳도 마련하게 되니 더 이상 여기에 남아있을 이유가 없었다. 자기만 부지런하면 가족들 먹고살게 부양하는 것은 잘할 수 있다고 믿는 영덕에게 모든 조건이 갖춰지게 된 것이다.

아무것도 모르는 현철은 1년에 한두 번 가봤던 큰 도시 진주로 전학을 가게 된다니 너무나 신이 났고 동네 친구들에게 자랑도 많이 했다. 나중에 촌놈들 진주에 놀러오면 자기가 데리고 다니면서 구경시켜 주며 뻐길 생각을 하니 기분이 우쭐해져서 아버지 영덕이 만들어준 팽이와 방패연, 썰매 등등 자기가 갖고 있는 재산 목록 1호부터 10호까지 모두 친구들에게 하사하는 통 큰 결단까지 내린다.

그렇게 네 식구가 머리에 이고 등에 지면서 안도 부락을 떠나 진주의 중앙시장으로 옮겨 오게 되었고 규정대로 영덕은 경찰서에 가서 전입신고를 하였다. 영덕네 기록을 보던 경찰관이 놀라서 눈이 휘둥그레지더니 영덕을 앞에 두고도 옆에 있는 동료에게 보란 듯이 요란하게 자료를 흔들어댄다.

"야, 임마 봐라. 와! 우리 구역에 엄청난 거물이 들어왔네!"

"와! 인민군 장군의 조카? 이리 되면 우리 윽스로 피곤해지는 거 아이가?"

그러더니 서로 눈길을 돌려 영덕을 쏘아보며 말한다.

"어이. 빙신 아재요. 마 그냥 사천에 박히가 살지 머 먹고살라고 이까지 기어 왔능교? 우리 서에서 집중적으로 지켜볼 테니 단디 알아서 하시고 어디 이동하면 신고 제대로 하이소. 알았는교?"

영덕은 알았다면서 고개를 끄덕였다.

"참, 빨갱이면 빨개이말 잘하겠네. 함 해보소. 그라고 무시 그리 춥다고 아직까지 얼굴에 마스크를 쓰고 있는교? 함 보입시더."

경찰이 마스크를 벗기려 하자 영덕은 본능적으로 얼굴을 돌렸는데 이거 때문에 경찰관의 마음이 상했던 모양이다.

"이 새끼가 빨갱이를 사람 취급 해줬더만 어디 감히 대한민국 경찰의 손을 피해? 벗어 이 씨발놈아!"

마지못해 영덕이 마스크를 내리자 그 흉한 꼴을 본 경찰들은 화들짝 놀라고 만다.

"아 이 씨발, 오늘 일진 엄청스리 더럽네. 야! 김양아! 빨리 와가꼬 소금 뿌리라! 에이 퉷!"

자기들이 보여달라고 해서 보여줬더니 더 지랄하면서 영덕의 옷에 침을 뱉는다.

진주에서 정착한 첫날부터 더럽게 재수 없는 꼴을 당한 영덕이었지만 뒤에서 욕지거리하는 소리를 흘려듣고 절뚝거리며 쓸쓸하게 돌아섰다. 참담한 기분이었지만 마음을 가라앉히려고 영덕은 촉석루에 올라 유유히 흐르는 남강을 쳐다보았다.

일개 기생으로 논개는 역사에 이름을 남겼건만 사내대장부인 자기는 병신 소리를 듣고 산다니 정말 한심하기 그지없는 서러움에 눈물이 흘렀다. 봉천도 아니고 평양도 아니고 자기 고향 땅에 와서 이런 멸시를 당하니 더 서러운 눈물이 났다.

그러나 어쩔 것인가?

이게 자기의 팔자인 것을..마음 같아서는 수치스러워 남강에 뛰어들어 죽고 싶었지만 그래도 살아야 한다.

여기까지 오면서 생각해 보니 제일 쉬운 게 죽는 거였지 않았던가?

자기가 살아야 가족이 살고 그래야지 헤어진 애들도 찾을 수 있는 것이다.

마음을 고쳐먹고 집으로 와서 좁은 방 쓸고 닦고 하면서 분노를 가라앉히고 다시 목발을 짚고 가게 자리로 가서 밖에 써 붙일 간판도 만들면서 분을 삭일 수밖에 없었다.

다음 날 오후, 가게에 필요한 공구를 사러 갔다가 돌아오니 은심은 보이지 않고 큰놈과 작은놈 모두 울고 있었다. 가만히 보니 아침에 학교에 갔던 현철의 얼굴은 멍들어 있고 코피가 났었는지 입 주위는 피가 엉켜서 말라있었다.

"허처, 어어?"

깜짝 놀란 영덕이 무슨 일인가 묻자 현철은 영덕의 품에 안기며 더 크게 울어버린다.

"아빠, 빨갱이가 뭡니까?"

자초지종을 듣고 보니 입 싼 경찰관들이 소문을 내서인지 어쨌는지 학교에 간 첫날부터 현철은 선생과 애들한테 빨갱이 새끼라는 놀림을 받았고 상급생들도 빨갱이 구경하러 내려와서 몇 대씩 쥐어박았다고 한다. 그 모습을 보고 분개한 은심은 식칼을 들고 학교로 찾아갔다고 했다.

다시 목발을 되짚고 절룩거리면서 학교로 찾아가는 영덕은 마음이 급해서 몇 번을 넘어지고 일어나면서 아픈지도 모르고 달렸다. 학교에서는 벌써 한바탕 소동이 지났는지 조용했고 알아보니 경찰이 출동해서 은심을 잡아갔다는 것이었다. 그날 저녁 늦게 경찰서에 찾아온 무영은 경찰들에게 봉투를 건네주면서 두 손이 발이 되도록 싹싹 빌어서 영덕과 은심을 데리고 왔다. 무영은 영덕을 달래려고 시장통 소주 집으로 끌고 갔고 학교와 경찰서에서 치열한 하루를 보낸 은심은 어깨가 축 처진 채 집으로 돌아왔다.

컴컴한 방 안에 애들은 밥도 못 먹고 울다가 지쳤는지 잠이 들어 있었다.

호롱불에 불을 넣고 은심은 자고 있는 현철을 흔들어 깨웠다.

배고픈 것도 잊고 기다리던 엄마의 얼굴을 보자 현철이 웃으면서 안기려는 순간 은심은 아랫입술을 꽉 깨물고 안기려고 다가오는 아들의 따귀를 세게 때렸다.

안 그래도 낮에 맞은 것도 억울한데 자기한테 손 한 번 댄 적 없던 은심에게 맞으니 현철은 겁을 먹고 울음을 터트리는데 울면서 찾는 사람은 "할머니"였다.

"현철아. 니 지금부터 내 말 똑바로 들으라우. 이제부터 누가 닐 때리면 맞고 가만있지 말고 니도 때리라우. 한번 사람을 병신으로 보면 더 괴롭히는 게 이 세상의 이치라는 기다. 니 뒤에는 니 애비 에미가 있으니 앞으로 또 맞고 들어오면 내 가만있지 않갔어. 내가 맞아 죽더라도 나는 그 꼴 절대로 못 본다. 니가 강해지야 니가 살고 우리 가족이 사는 기야! 알간?"

무서운 눈빛으로 말하는 은심의 서슬에 현철은 울면서 영문도 모르고 겁먹은 얼굴로 고개만 끄덕거린다.

오랜만에 걸친 술에 영덕은 비틀거리면서 집으로 돌아왔다.

문을 열고 들어서니 은심은 자고 있는 현철의 머리를 쓰다듬으면서 소리 죽여 울고 있었고 영덕은 그런 가족을 보기에 미안해서 다시 밖으로 나가고 만다.

홀로서기
〈1964년 8월 부산〉

엊그제 불어닥친 태풍이 지나간 자리에 흙탕물이 범람해서 강가의 모든 걸 집어삼킬 듯 흘러가는 낙동강을 바라보면서 사내는 다시 담배를 문다.

온몸이 땀에 절어있고 얼굴이 넓적하며 두 눈이 충혈된 목이 두꺼운 남자는 바로 경춘이다.

사장이 시키지 않아도 경춘은 직원들과 밤새도록 물을 퍼내고 창고에 있는 자재를 옮기느라 잠 한숨 제대로 못 잤지만 그래도 이만하기에 천만다행이라 생각했다. 작은 공장이라 이런 천재지변에 꼼짝없이 당했다면 다시 일어서기 힘들었을 건데 직원들이 모두 나와서 거들어 큰 화는 면했다.

맛있게 피우는 담배를 내뿜는데 누군가 어깨를 툭 치더니 경춘에게 컵을 권한다.

돌아보니 김응재 사장이었다.

"이게 뭡니까?"

"이거 내가 깡통시장에서 사 온 미제 커피다. 어제 잠 한숨 못 잤다매? 한 잔 쭉 마시면 잠이 다 달아날 끼다."

까만 약물 같은 거 조심스레 한입 마셔보니 뭘 넣었는지 쓰디쓰다.

"사장님은 이런 거 와 돈 주고 사마십니까? 맛대가리 하나도 없는데."

"짜슥아. 요새는 이런 것도 먹을 줄 알아야 신사 소리 듣는다. 명색이 생산 계장이 커피도 모르면 우짜노?"

무뚝뚝한 김 사장이 주는 커피는 감정 표현은 제대로 못하지만 뜨거운 커피처럼 자기의 고마움을 나타내는 것이리라.

"와. 진짜 이번 태풍 장난아이다. 그때 사라호라 캤나 그에 비하면 아무것도 아이지만. 정 계장, 너거 고향도 이리 태풍 오고 비가 마이 오나?"

경춘은 고향 정주에 대한 어릴 적 기억은 하나도 없고 아버지 범호가 살아있을 때 잠깐 살았던 게 전부라서 여기서의 고향은 만주 봉천이었다.

"그 동네에는 태풍 이런 거 없습니더. 겨울에 추분 거 빼면 살기에 참 좋아예. 부산에 와갔고 태풍이니 홍수니 하는 거 처음 봅니더."

"니 그래도 신기하다 고향 떠난 지 그리 되어도 아직 중국말도 안 까묵고."

아마 지난번에 부산역에 자재 찾으러 갔을 때 초량에 있는 차이나타운에서 경춘이 화교들과 중국말 했던 걸 말하는 거 같다.

"아입니더. 많이 까먹었어예. 안 쓴 지가 20년이 다 되가는데 가물가물하네예. 근데 사장님, 이거 다 마시야 됩니꺼?"

김 사장은 경춘의 뒤통수를 탁 때리더니 또 한대 쥐어박는 시늉을 한다.

"짜슥아, 안 죽는다. 그냥 무으라."

그러면서 경춘의 뒷주머니에 뭔가를 넣어준다.

"암말 하지 말고 집에 갈 때 애들한테 과자나 좀 사주라. 내 먼저 드간데이."

경춘이 뭐라고 말하기도 전에 김 사장은 그렇게 총총 사라진다.

다시 시선을 흐르는 낙동강으로 돌리며 경춘은 생각한다.

'찾아야 할낀데.'

넘치는 강물에 누나 은심, 매형 영덕, 조카 금희, 옥희 그리고 아버지 범호… 보고 싶은 얼굴들이 넘실넘실 흘러가는데 갑자기 불어난 임진강물에 퉁퉁 불어서 떠내려오던 사람들 시체들이 겹쳐서 깜짝 놀라 눈을 비벼서 다시 본다.

같이 살고 있는 아내 순이에게도 말하지 못했던 잊고 있었던 끔찍한 기억이 되살아나 경춘은 들고 있던 담배를 세차게 흐르는 강물로 던져버리고 돌아선다.

1950년, 평양에서 강제로 징집된 경춘은 계급도 없고 소속 부대도 없이 인민군대를 따라 북쪽 신의주까지 퇴각했다가 중공군이 참전하면서 전선으로 투입되었다. 평양을 거쳐 내려오기는 했지만 감히 집에 가보고 싶다는 말도 못했고 그러면 그냥 죽는 줄 알고 서부전선에 투입되었는데 매일 계속되는 밀고 밀리는 전투에 용케 죽지 않고 살아남아서 서서히 군인이 되어갔다.

18살, 고등학생이 무엇을 알았겠는가?

그때 조금이라도 약아서 자기 친삼촌이 인민군 상좌라는 애기만 했었어도 조금 더 살기에 편했을지도 몰랐지만 그냥 그렇게 바보처럼 싸우라면 싸우고 먹으라면 먹었다.

서부전선에서 수색에 나갔다가 미군에게 포로로 잡히고 말았다. 적의 어떤 지휘관을 만나느냐에 따라서 그 자리에서 총살을 당했을 수도 있는데 운이 좋다면 좋았던 것이다.

포로가 되면서 처음 보는 미국 사람과 미군의 막대한 물량, 우월한 무기를 보고 이 전쟁이 길어지면 북한이 이길 수 없다고 판단했고 포로들 사이에 도는 얘기처럼 원자 폭탄을 쓰면 북한이나 중국이나 다 같이 멸망한다는 말이 농담 같지 않았다.

사실 경춘은 중국말을 잊지 않았고 또한 커피가 뭔지도 알고 있었다.

포로들은 단체로 이송되어 거제도 포로수용소에 수감되었다. 포로수용소에도 반공 포로와 공산 포로로 나뉘어져서 서로 죽고 죽이는 살육전이 벌어지는 살풍경이 매일 벌어졌는데 아직 이념이 뭔지 모르고 아무 생각이 없었던 경춘은 반공, 공산 포로들 구분 없이 막내로 잔심부름을 했고 말이 통하는 중공군 포로들에게도 귀여움을 받아 포로들 사이에 통역을 맡기도 했다.

나이도 어리고 중국말을 할 줄 아는 경춘은 자기를 눈여겨보던 중국어를 하는 미군 장교를 통해서 자기가 아직 학생이고 억울하게 끌려왔다고 하소연하였다. 자기와 다르게 생긴 노랑머리에 파란 눈의 외국 사람이 중국말을 하니까 경춘은 호기심을 가졌고 그 장교도 경춘을 귀엽게 봐줘서 꼬마라고 부르면서 작업 시간에도 빼주고 처음으로 쓰디 쓴 커피를 마시게 해줬다. 미군 장교와의 접촉이 잦아지자 공산 포로들로부터 얻어맞기도 하고 살해 위협을 받자 경춘은 살기 위해 반공 포로의 대오에 합류하게 되었다. 그의 나이 겨우 21살에 이승만의 반공 포로 석방 이후 갈 데 없어진 경춘은 피난민이 많이 산다는 부산으로 갔고 아무 연고도 없는 곳에서 혼자 살아남아야만 했다.

경춘은 가물가물한 기억을 더듬어서 매형 영덕의 고향이 경상도 사천인가 산청인가까지는 기억을 해냈지만 설마 영덕과 은심이 남쪽으로 피난 온 줄은 꿈에도 모르고 있었다. 남과 북이 갈리고 자기만 여기에 정착해서 살고 있고 나머지 가족들은 다 북한에 있다고 생각하면 외로웠지만 그래도 먹고살기 위해서 안 해본 일이 없었다. 영도 다리 아래 빈민촌 쪽방에 살면서 껌팔이, 구두닦이에 부두 하역 노동자, 고등어잡이 선원까지 돈만 되면 사람 때리는 거 말고는 닥치는 대로 일을 했지만 그냥 밥만 먹고사는 정도였다.

삶에 대한 아무런 희망도 없었고 20대 중반이 넘어가도 배운 기술도 없이 그냥 이렇게 살려다가 죽는가 보다 했던 경춘의 인생에 김응재 사장을 알게 된 건 큰 행운이었다. 부산역 앞에서 구두닦이를 하던 시절, 구두를 닦으러 온 손님 김 사장과 신발 얘기를 했다가 마침 자기가 작은 신발 공장을 한다길래 두 말 않고 따라 나갔다.

공장에 들어서자마자 확 풍기는 가죽 냄새와 본드 냄새는 어릴 적부터 얼마나 친숙했던 것인가. 이 세상 어느 향수 못지않은 그리운 향기에 경춘은 밥만 먹여줘도 좋으니 쫓아내지 말라고 빌었다.

어릴 적 아장거릴 때부터 땀 흘리면서 신발을 만드는 범호의 옆자리에는 항상 경춘이 있었고 실과 바늘, 망치는 경춘의 제일 좋은 장난감들이었다. 지금도 눈만 감으면 아버지 범호가 바느질하는 자리 옆에서 천쪼가리로 따라 하다가 싫증나면 가게 밖을 나가 점순 할매 집으로 찾아가서 누나 은심에게 매달렸던 때가 생생히 떠오르고 생각만 하면 눈물이 난다.

엄마에 대한 기억은 하나도 없고 철이 들면서 자기와 은심이 배다른 남매라고는 짐작을 했지만 모자란 엄마에 대한 정은 엄마 같은 은심이 다 채워줬고 범호도 부족하지 않게 먹이고 입히면서 경춘을 귀하게 키웠다. 밥때가 되면 은심이 가져온 밥이 언제 오나 기다렸고 먹기 싫은 반찬 있으면 범호가 아~하면서 억지로 먹여주던 그 시절, 풍족하지는 않지만 정말 그리운 시절이었다.

청소년 시절에 자기의 우상이었던 매형 영덕은 지금 북한에서 얼마나 멋있는 일을 하고 살고 있을까 궁금하다.

아직 살면서 매형처럼 멋있게 생기고 머리 좋은 사람을 못 본 거 같았다. 생긴 거는 두꺼비를 닮은 자기가 잘생긴 건 못 따라 하지만 나중에 나도 크면 매형처럼 공부를 잘해서 저렇게 큰 도서관에서 근무하는 게 꿈이었다.

종종 혼자 객지에서 외롭고 어렵게 살다 보니 이제 전쟁이 끝나 봉천에서 헤어진 금희도 찾아서 삼촌네도 다 잘살 거 같아 문득 떠오르던 '이제 그만 살까'라던 못난 생각과 서러움도 신발 공장에서 나는 익숙한 냄새를 맡으니 눈 녹듯이 사라지고 만다.

신발 공장의 잡부로서 시작했던 경춘은 공정별로 하나씩 기술을 배워나가 이제 이 공장의 모든 작업을 담당하는 생산 부서의 관리자가 되었다. 아무래도 어릴 때부터 남들보다 먼저 신발을 접해서일까 원료부터 생산까지 쭉 꿰고 신발만 보면 그대로 종이로 오려서 패턴까지 만들어 오는 경춘은 이제 업계에서 알아주는 신발 박사로 통해 여기저기에서 스카웃 제의가 들어왔지만 경춘은 꿈쩍하지 않았다. 돈 얼마 더 준다고 자리를 옮긴다는 건 자기가 제일 힘들 때 거둬준 김응재 사장에 대한 도의가 아니라고 생각했고 또 정들은 누군가와 장소를 떠나는 것이 두렵기도 했다.

이렇게 열심히 일해주는 경춘을 김응재 사장은 절대적으로 신임했고 경춘도 그런 김응재 사장을 고용자와 피고용자의 관계를 넘어선 서로 흉금을 터놓을 수 있는 객지에서 만난 삼촌 같은 사람으로 생각했다.

평생 연애도 제대로 못 해보고 일만 하면서 살았던 경춘은 그러다가 재봉 라인에서 갓 입사한 20살 밀양 삼랑진 출신의 손 양을 보자마자 까무잡잡한 피부에 귀엽게 웃는 모습이 누나 은심과 너무 닮아 첫눈에 반하고 말았다.

중간 관리자와 작업자의 신분이라 회사에서 대놓고 표를 낼 수도 없었고 아직 일에 서툰 그녀에게 작업 지도를 하면서 자기 속마음이 들킬까 봐 말도 더듬고 자기가 무슨 말을 했는지도 몰랐다. 일에 열심히 집중하는 그녀를 훔쳐보면서 경춘은 한숨만 쉬었고 그런 경춘을 김 사장이 눈치를 못 챘을 리가 없었다.

하루는 기어코 늦게까지 잔업한다는 경춘을 붙잡고 구포 시장으로 데려가서 술잔을 기울이면서 자초지종을 캐보니 역시나 김 사장이 예상한 대로 경춘은 쑥맥처럼 속으로 끙끙 앓았던 것이다.

"야 임마, 사내가 그리 뜸 들있다가는 다른 놈들이 먼저 채가삔다. 오늘도 포장반에 용철이가 일도 없는데 자꾸 재봉 라인 드가던데 가도 손 양 보러 간 거 아이가? 이북에서 죽을 고비 넘기고 온 놈이 뭐가 그리 간땡이가 작노?"

"사장님, 우째야 되겠습니꺼? 전 눈도 제대로 못 쳐다보겠어예."

신발 앞에서는 고수지만 연애는 초짜인 경춘은 진지하게 김 사장의 말을 듣고 이내 고개를 끄덕인다.

다음 날 저녁, 회사 근처의 삼촌 집에서 출퇴근하는 손양은 누군가가 뒤를 쫓고 있다는 인기척을 느껴 발걸음이 더 빨라진다. 사상

역 부근의 빈민가에 위치하여 젊은 노동자들과 저소득층이 모여 사는 동네는 사건 사고가 잦은 우범지대라 신경이 안 쓰일 수가 없었다.

갑자기 까만 그림자가 뒤에서 달려오는 거 같더니 손 양의 앞을 가로막아 겁에 질려서 고함을 지르려다 보니 겁에 질린 자기보다 더 겁에 질린 경춘의 모습이 들어온다.

"아, 놀래라. 계장님, 이 시간에."

숨을 헐떡거리면서 땀을 연신 흘리며 얼굴이 벌개진 경춘을 보고 손 양은 웃음이 터져 나오려는 걸 억지로 참았다.

"순이씨, 잠깐만 내 말 좀 들어볼랍니까?"

회사에서 봤던 그 근엄하고 일만 하던 사람이 왜 이러는지 경춘이 말을 안 하더라도 순이도 궁금해서 물어보고 싶었는데 잘 되었다 생각해서 고개를 끄덕인다.

"저는 고향이 이북이고 가족도 없고 가진 거 하나도 없이 사는 불쌍한 남자랍니다. 제 분수를 제가 알지만 순이 씨만 보면 도저히 제 마음을 숨길 수가 없네예. 저한테 한 번만이라도 순이 씨하고 교제할 기회를 줄랍니까?"

생각하지 못한 경춘의 말에 순이는 여기까지 온 김에 집에까지만 데려다 달라고 부탁을 하고 경춘에게 시간을 좀 달라고 했다.

밀양 삼랑진읍에서 8남매 중 둘째 딸인 순이 역시 가난한 농부 집안에서 태어나 제대로 배우지도 못했고 집안 농사일을 거들다가 줄줄이 커오는 동생들 학비라도 벌어야 하기에 고달픈 도시 생활을 선택할 수밖에 없었다. 평소에 순이가 봐왔고 들었던 경춘이라는 사람은 이북에서 월남하여 남쪽에 일가친척 하나 없고 회사 일에 미쳐 회사와 결혼한 사람, 신발 박사에다 고지식하고 융통성은 없지만 믿음직한 사람이었다.

그러고 보니 통통한 얼굴과 통통한 손가락에 어울리지 않게 여직원들에게 재봉질 가르쳐준다고 이리저리 재봉틀 밟아가면서 땀 흘리는 모습이 귀엽긴 했다.

다음 날 점심 때 두근거리는 마음으로 순이가 건네준 쪽지를 화장실에서 펴본 경춘은 아무 소리도 못 내고 혼자서 빈 허공에다 어퍼컷만 날렸다.

'저는 고향이 시골이고 부양해야 할 가족은 많고 가진 거 하나도 없는 불쌍한 여자랍니다. 제 분수를 제가 아는데 이런 저를 잘 봐주셔서 감사합니다. 저에게 한 번만이라도 계장님을 알 수 있는 기회를 주시겠습니까?'

김응재 사장이 일러준 대로 뜸 들이지 않고 바로 돌격하기 작전이 먹혔고 이제 그들은 백년가약을 맺게 되었다.

둘 다 가진 거 없는 청춘 남녀끼리의 결혼이라 비빌 언덕도 없었지만 김 사장의 통 큰 부조로 두 사람의 신혼집이 공장 근처의 작은 방에 차려졌다.

경춘은 남한 생활 10여 년 만에 가족이 생겼고 명절만 되면 구포에서 삼랑진까지 기차 타고 처가집에 인사하러 가는 게 유일한 낙일 정도로 그동안 가족이 그리웠고 사람이 그리웠다. 영덕의 말투에 익숙해서 처음에 부산으로 왔을 때부터도 친근했던 경상도 사투리도 이제 다 배웠고 결혼을 통해 친척이 생기니 너무나 좋았다.

처가를 통해 장인, 장모, 처제, 동서, 처형, 처남 등등 태어나서 한 번도 불러보지 못했던 호칭을 쓰면서 처가 친척들과 부대끼면서 살다 보니 사람의 정에 굶주렸던 경춘은 김 사장한테 처 순이보다 경춘이 더 처갓집 갈 날만 손꼽아 기다린다는 핀잔까지 들을 정도였다.

그러다가 아들이 태어나던 그날 경춘은 너무 기뻐서 엉엉 울었다. 가진 거 하나 없이 여기까지 와서 결혼도 하고 거기에다 자기가 아빠가 되었다. 언젠가 매형 영덕이 했던 '살면서 제일 기뻤을 때가 결혼할 때보다 처음으로 금희를 본 날'이라고 했던 말이 왜 그런지 자기가 같은 상황이 되니 실감이 났다.

이 좋은 날 제일 생각나는 사람은 돌아가신 아버지 범호와 역시 북에 있는 가족들이었다. 이처럼 소중한 가정을 지키기 위해 경춘은 열심히 일해야 했고 이 공장은 경춘에게 생명줄이자 자기가 인정을 받는 소중한 곳이었다. 제일 먼저 출근하고 제일 늦게 퇴근하고 날씨만 조금 이상해도 집에서 자다가 벌떡 일어나서 공장으로 달려오는 경춘이 태풍이 온다는데 그냥 가만히 있다는 일은 해가 서쪽에서 뜨면 떴지 절대로 일어날 수 없는 일이었다.

문득문득 떠오르는 북에 남아있는 가족 생각 날 때만 빼면 경춘은 지금 살아가는 모든 순간이 너무나 행복했다.

진주 백사
〈1967년 3월 경남 진주〉

어둠이 내려앉는 진주 역 뒤의 공터에는 불량해 보이는 학생들 대여섯이 같이 모여서 담배를 피우며 누군가를 기다린다.

여드름이 얽은 덩치 큰 학생이 자기 나이에 어울리지 않는 금장 손목시계를 들여다보며 침을 찍 뱉으면서 말한다.

"백사 아직 안 오나? 제일 아들이 좀 있으면 욜료 지나갈 낀데. 우리끼리 먼저 칠라니 좀 쫄린다."

"그러게 말이다. 어! 저기 봐라 제일 중학교 박정진이 맞재?"

"어, 맞다. 아들 와저리 마이 몰리가 댕기노? 우째야 되노?"

학생들은 어어 하면서 우왕좌왕하는데 그쪽에서 먼저 이쪽을 발견한 모양이다.

"어이, 거기 남강 똘마니들 아이가? 일로 와봐라." 자기들보다 배는 되어 보이는 열 명이나 되는 상대방 패거리는 천천히 이쪽으로 걸어오면서 남강 중학 학생들을 뺑 둘러싼다.

겁먹은 남강중 학생들은 신문지에 감겨진 쇠파이프와 오토바이 체인 그리고 야구 방망이를 슬그머니 뒤로 숨긴다. 이런 그들의 모습을 제일 중학 학생들은 가소로운 듯이 쳐다보는데 박정진이라 불리는 덩치가 제일 큰 학생이 앞으로 나오더니 손짓으로 남강 중학의 여드름 얼굴의 덩치를 부른다.

박정진은 겁먹으면서 나온 덩치가 앞으로 나오자마자 일격을 가하고 쓰러진 덩치한테 다가가더니 손목을 발로 밟는다.

"어이, 곰탱이 니 시계 좋네. 이 행님이 왼팔이 쪼매 허전한데 갖고 온나. 그라고 너거들 지금 손에 든 게 뭐꼬? 얼아들 장난감 들고 내 잡으러 온 기가? 당장 너거 가방 안에 있는 거 다 꺼내봐라."

겁먹은 남강 중학 학생들이 주섬주섬 가방 안을 열려고 하자 그거마저 기다리지 못했던지 제일 중학 애들이 발로 차면서 재촉한다.

"담배는 뭐 피우노? 이 새끼들 거지들이가? 말보로 이런 거 없나? 돈 있으면 다 꺼내봐라."

그때였다.

"제일 양아치들, 동작 그만!"

남강중 학생들은 제일 기다리던 목소리가 드디어 들려 반가워서 그쪽을 쳐다보고 반면 제일중 학생들은 움찔하면서 일제히 뒤를 돌아다보았다. 교모를 삐딱하게 쓰고 담배를 물면서 걸어오는 이는 바로 진주 시내에서 싸움꾼으로 유명한 '백사'로 불리우는 남강 중학교 배현철이었다. 뽀얀 얼굴과 호리호리한 몸매에 동작도 빠른 데다가 싸움 실력은 독사보다 더 독한 놈이라고 그렇게 불리운다.

상대방의 머릿수가 많은데 아랑곳하지 않고 여유 있게 친구들에게 손을 흔든다.

"친구들아. 미안테이, 조금 일찍 올라꼬 했는데 가스나가 윽스로 앵기 갔고 쪼매 늦었다. 임마들 보내고 우리 좀 있다 쏘주나 한잔 하자."

자기의 존재는 있는 둥 마는 둥 하면서 뒤늦게 나타난 현철이 부산을 떠니 제일중의 박정진은 어이가 없었다. 진주 바닥에서 '독사' 또라이 배현철에 대한 소문은 익히 들었는데 직접 눈앞에서 보니 뭐 이런 게 다 있나 싶었다.

자기는 전쟁 통에 3년 늦게 학교 가는 바람에 18살의 청년의 몸인데 백사라고 불리는 녀석은 키는 좀 큰 편이지만 아직 앳된 소년의 얼굴이고 몸도 호리호리하다. 자신은 이제 내년에 중학교만 마치면 바로 신체검사를 받고 입대해서 월남으로 지원해서 군인이 될 어른인데 어이없게 한주먹도 안 될 어린애 같은 현철이 참 가소로웠다.

"야, 기생 오래비, 니가 바로 그 배현철이가?"

처음으로 현철은 덩치에게 눈길을 주고 대충 아래위로 쭉 훑어본다.

"아, 니가 바로 그 부산에서 전학 왔다는 씨름 했다는 돼지가? 와, 진짜로 보이 돼지 맞네. 승일아, 봐라, 니보다 더 뚱뚱하다 아이가."

양팔을 벌려 과장된 몸짓으로 박정진과 여드름 덩치의 아래위로 사이즈를 비교하는 현철의 몸짓에 겁에 질려있던 남강중 패거리는 웃음을 터트리고 심지어 제일중 패거리 중에도 억지로 쿡쿡 웃음을 참는 애가 있다.

"자자, 이제 됐고 오늘은 우리가 그냥 보내줄 테니까 뺏은 거 다 돌려주고 너거 그냥 집에 가라. 내 친구들이 지난번에 역전에서 니한테 맞은 거 복수한다 카던데, 오늘은 이 행님이 기분이 윽스로 좋거든, 좋은 말할 때 어서 집에 가거라."

현철이 껄렁껄렁한 모습으로 정진을 계속 자극하자 정진이 되받아친다.

"기생 오라비, 니 빨갱이라매? 오늘 디질래 내일 디질래?"

현철 앞에서는 절대로 해서는 안 되는 말, 즉 진주에서 조금 노는 중학생 애들 사이에서 현철에게는 절대로 해서는 안 되는 '빨갱이'라는 말이 튀어나와 버렸다.

금방 전까지 킥킥거리던 현철의 얼굴이 갑자기 굳어져 버리고 쓰고 있던 교모를 패거리에게 건네주자 서로 마주 섰던 양쪽 패거리들마저 말싸움을 멈추고 현철과 박정진을 번갈아 본다. 현철의 앞에서 '빨갱이'는 금기어이자 누구든지 그 말을 하고 나서 제대로 몸 성하게 집으로 걸어서 갔던 애는 아무도 없었는데 제 아무리 덩치 좋은 박정진이라도 해서는 될 말이 있고 안 되는 말이 있는 걸 제일중 패거리가 제대로 알려주지 않았던 모양이다.

현철이 아무 말 없이 가만히 서있자 남강중의 여드름 덩치가 용기가 났는지 일어나더니 정진을 향해 손가락질을 하면서 말한다.

"니, 비계 덩어리, 오늘 죽는다. 울 아버지 부자라 돈 많다. 장례식은 내가 치러줄 테니까 걱정하지 마라."

갑작스럽게 싸늘하게 변한 분위기에 박정진은 뭔가 실수를 했나 싶었지만 그래도 체면이 있지 여기서 기 싸움에 밀릴 수 없었다.

"와, 빨갱이를 빨갱이라 카지, 너거들 그러고 보이 다들 빨갱이가?"

말이 끝나자마자 웃음기가 가신 현철이 앞으로 다가온다.

박정진은 타이밍을 잡고 자기보다 머리 반 개 차이가 나는 현철의 안면에 펀치를 날렸다고 생각했으나 어느 틈에 현철은 허리를 숙여 주먹을 피하고 재빠른 다음 동작으로 정진의 명치에 강펀치를 날린다.

호리호리한 몸매에서 뻗는 펀치인데 가슴을 맞은 정진은 숨이 탁 막혔고 다시 몸을 추스르려고 했지만 현철의 발길이 자기의 턱을 강타하는 것을 느끼자마자 그냥 쓰러지고 말았다.

넘어지는 순간이지만 어이가 없었다. 부산 서면과 온천장에서도 좀 놀아본 자기가 단 두 방에 쓰러지다니 이러기도 처음이었다. 뭐가 뭔지 다시 정신을 차리고 벌떡 일어났는데 현철은 더 들어오지 않고 자기와 간격을 벌리고 뒤로 물러서 있다.

'미꾸라지 같은 놈, 딱 잡히기만 해봐라, 허리를 분질러야지.'

구경하던 양측 패거리들은 어느새 숨을 죽이고 둘 사이의 움직임만 주시하고 있다.

거리를 좁혀나가던 정진이 '잡았다!'라고 생각하면서 허리를 낚아채려던 순간, 현철은 정진의 정강이를 발로 차고 큰 덩치가 기우뚱하자 그대로 무릎으로 정진의 얼굴을 강타했다. 맷집이 좋은 정진이 아직까지 버티고 있자 돌려차기하여 체중이 실린 오른발로 정진의 왼쪽 관자놀이를 강타하고 정진은 큰 고목이 쓰러지듯 공중에 붕 떴다가 그대로 자빠지고 만다.

코가 깨졌는지 입과 코는 피범벅이 된 정진의 앞에 싸늘한 눈빛의 현철이 다가온다. 쓰러진 정진의 눈에 들어온 현철은 표정 없는 얼굴로 입술만 움직이면서 한마디씩 하는데 그 얼굴이 순간적으로 더 하얗게 보여서 왜 '백사'라고 부르는지 소름이 쫙 돋았으나 이미 때는 늦었다.

"남자는 지가 한 말에 책임을 지는 기다. 니가 죽을 각오를 했으니 그런 소리 안 했겠나? 승일아, 망치 가 온나."

그러자 옆에 있던 남강중의 여드름 덩치가 가방에서 망치를 꺼내준다.

"내가 니 발모가지 접수한다. 사내자식이면 눈물 짜지 말고 입 꽉 다물어라. 승일아. 이 새끼 질질 짤 거 같으면 니 양말 벗겨서 입에 물라주라."

영덕이 말을 마치자 승일이라는 여드름 덩치가 정진의 배에 올라타고 남강중 패거리들이 발버둥 치는 정진의 다리를 붙잡는다. 살벌한 광경에 머릿수가 더 많은 제일중 패거리들은 눈도 마주치지 못하고 가까이 다가오지도 못한다.

매번 남강중, 아니 배현철에게 쥐어 터지는 상황에 부산에서 전학 온 박정진이 학교의 최고 주먹이 되자 이제 드디어 복수를 하나 싶었는데 도저히 배현철의 상대가 되지 못하니 더 기가 죽어있다.

"배현철, 아니, 행님! 잘못했습니더! 살려주이소!"

다섯 명에게 눌린 정진은 꼼짝도 못하고 엉엉 울면서 사정하지만 영덕은 손에 망치를 들고 정진의 바짓가랑이를 걷어 올린다.

"니는 새꺄 현철한테 그 얘기 하고 병신 안 된 놈 없다는 거 몰랐나? 나이 두세 살 만타고 지랄하더만 꼬시다."

가슴팍에 올라탄 승일이 땀을 뻘뻘 흘리면서 어떻게든 벗어나려는 정진을 보고 비웃는다.

다급해진 정진이 울면서 소리친다.

"현철이 행님, 살리주이소! 내 내년에 군대 가야 합니더! 군인 되갔고 월남 갈 껍니더! 잘못했습니다!"

말없이 바짓가랑이를 걷어 올리던 현철의 손길이 순간 주춤하더니 남강중 패거리들에게 일어나라는 손짓을 한다.

발버둥을 치느라 힘이 다 빠진 박정진은 어느덧 무릎을 가지런히 모아 현철 앞에 꿇어앉는다.

"니 군대 가나?"

태어나서 처음으로 이렇게 참패를 당한 적이 없는 정진은 덩치에 안 맞게 눈물 콧물 흘리면서 엉엉거리고 운다.

"네, 어무이하고 중학교만 졸업하면 군대 가기로 약속했습니더. 공부는 재미없고 또 아버지 복수도 하려면 빨갱.."

이까지 말하다가 아차 싶었던지 얼굴을 들어 현철의 눈치를 살핀다. 현철 역시 자세를 낮춰 담배에 불을 붙여 정진의 입에 물려주면서 말한다.

"계속 해봐라."

불안한 눈빛으로 동공이 왔다 갔다 하면서 정진은 공손하게 담배를 받아 고개를 돌려서 한입 쭉 빨아 댕긴다.

한 번 역습을 가할까 생각도 해봤지만 다시 붙어도 도저히 이길 자신이 없었고 그랬다가 또 지게 되면 진짜 발목 날아간 병신이 될 거 같아서 무서웠다.

"울 아부지가 전쟁 때 빨갱이 놈들한테 돌아가셨습니더. 남자가 되갔고 아버지 복수하는 게 도리 아입니꺼?"

"그라문 내가 니 다리 분지르문 니는 군대 몬 가고 빨갱이한테 복수도 몬 하겠네?"

어쩌면 살아날 수 있다는 희망에 정진은 눈을 꼭 감고 격렬하게 고개만 끄덕인다.

"야들아. 빨갱이 때려잡는 군인 아저씨 된단다. 고마 보내 주삐라."

나이도 많고 덩치가 훨씬 더 큰 정진은 몇 번이나 고맙다고 인사를 하고 다리를 절룩이면서 제일중 패거리의 부축을 받고 황급히 자리를 떠난다. 그런 그들을 남강중 패거리는 조롱하면서 보내고 현철은 친구들과 아무 일 없다는 듯이 다시 어두운 거리를 향해 사라진다.

국민학교 2학년 때 진주로 전학 온 첫날, 세상 그 누구보다 자기를 감싸주던 엄마 은심에게 따귀를 맞았던 충격은 어린 현철에게 큰 전환점이 되었다.

밤새 서럽게 울다가 잠이 들었던 거 같았는데 자는 자기를 쓰다듬고 소리 없이 우는 은심이 때문에 현철은 절대로 남한테 그냥 맞고 다니면 안 되겠다고 다짐했다.

그다음부터 현철은 학교에서 누가 '빨갱이'라는 말만 하면 진짜 피 터지게 싸웠고 고학년이 건드려도 몇 명이서 다구리를 놓아도 절대 물러서지 않았다. 맞으면 화장실까지 쫓아가서 볼일 보는 도중에도 두들겨 패고 힘이 약하면 손에 잡히는 무엇이든 활용하여서 결코 그냥 맞지만 않았다.

싸움이 일어나 맞은 학생 부모들이 학교에 찾아와서 저런 애 퇴학시키라고 난리를 치면 그때는 또 든든한 빽이 되어줄 은심이 등장했다. 거친 평안도 사투리로 맞은 학생 부모들과 일당백으로 말싸움을 하다가 그것도 모자라면 머리채를 잡아가면서 싸워도 절대로 밀리지 않는 은심의 독기를 보고 현철은 왜 은심이 자기에게 그랬는지 어렴풋이 알 거 같았다.

내가 상대에게 타협을 하고 싶어도 상대가 받아주지 않고 일방적으로 무시를 하는데 그대로 가만히 있으면 더 얕잡아 본다는 걸 몸소 체험하게 된 것이다.

은심은 치료비를 물어달라면 물어줬지 절대로 현철에게 상대한테 미안하다고 사과하도록 시키지 않았다. 싸움의 이유가 백이면 백 다 상대방이 현철을 '빨갱이'라고 부르는 이유 때문이지 현철이 먼저 상대방을 괴롭힌 적은 없었기 때문이다.

자기를 '빨갱이'라고 놀린 애가 다섯이든 여섯이든 가리지 않고 현철은 그들을 향해 몸을 던졌고 힘이 딸리면 돌이라도 손에 들어 5학년이든 6학년이든 먼저 건드리면 언제든지 싸울 준비가 되어있었다.

현철은 신기하게도 워낙 많이 싸우고 맞다 보니 어디를 때리면 제일 아픈지 알았고 상대의 주먹만 보고도 어디를 때릴 줄 알아서 반사 신경도 빨라졌다. 그러다 보니 이제 웬만하면 싸움에서 지지 않았고 거기에다 깡다구 있게 독기를 품고 덤벼드니 조무래기들도 그런 현철을 건드려봤자 도움 될 게 없음을 알고 겁을 먹고 제대로 대우를 해주니 학교생활을 하기에 더욱 편해져 갔다.

그러다가 4학년 때 담임선생의 권유로 태권도를 본격적으로 배우게 되었는데 호랑이에게 날개를 달아준 꼴이 되었다. 이제 자기를 놀리는 애들도 없어지고 오히려 자기를 두려워한다고 생각하니 현철은 손에 쥐고 있는 작은 권력에 흠뻑 취하게 되었고 그때부터 다른 학교로 원정 다니면서 싸움질을 하더니 중학생이 되기도 전에 또래들 사이에서 '진주 백사' 라는 별명으로 불리게 된다.

사실, 현철은 자기가 처한 가정 형편 때문에 집에 있기 싫었고 계속 밖으로 나도는 데는 이유가 있었다.

철이 들수록 말도 못 하는 절름발이인 아버지 영덕과 억세기만 한 엄마 은심이 부끄러웠고 가난한 집이 너무 싫었다.

'병신 아들에 빨갱이 아들'이라는 거 모르는 친구들이 없지만 학교 다니면서 한 번도 집에 친구를 데려간 적도 없고 일부러 중앙 시장 골목을 돌고 돌아 집에 왔으며 항상 동생 봉희만 있고 자기를 반겨줄 어른이 없는 집에 더 정이 안 갔다.

어린 봉희는 그런 현철만 보면 같이 놀아달라고 졸라대지만 현철은 책가방 던져놓고 늘 밖으로 나갔다. 아직 고무신 신는 사람이 많은데도 조그마한 골방 작업장에서 매일 기침하면서 바느질하는 영덕을 보면 화가 났고 목발을 짚고 절룩거리면서 집에 오는 모습도 보기 싫어 길 가다 멀리 아버지 영덕이 보이면 그냥 돌아서 가곤 했다.

뭔가 자기에게 하고 싶은 말이 많은 눈치라 칠판에다 분필로 "밥은 먹었니, 학교는 어떻니?" 매일 묻기만 하는데 그것도 하루 이틀이지 머리가 굵어져 가는 자기와 아버지는 이제 더 이상 할 얘기가 없다고 판단했고 점점 더 영덕을 멀리하게 된다.

은심은 남의 식당 일 때문에 항상 꼭두새벽에 나가서 밤늦게 들어오는데 시장통을 지나다가 남들과 시비가 붙어서 싸우는 걸 한두 번 본 게 아니었다.

언제나 그랬듯이 동네에서 남들한테 '벙어리 신발쟁이에 거친 평안도 여자네 애새끼'라고 손가락질받는 건 둘째 치고 하루도 쉬지 않고 개미처럼 일만 하면서 비참하게 살아가는 부모가 원망스러웠고 이런 부모를 둔 자신이 참 한심스러웠다.

엄마 은심과 영덕의 친구인 무영 아저씨가 오면 아버지 영덕이 얼마나 대단한 사람이었는지 얼마나 똑똑했는지 옛날 얘기를 해주지만 이제 더 이상 듣고 싶지도 않다. 아무리 자기 아버지 영덕이 옛날에 어떤 사람이었고 얼마나 잘났는지 모르겠지만 '그래봐야 지금 병신인데'라는 생각은 지울 수가 없었다.

항상 마스크를 쓰고 다니는 영덕과 같이 밥을 먹어본 적도 없고 커가는 자신에게 뭐라고 조언도 못 해주는 그냥 무늬만 아버지라는 존재가 너무나 끔찍했다.

중학생이 되면서부터 이제는 밖으로 겉도는 날이 더 많아졌다.

아직 중학교 2학년 나이지만 싸움만 잘해도 또래들이 알아서 치켜세워 주고 제대로 사람대접을 받는 거 같아 항상 우쭐한 기분에 세상이 참 만만해 보였다.

중앙시장에서 2층짜리 상가를 갖고 있는 건물주 아들인 승일 같은 돈 있는 애들이 현철이 싸움을 못했으면 인간 대접을 해줬을까 생각할 정도로 현철은 돈 많은 애들한테 든든한 바람막이가 되어줬고 어떻게 하면 또래들 사이에서 더 인기를 끄는지 알아가게 된다.

학교를 마치고 오늘은 지난번에 한 판 붙었던 제일중학 박정진이 찾아왔다.

현철을 보자마자 아직 뜯지도 않은 귀하디 귀한 말보로 한 보루를 쓱 내민다.

"행님, 이거 함 피워 보이소. 우리 형님이 월남에서 보내온 깁니더."

귀한 선물을 받은 현철은 만족스러운 얼굴로 담배를 풀더니 절반을 뚝 잘라서 사양하는 정진의 가방에 도로 넣어준다.

"나이도 내보다 많은데 무슨 행님이고? 같은 학년인데 우리 서로 말 편하게 하자."

전쟁 전후로 태어난 세대라 한 학년에 나이가 두세 살 차이 나는 건 보통이었고 현철처럼 제 나이대로 학교 다니는 학생이 오히려 적을 정도였다.

"그래, 그라문 우리 같이 이름 부르자."

코뼈가 주저앉은 거 같은데 이 녀석은 그냥 빨간약에 반창고 하나만 붙여놓고 아무렇지도 않게 돌아다니는 모양이다.

"니 진짜 세더라."

서로 말없이 담배만 피다가 멋쩍은 표정으로 정진이 먼저 입을 연다.

"내는 그날 니 팔뚝 보니까 잡히면 죽을 거 같더라 그래갔고 일부러 가까이 안 붙었는데 잡혔으면 뼈도 못 추릿을끼다."

서로 죽일 듯이 싸웠던 사이인데 남자끼리 한바탕 하고나니 또 이번에는 서로 치켜세워 주기에 바쁘다.

"니 근데 진짜 내 발모가지 분지를가 캤나?"

"내가 무슨 깡패가? 그냥 한 방 세게 찍어야지 다음에 내를 보면 무서워가 못 덤빌 꺼 아이가."

"생긴 건 기생 오래비맨키로 이쁘게 생기가 윽스로 무서분 놈이네."

같이 담배를 빨면서 얼굴을 마주 보고 킥킥대며 웃는다.

"내도 뒤에 들었는데 너거 외할아버지가 괴뢰군 장군이라매? 그라고 니도 빨갱이 윽스로 싫어한다매?"

외할아버지는 아니고 외할아버지 동생이라고 들었지만 현철은 뭐 아무렴 어떻냐는 눈빛으로 다음 이야기를 기다린다.

"니 그라고 공부도 쪼매 한다면서? 내 생각인데 니는 운동도 잘하재 공부도 그리하면 난중에 사관학교 가라."

이제까지 그냥 아무 생각 없이 막 살아왔는데 사관학교라니 생각해 본 적도 없었다.

"니가 나중에 장교가 되갔고 너거 외할아버지 괴뢰군 장군을 잡는 기라. 그라고 온 세상에다 다 알려주는 기라. 이런 니가 빨갱이가 아니라고 증명을 해야 되는 거 아이가?"

미련한 멧돼지 같은 박정진이라는 녀석에게 어떻게 그런 생각이 나왔을까 하면서 듣고 있던 현철은 저절로 머리가 끄덕여진다.

머리 좋은 아버지 영덕을 닮았는지 중학교 과정까지 공부는 대충 책만 훑어봐도 중상위권은 하고 있고 운동도 좋아하는데 정말 적성에 맞게 장교가 되서 괴뢰군을 때려잡는다….

이 얼마나 황홀한 일인가?

"내는 진짜 빨갱이라면 치가 떨린다. 세 살 때 아버지가 전쟁에 나가가 강원도에서 빨갱이한테 총 맞아가 안 돌아가싯나. 그때부터 엄마 재혼하면 여기로 갔다가 저기로 갔다가 이번에 벌써 세 번째 새아빠다. 우리 행님도 재작년에 월남으로 파병 나갔는데 내도 내년 되면 행님처럼 입대해 갔고 월남 갈라꼬. 우리 아버지만 살아있었어도 내나 행님이나 어릴 때부터 계부한테 맞고 살지는 않았을 끼다."

덩치에 안 맞게 정진의 목소리가 잠기는가 싶더니 다시 목청을 가다듬는다.

"너거 아버지 벙어리에다 병신이라면서? 그래도 니는 모른다. 아버지라는 존재가 살아있는 게 얼마나 좋은 건지. 내는 세 살 땐데 아버지 얼굴이 기억이 안 난다. 우리 행님 얘기로는 윽스로 잘생깃고 내도 윽스로 이뻐해 줬다 카더라."

현철은 '병신이라도 살아있는 아버지가 그렇게 소중할까?'라고 생각이 들었고 정진의 얘기는 계속된다.

"부산에서 국민학교 댕길 때 배 타던 두 번째 계부 새끼가 우리 엄마하고 우리 형제 막 패는데 내하고 행님하고 칼로 금마를 찔러 죽일까 했는데 그러다가 우리 엄마가 더 맞을까 봐 불쌍해가 행님하고 둘이서 엄마 붙잡고 얼매나 울었는고 아나? 그 독한 놈은 우리 모자가 그렇게 엉켜가 있는데 발로 짓밟고 그것도 모자라서 도마로 때리더라. 우리 아버지만 계셨어도 우리 가족 이리 안 살았을 끼다. 내가 왜 씨름을 배웠나 카면 빨리 어른이 되가 그 계부 새끼 바닥에 내던져 삘라고 배운 기다. 그 새끼 결국은 고기 잡으러 갔다가 물에 빠져 죽어서 지금은 울 어무이 다시 진주 남자랑 재혼해 갔고 요 와서 이리 산다 아이가."

현철에게 자기 얘기를 많이 하는 정진의 얘기를 더 듣기 위해 둘은 소주병을 들고 남강으로 자리를 옮긴다.

그날 밤, 네 식구가 칼잠을 자는 단칸방에서 영덕이 내는 쇳소리 같은 호흡 소리를 들으며 현철은 생각이 많아졌다. 정말 할 수만 있다면 장교가 되어 자기 가족을 빨갱이로 만든 엄마의 삼촌이라는 그 괴뢰군 빨갱이 장군놈을 잡아 목을 따고 싶었다. 그놈만 아니었으면 자기에게 한이 맺힌 빨갱이라는 말도 안 듣고 살았을 것이고 자기 부모도 죄인 취급받지 않았을 것이다.

마음속으로 증오만 해왔는데 오늘 처음으로 정진을 통해서 구체적인 복수 방법을 알게 되니 앞으로 자기가 뭘 해야 할지 제대로 길을 잡은 거 같았다.

그리고 무엇보다도 병신이든 어떻게 되든 아버지라는 존재가 있다는 말도 가슴에 와닿았다. 남들 보기에 부끄러운 외모를 가진 사람이 내 아버지라는 걸 챙피하게 생각했는데 이런 아버지라도 있다는 걸 부러워하는 사람이 있다니!

언젠가 할머니 언년의 등에 업혔을 때 언년이 했던 말도 기억난다. 살아서 돌아온 게 중요한 거지 뭣이 중요하냐고, 그만큼 니 애비는 운이 좋은 사람이라고 하셨던가. 돌아가신 할머니 언년 생각에 찬찬히 몸을 일으켜서 숨소리가 고르지 않은 아버지 영덕을 들여다본다.

어둠 속에 보이는 아래턱이 없는 모습이 흉측하기는 매한가지지만 오늘처럼 자세하게 영덕의 상처 부위를 보기는 처음이다. 흉하기 이를 데 없었지만 할머니는 살아와서 이렇게 손자를 안겨준 아버지가 제일 훌륭한 효자라고 했고 제일 잘생겼다고 하셨다.

과연 아버지는 자기 나이 때 무슨 생각을 했으며 어떤 꿈이 있었을까 제대로 된 입을 통해서 말해줬으면 하는 상상을 해본다. 일본어, 중국어도 잘하고 사천에서 소문난 수재였다는데 자기가 지금 이런 모습으로 변하게 되었을지 그 나이 때는 상상이라도 했을까 하는 생각도 든다.

엄마인 은심으로부터 들어서 존재만 알고 있는 금희와 옥희라는 누나들… 해방이 되어서 그리고 또 전쟁이 나서 헤어지게 되었다는데 도대체 그런 일을 겪은 애비의 심정은 어떨까? 은심을 통해서 들었던 옛날 얘기보다 아버지 영덕을 통해서 들으면 더 다른 느낌일까?

얼마나 그 누나들이 보고 싶었으면 아버지 영덕이 동생 이름을 꼭 서로 상봉하라고 봉희라고 지어주었을까 하는 생각도 들었다.

그 옆에서 곤하게 코를 골고 자고 있는 은심의 자는 얼굴에는 낮에 봤던 생활력 강하고 억센 중년의 여자가 아닌 아주 평화롭고 고와 보이는 소녀의 얼굴이 보인다. 엄마도 꿈 많고 꽃다웠던 시절이 있었을 것이지만 지금은 가족들 먹여 살리려고 열심히 일만 하면서 살다 보니 눈가에는 주름이 깊게 패여있다.

먹고살기에 바빠 현철과 많은 대화를 하지는 못하지만 틈만 나면 아버지 영덕이 예전에 어떤 사람이었고 어떻게 부모님이 만주에서 만나서 여기까지 오게 되었는지 또 잃어버린 누나들은 어떤지 얘기를 전해주며 꼭 잊지 말라는 은심의 마음을 모르지는 않는다.

힘든 하루를 마치고 곤히 잠든 부모님의 모습을 한참 바라보다 현철은 아직도 쌀쌀한 날씨가 걱정되어 부모님의 이불을 다시 덮어주었다. 잘은 모르겠지만 지금처럼 그냥 아무 생각 없이 살지 않고 정말로 장교가 되면 이렇게 불쌍하게 살아온 부모님들이 더 기뻐하시지 않을까라는 제법 철이 든 생각을 해본다. 그리고 자리에 누워 자기도 모르게 흐르는 뜨거운 눈물을 훔치면서 잠을 청한다.

아무나 못 가는 길
〈1970년 5월 경남 진주〉

진주에 자리 잡으면서 영덕과 은심이 열심히 살다 보니 생활은 조금씩 나아졌다.

고등학생이 된 아들 현철과 국민학생 봉희를 학교에 보내고 먹이고 키우고 하는 게 빠듯하기는 하지만 그래도 사천에 있었으면 애들 학교나 제대로 보냈을까 싶어 진주로 온 선택은 정말 잘한 거였다.

처음에 진주에 와서 남의 식당에서 주방 일을 했던 은심은 테이블이 여섯 개밖에 되지 않지만 자그마한 식당도 하나 열었다. 예전에 봉천에서 개장국을 잘하던 점순 할매의 비법을 진주와 산청에서 많이 나는 소머리에 응용했는데 맛이 괜찮아서 '욕쟁이 평안도 아지매'가 하는 소머리 국밥 집은 이 지역에서 쉽게 맛볼 수 없는 평안도식이라고 소문이 나서 손님도 제법 많았다.

장날이 되면 혼자서 일이 감당이 안 되어 사천에 사는 영덕네 큰 누나도 가끔씩 와서 일을 거들어야 할 만큼 하루하루가 바쁘게 지나간다. 음식 장사는 양심이라는 은심의 신념 때문에 아무리 힘들어도 새벽에 직접 도매상에 가서 재료를 골라오고 제대로 고아내어 육수를 내는 은심의 정성도 거기에 맛을 더했다.

졸린 눈을 비비고 커다란 솥단지 안에서 끓는 재료들의 핏물과 기름기를 다 제거하고 또 쉬지 않고 저어줘야 하지만 이때만큼은 은심은 자기만의 사색을 할 수 있는 시간을 가졌고 본연의 순했던 모습으로 돌아갈 수 있었다.

적지도 많지도 않은 나이지만 자기가 살아왔던 길 다시 회상해 보고 보는 사람이 없으니 보고 싶은 사람이 생각나면 혼자서 울 수도 있는 자기만의 시간과 공간이 생긴 것이다. 울음에 마음이 약해지면 그때는 또 야무지게 칼질을 해서 자기에게 돈을 벌어다 주는 손님들을 위해 다시 정성을 다하는 강인하고 억센 여인으로 변신을 준비하는 그녀만의 비밀 장소이기도 했다.

영덕이 운영하는 신발 수리점은 면적이 조금 넓은 곳으로 옮겼고 영덕은 장인 범호가 그랬던 거처럼 아침에 출근해서 저녁까지 작업실에 틀어박혀 나오질 않는다. 장인 범호는 자기가 지은 죄가 있어 그랬다면 영덕은 남들에게 혐오감을 주는 외모 때문이라는 차이가 있긴 있다. 은심네 식당에 손님이 뜸해지면 은심이 가져오는 따뜻한 국밥 한 그릇에 하루 종일 든든하고 이제 적당히 요령이 생겨서 국물도 안 흘리고 먹을 줄도 안다. 사람이란 적응을 하고 또 살려고 하면 살아지는 모양이었다.

본드 냄새가 꽉 찬 작업장은 손님이 없으면 영덕이 혼자서 책도 읽으면서 사색을 하기에 제일 좋은 곳이었다. 손님과 의사소통을 위해 칠판 하나를 걸어놓았는데 갑갑하면 혼자 칠판에 글도 적어보고 외상 손님 명단도 써놓고 하면서 나름대로 시간을 잘 보낸다. 영덕의 솜씨가 좋아서 중앙시장 상인들은 신고 있던 신발은 당연히 '빨갱이네' 집으로 가져갔고 시장에 온 사람들을 통해서도 수선을 잘하는 집이라고 소문이 났다.

처음 여기에 올 때만 해도 고무신을 주로 신던 사람들이 이제 조금 먹고살 만하니 구두도 맞추고 수제화를 선호하는 사람도 늘어나 일감도 많아졌다. 어쩌다가 구두를 맞추러 온 손님이 오면 정성을 다해서 만들었고 그 솜씨 또한 입소문을 타다 보니 요즘에는 예전만큼 망중한을 즐길 여유도 없을 정도였지만 영덕은 돈 버는 재미에 또 시간 가는 줄 모른다.

영덕이 누구던가? 만주에서 이름을 날렸던 타고난 장사꾼이던 황준길의 조카이고 봉천에서도 신발 공장뿐 아니라 영업도 잘해서 신발 업계에서 제법 큰 사업을 했던 사람이 아니던가? 비록 몸은 이렇게 되었지만 아직까지 영업 마인드는 많이 남아있어서 먼저 구두통을 메고 경찰서에 찾아가서 콧대 높은 경찰관들 구두도 싹 닦아주고 무료로 굽갈이를 해주는 등 정기적으로 관리를 했더니 처음에는 병신에 빨갱이 어쩌고 하더니 이제는 오히려 영덕이 왜 자주 안 오냐면서 기다린단다.

한 번 갔다 오면 온몸이 땀에 흠뻑 젖을 정도로 팔, 다리, 어깨가 안 아픈 곳이 없지만 이렇게 사는 게 세상의 이치라는 걸 잘 안다.

명절 때만 되면 영덕이 심혈을 기울여 만들어 선물로 주는 구두는 아는 사람만 아는 선물로 진주 경찰서를 거쳐 간 간부 중 '빨갱이 구두'를 선물로 못 받아봤으면 팔불출이라는 소리를 들을 정도였다.

돈이 많으면 돈으로 해결하면 간단하겠지만 그런 상황이 못 되면 몸이 힘들어도 이렇게라도 자주 보고 안면이라도 익혀야 영덕 가족네를 더 잘 봐줄 것이다.

무엇보다도 항상 골칫덩어리인 아들 현철을 위해서라도 꼭 그렇게 해야만 했다.

사고뭉치 아들 현철은 초등학교 때부터 허구한 날 싸움질에 잡혀와서 반성문도 쓰고 그때마다 영덕이며 무영이 찾아와서 싹싹 빌고 치료비도 이리저리 많이 물어줬다. 무영의 농담대로 현철이 사고만 안 쳤으면 가게 차리는 것도 좀 더 일찍 자리를 잡았을 수도 있었다고 할 정도였지만 사고뭉치였던 현철이 중학교 2학년 때부터 공부를 제법 하려고 책을 잡더니 작년에는 지역의 최고 명문인 진주 고등학교에 다음가는 명동 고등학교에 입학했다.

어린 시절부터 허구한 날 싸움질만 일삼던 현철이 고등학교에 입학하자 영덕은 명문 고등학교건 일반 고등학교건을 떠나서 뛸 듯이 기뻤다. 못난 부모 때문에 적잖게 방황의 시간을 보냈던 아들이 무언가 목표가 생겼고 말하지 않아도 제 앞가림을 하는 게 너무 고마웠다.

그렇다고 무작정 공부만 하는 공부벌레도 아니라 혼자서 무술 연습도 게을리하지 않고 틈만 나면 줄넘기에 역기도 들고 하더니 이제 제법 탄탄한 몸매의 청년으로 변해간다. 이제 키도 영덕보다 한 뼘이나 더 큰데 젊은 시절의 자기처럼 팔다리도 길쭉하고 얼굴도 뽀얀게 보면 볼수록 듬직하기만 한 아들이다.

현철이 커오면서 영덕도 현철이 항상 부족했다고 생각하는 애비와 자식 간의 많은 대화를 하고 싶었지만 그럴 수가 없어서 많이 안타까웠다.

얼마나 현철에게 들려주고 싶은 이야기가 많은가?

한때 한창 현철이 겉돌 때 반항기와 더불어 부모에 대한 반감으로 철철 넘치던 얼굴은 어느새 철이 들었는지 예전보다 더 누그러지고 뭔가 결심을 했는지 공부에도 열심인 모습을 보니 정말 대견스럽기만 하다.

요즘 들어서 영덕은 아무리 바빠도 짬만 나면 노트에다가 자기가 살아온 이야기들을 조금이라도 기억나는 대로 적어서 기록하는 재미에 빠져있다. 우리 나이로 이제 50인데 그동안 자기가 하고 싶지만 못 했던 많은 말들을 글로 적어서라도 나중에 현철과 봉희한테 남겨주고 싶었고 자기와 은심이 얼마나 자식들을 사랑했었고 더 잘되기를 바라는 마음인지 그렇게라도 표현하고 싶었던 것이다.

막내 봉희는 또 큰딸 금희를 보는 거 같아 볼 때마다 두고 온 딸 생각에 가슴이 더 아파온다. 막내답지 않게 속이 깊고 어쩌면 하는 행동이나 표정이 금희와 똑같은지 은심도 여러 번 얘길 했었다. 시키지 않아도 학교 마치면 영덕의 가게에 들러서 이것저것 잔심부름 도와주고 흉측하게 생긴 아버지를 꼭 부축해서 집으로 데리고 오는 착한 딸이다.

왜 자기라고 친구들에게 그런 아버지를 뒀다고 놀림받은 적이 없었겠냐마는 아랑곳하지 않고 생전에 부모한테 뭐 사달라고 하거나 걱정 끼친 적이 없는 속 깊은 아이로 자랐다.

금희가 지금의 봉희보다 더 어린 시절에 헤어졌으니 봉희가 커오면서 그 나이 때 금희가 저렇게 생겼을까라는 생각만 해도 정말 이러다가 영영 금희와 옥희를 못 보고 죽는 게 아닌가 무서웠다. 차분했던 금희는 지금 나이가 서른이 넘었을 것이고 항상 애교가 많고 이쁜 짓만 하던 옥희도 20대의 한창 꽃다운 나이일 것이다.

과연 금희와 옥희는 부모 없이 떨어져서 살아는 있는지 그리고 결혼은 했는지, 결혼을 했으면 어떤 남자를 만났는지 이 부모를 원망하지는 않았는지 모든 게 다 궁금하다. 지금쯤 어느 하늘 아래에 있는지 부모로서 알지도 못하고 이렇게 하루하루 살아가니 정말 큰 죄를 지은 것만 같았다.

지금이라도 그 죄를 씻기 위해서라도 잃어버린 딸들을 찾기 위해 열심히 돈을 벌어야 하고 어느 하늘에 있든 불쌍한 내 새끼들 꼭 데리고 와서 품에 안아보는 게 바로 영덕의 제일 큰 소원이었다.

커오는 애들을 위해서 하고 싶은 이야기를 어디부터 기록으로 남길까 하다가 소학교 시절부터의 글을 써갈 때쯤이었다. 가게 앞으로 웬 검정색 고급 승용차가 가까이 붙어서 스쳐 지나가는 거 같더니 멀리 가지 않고 영덕의 가게 옆 골목길에 주차한다. 영덕은 처음에는 그리 신경 쓰지 않고 있다가 한참 동안 사람이 내리지 않아 그쪽으로 고개를 돌리니 뒷문이 열리고 무영이 차에서 내린다. 평소답지 않게 어색한 미소를 띠고 영덕에게 손을 흔드는데 이에 영덕도 반갑게 손을 들었다가 뒤에 따라오는 사람을 보고 얼굴의 웃음기가 싹 가셨다.

긴장한 얼굴로 이쪽으로 걸어오는 사람은 자그마한 키에 아직까지 어릴 적 그 포동포동한 얼굴이 남아있는 득호였다. 고급스러운 양복에 번쩍이는 구두를 신었고 머리가 약간 벗겨지기는 했지만 같이 안도 마을에서 자란 득호가 맞았다.

"영덕아. 사실은 득호가 예전부터 니를 보고 싶어 했는데 오늘 사천에 오는 김에 니 한번 보고 가고 싶다고 하더라. 그래서 내가 오자 했다."

무영의 말이 끝나기도 전에 그리고 영덕이 어떤 반응을 보이기도 전에 득호는 울면서 영덕을 끌어안았고 영덕도 반사적으로 그런 득호를 같이 부둥켜안았다.

"영덕아! 내 친구 영덕아! 내가 참말로 미안타. 살아오면서 내가 그날 일을 얼마나 후회했는고 아나? 이제서야 니한테 찾아오게 되는 내를 용서해라.”

예상치 못한 득호의 갑작스러운 방문에 영덕은 소리 없이 눈물만 흘렸고 마침 가게에 들른 봉희는 이 어울리지 않는 장면이 신기해서 무영의 입만 쳐다봤다.

그날 밤 은심의 가게에서 세 친구들은 성인이 되어 처음으로 같이 모여 앉았다. 그동안 어떻게 살아왔는지 은심을 통해서 얘길 듣고 득호는 죄책감에 펑펑 울었고 영덕은 자기를 이렇게 찾아준 득호에 대한 원망보다는 고마운 마음이 더 컸다.

미우라 수산을 인수한 득호네는 가족들과 같이 부산으로 이사를 갔고 그가 건네준 명함에는 ‘대주 수산 사장 최득호’라는 이름이 박혀있다. 그의 아버지 충섭은 회장을 맡고 있고 슬하에 아들 하나에 딸이 둘인데 아들은 지금 일본 유학 중이라고 한다. 회사 규모는 상당해서 이제 부산뿐 아니라 전국적으로 알아주는 수산 회사라고 한다.

득호에게 영덕은 어린 시절만 생각하면 참으로 미안하고 잊을 수 없는 존재였다. 부산으로 이사 가서도 고향 마을에 오면 항상 무영을 만나서 영덕의 소식을 물어왔었고 영덕이 아주 비참한 모습으로 귀향했다는 얘기, 그리고 만주에 살면서 두고 온 자식들 얘기 등 모든 근황을 들어왔지만 막상 이렇게 영덕을 찾아오는 발걸음을 하기가 쉽지 않았다. 자기 때문에 영덕이 더 잘못된 거 같아서 미안한 마음이었고 설사 만난다고 하더라도 영덕이 어떻게 받아줄지 몰랐기 때문이었다.

그렇게 고민하다가 40년이 다 된 시간이 흘러 막상 영덕을 만나니 살아와 준 것만 해도 반가웠고 영덕도 사람이 그리웠는지 서로가 눈빛으로 많은 말을 했다. 자기는 부모 잘 만나서 좋은 학교 나오고 지금 가업을 물려받아서 유복한 생활을 하고 있는데 비해서 영덕은 장애인에다가 어렵게 사는 모습을 보니 더욱 마음이 아팠고 술에 취해서는 영덕의 처인 은심에게 무릎을 꿇고 빌기까지 했다. 득호는 술에 취해 기사에게 업혀서 돌아갔고 영덕도 오랜만에 가진 술자리에 대취해서 무영이 업어다가 집에 데려다주었다.

영덕을 데려다준 무영이 아무 말 없이 품에서 꽤 두툼한 봉투를 은심에게 건네준다.

"제수씨, 이건 득호 그놈 아가 주는 겁니다. 앞으로 살면서 도움 필요하면 얼마든지 연락하라고 영덕이에게 전해주랍니다."

손에 잡히는 두툼한 봉투를 은심은 아무 말 없이 집어넣는다.

지금은 어떻게 해서든 먹고살아야 하고 자식들 잘 키우는 게 그녀가 해야 할 일이지 자존심을 따질 때가 아닌 것이다.

중간고사에서 문과에서 1등을 한 현철은 아침 조회 시간에 동기들의 부러움이 가득한 시선을 등 뒤로 받으면서 단상에 올라가서 힘차게 교장에게 거수경례를 한다. 교장이 손을 내리자 현철의 뒤에 늘어선 학생들은 박수를 보내고 동시에 학교 악대가 힘찬 팡파르 소리로 화답해 준다. 기쁜 마음으로 단상을 내려오는 현철은 얼굴은 벌겋게 상기되어 있다.

그날 오후 방과 시간 전에 현철의 담임인 윤성재는 자기 반 학생 중 성적이 제일 우수하고 반장을 맡고 있는 현철을 불러 진로 상담을 시작한다.

"현철아, 1학년 전체에서 2등으로 마쳤는데 문과만 해서 이번 시험에서 1등 했네. 작년에 진주 고등학교에서 세 자리 숫자로 서울대에 갔다는데 지금 니 성적이면 진주 고등학교에서도 중상위권이니까 서울대를 목표로 꾸준히 해봐라."

뭘 해도 이쁜 현철을 바라보며 윤성재가 말을 하자 현철은 고개를 가로저으며 말한다.

"선생님, 저는 서울대보다는 육군사관학교로 갈라고 합니다. 집안 형편도 그러니 부모님께 효도도 하고 장교가 제 적성에 맞는 거 같고 해서 중학교 때부터 계속 그쪽으로만 생각했습니더."

그 말을 들은 윤성재는 약간 당황을 하더니 말을 얼버무리면서 알았다고 고개를 끄덕인다.

고개를 숙이고 인사하며 교실로 돌아가는 현철이 사라지자 맞은편에 앉아있던 작년부터 고교 필수 과목으로 선정된 교련 과목을 가르치는 진형근이 고개를 빼꼼 내밀고 윤성재에게 말을 건다.

"윤 샘, 자가 육사를 우찌 가는교? 지금이라도 말해줘야 하는 거 아입니꺼?"

"내도 너무 갑작스러워서 생각이 안 나던데 애가 알면 을매나 실망하겠습니꺼?"

"그래도 아닌 건 아니라고 얘길 해야지예. 교육자가 그런 말을 아끼면 안 됩니더."

윤성재는 안경을 벗고 괴롭다는 듯 마른세수를 하면서 고개를 흔든다.

다음 날 오전, 명동 고등학교 교정에는 2학년 교련 과목이 진행 중이다.

"충성! 2학년 9반 수업 인원 보고! 총원 61, 주번 1명, 현재 인원 60명! 좌로 번호!"

현철의 우렁찬 구령 소리가 수업이 시작됨을 알린다. 군복에 선글라스를 낀 교련 교사 진형근은 단상에서 내려와 학급 인원을 사열한 후 다시 단상으로 올라가서 학생들을 쭈욱 둘러보다가 대오의 맨 앞에 서 있는 현철에게 시선을 고정한다. 늘씬하고 탄력 있는 몸매에 어깨총을 하고 있는 모습이 정말 지금이라도 육군사관학교 정복을 입혀도 아깝지 않을 외모다.

"오늘은 수업을 시작하기 전에 잠시 정신 교육하는 시간을 갖도록 하겠다. 나는 대한민국 대위로 제대했고 빨갱이들이 이 나라를 침략했을 때 피를 흘리면서 조국을 사수한 몸이다. 만약에 아직까지 군에 있었다면 저 멀리 월남까지 가서 자유민주주의를 위해서 그리고 조국을 위해서 이 한 목숨 내놓았을 것이다. 그만큼 대한민국 장교는 명예롭고 아주 순수한 자리인 것이다."

60명의 학생들은 단상을 올려다보면서 진형근이 무슨 얘기를 하나 귀를 기울인다.

이어서 진형근은 자기의 대위 계급장을 하얀 장갑을 낀 손으로 가리키면서 계속 얘기한다.

"그러나, 이 대한민국 장교의 계급장은 아무나 다는 게 아니다. 반드시 자격을 갖춰야 하고 엄격한 심사를 거친 사람만이 대한민국의 장교가 될 수 있다. 김종범! 앞으로 나오도록."

갑자기 이름이 불린 김종범이라는 키가 자그마한 학생이 긴장한 채 앞으로 달려 나온다. 왜소해서 반에서 싸움은 못하지만 공부는 현철 다음으로 잘하는 김종범이 왜 갑자기 불려 나왔는지 급우들은 물론 본인도 영문을 몰랐다.

"종범인 대한민국 장교가 될 수 있나 없나?"

뜬금없는 진형근의 물음에 김종범은 한 치의 망설임도 없이 큰 소리로 대답한다.

"될 수 없습니다!"

"왜 자네는 될 수가 없나?"

방금은 답이 바로 튀어나왔지만 이번 대답은 조금 시간이 걸린다.

"다시 묻는다. 니는 와 장교를 못하노?"

김종범은 잠시 고민을 하더니 눈을 질끈 감고 큰 소리로 대답한다.

"저는 아버지가 빨갱이라서 장교를 몬 합니다!"

"너거 아버지는 무얼 해서 빨갱이 소리를 듣노?"

이번에도 대답이 늦어지고 현철은 자기 옆에 선 종범의 숨소리가 천천히 거칠어지는 게 들리면서 진형근이 무슨 얘기를 하는지 알아듣고는 자신의 숨소리도 거칠어지는 것을 제대로 듣지 못한다.

"지금부터 내가 두 번 물어보면 아가리 작살난다. 알겠나? 너거 아부지는 와 빨갱이고?"

더 이상 피하지 못하고 종범은 눈에 눈물을 머금은 채 힘차게 대답한다.

"고, 공비… 지리산에서 빨갱이 짓을 하셨습니더."

순간 '오~' 하면서 짧은 탄성이 학생들의 입에서 흘러나온다.

독사 같은 교련 교사 진형근을 앞에 두고 학생들은 자기들끼리 서로 귓속말을 주고받느라 잠시 소란스러워지는데 진형근은 아무런 제지를 가하지 않는다. 그제야 진형근은 만족스러운 미소를 짓고 턱짓으로 김종범에게 다시 돌아가도록 한다. 자기 자리로 돌아온 종범의 눈은 아직 젖어있고 차려 자세를 했지만 두 다리를 덜덜 떨고 있다.

"자, 잘 듣도록. 우리가 피땀으로 지켜낸 대한민국은 그렇게 호락호락한 나라가 아니다. 종범이네처럼 가족이 빨갱이 짓을 했던 놈들에게 자비를 베풀어서 목숨만 살려준 것만 해도 감사해야 하거늘 일부 불순분자의 가족이 자기의 분수를 모르고 사관학교에 간다니 어쩌니 하는 소리가 들리던데 이건 결코 있어서도 그리고 있을 수도 없는 일이다."

멍하니 앞만 바라보고 있는 현철은 좌중을 둘러보는 진형근의 시선이 비록 선글라스를 끼고 있지만 자기를 향한다는 걸 분명하게 느끼고 있었다.

"너거들 분명히 알아두거라. 와 공부하기에도 바쁜 너거 같은 학생들이 이렇게 군사 교육을 받고 있는지를! 바로 재작년에도 우리 대통령 각하의 목을 따겠다고 무장 공비를 보내는 그런 빨갱이 놈들 때문인기라! 그래서 너거가 군인처럼 이렇게 항상 준비를 해야 하는 기고 언제든지 조국이 부르면 우리는 바로 전장으로 달려갈 준비를 해야 하는 기다. 우리는 절대로 그런 놈들을 용서할 수 없고 이 땅에 빌어 사는 그 가족놈들도 두 눈 똑바로 뜨고 잘 봐야 하는 기다."

거칠게 침을 튀기며 말하는 진형근의 입가에는 이미 침이 말라붙어 있다.

"우리 조국을 위하여 다 같이 대한민국 만세 삼창 시작!"

진형근이 격앙된 목소리로 외치자 60명은 "대한민국 만세"를 힘차게 외친다. 만세 삼창이 끝나자 곧이어 다음 명령이 떨어진다.

"우리의 반공 정신과 애국심을 지금 교실에 있는 전교생이 다 들을 수 있도록 다 같이 애국가 1절부터 4절까지 힘차게 부른다. 시작!"

갑자기 울려 퍼지는 애국가에 수업하던 학생들은 무슨 일인가 싶어서 고개를 내밀어 밖을 살피지만 2학년 9반은 아랑곳하지 않고 악을 쓰면서 큰 소리로 애국가를 4절까지 다 부른다.

갑작스럽게 수업 시간 도중에 자기가 담임하고 있는 2학년 9반이 교련 시간에 애국가를 부르는 소리를 들은 윤성재는 자기 자리로 돌아온 진형근에게 무슨 일인지 물었다.

아직까지 흥분이 가라앉지 않았는지 진형근은 상기된 얼굴로 담배를 피우면서 대답한다.

"내가 직접 현철이한테 대놓고 말하기는 뭣해서 종범이 불러가 장교 같은 건 몬 한다고 얘길 해줬소. 아마 그 정도 했으면 현철이도 지가 갈 길이 아니라고 알았을 거니까 윤선생이 앞으로 진학 상담하기에 편할 거요. 어차피 윤선생 반에 빨갱이 가족 둘이나 있지 않소."

진형근의 대답에 윤성재는 황당한 표정을 짓더니 바로 교실로 달려갔다.

금방 있었던 갑작스러운 빨갱이 소동에 옷을 갈아입는 반 학생들도 웅성웅성하다가 급하게 교실로 달려 들어오는 담임 윤성재를 보고 일순간에 조용해진다. 맨 앞자리에 앉아있는 종범은 책상 위에 엎드려 있고 뒤에 있어야 할 반장 현철이 보이지 않는다.

"반장, 반장은 어디 갔노? 종범아, 개안나?"

다급히 묻는 윤성재의 물음에 아이들은 창문 밖으로 보이는 운동장 구석에 혼자 앉아있는 현철을 가리킨다.

수업 시작을 알리는 종소리가 울렸지만 윤성재는 급하게 운동장으로 달려가 앉아있는 현철을 향해 다가간다. 현철은 얼굴을 무릎 사이에 파묻은 아까 교실에서 봤던 그 자세 그대로 앉아있다.

"현철아. 수업 시작했으이 이제 올라가자."

가볍게 현철의 어깨를 툭 치면서 윤성재가 말을 걸자 현철은 벌겋게 된 눈으로 올려다본다.

"선생님, 저는 정말 사관학교 못 갑니까?"

"그게, 현철아. 연좌제라고 해서 니가 장교가 될라카믄, 그게 좀 그렇다."

"확실하게 말해주이소. 이제까지 제가 왜 이렇게까지 공부해 왔는지 선생님은 잘 모르실 겁니더."

윤성재는 어디서부터 말을 꺼내야 할지 몰라 잠시 머뭇거리지만 잠시 후에 체념한 듯 현철 옆에 다가가 앉으면서 입을 연다.

"너거 친척 외할아버지가 북한에서는 윽수로 높은 사람인 기라. 니가 사관학교에 갈라고 하면 니가 아무리 똑똑해도 심사에서 떨어질 수밖에 없다. 차라리 그냥 보통 대학교로 가서 다른 진로를 생각하는 게 더 현실적인 기다. 연좌제라는 게 니 잘못이 아니더라도 어쩔 수 없이 니가 피해를 보는 그런 기다."

"선생님, 그럼 앞으로 제가 뭐를 더 못 하는지 분명하게 말해주이소. 이제까지 아무것도 모르고 지 혼자서 북 치고 장구 치고 다 했는데 이제 뭘 제대로 알아야지 될 거 아입니꺼. 이왕에 말씀하신 거 솔직하게 다 말해주이소."

이제 한창 피어나는 꽃망울 같은 애한테 앞으로 너는 뭐를 더 못 한다 이건 할 수 없다고 말해야 하는 교육자의 입맛은 쓰기만 할 뿐이다.

"장교는 못 하고 공무원 시험 쳐서 공직에 들어갈 수도 없다. 그라고 어떤 회사에서는 연좌제 적용해서 취업이 안 되는 곳도 있다고는 하더라."

생각하지 못한 대답에 더 큰 충격을 받은 현철은 다시 머리를 감싸 쥐고 한숨을 쉬면서 고개를 떨군다.

"그라문 저는 장교도 못 되고 공무원도 못 하고 그냥 이 사회에 아무 짝에도 쓸 데가 없는 놈이네예."

"현철아. 내 말 들어봐라. 니가 오늘 처음 그 얘길 들어서 충격이 큰 모양인데 앞으로 진로 문제는 내랑 같이 찬찬히 생각해 보자. 이 세상에 할 일이 얼마나 많노?"

무언가 위로를 해주고 희망을 줘야 하는데 담임인 윤성재도 막상 떠오르는 마땅한 답이 나오지 않자 자기도 답답하기는 마찬가지였다.

지금 그는 낙담한 현철이 자기만의 시간을 갖고 조금 안정되기만을 기다리는 거 밖에는 해줄 수 있는 게 없었고 조금 시간이 지나면 다시 현철과 얘기를 해보려고 했다.

그러나 윤성재가 기다렸던 '다음'이라는 시간은 오지 않았다. 그날 밤, 현철은 중앙 시장에서 장사하는 중학교 친구 승일을 찾아가 돈을 빌린 다음에 밤 기차를 타고 부산으로 떠났다. 집에 있는 가족이나 학교의 아무에게도 알리지 않고 자기가 생각하는 제일 큰 도시인 부산을 향해 가방 하나 둘러매고 아버지 영덕이 그랬던 거처럼 진주역이라는 외부 세상을 향한 출구를 뚫고 나갔다.

바깥세상
〈1973년 12월 부산〉

연말이 다가오자 부산 시내 중심가인 남포동의 밤은 화려한 불빛으로 번쩍거리고 길거리에는 크리스마스 캐롤송이 계속해서 울려 퍼진다.

연인끼리 가족끼리 같이 손을 잡고 몰려드는 인파로 남포동 쇼핑거리가 미어터지는데 현철은 곱게 빗어 넘긴 머리에 반짝이는 구두를 신고 버버리 코트를 걸친 채 박정진과 같이 사람들 속에 파묻혀 걸어가고 있다.

"곰탱아. 다들 애인 손잡고 나오는데 우린 이기 뭐꼬? 시꺼먼 머슴아들끼리 같이 몰려가 댕기고."

"좀 있다가 DMC 나이트 함 둘러보고 서면으로 가갖고 우리 딸래미들 좀 끼고 한잔하자. 딸아들도 크리스마슨데 얼마나 옆구리가 시리겠노? 우리가 가갖고 함 놀아주자."

골목을 돌아서 큰길로 들어서자 DMC 나이트클럽의 불빛이 요란하게 번쩍이고 청춘남녀들이 입장하기 위해 줄을 서서 기다린다.

입구로 들어서는 현철과 정진을 보고 문 앞에 서있던 웨이터들이 일제히 "행님, 오셨습니까!"라고 인사를 하고 현철은 가볍게 오른손을 들어 답례를 하고 곧장 안으로 들어간다. 이들을 잽싸게 안내하는 웨이터를 따라가는 길에 시끄러운 음악 소리에 말소리도 잘 안 들리는 광란의 무대를 흐뭇하게 쳐다보며 현철은 사무실로 이동한다.

"와. 백사야. 오늘 매상 엄청 직이겠는데."

뒤에서 정진이 들떠서 외치지만 음악 소리에 묻혀서 잘 들리지 않는다.

"어이. 백사하고 백곰 왔나?"

사무실로 들어서자 머리가 벗겨진 덩치 좋은 사내가 앉아서 손을 내민다.

"행님, 큰 행님이 별일 없는가 한번 가보라고 하시네예. 오늘 손님 윽스로 많은데 기분 좋겠습니더."

"손님이 많으면 뭐 하노, 전부 다 기본만 들어와가 자리만 차지하고 있는 게 더 많다. 그래도 연말이라 보너스 받고 했으면 돈이 좀 더 들어와야 할 낀데."

말은 그렇게 해도 사내 역시 청춘남녀로 꽉 미어터진 스테이지를 내려다보면서 웃음을 띤다.

"어이, 김 부장! 거기 장부 좀 갖고 오고 초량에 해흥루에 예약 좀 해놔라!"

"행님, 오늘 요 일 끝나면 우리 서면으로 가야 합니더. 연말 보내고 우리 다시 올께예."

바쁘다는 듯이 정진이 손목시계를 보는 흉내를 내면서 손사래를 친다.

"그래? 오랜만에 귀하신 분이 왔는데 대접이 이래가 되겠나?"

말보로를 나눠주면서 사내가 니코틴에 찌든 누런 이빨을 드러내면서 허허 하고 웃는다.

이들이 담배를 나눠 피면서 잡담을 하고 있는데 김 부장이라는 사람이 들어와서 장부를 가져다주고 현철은 이를 하나씩 꼼꼼히 살펴본다.

"만수 행님, 그런데 양주 도매상 중에서도 한일 주류 양이 좀 많아지네예. 큰 행님이 한일 쪽은 20프로는 넘기지 말랬는데 지금 40프로가 다 되가는데 이러면 큰 행님한테 얘기해야 됩니더."

"백사야. 그게 있다 아이가, 상어파 애들하고 충돌 피하느라고 큰 행님이 그쪽 라인으로 조금만 받아주라고 한 거는 아는데 야들이 원래 우리 거래처 애들 협박해서 못 들어오게 막는 갑더라. 내야 빨리 물건 받아야 되이 최 사장한테 전화하믄 조금 모자란다 카고 한일 주류에 먼저 땡기서 받으라카이 우짤 수 있나? 내가 물어보이 말은 안 하는데 눈치가 그렇거든. 말 나온 김에 니가 큰 행님한테 얘기 좀 잘 해주라."

나이가 현철보다 열대여섯 살은 더 되어 보이는 만수라는 사내는 현철 앞에서 쩔쩔매면서 변명 대기에 바빠 보인다.

"낙동 주류 최사장도 웃긴 사람이네예. 상어 애들이 그런다꼬 자기 장사 못 하면 빨리 보고를 해야지. 일단 제가 큰 행님한테 얘기할 테니까 만수 행님은 30을 받든 40을 받든 결제할 때는 절대로 20프로 넘기면 안 됩니더."

담배 연기가 자욱한 방 안에서 정색을 하며 장부 한 장 한 장 손가락으로 짚어나가면서 따지는 현철의 눈빛은 날카로웠고 정진은 장부에는 관심 없다는 듯 기지개를 켜면서 하품만 해댄다.

자기가 가고 싶은 길을 갈 수 없다는 걸 알고 공부에 대한 미련을 접어버리고 현철이 바로 부산으로 온 지도 3년이 넘었다.

집과 연락을 완전히 끊은 건 아니지만 3년 동안 딱 세 번 할머니 언년의 제사 날에만 갔다 왔고 이번 설날에도 갈 계획은 없다. 기대대로 고등학교를 다 마치지 못한 것이 부모에게 미안하기는 하지만 자기를 걱정스러운 눈길로 쳐다보는 영덕과 은심의 관심이 부담스러웠고 이제 자기는 스무 살이 넘는 성인이라 앞으로 자기 앞가림은 자기가 잘하면 된다고 생각한다.

처음에 무작정 부산으로 와서 친구 승일이 소개해 준 남포동 깡통시장의 점원으로 한 1년 동안 밑바닥 일부터 했었다. 대학을 졸업해도 앞으로 공무원은커녕 제대로 된 회사로 들어가기도 어렵다니 막연하게 생각한 게 친구 승일네처럼 장사를 배우고자 한 것인데 막상 일을 해보니 남의 비위를 맞추는 서비스업이 자기 적성과 맞지 않았고 지금처럼 박봉으로 살아봤자 자기도 자기 부모처럼 계속 구질구질하게 살 거 같다는 생각이 들어 곧 그만둘 생각이었다.

그러다가 월남 파병을 마치고 온 정진과 부산에서 재회를 했는데 정진네 형제가 모친이 있는 진주보다는 어릴 적부터 자란 부산이 더 편해서 마침 부산에 자리를 잡았다는 것이다. 형제가 같이 월남에 갔다 와서 돈도 좀 모았고 작은 사업을 한다기에 현철은 바로 점원 일을 때려치우고 정진 형제네 일을 같이하게 되었다.

부산에서 주먹 좀 쓴다는 정진의 형 박정호는 마침 남포동을 기반으로 하는 자갈치파의 행동대장으로 있었는데 역시 한 덩치 하는 동생 정진과 머리가 빠른 현철에게 조직의 대형 업소 관리 업무를 맡겼다. 동생인 정진을 통해 진주에서 이름을 날린 현철의 실력을 믿기는 했는데 실제로 일을 시켜보니 과연 머리 회전도 빠르고 말도 조리 있게 잘해 업소 주인들에게 평판도 좋아 조직 내에서 나름대로 인정을 받고 있는 중이었다. 업소 매출 관리에 장부 관리도 잘하지만 생긴 것과는 다르게 싸움을 할 때는 또 야무지게 잘해서 처음에는 애송이라고 불리다가 이제 '진주 백사'라고 하면 다 알 정도로 이 바닥에서 서서히 이름이 알려지고 있었다.

자갈치파는 주로 월남전 참전 군인 출신들이 중심이 되어 실전에 뼈가 굵고 말 그대로 사람을 죽여본 조직원들이 득실한데도 현철은 이들에게 꿀리지 않을 정도의 깡을 가지고 있어 조직의 두목인 강태수에게도 신임을 얻어 웬만한 일상적인 업소 관리 업무는 현철과 정진의 2인 1조에 맡겨지다시피 하게 되었다. 학창 시절에 놀아봤던 현철은 조직에서 주먹이 필요하면 주먹을 내줬고 또 머리가 필요하면 머리를 내주면서 치열하게 살다 보니 이 거친 세계의 일이 천직처럼 몸에 젖어간다.

자기보다 나이가 몇 살 많은 사람들도 현철의 뒤에 있는 조직에 겁을 먹고 겉으로는 머리를 숙여주고 무엇보다도 시장 가게 점원으로 있을 때의 몇 배나 되는 돈을 손에 쥐게 되니 정말 자기 적성에 맞았다. 조직의 자금은 관리를 잘 해왔지만 자기가 번 돈은 정말 흥청망청 잘도 썼다. 가난했던 어린 시절에 대한 한풀이라도 하듯 항상 제일 비싼 옷과 구두, 액세서리로 몸치장을 하고 그래도 남는 돈은 유흥비로 써서 부산의 유흥가에서도 인기가 좋았다.

이제까지 누려보지 못한 호사와 갑작스러운 신분 상승에 현철은 이 직업이 바로 자기처럼 빽도 없고 제대로 된 직업을 구할 수 없는 인생 막장인 사람에게는 천직이라고 생각했고 앞으로 조직에서 더 잘해서 작은 구역을 하나 받거나 아니면 거래처 하나 차고 나가서 독립할 생각까지 하고 있다. 이런 꿈을 안고 지금 누리는 분에 겨운 호사를 오래 유지하기 위해서라도 현철은 정말 목숨 걸고 일하는 것이다.

요즘 부산의 주먹계는 항만 하역장을 중심으로 하는 '날개파' 그리고 전통 지역인 남포동 일대의 '자갈치파'와 온천장을 중심으로 한 신흥 세력인 '상어파'로 이루어져 있는데 최근에는 서면을 놓고 자갈치파와 상어파의 크고 작은 충돌이 계속 벌어지고 있었다. 조직원들끼리 오가면서 치고받고 하다가 더 큰 충돌을 피하기 위해 상어파 두목 이승검과 자갈치파 두목 강태수가 만나서 서면을 공동 관리하며 자기 구역의 업체와 상대방 거래처와의 거래는 정해진 쿼터를 두고 같이 운영하기로 합의를 한 지가 불과 두 달 전이다.

서로 합의를 맺긴 했지만 공격적인 상어파는 야금야금 자갈치파의 업소에 자기 거래처의 물량을 늘려가고 있었고 서면의 관리 업소의 지형도도 묘하게 상어파의 세력이 커지고 있어 조직원들의 불만이 계속 쌓여만 가고 있었다. 상어파가 더 크기 전에 제대로 붙어보자는 조직원들의 볼멘소리가 터져 나왔지만 자갈치파 두목인 강태수는 오히려 남포동 진출을 노리는 날개파에 신경이 쓰이는지 가급적이면 상어파와 충돌을 자제하라는 명령을 내렸다.

서로의 세력권이 갈려있지만 그래도 뭐니 뭐니 해도 부산의 중심 지역은 남포동이었고 남포동을 제대로 잡아야만 진정한 부산의 주먹이라 인정받는 상황이라 북쪽에서는 상어파가 남쪽에서는 날개파가 호시탐탐 자갈치파의 나와바리를 노리고 있기에 강태수는 함부로 한쪽만 견제하기 않고 지금처럼 팽팽한 긴장이 유지되는 형세를 원한 것이었다.

이에 반해서 부두목격인 행동대장 박정호는 힘이 있어야 평화가 있다는 생각인지라 혹시라도 상어파와 충돌이 있으면 절대로 피하지 말고 제대로 실력을 보여주라고 조직원들에게 요구를 하니 조직원들은 가운데에서 이러지도 저러지도 못하는 입장이었다. 남포동에서 일을 다 보고 현철과 정진은 바로 서면에 도착해 업소 두 군데 정도를 더 둘러봤지만 어딜 가더라도 장부상에는 상어파의 주류 도매상 비중이 점점 높아지는 걸 곳곳에서 발견했고 이런 추세는 반드시 행동대장인 정호에게 보고해야 할 중대 사항이었다.

"현철아. 내일 보고해도 개안타. 서면에 금잔디 박 마담한테 오늘 간다 했으니 한잔하고 오늘은 그냥 쉬자. 오래간만에 분 냄새도 좀 맡고 회포도 풀어야 안 되겠나."

주저하는 현철을 잡아끌고 정진은 오늘 아니면 다시는 술 먹을 기회가 없다는 듯 막무가내로 서면 뒷골목의 지하에 위치한 박 마담한테 가자며 떼를 쓴다.

잔잔한 음악이 흐르는 살롱에 들어서자 앳된 아가씨들이 현철과 정진을 반기고 머리를 갈색으로 물들인 30대 중반의 풍만한 몸매의 여인이 색기가 도는 눈웃음을 지으며 룸으로 자리를 권한다. 현철은 주량이 세지 않아 술보다는 여자를, 정진은 여자보다는 술을 좋아하는 각자의 취향을 잘 아는 박마담이 자연스럽게 벌써 자리가 세팅된 룸으로 안내하자 아가씨들이 들어오고 바로 술판이 벌어진다.

나이도 아직 젊고 돈도 잘 쓰는 현철과 정진은 언제나 아가씨들 사이에 인기가 좋다. 손이 큰 현철이 지갑을 열어 자기 또래인 웨이터를 불러서 두툼한 팁을 집어주니 여드름이 가득한 웨이터는 형님 감사합니다를 연발하면서 고개를 숙이고 아가씨들은 이런 현철에게 엄지를 들어 최고로 화끈한 남자라고 추켜세운다. 지금 하는 일이 사회에서 손가락질을 받는 일이지만 이 시간, 이 자리에서 만큼은 현철이 황제고 아무도 자기한테 뭐라고 하는 사람 없으니 이게 바로 현철이 유흥에 빠져드는 제일 큰 이유였다.

이제 제도와 규범에 얽매여 사는 바깥 세상에 적응할 생각도 없고 그것은 이미 자기 길이 아니라고 생각했기에 현철은 하루하루 이렇게 모든 걸 불살라 버리는 삶에 적응이 되어간다. 자기가 이 길을 걷지 않았다면 어떻게 옆에 예쁜 여자들을 품을 수 있었을 것이고 어떻게 이런 비싼 양주를 마실 수 있었겠는가? 갓 부산에 왔을 때 허름한 작업복에 박스나 나르고 푼돈 깎아달라고 실랑이하는 손님과 보냈던 시간에는 꿈도 못 꿀 호사를 누리는 셈이다.

술이 오르니 현철은 옆에 있는 대구 출신이라는 아가씨의 뜨거운 입술에 입을 맞추고 탐스러운 젖가슴을 손으로 주무른다. 현철은 스쳐가는 여자들의 이름은 외우지 않고 그냥 즐길 대상으로만 느낄 뿐이고 오늘은 느낌이 좋은 이 아가씨가 자신의 욕망을 채워줄 대상인 것이다. 현철과 아가씨가 서로 끌어안고 뜨겁게 얽혀있는데 술 좋아하는 정진은 파트너와 같이 술 먹이기 게임을 하다가 많이 졌는지 벌써 얼굴이 달아올랐다. 그래도 자기보다 더 취해서 정신없이 곯아떨어진 아가씨를 보더니 자기가 이겼다고 웃으면서 일어나 룸 밖으로 나가 휘청거리면서 화장실을 찾아 나선다. 저녁도 먹지 않은 빈속에 들어온 독한 양주 기운에 취해 어질어질하지만 이제 좀 있다가 영덕과 함께 파트너들을 데리고 나가 오늘 밤에도 뜨거운 땀을 쭉 흘리고 나면 내일은 또 즐거운 하루가 시작될 것이다.

화장실로 들어선 정진이 문을 미는 순간 갑자기 밖으로 나오는 상대가 문짝에 부딪혔는지 쌍욕을 하면서 머리를 움켜쥔다. 정진은 그냥 손을 쓱 들어 미안하다는 제스처를 취하고 소변기 앞에 서서 참았던 오줌을 시원하게 싸고 있는데 부딪혔던 상대가 옆으로 다가

온다.

“야 니 곰탱이 새꺄. 사람을 쳐놓고 미안하다는 말도 안 하나?”

고개를 내려서 쓱 보니 스물대여섯 살쯤 된 불량기가 있어 보이는 녀석이 자기도 취한 눈을 치켜뜨면서 정진을 쏘아본다.

“아까 미안하다고 했는 거 같은데 암튼 미안하게 되었소. 서로 마이 마신 거 같은데 이해해 주소.”

삐딱하게 사과하는 정진의 말투가 녀석을 더 열 받게 한 모양이었다.

“니가 지금 사과하는 태도가? 나이가 어린 새끼가 똑바로 사과 안 할래?”

소변을 보고 주섬주섬 뒤처리를 하는 정진의 뒤를 따라오면서 다시 사과를 하라고 한다.

정진이 가소롭다는 듯이 그냥 돌아서자 이번에는 손가락으로 정진의 볼을 콕콕 찔러댄다.

“아. 씨발, 그거 대충하고 말지 사람 기분 잡치게 만드네. 술 취한 멸치 같은 새끼가!”

흥분한 정진은 그 사내의 멱살을 잡고 화장실 밖으로 힘껏 패대기를 쳐버렸다. 오늘 일도 잘 마무리하고 기분도 좋은 날인데 이런 멸치 같은 놈이 시비를 거니 짜증이 확 나버린다.

날아간 사내는 후다닥 어디론가 뛰어가 버리고 기분이 잡친 정진은 손을 씻고 거울을 보면서 다시 머리를 다듬는다. 얼굴이 벌게져서 세수도 시원하게 하고 다시 룸으로 돌아서려고 하는 순간, 거울에 아까 그 녀석과 대여섯 명의 사내가 화장실로 들어오는 모습이 비친다. 정진은 뒤로 돌아서서 가소로운 듯이 웃더니 내동댕이쳐진 멸치 뒤로 보이는 안면이 있는 상어파 조직원을 발견하고 손가락으로 가리킨다.

"너 이 새끼들 보니 상어파 애들이네. 안 그래도 너거 때문에 기분 잡쳐서 술 먹고 있는데 잘 걸렸다. 이 집은 우리가 관리해 왔는데 너거 여기에 허락받고..억!"

정진의 말이 끝나기도 전에 뒤에 있던 녀석 중 하나가 재빠르게 사시미 칼을 꺼내더니 정진의 배를 향해 바로 달려온다.

갑작스러운 공격에 정진은 덩치에 어울리지 않게 잽싸게 몸을 틀었지만 아랫배에 맞고 말았고 나머지 패거리들이 이리 떼처럼 정진에게 덤벼든다. 불에 타는 듯한 아랫배의 통증을 참으면서 정진은 칼침을 놓았던 바로 앞에 있는 녀석을 번쩍 들어서 덤벼드는 무리를 향해 집어던지고 길을 막고 있는 두 놈을 밀친 후 밖으로 뛰어나간다.

맹호 부대 출신으로 월남 정글에서 베트콩의 눈알을 마주 보면서 백병전도 해보고 치열한 전투에서도 살아남은 정진이다. 지금 상대가 하는 행동을 보니 이건 분명히 그냥 겁만 주는 정도가 아님을 직감한다.

"현철아!"

룸을 향해 달려가는 정진의 발걸음은 피로 물들어 있고 상어파 조직원들은 사시미 칼을 들고 그런 정진을 쫓아간다.

현철이 정진을 기다리다가 깜빡 잠이 들었나 싶었는데 방의 문이 벌컥 열리더니 아랫배를 움켜쥔 정진이 들어오자마자 바로 쓰러지고 룸 안은 아가씨들이 내지르는 비명 소리로 가득 찬다.

"현철아. 빨리 행님 불러라. 상어파 아들이다."

구두까지 벗고 있던 현철이 재빠르게 일어나 정진을 룸 안으로 끌어당기니 바로 뒤에 여섯 명의 사내들이 사시미 칼을 들고 이쪽으로 뛰어오는 게 보였다. 현철은 오른쪽 다리를 만져봤지만 차고 있던 칼을 아까 차 안에 두고 온 생각이 떠오르자 위기를 직감하고 테이블 위에 있던 맥주 2병을 집어 들어 야무지게 부딪혀서 깨고 양손에 하나씩 움켜쥔다.

좁은 공간에서 다수의 적과 싸울 때는 등을 지고 싸우거나 아니면 더 넓은 공간으로 유인해야 하는 걸 알지만 지금 자기가 자리를 피하면 룸 안에 쓰러져 있는 정진이 당할 거 같기에 현철은 일단 파트너를 불러 박마담을 통해 정호에게 알리라고 한 뒤 룸의 문을 걸어 잠갔다.

급하게 정진의 상처를 열어서 보니 치명상은 아니었지만 피를 너무 많이 흘린 거 같았다. 현철은 다급하게 넥타이를 풀어 겁에 질려 있는 정진의 파트너에게 던져주고는 밖에서 발로 차서 부서져라 흔들리는 문 앞으로 다가갔다.

여러 명이 발로 차고 문을 몸으로 밀자 현철은 닫혀있던 문을 확 열어버렸고 밀고 있던 두 놈이 문이 열려 안으로 확 밀려 넘어지자 바로 둘 위의 몸에 올라타서 사정없이 등짝을 맥주병으로 찍어버렸다.

현철의 기세에 쓰러진 두 놈은 등에 피를 뿜고 비명을 지르며 일어나지도 못한다. 현철은 이들이 떨군 사시미 칼을 양손으로 집어 들고 밖에서 주춤거리며 멍하니 서있던 나머지 일행을 향해 몸을 일으켜 세웠다.

"야 이 새끼들아 다 덤비라. 내가 바로 남포동 백사다!"

피 묻은 얼굴도 아랑곳하지 않고 사시미 칼을 든 현철의 살기 어린 눈빛에 상어파 조직원들은 서로 얼굴을 쳐다보다가 쪽수가 많은 걸 믿고 현철을 향해 달려들었고 지하 1층에 있는 룸살롱 금잔디에는 피가 튀기는 칼부림과 겁에 질린 여자들의 비명 소리가 터져 나왔다.

'서면에서 조직 폭력배 간 칼부림으로 5명 중상'이라는 국제 신문 사회면을 보고 현철은 읽고 있던 신문을 다시 접는다. 기사 옆에 나와 있는 여러 사람들의 사진 중에는 '배현철'이라고 적혀있는 현철의 사진과 함께 괄호 안에 수배 중이라고 나와있다.

자갈치파가 다대포에 준비해 놓은 은신처에 3일째 숨어있지만 어제 두목인 태수를 통해 들은 얘기도 있어 계속 이렇게 숨어있는 것도 방법이 아닌 거 같았다.

그날 벌어진 싸움은 자갈치파와 상어파의 조직원이 총출동하며 큰 싸움으로 번질 뻔했으나 연말연시 치안 강화에 나선 경찰 병력이 신속히 동원되는 바람에 그 정도 선에서 끝났고 현장에 나온 양쪽의 조직원들은 부상자만 수습해 가서 일단 큰 충돌은 피하게 되었다.

복부 관통상을 당한 정진은 생명엔 지장이 없었으나 상어파에 칼을 맞은 동생을 본 형 정호는 복수를 다짐하면서 전 조직원들에게 무장을 지시했고, 자기들이 세를 키워나가려던 서면에서 자갈치파 2명에게 6명이나 당한 상어파도 체면이 있어 위신이 말이 아니기에 그냥 물러설 분위기가 아니었다.

오늘이라도 당장 부산 시내 조직 폭력배끼리 칼부림이 나도 이상하지 않을 분위기가 되자 경찰은 사건의 발단이 된 그날에 현장에 있었던 현철과 정진, 그리고 상어파 조직원 선에서만 법적인 처리를 하고 두 조직 간의 화해를 위해 자리까지 마련하며 중재에 적극적이었다.

원래 강태수는 현철 대신에 막내 하나 보내서 덮을 생각이었으나 벌써 언론에 퍼진 사건에다가 현철을 검거하고자 하는 경찰의 의지가 너무 강했고 상어파에서도 다른 건 다 양보를 하더라도 현철에 대해서는 강력한 처벌을 원하는 바라 쉽게 이견을 좁히지 못했다.

강태수는 동생의 일로 눈이 뒤집어진 정호의 반대를 물리치고 어제 부하들을 보내 현철에게 자기의 뜻을 전달했고 이제 결정은 현철이 하면 되는 거지만 현철은 이미 조직을 위해 자기가 어떻게 해야 하는지 잘 알고 있었다.

회사(조직)에서 합의를 잘 볼 거고 부산에서 최고라는 변호사가 보기에도 정당방위로 인정이 되는 게 확실하니 못해도 집행유예 정도로 나오니까 몇 달만 구치소에 갔다 오면 곧 풀려 날 것이다. 괜히 이런 일로 시간만 보내면 두목인 태수도 탐탁지 않게 여길 것이고 복수를 부르짖는 박정호에게도 빌미를 줄 수 있어 누군가가 빨리 매듭을 지어줘야 했다.

그날 오후 먹고 싶었던 광어회 한 접시와 꼼장어 구이 2접시를 소주 두 병과 함께 말끔하게 비운 현철은 부산진경찰서로 제 발로 걸어 들어가 자수했다. 사전에 변호사가 불러준 대로 그냥 모르는 사이고 술 먹다가 우연히 시비가 붙어서 싸움이 커졌다며 잘못했다고 선처를 바란다고 건성으로 말하면서 책상 밑의 다리는 흔들흔들하던 현철이 자기도 칼에 맞았다면서 어깨를 보여주며 진술을 하고 있을 때였다.

입구가 소란스러워지는가 싶더니 갑자기 앙칼진 여자의 목소리가 들려왔다. 이어 바로 안으로 들어선 사람은 은심이었다. 은심이 현철을 보자마자 달려오더니 현철의 따귀를 세게 날렸다.

"야이 간나 새끼야. 니가 이러거도 사람 새끼간? 여기서 바로 니 죽고 내 죽자!"

살기등등한 눈으로 현철을 때리려는 은심을 경찰들이 우르르 몰려들어서 뜯어말리기에 바쁘다. 갑작스러운 은심의 등장에 현철은 당황했고 은심을 여기까지 데려온 정호를 원망스러운 눈빛으로 쳐다봤다. 정호는 현철의 눈길을 애써 피하고 만다.

보다 못한 정호가 나서서 은심을 말린다.

"어무이, 걱정하지 마이소. 우리 회사에서 변호사 다 대주고 저 놈들이 먼저 시비를 걸었으니까 정당방위가 됩니더. 합의도 다 잘 돼가니까 너무 걱정하지 마이소."

정호의 말이 끝나기도 전에 은심은 이를 악물고 바로 정호의 따귀마저 날려버린다.

"이 깡패 새끼들아. 니가 내 새끼 깡패로 만들어놓고 이런 호로새끼들한테 손을 벌려? 이런 쳐 죽일 놈들아."

정호마저 이런 은심의 기세에 눌려서 따귀만 감싸 쥐고 아무 소리도 못하는데 은심은 조사관의 책상 위로 올라가더니 품속에서 칼을 꺼내 든다.

"현철아! 나는 내 새끼 이렇게 사는 꼬라지 못 본다. 니 계속 이리 살끼면 내가 여기서 죽을 거니께 어디 니 하고 싶은 대로 해봐라. 자식을 이리 갈킨 이 에미가 죽으면 된다. 다 내 잘못이제 누구한테 뭐라고 할 말도 없다."

주위에서 말릴 틈도 없이 은심은 목에 핏대를 올리다가 자기 배에 칼을 깊숙이 꽂아 넣는다.

쓰러진 은심을 현철이 수갑 찬 손으로 울부짖으면서 부축하고 갑작스러운 상황에 아수라장이 되어가는 부산진경찰서의 밤은 점점 더 깊어져만 간다.

우리 가족
〈1976년 3월 경남 진주〉

하교하는 버스를 기다리는 봉희는 아직까지 쌀쌀한 저녁 날씨에 어깨를 잔뜩 움츠린 채 초조하게 발만 동동 굴린다. 해가 지기 전에 빨리 집에 가야 지금 며칠째 앓아누워 있는 아버지 영덕의 저녁이라도 제때에 차려줄 수 있기 때문이다.

매년 겨울만 되면 기관지가 약한 영덕이 기침과 감기를 달고 살다가 폐렴에 걸려서 입원 신세를 진 게 한두 번이 아니다. 친구들은 수업 마치고 같이 놀러가자고 하지만 하루 종일 봉희의 머릿속에는 집에서 혼자 누워있을 영덕 생각뿐이었다.

어릴 적 철이 들 때부터 봉희는 아버지 영덕의 옆을 지키면서 자랐다. 봉희가 기억하는 제일 어린 시절은 다섯 살 어느 날 잠에서 깨어나 보니 컴컴한 집에 아무도 없었던 그날인 거 같다. 아마 그날도 엄마인 은심이 차려준 식은 밥을 먹고 혼자서 놀다가 잠이 들었는가 보다. 자다가 깨면 일하고 돌아온 엄마 아빠가 항상 와있고 어쩔 때는 얼굴보기 힘든 현철도 와있어야 하는데 콧구멍만 한 방에 이미 날이 저물었는데도 아무도 없었다.

혼자서 울음을 삼키며 캄캄한 방 안에서 그림을 그려가면서 누군가가 오기를 기다렸지만 아무도 오지 않았다. 소리 내어 울면 넝마주이 아저씨가 잡아간다는 은심의 말이 기억 나 눈에 눈물만 머금고 무서움을 이겨내면서 벌벌 떨 때였다.

딸깍 소리가 나더니 문을 열고 아버지 영덕이 들어왔다.

오늘은 누구랑 술 한잔했는지 술냄새를 풍기면서 들어오는데 봉희는 너무나 반가워서 영덕이 들어오자마자 울면서 품에 안기고 만다. 자고 있던 딸이 안 깨고 품에 안기자 영덕은 당황했던지 '어어' 하면서 급하게 호롱불에 불을 넣고 품에 안긴 봉희를 더 세게 끌어안았다.

불빛에 비친 영덕은 언제나처럼 마스크를 낀 모습이었지만 그 눈빛만큼은 따뜻하게 다가왔다. 왜 이제 오냐면서 영덕의 가슴팍을 막 때리면서 우는 봉희의 입 속으로 따뜻한 부침개가 쏙 들어왔다. 아마 애비가 술 한잔하면서 집에 있는 딸이 생각나서 남은 부침개를 챙겨 온 모양이었다. 고소한 맛이 좋았지만 그래도 봉희가 울음을 그치지 않자 영덕은 주머니에서 살아있는 민물게를 꺼내서 바닥에 내려놓았다.

부침개보다는 처음 보는 옆으로 걷는 민물게가 신기해 봉희는 신이 나서 민물게와 같이 온 방바닥을 기어 다녔고 영덕은 그런 봉희를 흐뭇한 미소를 띠고 바라보고 있었다. 그렇게 놀다가 까무룩 잠이 들었는데 잠결에 들려오던 엄마 아빠 그리고 오빠 현철의 숨소리에 마음 푹 놓고 다시 잠이 들었던 날이었다.

가난한 아버지가 그때 딸에게 해줄 수 있는 거는 술자리에서 가져온 남은 부침개와 길에서 발견한 민물게였을 것이다. 장난감은 못 사주는 형편에 딸을 위해 가져다준 그 마음, 그때는 몰랐지만 지금까지 봉희가 기억하는 가장 어린 시절은 바로 그날 밤이었다.

그다음부터 봉희는 매일매일 애비인 영덕의 손을 잡고 수선집으로 같이 출퇴근했다. 어린 나이였지만 목발을 짚고 다니는 위태위태한 아빠의 걸음걸이가 불안해 보여서 작은 손을 감싸 허리를 꼭 안고 다녔고 아빠 가게에 있는 칠판에다가 그림도 그리고 글씨도 배웠다. 답답하면 아버지 영덕을 따라서 바늘귀에 실을 야무지게 넣고 손때 묻은 인형 옷도 만들어보고 가위로 잘라가면서 그렇게 영덕과 같이 시간을 보냈다.

학교에 들어가고 나서부터 애들한테 병신네 괴물네 딸이라는 소리를 듣고서야 자기 아빠가 남들과 다르구나 하는 걸 느꼈지만 주위의 놀림에도 아랑곳하지 않고 틈만 나면 아빠를 찾아갔고 거기서 공부도 하고 숙제도 했다.

언젠가 고학년 남학생들에게 빨갱이 딸이라고 심하게 놀림을 받고 오빠인 현철에게 얘기를 했는데 그날 현철이 학교에 찾아와서 자기를 놀린 애들을 잔인하게 짓밟는 걸 보고 봉희는 누구에게 놀림을 받더라도 절대로 현철에게는 말하지 않아야겠다고 생각했다.

내가 억울해도 속으로 삼키고 조금만 마음 아파하면 다 지나간다는 걸 봉희는 어린 나이부터 깨달아갔던 것이다.

아빠 가게에서 나는 가죽과 원단 냄새, 그리고 본드가 뒤섞인 냄새도 좋았고 가게에 오는 손님들이 예쁘다고 쥐여주는 사탕을 받을 때도 좋았다. 특히 아버지 친구인 무영 아저씨가 오면 맛있는 것도 사주니 봉희에게는 아빠의 가게가 제일 좋은 놀이터였고 사교의 장이었다.

그래도 제일 기분이 좋을 때는 항상 바쁜 엄마가 짬이 나서 같이 목욕탕에 갈 때였다.

깨끗하게 씻고 나올 때 발갛게 익은 엄마의 얼굴이 너무 좋았고 엄마가 조금 여유가 있을 때 들려주는 얼굴 못 본 언니들 얘기도 들으면 들을수록 더 듣고 싶었다. 자기는 오빠만 있는 줄 알았는데 벌써 결혼할 나이가 된 언니가 둘이나 있다고 했다. 너무 멀리 떨어져서 지금은 만날 수 없지만 언젠가 온 가족들이 다 만날 날이 올 건데 특히 금희라는 큰 언니는 자기와 똑같이 생겼다니 봉희도 꼭 보고 싶었다.

사실 어릴 때부터 엄마와 같이 보낸 시간이 많이 없는 봉희지만 매일 아침 일찍 나갔다가 밤늦게 집에 와서 잠든 엄마 은심을 보면 얼마나 엄마가 힘들게 사는지는 알 수 있었다. 자다가도 "아이고 어깨야, 무릎이야"라고 잠꼬대를 하는 은심 때문에 깨어나서 어린 고사리 손으로 잠든 은심의 몸을 주물러준 게 한두 번이 아니다. 친구들에게 무섭다고 소문난 엄마이지만 봉희에게는 언제나 보고 싶고 예쁘기만 한 사랑스러운 엄마였다.

오빠인 현철은 봉희와 터울이 있어서 어릴 때부터 거리감이 있었고 봉희와 잘 놀아주지도 않았다. 분명한 건 국민학교 다닐 때부터 현철이 싸움질을 해서 누가 집에 찾아오면 그때마다 은심이 언성을 높이고 싸우는 일이 부지기수였다는 것이다. 그러다가 어느 날 갑자기 현철이 집을 나가버렸고 그런 현철을 찾느라 불편한 몸으로 진주시내 곳곳을 찾아다닌 영덕과 일도 안 나가고 마음을 졸이던 은심을 지켜보기도 했다.

은심은 현철의 학교도 몇 번 찾아가고 했지만 제대로 된 답을 듣지 못하다가 나중에 오빠 친구인 승일로부터 부산으로 갔다는 말을 들었다. 그 뒤로 봉희는 가만히 눈물짓는 영덕과 혼자 있을 때 한숨짓는 은심을 지켜보면서 자기는 절대로 부모님 걱정 끼치는 그런 짓은 안 하겠다고 다짐하고 또 다짐했다.

부산으로 갔다는 오빠는 잘 있다는 연락도 안 하다가 돌아가신 할머니 제사 날에 불쑥 찾아왔고 그냥 그 길로 다시 부산으로 돌아갔다. 은심이 현철을 붙잡고 무얼 하는지 캐물어도 현철은 아무 말 없이 무슨 바쁜 일이라도 있는 듯 돈뭉치만 엄마 손에 쥐여주고 돌아갔고 봉희는 오빠가 사다주는 맛있는 과자를 먹으면서도 불안한 얼굴로 그 모습을 쳐다볼 수밖에 없었다. 그러기는 아버지인 영덕도 마찬가지인지 답답한 얼굴로 현철을 바라보지만 현철은 언제나 그렇듯이 무뚝뚝하게 “잘 지냅니더 걱정 마이소”라는 말만 남기고 그렇게 돌아갔다.

학교 잘 다니다가 갑자기 그만두고 부산으로 간 이유도 몰랐고 도대체 부산에서 무슨 일을 하는지도 몰랐던 진주의 가족들이 현철의 진실을 알게 된 것은 3년 전 어느 날 이웃을 통해 받아 든 신문을 통해서였다. 신문을 보고 현철이 부산에서 무슨 일을 저질렀는지 안 은심은 그길로 부산으로 달려갔다.

곧 은심이 병원에 입원했다는 소식이 들려왔고 아직 어렸던 봉희는 아빠 친구 무영과 함께 부산으로 달려가 은심의 병간호와 현철의 옥바라지를 하면서 친구들보다 순탄치 않은 중학생 시절을 보내야 했다.

자해를 해서 복부에 붕대를 감싸고 누워있는 은심은 아무 말 없이 눈물만 흘리고 있었고 부산에서 만난 봉희를 끌어안고 자기가 죄인이라면서 울기만 했었다.

“내가 죄인이니까 내가 죽어야지”라는 말만 하는 은심이 무섭고 정말 엄마가 죽을까 봐 어린 봉희는 영문도 모르고 같이 울었다. 뭔지는 모르지만 아직 엄마 없는 세상은 상상해 본 적이 없는 봉희였고 힘들게 불쌍한 삶을 살아온 엄마 은심이 가여워서 그날 밤 병실을 떠나지 않고 은심의 곁을 지켰던 기억이 난다.

구치소에서 만난 현철은 자기 오빠가 맞나 싶을 정도로 초췌해진 얼굴에 수염을 길러 아주 낯선 모습이었고 언제나 그랬듯이 자기는 다 괜찮고 잘 있다고만 했다. 다행히 큰 상처는 아니라 은심은 곧 퇴원했고 봉희는 아빠 친구인 득호가 보내준 기사가 운전하는 자가용차라는 것을 처음으로 타보고 은심, 무영과 함께 진주로 돌아왔다.

오랜만에 영덕과 상봉한 은심을 통해서 현철이 자기 나름대로 얼마나 힘들었는지 자초지종을 다 듣게 되었는데 '빨갱이 자식'이라는 이유로 자기가 가고 싶은 길을 갈 수 없어 일찌감치 학업을 포기하겠다는 말을 차마 부모한테 전하지 못했다던 대목에서는 영덕도 울면서 목이 메어 은심의 말을 차마 다 듣지 못했다. 자해를 가해서 쓰러진 은심을 붙잡고 현철이 토해놓은 말은 한마디 한마디가 날카로운 비수가 되어서 은심의 심장을 후벼 팠고 또 영덕의 심장도 난도질한 것이었다.

"왜 내를 빨갱이 자식으로 만들어가 하루하루가 힘든데 어머이까지 이러시면 지는 인제 우째야 됩니까? 내는 이 세상에 아무 쓸모없는 놈이고 쓰레기 같은 놈으로 평생 살아야 하는데 어무이 아부지가 내한테 해준 게 뭐 있능교? 버러지 같은 신분이 버러지같이 산다는데 어무이가 무슨 상관입니꺼?"

현철은 현철대로 악에 받혀서 내지르는 고함에 은심은 더 이상 할 말이 없었다. 자기가 지은 죄 때문에 아들이 말도 못 하고 속으로 얼마나 힘들었을까 생각하니 정말 자기 자신이 죄인이었다는 걸 비로소 알게 되었다.

세상에 대한 원망도 부모에 대한 원망도 다 속으로 삼키고 말없이 집을 떠난 아들의 심정이 어땠는지 생각하면 생각할수록 은심과 영덕은 정말 자식들에게 깊은 상처를 준 못난 부모인 것이다.

봉희도 자세히는 몰랐지만 자기 친오빠가 '빨갱이 자식'이라 하고 싶은 거 못 하고 살아야 한다니 자기 인생의 앞날도 오빠와 별반 다를 게 없을 거라는 생각이 어렴풋이 들었다. 어릴 때 사고 치고 다니다가 마음잡고 열심히 공부하던 오빠에게는 그 일이 큰 충격이 되었을 것이고 자기 나름대로 먹고살려고 큰 도시로 나가서 뭔가를 해보려고 하다가 일이 커져버렸을 것이라고 생각했다.

언젠가는 자기에게도 닥칠 일일 것 같았고 현철이 자기 진로를 걱정했듯이 어쩌면 자기도 오빠처럼 앞으로의 삶이 녹록하지 않을 지도 모른다고 직감했다. 어릴 적부터 그림 그리기 좋아하고 혼자서 뭔가 만드는 걸 좋아했던 봉희는 그런 쪽으로 공부하고 싶었고 직업도 그쪽으로 갈까하고 막연하게 생각은 했지만 이내 곧 생각을 접어버렸다. 현철이 이번에 친 사고 수습으로 그동안 조금 모았다면 모았다고 할 알량한 재산마저 다 털어 넣게 된 것이었다.

현철이 수감되면서 자갈치파에서는 적극적으로 소송 비용을 내서 해결하려고 했지만 고집 센 은심은 '회사'의 모든 지원을 거부하고 갖고 있는 돈에 있는 돈 없는 돈 빌려서 아들의 소송을 진행하며 모든 옥바라지를 다 해주었다. 혹시나 없이 산다고 그 나쁜 '회사'에 신세를 지게 되면 현철이 영원히 이런 깡패 소굴에서 벗어나지 못할까 하여 분명히 선을 긋고 싶었던 것이다.

행동대장 박정호나 어깨들도 구치소에 현철 면회를 갔다가 은심에게 두어 번 현장에서 붙잡혀서 따귀를 맞더니 이제 얼씬도 못하게 되었다. 경찰서에서 자기 배를 찌른 독한 여자로 소문이 나다 보니 회사에서는 은심의 기에 눌려서 슬슬 눈치를 보다가 발길을 끊는 척하면서 눈에 보이지 않게 검찰 쪽에 줄을 넣어 현철의 감형을 위해 분주히 뛰었다.

1년에 걸친 길고 긴 재판 과정을 거쳐서 현철은 정당방위와 과음으로 인한 심신 미약이 인정되어 징역 1년에 집행유예 1년을 받고 곧 풀려나게 되었다. 비록 아들이 전과자가 되었지만 은심은 재판 결과에 크게 만족했고 구치소에서 나온 현철을 데리고 아무 말 없이 다시 사천 곤양의 본가로 돌아왔다.

현철은 정말 조용하게 근신하면서 그동안 읽고 싶었던 책도 읽으며 술로 인해 상한 몸을 회복시키면서 건강을 되찾았고 그러는 사이에 은심은 현철이 먹고 싶은 것은 다 해주고 같이 낚싯대를 들고 바닷가에 가서 고기도 잡으며 어린 시절 언년에게 맡기고 제대로 제 손으로 키워주지 못했던 시간을 보상이라도 하듯 현철에게 갖은 정성을 쏟았다.

그러면서도 은심은 현철을 전혀 책망하지 않았고 자기 때문에 집안이 풍비박산 난 걸 아는 현철도 부산에서의 일은 입에 올릴 수도 없었고 올리지도 않았다. 은심은 머리가 굵어져서 다 큰 아들에게 자기와 영덕이 어떻게 만났고 어떻게 살아왔는지, 그리고 어떻게 누이들과 헤어지게 되었는지 그동안 현철이 단편적으로 알고 있던 일들을 모두 말해주고 성인이 된 아들이 스스로 판단하도록 했다.

이제 자기 주관이 있는 장성한 아들한테 잘잘못을 따질 생각도 없었고 모처럼 가지게 된 모자간의 소중한 시간을 아들과 함께하고 싶었다. 부산에서 자해를 한 후에 은심은 먹고살기에 바빠 자식들을 키우면서 제대로 살피지 못한 게 제일 마음에 걸렸고 자기 자식인 현철을 과연 얼마나 잘 알까 생각해 봤지만 엄마로서 자신이 없었다.

돈이라는 거는 벌었다 싶어도 어떤 일이 생기면 뜻하지 않게 날아갈 수가 있고 그래도 또 모으면 되지만 가만히 생각해 보니 자식 농사는 그렇지 않았다. 어느 시기를 놓치면 자식은 영영 품에서 떠나버리고 그렇게 되면 이제 남보다 더 못할 수 있다고 생각하니 가슴이 오싹했다.

큰딸 금희와 둘째 딸 옥희도 제대로 품지 못했는데 충분히 품을 수 있는 가까이에 있는 자식마저 놓쳐버리면 산해진미에 금은보화가 있어도 무슨 필요가 있을까. 지금이라도 늦지 않았으니 어떻게 해서든 남은 자식들마저 제대로 품고 가고자 하는 길로 이끌어 주고 싶었고 아마 영덕도 말을 할 수 있었으면 그렇게 했으리라 싶었다.

현철은 자신이 한참 태어나기도 전의 옛날이야기였지만 자기도 몰랐던 집안의 내력과 단순히 빨갱이로만 알았던 범진의 항일 운동, 봉천에서의 치열했던 삶과 북한에서의 생활 등등 부모의 삶을 듣고 난 후 깨달은 게 많을 수밖에 없었다. 이제 세상을 원망할 필요도 없었고 왜 부모가 이렇게 구차하게 목숨을 연명하면서 이 악물고 사는지, 뜻하지 않게 헤어진 피붙이를 얼마나 그리워하고 있는지 알게 되었다.

가진 거 없이 살아가는 가난한 영덕 부부에게 자식들은 희망이었고 자식들이 잘 자라주어서 언젠가 모두 다시 만나 같이 사는 게 유일한 소원이었던 것이다. 그것도 모르고 부모 원망만 많이 했었고 그 핑계로 이 세상 그냥 막살았던 자기의 생각이 짧았음을 느끼며 이런 부모의 가슴에 다시는 못을 박지 않겠다고 속으로 맹세했다.

그렇게 가족에 대해서 더 잘 알아가고 마음의 안정을 찾은 후에 현철은 진주로 가서 방위병으로 군 복무를 시작했다.

남들보다 정상 궤도를 벗어나긴 했어도 어차피 거쳐야 하는 길 제대로 가려면 다시 보통 사람들처럼 살아야 하기에 군 복무를 하면서 검정고시 시험도 쳐서 고졸 학력까지 따내게 되었다. 다시 돌아온 자기를 보면서 눈웃음을 지며 좋아하는 아버지 영덕이 예전에는 몰랐지만 정말 불쌍해 보였고 어떻게 해서든 영덕과도 대화를 하려고 하면서 그동안 알게 모르게 있었던 부자간의 거리도 좁혀나갔다.

부모님과의 관계는 많이 개선되었지만 성인으로서 아직까지 사회에 나가서 무얼 할 건지는 구체적으로 생각해 본 적 없는 현철의 마음은 조급해졌다. 어렵게 장만한 은심의 식당도 자기 재판 비용을 대느라 처분되어 은심은 예전처럼 남의 식당에서 일을 하고 있었고 영덕은 예나 지금이나 신발 수리점에 매달려서 부지런히 살고 있지만 날씨가 조금만 건조하거나 추워지면 기침을 달고 살고 심하면 며칠 동안 꼼짝없이 앓아눕기도 했다.

눈치를 보니 자기 때문에 여기저기에서 돈을 빌린 거 같은데 갈수록 쪼들리는 이런 집안 형편을 보는 현철의 마음은 더욱 무거워져 갔고 장남으로서 가지는 스트레스는 상상 이상이었다.

군 복무를 마치면 예전처럼 막살지 않으면서 뭔가를 해야 했다. 이 험한 세상에서 무얼 해서 먹고사나 고민이 많았던 현철은 검정고시 이외에도 주산, 부기, 출납 등등에도 관심을 가져 혼자서 공부를 해두었다.

연좌제에 전과자인 신분이라 제대로 직장 생활을 못 하게 되면 시장 안의 큰 점포에 가서 경리직으로라도 다시 시작해서 장사를 배울까 싶었지만 부산에서의 사건이 중앙시장 바닥에 소문이 나서 이 역시 쉽지는 않았다.

이런 영덕네의 딱한 사정을 잘 알고 있던 득호가 현철에게 손을 내밀었고 부산에 위치한 대주 수산 수산물 가공 공장에 자리를 하나 만들어주어 두말없이 따라나서게 된 게 2개월 전이다. 지난번의 부산행과 다르게 이번에는 친구 득호가 데려가서 취직을 시켜주고 큰 회사에서 일하게 되었다니 영덕과 은심은 고마워하며 그제야 한시름을 놓게 되었다.

영덕이 만들어준 털 달린 신발을 신고 버스에 오른 봉희는 요 몇 년 사이에 자기 집에서 겪었던 일들을 곰곰이 생각해 보았다.

뻔한 가정 형편이라는 걸 알기에 처음에는 고등학교까지 진학할 마음이 없다고 했지만 여자라도 고등학교까지는 배워야 한다는 영덕과 은심의 고집에 일단은 취직이 잘 된다는 여자상업고등학교에 진학하였다.

이제 개학한 지 2주가 지났고 아직까지 학교생활에 잘 적응하는 단계였지만 앞으로 여기를 졸업하고 무엇을 할 것인지 그리고 자기가 하고 싶은 게 무엇인지 생각을 많이 해봤다. 교육의 도시라고는 하나 보수적인 진주라는 곳에서 여학생의 고등학교 진학률은 그렇게 높지 않았다. 지역에서 나름대로 고학력 여성으로서 졸업하고 제일 잘 풀리는 경우가 은행이나 협동조합에 취업하거나 아니면 경남도청이나 진주 시청에 시험을 쳐서 공무원이 되는 사례라고 한다.

온 집안을 떠들썩하게 했던 오빠 현철의 일을 보더라도 자기 입장에서 은행이나 공무원 생활은 언감생심일 것이고 감히 쳐다볼 나무가 아닌 것이다. 그렇다고 그냥 보통 선배들처럼 졸업하고 취직이 안 되면 집에서 신부 수업을 받다가 중매 봐서 결혼하는 그런 생활은 싫었다. 어떻게든 제대로 된 직장을 구해서 고생하면서 살아온 부모님에게 조금이라도 도움이 되고 싶었다.

아직 17살밖에 안 되었지만 자기 나이 또래였을 때의 아버지 영덕이나 오빠인 현철처럼 진로를 생각해야 했다. 자식이 넷이나 되어도 실제로 옆에서 부모를 보살펴 줄 사람은 자기밖에 없기에 자기마저 부모님 곁을 떠나면… 여기까지 생각이 미치자 봉희의 머리도 복잡해진다.

이럴 때는 부산으로 가기 전에 어깨를 툭 치면서 짧고 무뚝뚝하게 "미안하다. 나 때문에 니도 힘들게 했다"라는 오빠 현철이라도 있었으면 조금 나았으려나 하는 생각도 든다. 버스에서 내리자마자 발걸음을 재촉해서 집으로 가려는데 버스 정류장 저쪽에서 덩치가 좋은 남자의 그림자가 쓱 나타난다.

"봉희야. 인제 오나?"

놀란 토끼눈을 하고 그쪽을 보니 오빠 현철의 친구인 승일이 손에 뭔가를 들고 봉희를 기다리고 있었던 것이다.

지금은 진주 시내에 작은 백화점을 가진 중앙시장의 큰손인 백남우의 아들인 승일은 중학교만 마치고 아버지 밑에서 장사를 배우다가 군에 가서 이제 막 제대를 했다. 현철과는 국민학교, 중학교 친구로서 어린 시절 동고동락하면서 같이 사고도 많이 쳤고 현철의 일이라면 앞뒤 묻지도 않고 도와주는 의리 있는 친구였다.

승일은 부산으로 떠나기 전에 가족을 잘 봐달라는 현철의 부탁이 있기도 하여 봉희를 보살펴 주고자 종종 만나고 있었는데 군에서 제대하고 오니 예전에 꼬마로 알았던 아이가 17살 처녀가 되어있어 이성으로 보이기 시작하는 참이었다. 하지만 현철의 친구로서 절대 표를 낼 수도 없고 오빠의 친구로서도 그런 생각은 하면 안 된다고 도리질을 쳤다. 어두운 거리를 든든한 보디가드인 승일과 함께 걸으면서 학교 얘기, 현철 얘기 등등을 하다 보니 어느새 집에 오게 되었고 승일은 아직 온기가 남아있는 찐빵이 담긴 봉투를 봉희의 손에 들려주고 말없이 돌아섰다.

집에 와서 문을 열고 보니 불 꺼진 방에서 영덕은 곤히 잠들어 있었다. 봉희는 부랴부랴 밥을 안치고 아침에 만들어놓은 된장찌개를 다시 데우기 시작한다. 기력이 떨어진 거 같아서 아침에 사놓은 계란 2개를 깨서 영덕이 먹기 좋게 찜으로 만들고 따뜻한 밥을 퍼서 소반에 담아 방으로 가져가니 영덕이 깨어나 봉희를 향해 그 특유의 눈웃음을 짓고 사랑스러운 눈빛으로 쳐다본다.

호롱불에 불을 넣으니 핼쑥하게 마른 영덕의 얼굴이 불빛 아래에 드러난다. 영덕의 머리맡에는 항상 손에서 놓지 않는 일기장이 놓여 있다. 아마 오늘도 기침하면서 힘든 시간에도 짬만 나면 일기장에 무언가를 적느라고 손에서 놓지 못한 모양이었다.

영덕에게 턱받이를 해주고는 봉희는 막내딸답게 오늘 학교에서 뭐가 어떻고 하면서 수다를 떨고 영덕은 그런 딸을 향해 웃으면서 고개를 끄덕여 준다. 이윽고 부엌문이 열리면서 은심이 돌아오는 소리가 들리자 봉희는 밥숟가락을 손에 쥐고 “엄마”라고 외치면서 아직 서늘한 냉기가 도는 은심의 품에 안긴다.

이렇게 세 식구가 사는 진주중앙시장 귀퉁이 작은 살림집의 하루는 저물어간다.

더 넓은 곳에서 더 좁게 살기
〈1979년 5월 부산〉

"쿵쿵"

저 깊은 어창에서 인부들이 벌벌 떨며 건져 올린 냉동 다랑어들이 뻣뻣하게 굳은 채 갑판 위로 올라오면 바로 간이식 컨베이어 벨트에 올려져 트럭에 다시 담긴다. 트럭이 떠나고 나면 안전모를 쓰고 손에 차트를 들고 있던 현철은 입에 호루라기를 물고 수신호로 다음 차량을 부른다.

조심스럽게 트럭을 세운 뒤 현철은 다시 사다리를 타고 배에 올라 어창 밑을 들여다본다. 냉동이 된 다랑어들은 무게가 보통 7~80킬로가 나가는 단단한 무기가 되어 어창 바닥에서 뒹굴고 있고 바닥도 미끄러운지라 안전사고가 끊이지 않는다.

현철이 손나팔을 하고 저 멀리 아래에 있는 작업자에게 지시를 한다.

"반장님, 인제 한 차만 더 하시고 올라 오이소! 밑에 많이 춥지예?"

아래쪽에서 작업반장이라는 사람이 이쪽을 올려다보면서 엄지손가락을 들어 올린다. 다시 호루라기를 부는 현철의 신호에 크레인은 큰 망태기 자루를 어창 밑으로 깊숙하게 집어넣고 대기하던 작업자들은 끙끙거리면서 육중한 다랑어 덩어리를 실어 담는다.

"반장님, 밑에 윽수로 춥지예?"

'대주 수산'이라고 적힌 안전모를 쓴 영덕이 따뜻한 커피를 반장에게 권하자 눈썹과 수염에 하얀 서리가 내려앉은 50대 중년 남자가 커피를 받아 든다. 따뜻한 5월의 햇살이지만 금방 냉동 어창에서 올라온 작업자들은 아직 추위가 가시지 않는지 몸을 덜덜 떨면서 따뜻한 커피와 음료를 마시며 휴식을 취하고 있다.

"그래도 배 주임이 이리 꼼꼼하게 하니 안전하게 진행되는 기지. 조 주임 글마는 을매나 사람을 쪼아대는지 정신이 하나도 없더라."

지난달에 현철이 비번이었을 때 현철의 입사 1년 선배였던 조 주임이 작업을 서두르다가 마음이 급해진 작업자가 실수로 냉동 다랑어에 깔려서 갈비뼈가 부러지는 중상을 입었고 작업 철수를 하던 작업자도 미끄러운 바닥에 넘어져서 다리가 골절된 사고가 있었다. 영덕도 작업자들과 같이 24시간 근무에 24시간 휴식하는 일정인데 다른 작업보다 냉동 다랑어 하역 작업 때는 하역 실적보다는 안전 관리에 더 주의를 기울인다. 부두에서 공장까지 셔틀 운행하는 트럭 기사들이 대기 시간이 길다고 투덜거릴라치면 자기 돈으로 담배 한 보루씩 돌리면서 미리 입을 막아버리고 항상 현장 진행 상황 살피면서 쉬는 시간과 작업 시간을 잘 분배하니 현철은 현장직들에게도 인기가 좋았다.

3년 전 다시 부산으로 돌아와서 대주 수산 수산물 가공 공장의 서기 업무를 보던 현철은 눈썰미가 있고 숫자에 밝은 면이 관리자들에게 인정을 받아 남들보다 일찍 진급해서 작년부터 다대포 하역장 주임으로 근무하고 있다. 부산으로 온 이후에는 아예 예전의 인연과는 연락을 취하지 않았고 발도 들이지 않았다. 물론 돈벌이야 예전의 건달 시절과는 비할 바가 못 되었지만 그래도 제대로 된 회사의 조직 생활에 적응해 나가고 자기가 땀 흘려 번 돈이라 절대 허투루 쓰지 않았다. 하물며 자기 때문에 가세가 더 기울었는데 자기 하나를 위해 모든 걸 아낌없이 내준 진주에 있는 부모님을 위해서라도 더 착실하게 돈을 모아 제대로 된 집이라도 한 채 사드리고 싶었다.

동생인 봉희를 생각하면 더더욱 미안해진다.

자기와 달리 어릴 때부터 착실했고 공부도 곧잘 했다고 하던데 자기가 사고를 쳤을 때 어린 게 무슨 눈치가 있었는지 중학교만 마치고 일하고 싶다는 거 영덕과 은심이 겨우겨우 설득해서 고등학교는 보냈지만 자기가 봉희한테 큰 짐을 준건 아닌가 항상 마음에 걸렸다.

오늘 작업이 끝나면 모처럼 봉희하고 시내에서 만나 같이 초량에 있는 화교가 하는 군만두 맛집에 가기로 했다.

봉희는 작년 2월에 상업고등학교를 졸업하고 지금 부산 개금동에 있는 신발 공장의 경리로 취직해서 기숙사 생활을 하고 있는데 현철의 근무 시간이 남들과 다르기에 같이 시간 내서 얼굴 보기가 쉽지 않다. 객지에 나가 있는 자식들 생각에 가끔씩 은심이 반찬을 만들어서 부산에 와야 같이 얼굴이나 봤을까 이렇게 둘이서 만나려고 시간 내기는 어려웠던 것이다.

사실 고향에서 친구인 승일과 봉희에 대한 얘기를 친구들이 전해주기는 했는데 지난번에 부산까지 찾아와서 대취하여 자기 마음을 털어놓은 승일을 통해서 자세히 알게 된 바가 있었다. 승일은 차분하고 참한 봉희에게 처음에는 친구의 동생이라는 생각으로 다가갔지만 갈수록 이성으로 느끼면서 연민의 정을 품어왔고, 빨리 결혼하라는 집안의 성화에 진주에서 잘나간다는 맞선 자리도 마다하다가 결국은 아버지인 백남우에게 발각되어 무자비하게 얻어맞고 호적을 파든지 아니면 부모 자식 간의 인연을 끊자는 얘기까지 들었다고 한다.

그래도 승일이 뜻을 굽히지 않자 성격이 급한 백남우가 직접 봉희를 불러서 절대로 허락 못 한다고 못을 박았다는데 자기 때문에 봉희도 마음의 상처가 너무 큰 거 같아 미안하다고 했다.

진주에서 나름대로 지역 유지의 신분이고 그동안 시장 번영회장을 맡으면서 정치 쪽에 발을 들여놓으려는 야심가인 백남우에게 빨갱이 집안의 며느리가 들어온다는 거는 있을 수 없는 일이었다. 승일도 집안의 사업을 이어받아야 했고 정말 봉희와 맺어지면 자기뿐 아니라 자기 자식까지도 빨갱이 자식이라는 굴레를 안고 살아야 한다니 힘들고 마음 아프지만 이제는 잊기로 하는 게 맞는 거 같다며 심정을 토로하는 승일을 현철도 충분히 이해한다고 다독였다.

마음 약한 승일은 그렇게 괴로워하다가 멀리서나마 봉희 얼굴 한 번이라도 더 보겠다고 부산으로 왔고 모처럼 현철을 만나서 펑펑 울면서 다 털어놓은 것이다. 당사자들의 오빠이자 친구로서 현철은 둘 다 앞으로 살아갈 날이 많은 청춘들이니 지금의 아픔을 잘 이겨내고 더 좋은 인연을 만나서 나중에 지금의 시간을 돌이켜 보면 좋은 추억이 될 수 있길 바란다는 말밖에 해줄 말이 없었다.

오늘은 그런 아픔을 혼자서 이겨내면서 객지 생활을 하고 있을 동생을 모처럼 불러내 같이 밥도 먹고 오빠 노릇을 제대로 하려고 한다. 그러고 보니 하나밖에 없는 동생인데 언제 동생한테 다정하게 대해준 적이 있는지, 하다못해 따뜻한 밥이라도 사줬나 생각하니 부끄럽기 짝이 없었다.

근무가 끝나 급하게 샤워를 하고 외출 준비를 하는 현철의 발걸음은 가벼워 보인다.

이제 사회 초년생으로 첫 직장 생활을 한 지가 1년이 갓 넘어가는 봉희는 모처럼 휴가를 내고 오랜만에 갖는 오빠와의 시간에 약간 들떠있었다.

얼마 전에 승일이 부산에 왔다 갔었다는 얘긴 현철을 통해서 이미 들었다. 고등학교에 입학하자마자 승일이 자기에게 이성으로서 관심이 있었음은 진작에 알고 있었고 친구의 여동생인 자기에게 보여준 호의에 감사했지만 졸업을 앞두고 승일에게 고백을 받았을 때에는 봉희도 많이 당황했었다.

그러다가 마침내 봉희를 찾아온 승일의 아버지인 백남우를 만났는데 모진 말을 해대는 백남우에게 봉희도 단도직입적으로 얘길 했다. 아직까지 어린 나이이고 결혼에 대한 생각도 없고 승일에 대해서는 좋아하는 오빠의 친구이지 더 이상의 감정을 가져본 적이 없었다고.

그냥 그렇게만 듣고 백남우가 돌아갔으면 좋았으련만 결국 봉희는 백남우에게 “빨갱이 핏줄을 우리 집안에 끌어들일 뻔했다”라는 말까지 듣게 되었다.

어릴 적부터 자기나 오빠를 따라다니던 ‘빨갱이’라는 귀신이 아직까지 죽지 않고 달라붙어 있었던 것이고 앞으로 자기가 살아가면서 계속 벗어날 수 없을 것임을 직감했다.

사실 성적이 뛰어난 봉희가 더 좋은 직장에 갈 수 없음을 안타까워한 학교의 추천으로 부산의 신발 공장에 경리 자리를 소개받게 되었다. 부모님과 떨어져야 하는 문제 때문에 고민이 있었지만 백남우를 만난 이후에 아예 부산으로 가버리기로 결심을 했다. 듬직하게 자기를 지켜주면서 항상 뒤에서 말없이 바라만 보던 승일을 이성으로 보는 감정이 없었다고 하면 거짓말이겠지만 백남우 말대로 자기 하나 때문에 백씨 가문에 똥칠을 할 수 없었고 이런 지긋지긋한 진주 땅을 빨리 벗어나고 싶었던 것이다. 이왕에 큰 도시에 자리를 잡았으니 돈도 벌고 고생하면서 키워준 부모 영덕과 은심에게 경제적으로 도움을 주고자 하는 마음은 현철과 똑같았다.

70년대 후반의 부산의 신발 산업은 단일 품목으로 한국 수출의 큰 부분을 차지했고 세계 최대의 운동화 생산 기지였다. 컨베이어 시스템을 활용한 제조 공법은 물량 위주의 주문 수주에 큰 공헌을 해서 많은 젊은이들이 청운의 꿈을 품고 돈이 몰리는 부산으로 몰려들었다. 봉희는 하루 종일 신발 공장의 소음이 가득한 생산 라인 구석에 위치한 사무실에서 자재 투입과 공정 관련 숫자 익히는 업무를 배웠고 일도 빠르게 손에 익어갔다.

사회 초년병에다가 마땅히 부산에 아는 사람도 없고 여섯 명이 사는 기숙사 방이 답답해서 밤늦게까지 사무실을 지키다 보니 남들보다 더 빨리 업무에 눈을 떠갔고 그런 봉희를 상사들은 요즘 애답지 않게 성실한 직원으로 평가했다. 그뿐만 아니라 어릴 때부터 신발을 봤던 눈썰미가 있어 급기야 입사한 지 2개월 만에 제조 공정에 투입하기 직전 갑피에서 발생한 문제점을 발견하여 재봉상의 공정을 이렇게 수정하자고 제안하자 회사에서는 20살짜리 신발 박사가 들어왔다고 소문이 났다.

그렇게 봉희는 생산 라인의 말단 서기 업무로 입사했다가 나중에는 붉은 옷을 입은 QC 관리원이 되어 원료 검수부터 포장까지 전

라인의 품질을 책임지는 관리직으로 발령을 받았고 자기에게 주어진 품질 관리 외에 제품 개발과 디자인 등 다른 부서 전문가의 업무도 어깨너머로 배우게 되었다.

전문적으로 그림을 배우지는 못했지만 그림 그리는 데 소질이 있던 터라 제품을 볼 때마다 조금 더 여기저기를 손봤으면 좋겠다는 생각으로 자기만의 스케치북에 그려본 그림이 차곡차곡 쌓여가던 날이었다.

여느 때처럼 쪽가위를 들고 재봉 라인에 서있는데 멀쑥하게 양복을 차려입은 해외 영업부 직원들이 서양인 바이어들을 데리고 라인 투어를 하는 모습이 보였다. 자기는 알아듣지도 못하는 영어로 외국 손님들에게 생산 라인을 설명하는 직원이 무슨 웃긴 얘기를 했는지 외국인들은 박수를 치고 엄지손가락을 들어 올린다. 그런 해외 영업 직원의 모습이 봉희의 눈에는 하늘에서 내려온 지상과 천국을 이어주는 사자처럼 보였고 그렇게 멋있게 보일 수가 없었다.

부러운 눈으로 그들을 멍하니 쳐다보는데 중년의 서양인 손님 중 한 명이 봉희의 손에 든 쪽가위를 가리키면서 뭔가를 물었다. 봉희는 얼굴이 발개져 다급하게 해외 영업부 직원의 얼굴만 쳐다볼 수밖에 없었다. 20대 후반으로 보이는 직원이 뭔가 더 많이 배운 사람으로서 지을 수 있는 최대한 겸손한 표정으로 여유 있게 통역해 준다.

"저분 얘기는 쪽가위 끝을 뭉툭하게 잘라서 관리하는 걸 언제부터 했는가 물어보는 거야."

물론 이 아이디어는 봉희가 품질 부문에서 일하면서 아버지 영덕이 작업하는 걸 보고 현장에 접목한 것이었다.

고객이 신어야 할 신발이 날카로운 가위 끝에 흠집이라도 날까 봐 가위 끝을 동글하게 갈거나, 재봉질하다가 바늘이 부러지면 기껏 완성해 놓은 신발을 다 풀어서 부러진 바늘 반쪽을 찾아내어 다시 작업하는 영덕의 장인 정신을 본받아서 현장에도 접목했는데 그 결과 품질 클레임이 눈에 띄게 줄어들어 관리자들의 반응도 좋았다.

"제품 손상을 막으려고 날카로운 부위를 제거한 지가 한 석 달 된 거 같습니다."

이렇게 대답하는 봉희의 말을 직원이 능숙한 영어로 통역해 주니 서양인은 그런 봉희를 향해 만족스러운 웃음을 지으며 다시 엄지손가락을 올린다. 현장에서의 이런 자그마한 관리가 바이어에게는 큰 어필을 했던 모양인지 해외 영업부 직원과 바이어들 모두 하하 거리면서 현장을 떠난다.

말만 통하면 자기가 아버지한테 배운 걸 접목했다고 더 자세하게 설명할 수 있는데 하며 갑갑함을 느껴보니 아버지 영덕이 평소에 어떤 심정인지 이해가 갔다.

'도대체 저 사람들은 어떻게 저렇게 외국어를 잘하나? 정말 부럽다.'

현장에 있다 보니 다양한 국적의 외국 손님들이 자주 오가는데 그런 사람들과 자유롭게 이야기하는 사람들을 보고 도전의식이 생기는 봉희였다. 그런 봉희는 본격적으로 외국어 공부를 하기로 마음먹었다.

"봉희야. 군만두가 맛있다고 하더만 내는 짜장면이 더 낫더라. 니는 잘 묵었나?"

부산역 맞은편에 위치한 초량의 한 화교 식당을 나오면서 현철과 봉희는 모처럼의 식사에 만족하면서 같이 길을 나선다.

"짜장면도 맛있고 군만두 다 맛있던데. 오빠야. 우리 다음에 또 오자. 다음에 엄마 오면 한번 모시고 오자. 내가 한턱 크게 내야지."

좋아하는 동생 봉희를 보고 현철은 자기도 기분이 좋아서 말없이 고개를 끄덕인다.

"근데 아까 보니까 화교들이 우리한테는 한국말로 하고 자기들끼리는 중국말 하더라. 우리 엄마도 중국말 아직 하실려는가?"

"니 말 듣고 보니 궁금하기도 하니 엄마 한번 꼭 모시고 와야겠다."

그제야 생각이 난 듯 봉희가 말을 이어나간다.

"참, 오빠야. 내 가만 생각해 보니까 외국어 하나는 배워야겠더라. 라인에 있으면 외국 바이어들 많이 오는데 통역하는 사람들이 뭐라 하는지 모르지만 신발은 내가 더 잘 안다 아이가. 이리이리 해서 신발을 이렇게 만든다 쭉 풀어서 설명하고 싶은데 외국어가 안 되니 답답해 죽겠더라. 내가 길게 설명해도 통역하면 다 짤라 먹는 거 같고. 이래가 될 일이 아이더라."

그림 공부 욕심에 또 거기에다 외국어까지 더 하려는 동생을 보니 대견스럽기도 하지만 안타깝고 또 미안한 마음이 든다.

'누가 조금만 도와주거나 형편만 좋았으면 뭔가도 했을 애인데…' 라는 생각이 안 들 수 없었다.

"봉희야. 오빠 생각에는 외국어 하나 하려면 일본어를 먼저 하는 게 맞는 거 같다. 영어라는 게 기초가 없으면 시간도 많이 걸리고 더 배우기 어렵다더라. 우리 아버지는 우리 나이 때 일본말 중국말 다 잘하셨다는데 우리는 반도 못 따라간다. 내는 외국어는 꽝이니까 니는 지금부터라도 일본어 하나 하고 영어도 배우고 차근차근 해봐라."

현철의 얘기에 봉희는 가만히 고개를 끄덕인다.

"봉희야. 그라고 지난번에 승일이 왔을 때 니한테…"

현철이 말을 꺼내자마자 봉희는 웃으면서 바로 답한다.

"오빠야, 내 진짜 아무렇지도 않고 승일이 오빠한테도 아직 고맙다. 승일이 오빠가 내한테 미안할 게 아니고 내가 승일이 오빠한테 미안하지."

억지로라도 더 밝은 표정을 짓는 동생을 보니 현철은 더 안쓰럽고 또 이제 봉희가 훌쩍 커서 다 큰 처녀가 되었구나 하는 생각도 든다.

"승일이는 저거 아버지가 니한테 한 말 때문에 니한테 큰 상처를 줬다고 하면서 엉엉 울더라."

"오빠야. 내 인제 다 왔다. 68번 오네, 저거 타면 개금으로 바로 간다. 오빠 철야 근무해서 피곤할 긴데 인제 숙소로 가서 쉬라."

백남우가 했다는 그 말은 현철이나 봉희에게는 살아가면서 안고 가야 할 치명적인 사실이고 그건 앞으로도 부인할 수가 없을 것이다.

잠시 신호 대기를 하고 있던 버스가 다시 움직이기 시작하자 창에 머리를 기대고 꾸벅꾸벅 졸던 경춘은 흠칫하고 깨어나 다시 주위를 둘러본다.

밀려있는 수출 물량 소화를 위해 며칠간 잔업을 마치고 외주 업체 관리차 외근 나왔는데 차도 막히고 따뜻한 햇볕을 쬐니 쏟아지는 잠을 참을 수가 없었다.

뻣뻣해진 목을 상하좌우로 돌리던 그때였다.

4차선 길 건너 맞은편에 서있는 남녀를 보고 경춘의 눈은 커진다.

버스 정류소에서 이야기 하며 나란히 서있는 남녀는 바로 젊은 시절의 영덕과 누나 은심이었다! 이게 꿈인가 싶어서 눈을 비비고 다시 봤지만 분명히 자기 머릿속에 남아있는 살아오면서 가장 그리워했던 그들이었다.

"기사 양반! 빨리 차 세워요! 빨리!"

급하게 외쳤건만 버스는 야속하게 한 정거장을 더 가서 섰고 택시를 부르던 경춘은 기다리다 못해 숨이 턱에 찰 때까지 쉬지 않고 오던 길을 달려갔다. 차가 쌩쌩 지나가는 횡단보도를 아슬아슬하게 건너면서 정류소에 도착했지만 안타깝게도 영덕과 은심은 보이지 않았다.

숨을 헉헉 몰아쉬면서 아쉬운 마음에 옆에 있는 젊은 총각에게 물었다.

"혹시 금방 전에 여기서 버스 기다리던 남자 여자 못 봤능교?"

신문을 보던 젊은이가 땀을 비 흘리듯이 흘리는 경춘을 쓱 보더니 답을 한다.

"아까 위에 흰 옷 입은 남자하고 파란 옷 입은 여자 말하는교? 여자가 먼저 탔고 남자가 뒤에 탔는데 한 5분 전까지는 있었습니더."

허무해서 힘이 탁 풀렸지만 분명히 자기가 본 게 허깨비가 아닌 것을 또 확인하고 싶었다.

"남자는 호리하이 얼굴이 뽀얗고 여자는 좀 까무잡잡한 거 맞죠?"

젊은 총각은 잠시 눈알을 굴리는가 싶더니 "네, 맞는 거 같습니더." 라고 답한다.

그럼 분명히 자기가 본 건 허깨비나 귀신이 아니고 사람이었다!

"혹시 몇 번 버스 탔는가는 압니꺼?"

이 말에 젊은이는 미안한 눈빛으로 고개를 가로젓는다.

아쉬운 마음에 택시를 잡아타고 앞쪽의 정류소 하나씩 가볼까 싶었지만 번화가라 빈 택시는 더더욱 안 보이니 더 미칠 지경이었다.

'어떻게 이 부산 시내에서 매형과 누님을 볼 수가 있노? 닮은 게

아니고 생긴 게 똑같은데, 이런 게 가능하나?'

나이를 보더라도 어쩌면 자기 엄마 아빠를 쏙 빼닮은 조카들일 거라고 경춘은 확신했다.

어쩌면 매형과 누나가 자기 생각보다 더 가까이 살고 있을지 모른다는 생각이 들었고 경춘은 허무함에 그리고 일말의 희망에 한동안 버스 정류장을 떠나지 못했다.

'틀림없이 매형하고 누님이 여기에 있다! 어떻게든 찾아야 한다.'

아랫입술을 꽉 깨물고 경춘은 멀어져 가는 버스들을 바라보고 또 바라만 본다.

사랑의 계절
〈1981년 6월 부산〉

다대포 냉동 창고의 계장을 맡고 있는 현철은 월초 보고를 위해 중앙동 세관 맞은편에 있는 '대주 수산' 본사에 들어섰다. 지난달에는 입구에서 회장인 아버지 친구 득호와 마주쳐서 진땀을 좀 뺐는데 다행히 오늘은 득호를 안 만나고 바로 회의실로 올라왔다. 고향에서 만나는 아버지 친구 득호는 반갑지만 회사에서 만나는 회장님은 부담스러웠다. 볼 때마다 자주 인사 안 온다고 면박을 주고 그러다가 가끔씩 창고에 오면 두툼한 돈봉투를 건네주니 그날은 현장 직원들과 같이 마음껏 회식하는 날이다. 갈 곳 없는 자기를 위해 일자리를 만들어주고 주위에 표 안 나게 자기를 잘 챙겨주는 득호가 고마웠고 그런 오너를 위해서 자기는 일로써 더 보답을 해야 했다.

오늘 회의는 회장 득호의 큰 사위인 오성남이 주재를 했다. 오성남은 대주 수산의 재무 이사로 날카로운 눈매를 가진 명문대를 졸업한 30대 후반의 사내이며 그 옆에는 회사 사장으로 있는 득호의 아들 김영학이 앉아있다. 영덕보다 다섯 살 많은 김영학에 대한 얘기는 회사에서 많은 얘기가 돌아서 현철도 익히 듣고 있었다.

회사 일은 관심도 없고 노름에다가 약을 한다는 소문도 있었는데 처음에는 재무 쪽 일을 하다가 회사 돈 빼돌린 게 들통나서 지금은 그냥 사장 자리만 앉혀놓고 실권은 사위들이 다 쥐고 있다고 한다. 지금은 물러난 창업자인 김충섭 고문이나 김득호 회장도 후계자 문제로 골치가 아프다고 하는데 부모 잘 만난 김영학 사장은 이런 회의 자리도 불편해하는 모습이 확 눈에 들어왔다. 각 사업장별 돌아가면서 보고를 하는 자리에서 사위인 오성남은 날카로운 질문으로 데이터 확인을 하는데 김영학은 쏟아지는 졸음이 참기 힘들었는지 연신 하품만 하다가 꾸벅꾸벅 졸기까지 했다.

지루하고 긴장했던 2시간의 보고와 회의 시간이 끝나고 나니 현철은 긴장이 확 풀리면서 마음의 여유가 생겨 사무실의 본사 사람들에게 인사를 하며 사무실을 돌아다녀 본다. 다들 반가워하며 웃고는 있지만 언제나 본사에 들어오면 이 무겁고 착 가라앉은 분위기가 현철은 너무나 답답했고 돈을 더 준다고 해도 본사 근무를 하라면 싹싹 빌고 살려달라고 할 거 같았다.

더운 날씨인데도 다들 땀 뻘뻘 흘리면서 넥타이 꽉 매고 앉아있는 모습을 보니 땀냄새 물씬 풍기는 현장으로 달려가고 싶지만 그래도 업무보고 말고도 하나라도 할 일이 있기에 가슴이 설레긴 했다. 본사에 올 때마다 현장에 가져갈 비품을 챙기는 현철의 손길은 지나치게 느릿느릿하게 보이는데 드디어 기다리던 하이힐 소리가 등 뒤에서 들려온다.

"현철 씨!"

주위를 둘러보고 아무도 없는 걸 확인하고 현철의 품에 안기는 사람은 현철보다 네 살 어린 본사 인사부서의 송윤희다.

2년 전부터 알고는 있어서 서로 호감만 갖고 지내다가 본격적으로 사귄 지는 1년이 넘었고 3일 전 일요일에 만났지만 돌아서면 항상 보고 싶은 그녀였다.

“어. 윤희 씨, 내 이것만 최 씨한테 받아서 먼저 보내고 남포동 그 집에서 기다릴게.”

반가운 마음에 현철도 하얀 이를 드러내면서 환하게 웃는다.

같이 저녁을 먹고 현철과 윤희는 이제는 데이트 코스가 되어버린 용두산 공원으로 자연스럽게 발걸음을 옮긴다. 언제나처럼 용두산 공원에서 바라보는 부산의 야경은 아름다웠고 저 멀리 바다에는 바쁘게 오가는 선박들이 불을 밝히면서 가까워지거나 멀리 사라져 간다.

“윤희 씨, 내가 이번 주말에 집에 가서 어르신들 인사드리면 되겠나?”

윤희는 중앙동 맞은편에서 보이는 영도의 한 조선소의 근로자로 일하는 아버지를 둔 평범한 집의 장녀로 밑으로는 여동생 둘에 막내 남동생이 있다. 아직까지 학교 다니는 동생들이 줄줄이 있는 집에 남자를 데리고 인사하러 가기는 처음인 것이다.

“혹시 어르신은 내가 어렸을 때 실수해서 전과자라는 거 아시나?”

윤희는 말없이 고개를 숙이고 머리카락을 매만지면서 고개를 흔든다.

“그라믄 우리 집안이 빨갱이 집안이란 내력은 아시나?”

역시 아무 대답 없이 고개만 가로젓는 윤희다.

“현철 씨, 어차피 내만 알면 되는 거고 그런 거 말 안 하면 안 되나? 우리 아버지 억수로 무섭다. 이러다가 안 된다 해서 현철 씨랑 만나지 말라믄 우짜노?"

윤희에게 듣기로 자기 아버지는 형님과 같이 10대 시절 흥남 철수 때에 월남한 실향민이라고 했고 부모와 다른 일가친척들은 다들 북한에 있다고 한다. 여느 실향민처럼 부산에 정착해서 갖은 고생을 하다가 부산 출신인 윤희 엄마를 만나게 되었는데 외갓집의 심한 반대를 무릅쓰고 결혼했다고 한다.

'어차피 닥칠 일이거늘.'

과거 건달 시절에는 이성에 대한 사랑이 뭔지 몰랐고 그냥 쌓인 욕구만 풀면서 살았지만 윤희를 만난 이후에 남녀 간의 사랑이 무언지 알게 되고 자기가 사랑하는 이 여자를 꼭 지켜주겠다는 의무감도 생겼다. 사귀면서 자기가 과거에 어떻게 살아왔는지 남에게 하지 못했던 과거 고백까지 했지만 윤희가 자기가 사랑하는 사람은 지금의 배현철이지 과거의 배현철이 아니라고 하는 말에 현철은 이제 이 여자를 지금 놓치면 평생 더 좋은 인연을 못 만날 거 같았고 평생 후회할 것이라는 확신도 들었다.

현철은 눈물이 가득 맺힌 윤희의 얼굴을 만지면서 가만히 작고 작은 입술에 입을 맞춘다.

"내가 다 알아서 할 거니까 걱정 말거라. 절대로 그럴 일은 없을 끼다."

가로등이 제법 으쓱한 곳에서 둘의 포옹은 더욱 격렬해진다.

말쑥하게 양복을 차려입은 현철은 윤희의 부모님에게 큰절을 하고 무릎을 꿇고 반듯하게 앉아있었다.

윤희의 여동생들은 작은 방문을 살짝 열고 자기 집에 찾아온 언니의 남자 친구를 호기심 어린 눈으로 쳐다보며 킥킥거리면서 웃는다. 아직 국민학생인 남동생은 엄마 눈치를 보며 현철의 앞에 놓인 과자를 한 움큼 집어서 입에 털어 넣으며 이 삼촌 같은 사람이 무슨 일로 자기 집에 왔는가 계속 쳐다본다.

장인 송학주가 편히 앉으라고 하고 윤희가 다과를 내오니 어색한 분위기가 조금 밝아졌다.

40대 중후반으로 보이는 송학주는 나이보다 더 늙어 보이고 그의 처 한금숙은 그 옆에 앉아서 말없이 남편이 입을 열기만 기다린다.

큰딸 윤희가 집에 처음으로 데리고 온 남자가 어떨까 궁금했는데 생각보다 인물이 좋고 곱상해 보여서 한금숙은 속으로 예비 사윗감이 마음에 들었다. 현장 관리직이라길래 어디서 산적 같은 놈이 내 딸 잡아가나 싶었는데 부잣집 막내아들 같은 귀티가 나는 청년이 오니 이건 기대했던 거 이상이었다.

송학주의 첫인상은 머리가 하얗게 세었고 작게 꾹 다문 입이 고집스러워 보였지만 전체적으로 정직해 보이는 인상이었고 한금숙은 인상이 선하고 정이 많아 보이는 얼굴이었다.

이윽고 윤희가 현철의 옆에 다소곳이 앉자 송학주가 자기도 이런 자리가 처음이라 긴장이 되는지 헛기침을 두어 번 하더니 입을 연다.

“자네 얘기는 윤희한테 마이 들었네. 그래 같은 회사에서 근무한다매?”

약간의 함경도 억양이 섞인 부산 말씨다.

“네. 지금 다대포에 있는 냉동 창고에서 계장으로 있습니다.”

“그래, 고향이 어디라 했노?”

“원래 고향은 사천이고 지금 부모님들은 진주에 계시는데 아버지는 조그마한 신발 수리점을 하시고 어머니는 시장에서 작은 국밥집 하십니더.”

여기까지 얘기는 익히 윤희에게 들어서 알고 있었다.

고생만 하고 자란 맏딸이 조금 더 잘사는 집으로 시집갔으면 하는 게 부모의 마음이지만 딸이 이 남자가 좋다는데 사람만 좋으면 되고 둘이서 마음 잘 맞아서 잘살면 된다는 게 송학주의 생각이었다.

"형제는 우찌되노?"

"원래 위에 누님 둘이 있는데 지금은 생사를 모르고 지금은 여동생 하나가 부산에 있습니다."

"그래? 누님이 어디 있는지 모른다꼬? 학교는 어디까지 나왔노?"

궁금한 게 많을 송학주의 물음에 망설임 없이 현철이 대답한다.

"고등학교 중퇴했다가 나중에 검정고시로 고졸 땄습니더."

"와? 집안이 어려워서 졸업을 옳게 못했나?"

윤희에게 듣기로는 고졸이라는데 이건 조금 아닌 거 같았고 그때부터 윤희의 눈동자도 조금씩 흔들리는 걸 송학주는 읽어냈다.

"현철이라 했나? 결혼이라는 게 서로 남남인 집안이 하는 거고 절대로 상대를 속이거나 그러면 안 되는 기다. 우리도 변변치 않은 집안이지만 하나도 숨길 거 없고 그렇게까지 해서 딸내미 시집보낼 생각 없다. 다른 사람도 아니고 내 사위가 되려는 사람인데 내가 자네가 어떤 사람인지 확실히 알아야 판단이 안 되겠나."

"어르신, 저는 절대로 어르신 속일 생각도 없고 그럴 놈도 아닙니다."

이윽고 현철이 벗어놓은 양복 상의를 뒤지더니 종이 몇 장을 꺼내놓고 송학주에게 전해준다.

눈썹을 딱 모으고 뭔가 싶어서 하나씩 보는데 두 번째 장에서 송학주의 얼굴이 굳어지고 한금숙도 놀란 표정을 짓는다.

반면에 윤희의 얼굴은 사색이 되어 현철을 놀란 얼굴로 쳐다본다.

현철이 가지고 온 것은 '고등학교 생활 기록부', '대주 수산 인사 평가표' 그리고 '범죄 기록 증명'이었다.

마른침을 꿀꺽 삼키고 현철이 천천히 입을 연다.

"어르신, 제가 자초지종부터 말씀드리겠습니다."

현철은 자기의 어린 시절 이전에 자기 부모가 어떻게 만났고 봉천과 평양에서 헤어진 누나들 이야기와 아버지인 영덕이 어떻게 장애인이 되었는지 자기가 빨갱이 자식으로서 어떻게 자랐는지 그리고 부산에서 사고를 쳐서 집행유예 판결을 받았던 이야기 등 지금까지의 일을 또박또박 힘줘가면서 이야기를 해나갔다.

이야기를 하다가 입술이 마르면 잠시 물을 한 모금 마시고 목을 축였고 감정이 약간 격앙되면 헛기침을 하면서 울음을 삼키기도 했다. 이미 알고 있는 이야기지만 듣고 있던 윤희는 이미 콧물을 훌쩍거리고 있었고 한금숙의 눈도 벌겋게 젖어있었다.

송학주 역시 눈을 깜빡거리면서 애써 쏟아지는 눈물을 참고 묵묵히 듣고만 있었다. 자기도 부모 없이 월남해서 남들보다 기구한 운명을 살았다고 생각했는데 현철 일가의 얘기를 들으니 세상에 이런 일이 있나 싶을 정도였다.

"어릴 때라 정말 아무 생각 없이 살았고 그냥 막살았습니다. 너무 철이 없어서 이 세상 무서운지도 모르고 살았는데 제 눈앞에서 어머니가 자결하시려는 거 보고 정신이 들었고 이제는 어떻게든 제대로 사람답게 살아보려고 합니다. 제 고등학교 기록하고 지금 회사에서 평가받는 거를 보시면 아시겠지만 정말 마음먹고 착실하게 뭔가 하려고 하면 잘 해낼 자신도 있고 앞으로 그렇게 할 겁니다. 어르신들께서 곱게 키워주신 윤희 씨를 제가 꼭 행복하게 만들어줄 겁니다.

저를 믿고 따님을 저에게 주십시오."

붉게 충혈되어 간절하게 자기를 바라보는 현철의 눈빛을 송학주는 헛기침을 하면서 고개를 돌려 외면해 버린다.

"방이 와 이리 덥노?"

송학주는 이마에 맺힌 땀을 닦는 척하면서 손수건으로 눈가를 몰래 훔치고 베란다로 나가 담배를 한 대 꺼내 깊이 한 모금 빨고는 내뱉는다.

'빨갱이'라는 말은 송학주도 객지인 부산에서 살면서 무수히 많이 들었고 얼마나 가슴에 못을 박았던 말이던가. 친구 소개로 아내 한금숙을 만나서 처음에 처가에 인사하러 갔을 때도 얼마나 많은 구박을 받았던지 오늘 간절했던 현철을 보니 그 시절 자기의 모습만 같았다.

고아에 빨갱이라는 말 안 들으려고 20년 넘게 아내랑 살아오면서 아내와 애들한테 손찌검 한 번 한 적 없었고 처갓집에 보여주려고 이 악물고 힘쓰는 일 쉬지 않고 해와서 아미동에 작지만 그래도 자기 집도 한 채 장만했다.

현철의 얘길 들으니 어쩔 수 없는 환경에서 잠시 방황했었고 자기 잘못 이제 뉘우치고 열심히 살겠다는데 이제 와서 자기가 어쩌란 말인가? 무엇보다도 사람 볼 줄 아는 자기 큰딸의 안목을 믿었던 송학주는 담배를 비벼 끄고 다시 방으로 들어왔다.

"윤희 엄마. 내 오늘 이 친구랑 술 한잔 진하게 할 테니 소주하고 매운탕 좀 갖고 오소."

학주의 말이 떨어지자마자 부엌으로 달려가는 한금숙은 눈가를 훔치기에 바쁘지만 뒤따라 일어서는 윤희의 얼굴에는 희미한 미소가 번진다.

오늘도 회사 1층 로비에 있는 바이어 사무실은 진한 담배 연기와 왁자지껄한 각종 외국어로 시끌벅적하다.

한 달에 30만 켤레의 캐퍼가 나오는 '태림 물산'의 공장은 자기 오더가 생산에 투입되기를 기다리는 바이어들로 항상 북적였고 회사에서는 사무실 하나를 '바이어 대기실'로 만들어 소파와 바둑, 장기, 체스, 카드 등등 무료해질 바이어들을 위해 오락거리와 커피까지 갖춰서 갖다놓았다.

지금 전 세계 신발의 메카라고 할 수 있는 부산에는 미국, 유럽, 일본, 중동 등 인종 전시장을 방불케 할 정도로 각국의 바이어들이 몰려들었다. 워낙 주문이 몰리다 보니 물량이 적은 바이어들은 보따리장수처럼 이 공장 저 공장 전전하면서 사정해 가면서 생산을 부탁했고 중견 업체인 '태림 물산'은 어느 정도 볼륨이 있는 바이어만 상대한다.

물론 부산보다 더 싸게 만들 수 있는 동남아 국가들도 있지만 부산은 하루만 뚝딱하면 샘플이 나오는 신발에 관한 완벽한 인프라를 갖추고 있어 앞으로 당분간 세계 신발의 메카로서 계속 호황을 맞을 분위기였다. 영어, 프랑스어, 이태리어, 아랍어, 일본어 등이 어지럽게 오가는 사무실 안에 봉희는 일본 도쿄의 등산화 브랜드 '레바뉴' 바이어를 찾으러 들어왔다. 물량이 많지 않아 한 3일 대기하다가 급하다고 사정하기에 생산 부서와 협의를 해서 곧 라인에 투입될 예정이었다.

"와타나베 상, 와타나베 상 계십니까?"

제법 똑똑한 발음의 일본어로 와타나베를 찾는데 누군가가 뒤에서 봉희의 어깨를 가볍게 톡톡 친다.

누군가 싶어서 돌아보니 일본 나라 시에 있는 '나라 윈터 스포츠'의 바이어인 코타다 요시오까가 한 손에 커피를 들고 뒤에 서있었다. 어색한 한국말로 "봉희 씨, 고생 많아요."라면서 수줍게 커피를 권하는데 이를 지켜보던 일본 바이어들이 "오~'하면서 장난 섞인 환성을 보낸다.

가볍게 목례를 하고 커피를 받은 봉희는 화장실에 다녀온 와타나베를 발견하고 반갑게 손을 들고는 곧 그를 향해 달려간다.

요시오까는 커피를 후후 불면서 그런 봉희의 뒷모습이 사라질 때까지 끝까지 바라본다.

퇴근하고 일본어 학원에 다니면서 그날 배운 말은 다음 날에 현장에 있는 일본 바이어들에게 바로 써먹고 하더니 봉희의 일본어 실력은 상당히 늘어 일본어로 일상 대화는 물론 업무 얘기까지 할 만큼 수준이 올라갔다. 업무에서 쓰는 단어가 정해져 있어 어휘력이 많이 떨어지기는 하지만 자기가 무엇이 부족한지 알고 꾸준하게 공부를 해서 주위로부터 일본어를 제법 잘한다는 소리를 듣는다.

한번 외국어 공부를 해보니 리듬이라는 게 있어서 이제 짬도 나면 영어공부도 병행해서 더듬거리기는 하지만 기본 영어 회화 수준까지는 소화했다. 해외 영업부문이 있지만 일단 일본 바이어가 공장에 들어오면 봉희가 책임지고 생산 스케줄부터 출고까지 다 관여를 하니 회사에서도 봉희를 아예 일본 바이어 전담 직원으로 지정을 해주었다.

꼼꼼하게 바이어 입장에서 일을 하는 봉희는 일본 바이어들에게 인기가 많았고 이제 '태림 물산'의 일본 오더에는 없어서는 안 될 존재였다. 혹시나 봉희가 휴가를 가거나 하면 암흑의 세계에 있는 것 같고 봉희가 등장하면 다시 광명의 길에 접어든 것 같다는 말은 일본 바이어들이 직접 한 말이었다.

'태림 물산'에서 볼 때 일본 오더라는 게 양은 많지 않고 품목은 다양하여 대량 생산을 하는 공장에서 좋아하는 편은 아니었지만 단가 때문에 다른 공장으로 갔다가 품질 때문에 피해를 본 바이어들은 단가를 더 쳐주더라도 태림에 물량을 주었다. 품질도 품질이지만 자기 직원처럼 하나하나 전 공정을 체크해 주고 꼼꼼하게 봐줄 봉희가 있었기 때문에 절대적으로 믿고 맡길 수가 있었던 것이다. 나중에 소문 듣고 찾아온 일본 바이어들에게 봉희가 정중하게 캐퍼가 다 찼으니 양해를 구한다면서 돌려보내는 게 일이 되기도 했다.

자기 오더인 등산화가 라인에 투입된 거를 보고 와타나베는 만족하면서 재잘거리기 시작한다.

"참, 봉희 씨, 내가 보니까 요시오까 상이 봉희 씨한테 관심이 있는 거 같은데 안 그런가요?"

기존에 다른 일본인들로부터 가끔 듣던 얘기라 봉희는 아무렇지 않게 그냥 씩 웃어넘긴다.

"우리 도쿄 사람들은 그쪽 관서 사람들을 이렇게 표현하죠."라면서 와타나베는 손가락 네 개를 쫙 펴 보인다.

"그게 무슨 뜻입니까?"

"다리 네 개. 즉 동물 같은 미천한 출신이라는 겁니다. 나라 그 동네가 예전부터 백정질을 해서 소가죽이나 만지던 곳인데 세상이 좋아져서 이렇게 된 거우."

같이 있을 때는 서로 예의 바르게 행동하다가 당사자가 보이지 않으니 관서 사람을 얕보는 수도 도쿄 사람의 기질이 살짝 나온 것이다.

일본 사람과 상대하면서 그들이 보여주는 게 다가 아닌 걸 봉희는 이미 알기에 오늘도 그러려니 하고 넘어간다.

코타다 요시오까의 회사는 일본 나라 시에 위치한 '나라 윈터 스포츠'라는 스키화를 전문으로 하는 회사인데 딱딱한 스키부츠 안에 신는 소프트 부츠의 가공은 한국에서 하고 플라스틱 외형 사출물은 일본에서 완성한다. 작년까지만 해도 아버지였던 히로시 요시오까가 한국에 왔지만 이제 아들인 코타다에게 인수인계를 한 모양이었다.

요시오까는 170정도 되는 키에 안경을 낀 아주 모범생같이 생긴 청년으로 같이 모여서 바둑이나 장기를 두는 다른 일본 바이어들과는 다르게 혼자서 한국어 회화책을 보면서 연습하는 모습이 특별하게 보였다.

일본어를 알아듣는 봉희가 옆에 지나가는 것을 알면서도 어제 하룻밤 돈 주고 산 한국 여자가 어떻고 하면서 음담패설을 하는 중년의 아저씨와는 뭔가 다른 요시오까였고 중요한 건 언제 어디서나 한결 같은 모습이었다는 점이다. 라인 투어를 하다가 알게 되었는데 자기는 미술을 전공했고 학교 선생님이 되고 싶었지만 가업을 이어받으라는 아버지 히로시의 강요에 못 이겨 신발 일을 배우고 있다고 했다. 지금 일본에서는 디자인 실장을 하면서 잘 알지도 못하는 화학 용어 책을 옆에 끼고 사출물에 대해서 공부하느라 머리가 터지는데 일단 한국에 오면 아버지 눈치 보지 않아서 올 때마다 기분이 좋다고 한다. 지난번에 언젠가 지나가는 말로 자기도 미술에 관심이 많아 조금씩 모아놓은 스케치북이 있다고 했는데 이번 출장에서 잊지 않고 저녁에 잠깐 시간을 내어 자기에게 보여달라고 할 만큼 자상하고 섬세한 면도 있었다. 여러 번 접촉하다 보니 화도 잘 내지 않고 남의 실수에 관대한 온화한 성격으로 보아 아마 어렸을 때부터 부유한 환경에서 자랐을 것이라고 봉희는 짐작했다.

생산 라인에서 시원하게 컨펌 샘플에 사인을 해준 요시오까는 호텔로 가지 않고 개발실에 앉아서 봉희가 가져온 스케치북을 차근차근 들여다본다. 누가 보더라도 바이어와 함께 신제품 디자인을 토론하는 자연스러운 광경이었다. 조심스레 한 장씩 넘겨보던 요시오까는 뿔테 안경을 다시 추켜올리면서 연신 '스고이(대단해)'를 연발한다.

다른 일에는 관대하지만 자기 전공인 미술에 대해서는 깐깐하고 할 말을 다하는 요시오까인지라 그가 보내는 찬사가 거짓이 아님을 아는 봉희는 기분이 좋아졌다.

"봉희 씨, 정말 따로 디자인 공부한 적이 없습니까? 어깨너머로만 보고 자기 생각을 드로잉했다는데 정말 대단하네요. 정말 xx적인 표현이 강하네요."

어려운 말이 나와서 봉희가 다시 되묻자 요시오까가 옆에 끼고 있던 사전을 찾더니 손가락으로 짚어준다.

'심미적'이라는 단어였다.

"연필 스케치라 채색 감각은 제가 잘 모르겠지만 기존의 모델을 더욱 세련되게 업그레이드시키는 능력은 정말 타고난 거 같아요."

파일럿처럼 안경을 이마 위로 올려 쓴 요시오까는 감탄사를 터트리면서 다시 찬찬히 스케치북을 들여다본다.

"봉희 씨 잠깐만요."

봉희가 무슨 일인가 귀를 쫑긋 세우면서 가까이 다가가자 요시오까는 작은 목소리로 중얼거린다.

"네? 잘 못 들었습니다."

"봉희 씨, 저랑 사귀지 않을래요?"

"네?"

깜짝 놀란 봉희의 외마디가 터져 나오자 야근을 하는 직원들이 힐끗 돌아보지만 바이어와 함께하는 아주 정상적인 디자인 업무라고 생각했는지 다시 고개를 돌린다.

뿌리와 뿌리
〈1983년 7월 부산〉

뜨거운 날씨에도 여의도의 KBS는 사람들로 미어터졌고 눈을 돌리면 사람이 붙일 수 있는 곳 어디라도 가족을 찾는 벽보가 벽에도 바닥에도 가득 차있었다.

어디서부터 봐야 할지 몰라 현철은 마음속으로 기준점을 정해 바닥의 어느 한곳부터 시작해서 벽보를 하나씩 다 읽어나갔고 동시에 자기 가족 사연을 쓴 벽보를 붙여야 할 마땅한 장소도 찾기 시작했다.

혹시나 훼손되거나 비바람에 젖을까 봐 비닐로 덮인 벽보도 보인다. 현철은 하나씩 읽어나가다가 다른 사람의 사연이 찢어져 나간 종이에 다시 테이프를 덧붙여 주었다.

남들 눈에 띄기 좋은 위치이긴 하지만 가족을 찾는 이산가족의 애타는 심정을 알기에 현철은 꼼꼼하게 잘 붙여주고 다음 내용을 하나씩 읽어본다.

현철의 손에 들린 종이에는 빼곡하게 이런 내용이 적혀있었다.

'찾는 사람'
큰딸 배금희(1940년생), 작은딸 배옥희(1945년생), 남동생 정경춘(1932년생), 외숙모 오순례(1910년생), 사촌동생 황명자(1931년생)·황수련(1935년생), 삼촌 정범진(1906년생), 숙모 최삼월(1907년생)

'살던 곳'
만주 봉천(심양), 북한 평안도 평양

'사연'
큰딸 배금희는 만주 봉천에서 헤어짐(1948년), 외숙모 오순례 집에 맡겼다가 헤어짐.
작은딸 배옥희와 남동생 정경춘은 6.25 때 평양에서 헤어짐(1950년), 숙모 최삼월 집에 맡겼다가 헤어짐.
남동생 정경춘은 1950년 평양에서 인민군으로 징집되어 헤어짐.
외숙모 오순례의 고향은 경남 사천군 서포면.

'연락처'
배영덕·정은심: 경남 진주시 대안동 160-2, 전화번호: 5-2391
배현철·배봉희: 부산시 사하구 괴정동 20-5, 전화번호: 41-6303

그리고 나머지 몇 장은 자기 장인 송학주 형제의 사연이 담긴 내용이었다.

그동안 살아오면서 자기 가족들만큼 기가 막힌 사연이 없을 거라 생각했지만 보이는 사연들을 하나씩 읽어나가니 이 많은 벽보들 중에 사연이 없는 벽보가 정말 하나도 없었다. 전쟁이 끝난 지 30년이 다 되어가는데 아직까지 그 고통은 끝나지 않은 것이고 자기 가족 말고도 많은 사람들이 이렇게 괴롭게 살고 있었구나 하고 현철은 자기 눈으로 보고 느꼈다.

길가에 겨우 공간이 난 걸 발견하고 현철은 바닥에 자기와 장인 송학주의 사연을 적은 종이를 잘 붙여놓고 계속해서 읽어나갔고 KBS 본관으로 가서 다시 자리를 찾아봤다. 다들 간직하고 있는 사연이 적힌 벽보를 보고 마음이 급해진 현철은 노끈을 연결하여 앞쪽에는 자기 가족 사연을 쓴 종이를, 뒤쪽에는 장인 송학주 사연을 적은 종이를 앞뒤로 내걸었고 머리에는 고깔을 만들어 조금이라도 더 눈에 띄게 하려고 했다.

어제 서울로 오는 버스 안에서 들은 뉴스로는 생방송으로 사연이 나가자마자 하루에 만 명이 넘는 이산가족이 몰렸다는데 현철이 보기에는 그 몇 배는 되어 보였다. KBS 본관 건물은 눈만 돌리면 빼곡하게 벽보들이 들어찼는데 사실 어디에 붙여도 사람들은 다 읽어나갔기 때문에 그렇게 위치가 중요하지 않았다.

더 좋은 자리가 있다고 다른 사람의 사연 위에다가 덧붙이는 사람은 한 명도 없었고 자리가 없으면 더 걸어가서 공간이 있으면 찾고 찾아서 붙였다. 자기처럼 가족을 찾는 애타는 심정을 잘 아는 이산가족이기에 이런 마음 씀씀이가 가능했으리라.

KBS 건물 곳곳에 붙은 벽보를 한 번씩만 읽어보는데 6시간 반이나 걸렸고 내일은 새벽부터 밤늦게까지 2번은 더 봐야겠다고 다짐했다.

하루 종일 바닥과 벽만 쳐다보다 뒤늦게 여관으로 돌아온 현철은 아내 윤희와 통화하면서 서울에 잘 도착했고 부산 쪽은 어떤지 물어봤다. 이산가족 방송이 방영되자마자 한시도 안 쉬고 지켜보던 영덕과 은심도 방송 출연을 위해 부산으로 왔고 오늘 봉희가 KBS 부산 방송국에 가서 사연 접수를 했다고 한다. 수화기 너머로 작년에 태어난 아들 하율이 옹알거리는 소리가 들려 현철은 자기도 모르게 미소를 짓는다.

현철은 이번에 3일 동안 휴가를 내어 진주와 부산에 있는 가족을 대표로 해서 서울로 올라왔다.

서울에서 KBS 본관에 벽보를 붙이고 다른 사연들 다 읽어보는 일은 현철이 맡고 부산 KBS에 접수하고 벽보 읽기는 동생 봉희와 아내 윤희가 맡기로 했다. 여느 실향민들이 다 그러하듯이 현철의 처가에도 온 식구들이 동원되어 혹시나 전쟁통에 북에 두고 온 가족들 소식 들을까 싶어서 다들 촉각을 곤두세우고 있었다.

뒤늦게 씻고 자리에 누웠으나 하루 종일 걷고 고개를 올렸다 내렸다 하니 누워 있어도 목이 뻐근하고 피곤하지만 쉽게 잠에 들지 못했다.

자기 새끼인 피붙이 하율을 보면 이렇게 예쁘고 사랑스러운데 만약에 불가항력으로 서로 떨어져서 평생 그리워하면서 살아야 한다면 얼마나 끔찍할까 상상만 해도 소름이 끼쳤다. 그전에는 막연하게 내 누이들이 부모님과 떨어져서 오랜 시간동안 서로 못 만나니 꼭 찾아야지라는 생각만 들었지 막상 자기가 애비가 되어보니 정말 창자가 끊어진다는 아픔이라는 게 무슨 말인지 실감이 났다.

그런 불길한 상상만 해도 숨이 막혀 참을 수가 없는데 어떻게 30년 넘게 자기 부모는 그 고통을 참아냈는지 그저 존경스럽기만 했다.

아버지 영덕이 전쟁통에 장애인이 되어 그런 수모를 당해도 참고 살아온 이유가 무언지 이제는 분명히 알았다. 부모로서 자식에게 제대로 못해줬고 죽기 전에 피붙이들 보고 죽는 게 항상 은심이 말하는 입버릇인데 충분히 공감이 갔다. 현철은 부모님의 한을 풀어주기 위한 숙제를 자기가 짊어지고 가야 한다고 결심했다.

지난 5월이던가.

어린이날에 첫손자 보고 싶다는 어른들 때문에 모처럼 고향 집에 갔다가 부모님과 같이 앉아있는데 TV에서 '중공' '심양' '납치'라는 말이 나오자 거짓말처럼 영덕과 은심은 TV 앞에 붙어버렸다. 내용인즉슨 중공 심양에서 이륙한 민항기가 납치되어 춘천에 내렸다는 것이다.

심양이라는 낯익은 지명에 현철도 귀를 기울였다.

문제 해결을 위해 정부와 중공 사람들이 교섭 대표단을 파견한다고 하니 실로 휴전 이후에 처음으로 중공 사람들이 우리 땅에 들어오는 것이다. 영덕과 은심은 뉴스를 듣고 또 들으며 신문이라는 신문은 다 읽어보고 갑작스럽게 찾아온 '중공'과 '심양'이라는 말에 울면서 잠도 못 잤었다.

부산으로 돌아오던 날 영덕은 옆구리에 끼고 다니는 백판에다가 뭔가를 쓰고 현철에게 보여준다.

'현철아. 우리 가족들 다시 만나라고 하늘에서 봉황鳳凰을 보내준기다.'

그동안 입에 올릴 수 없었던 중공 사람이 우리나라에 왔고 서로 왕래를 시작할 수 있지 않을까 하는 영덕의 간절한 눈빛에 현철은 흐느껴 울면서 앙상하게 마른 아버지의 어깨를 껴안아 줄 뿐 달리 해줄 게 없었다.

좋은 징조였을까. 봉황 한 마리가 그렇게 부모님 마음을 헤집어 놓더니 이제 '이산가족을 찾습니다'라는 프로그램이 생겨 온 가족이 이렇게 애가 타게 헤어진 가족을 만날 수 있을까 기다리고 있는 것이다.

내일 하루도 한 장의 벽보라도 빠짐없이 읽으리라 다짐하면서 현철은 깊은 잠에 빠져들었다.

카메라 기자의 수신호를 기다리는 은심은 가뜩 긴장한 얼굴로 앞을 쳐다보고 있고 마스크를 쓴 영덕과 봉희 그리고 안사돈인 한금숙 역시 긴장한 얼굴로 방청석에 앉아있다. 신호를 기다리는 사이에 은심은 긴장을 가라앉히려는 듯 계속 입을 움직이면서 심호흡을 한다.

오른쪽 옆자리에 앉은 바깥사돈 송학주도 긴장이 되기는 마찬가지인지 이마에 나는 땀을 연신 훔치면서 말없이 시계만 바라보고 있다.

이윽고 싸인이 떨어지자 아나운서가 1열부터 한 명씩 사연을 읽어주는 사이에 카메라는 먼저 알림판에 적힌 내용을 보여주고 곧 사연자의 얼굴을 비춰준다.

3열에 앉아서 순서를 기다리는 은심에게 2열까지 소개를 하고 이제 전국 각지의 다른 방송국으로 카메라가 넘어가는 시간은 아주 길게만 느껴진다.

KBS 서울로 다시 카메라가 넘어가자 긴장했던 스튜디오 안의 공기는 다시 풀렸지만 은심은 바깥사돈 송학주가 건네준 청심환을 입에 넣고 물을 마신다. 한 시간의 휴식 시간이지만 이산가족들의 눈은 서울과 타 지역에서 방송되는 사연을 조용히 지켜보면서 자기 가족의 순서를 기다릴 뿐이다.

어제 방송에서 부산에서만 3명이 가족을 찾았다는 행운이 자기에

계도 찾아오기를 조용히 비는 마음은 다들 똑같을 것이다.

어제도 밤늦게까지 이산가족 상봉 프로그램을 지켜보고 경춘은 여느 때와 마찬가지로 아침 일찍 출근해서 다시 제조 라인을 지키고 있다.

경춘이 김응재 사장과 같이 키우다시피 한 '정화 통상'은 이제 사세를 많이 키워서 부산 신발 업계에서도 중상급의 수준으로 커갔고 김응재 사장은 외국 유명 브랜드 운동화 OEM 생산으로 축적된 기술을 바탕으로 자기 브랜드를 단 내수용 제품도 출시하여 제2의 도약을 준비하고 있다. 공장만 했던 김응재 사장에게 생소한 도전이긴 했지만 외국 브랜드에 못지않은 국산 스포츠 브랜드 유통 사업에 매료되어 공장 운영은 공장장인 경춘에게 다 맡기다시피 한 것이다.

사장이 회사의 미래를 위해 외부 손님들 만나서 고급식당에서 칼질을 하는 대신 누군가는 직원들 다독여 가면서 찬밥을 먹어야 하는 사람이 있어야 하는데 공장장인 경춘은 그런 역할을 잘해주었고 경춘이 있어 김응재는 안심하고 밖으로 나갈 수 있었다. 오늘도 평소와 다름없이 라인을 둘러보는데 내일 서울로 출장 간다는 김응재가 경춘을 불쑥 찾아온다.

"공장장. 니는 사람이 와 그리 고지식하노? 경춘아. 당장 퇴근하고 니도 방송국에 가봐라. 지금 온 나라가 다 자기 가족들 찾는다고 난린데 니도 빨리 가봐야 안 되나. 니 하나 빠진다고 회사 망하는 거 아이다."

안 그래도 오늘 김응재한테 얘길 하고 내일이라도 방송국에 가볼 생각이었던 지라 아내 순이에게 자기 대신에 가족들 사연 나오는지 TV 앞을 떠나지 말라고 신신당부했던 경춘은 자기보다 더 답답해하는 김응재가 고마워서 미안한 얼굴로 그냥 웃기만 한다. 작심한 듯

이런 경춘의 손을 이끌고 김응재는 자기 사무실로 데려간다. 그리고는 이제는 경춘이 하루에 몇 잔이라도 안 마시면 안 되는 커피를 시키고 담배를 건네주며 말한다.

"자, 앉아봐라. 이 방송이 언제 끝날지 모르는데 인제 니는 방송 끝날 때까지 휴가다. 니가 없는 사이에 공장 라인이 개판 나면 니가 애들을 못 키워가 그러는 기고 회사가 부도나면 사장인 내가 무능해서 그런 기다. 그러니까 암말하지 말고 당장 방송국에 가거라."

김응재는 몇 년 전부터 가족을 찾기 위해 부산 지역 신문에 사람 찾기 공고를 여러 번 했던 경춘의 사연을 제일 잘 아는 사람이다.

오늘은 그런 경춘이 측은하기보다는 정말 미련해 보여서 한숨이 푹 나온다.

"자 이제 다음 사연은 신청번호 부산 325번, 올해 50세이신 함경북도 함흥 출신인 송학주 씨입니다."

3열에 앉아있던 이산가족들은 모두 일어나 알림판을 세워 들고 자기 차례를 기다리고 있는데 바로 옆자리에서 들리는 바깥사돈의 사연 이야기가 은심의 귀에는 하나도 들리지 않았고 그냥 아무도 없는 바닷속 심연의 세계에 혼자 있는 거 같았다.

눈앞이 캄캄해지려는 순간 자기의 이름이 불리는 소리에 정신이 확 돌아왔다.

"이상 부산 326번, 올해 61세이신 정은심 씨 사연이었습니다. 다음은 부산 327번…"

남들보다 사연이 좀 길기는 하지만 20초가량의 자기 시간이 끝나고 나니 약간은 허무한 마음에 은심은 자기 자리에 털썩 주저앉았다. 조명 때문에 은심에게 보이지는 않지만 방청석에 앉아있는 영덕과 봉희 역시 두 손을 모으고 말없이 바라보고만 있었다.

피우던 담배를 끄고 김응재와 경춘이 막 일어서려고 할 때 사장실 책상 위의 전화가 울린다.

"여보세요. 아. 제수씨. 네..네? 경춘아. 니 전화 함 받아봐라. 퍼뜩!"

놀란 표정의 김응재가 황급하게 경춘을 불러 경춘은 무슨 일인가 전화기를 받아 든다.

"수… 수화 아버지. 금방 테레비에… 당신 누나… 누나… 나왔어예."

"뭐? 뭐라꼬? 진짜가?"

"맞습니더. 찾는 사람 정경춘. 자기 이름 정은심. 빨리 방송국에 전화해서 확인해 보이소. 퍼뜩. 내 먼저 끊어예."

떨리는 손가락으로 전화기 다이얼을 돌려야 하는데 손가락을 제대로 다이얼에 걸 수가 없었다.

보다 못해 김응재가 대신 다이얼을 돌려주었는데 그의 손도 떨리기는 마찬가지였다.

"네. 다음 사연으로 넘어가기 전에 금방 방송 나가 사연을 본 가족분의 전화가 왔네요. 326번 정은심 씨, 잠깐 스튜디오 앞으로 나오시죠. 남동생이라는 분의 전화가 와있습니다."

조용하던 스튜디오 안이 술렁이기 시작했다.

카메라가 다시 돌아와서 은심을 비추기 시작하자 은심의 긴장한 얼굴이 TV 화면에 잡히고 진행자가 전화 연결이 되었다는 신호를 주자 은심의 머릿속은 다시 하얘졌다.

"여보세요…"

상대방의 떨리는 음성, 30년이 지나도 이 목소리는 언제라도 알아들을 수 있는 경춘 특유의 굵직하고 비음이 섞인 목소리였다.

자기가 아들처럼 업어 키운 경춘인데 어찌 그 목소리를 모르겠는가?

은심이 아무 말 없이 "아이고"만 내지르자 경춘은 답답했던지 재차 확인한다.

"누님, 정은심 맞는교? 같이 만주 봉천에서 살다가 평양에서 헤어진 동생 이름이 정경춘 맞습니까?"

"아이고. 경춘아. 안 죽고 살아있었구나."

숨을 죽이고 지켜보던 사람들이 곳곳에서 훌쩍이기 시작하더니 곧 우레와 같은 박수 소리가 터져 나온다.

"진짜 우리 누나 맞네예."

"정말로 고맙습니더. 정말로 고맙습니더! 대한민국 만세! KBS 방송국 만세!"

오열하면서 만세를 부르는 은심의 모습은 전국에 이렇게 생중계로 퍼져나갔다.

전화를 끊고 반쯤 넋이 나간 얼굴로 경춘은 KBS 부산으로 달려왔고 "대한민국 만세 할머니"로 불렸던 은심과 경춘의 상봉 장면은 그날 KBS 9시 뉴스의 메인 장면이 되어 이를 지켜보던 전국의 시청자들을 눈물짓게 했다. 오늘의 상봉 소식을 전하면서 자유를 찾아 남으로 찾아온 은심과 인민군에 징집되었다가 반공 포로로 남한에 정착한 경춘의 남매 이야기에 가족을 헤어지게 만든 북한의 소행을 비난하는 아나운서의 코멘트가 계속해서 이어졌다.

얼마나 그동안 그리움에 사무쳤는지 감정을 주체하지 못한 경춘은 은심과 영덕을 끌어안고 울고 울다가 실신하기까지 했다. 외삼촌과의 상봉 소식을 듣고 현철도 서울에서 부랴부랴 달려왔고 봉희의 약혼자인 코타다 요시오까도 일본에서 급히 날아와서 처음 보는 외삼촌과 극적인 상봉을 했다.

다시 만난 흥분이 가라앉기도 전에 아직 못 찾은 금희, 옥희와 다른 가족의 소식을 듣기 위해 경춘과 현철은 서울로 부산으로 여러 번 다니면서 찾기를 포기하지 않았지만 더 이상의 소식이 들리지 않는 걸로 보아 아직까지 중국이나 북한에 있는 걸로 생각할 수밖에 없었다.

이산가족 찾기의 여파는 아주 커서 적성국가였던 중공이나 소련에 있는 동포들로부터도 사연을 적은 내용이 가끔씩 소개가 되기는 해서 여기에도 기대를 걸었지만 끝내 아무런 진전이 없었다.

숙명
〈1987년 5월 부산〉

"노조 위원장님, 인제 전경 아들이 가는 거 같습니더."

한바탕 밀고 밀리고 하던 공방전이 끝나고 현철이 노조원들에게 공장 밖으로 나가지 말라고 지시하자 전경 2개 중대 병력도 회사 정문 앞에 잠시 진을 치더니 병력을 철수하는 모양이었다.

전국에 불어닥친 노사분규의 열풍은 '대주 수산'을 피해가지 않았고 현철은 노조 위원장이 되어 지금 사측과의 협상을 진행하는 단계였는데 약속과 달리 공권력이 투입되니 회사에 대한 배신감에 어금니를 꽉 깨물었다.

4.13 호헌조치 이후 시국은 혼란스러웠고 정계, 종교계, 학계 할 거 없이 시국 성명을 발표하는 시점에 부산 지역의 노동자 황보영국이 분신하는 사건이 일어나자 부산 노동계의 시위는 절정에 올랐다.

평소에 사람답게 일하는 근무 환경과 제대로 대우받지 못하는 근로자의 입장에서 보다 나은 삶을 원했던 현철은 노조 위원장 선거에 입후보하여 자기 1년 선배인 조장훈 반장을 제치고 노조 위원장으로 선출되었다.

사측에 빌붙어서 눈도장을 받던 조장훈 반장은 노사분규가 불꽃처럼 일어나자 갑자기 입장을 바꾸어 강경파로 돌아섰고 현철은 상대적으로 온건파라고 구분할 수 있는데 현철은 노조 간부들보다는 현장 작업자들에게 큰 지지를 받았다.

부위원장인 조장훈은 전 인원이 일어나서 항만 노조와 연합하여 부산 시청까지의 시가행진을 주장했으나 현철은 전면 파업이 아닌 부분 파업 투쟁을 선언했다.

현장 특성이 냉동물과 해산물을 다루는 업종이라 전 현장이 동시 파업에 들어가서 냉동 창고 4개 동의 전원을 내리면 회사에 미치는 영향이 어떤지는 노사가 다 잘 안다. 어떻게든 지금 조건보다 더 나은 삶을 살고 싶어 하고 여기는 자기와 동료들이 노동을 제공하여 가족을 부양하는 삶의 터전이다.

앞으로 얼굴 안 보고 살 것도 아니고 창고에 있는 회사 자산을 볼모로 사측을 협박하는 것은 도리가 아니라고 생각한 현철이었지만 오늘처럼 공권력이 회사 안으로 들어온다면 그의 논리는 강경파에 의해 더더욱 설 땅이 좁아진다.

조장훈 세력이 급여 인상을 주요 이슈로 정한 반면에 6년째 창고 운영의 현장을 맡고 있는 현철은 급여 인상보다는 안전한 작업 환경과 현재의 2교대 근무를 3교대로 운영, 상해 보장 범위 확대 등 복리 복지 방면으로 전략을 잡아서 이 또한 내부 의견 충돌의 큰 원인이 되었다.

지난 시간 동안 현장에서의 사고로 죽은 사람, 부상자들을 봐왔던 현철은 이번 기회에 회사의 노후 설비 교체와 작업 환경 준수 조항을 사측에 요구했으나 사측은 대답이 없더니 드디어 전경들이 진입을 시도하게 된 것이다.

"노조 위원장! 도대체 이게 뭐하는 짓이오? 우리가 말로만 하니까 코빼기도 안 내밀고 경찰부터 보내지 않소? 당장 냉동 창고 전원부터 내리라니까! 그러면 김득호든 김영학이든 당장 달려올 거 아이가. 참 답답한 사람이네. 창고에 있는 게 싹 다 녹아서 썩은 내가 솔솔 나야지 저거들이 아 뜨거바라 하면서 올 거 아인가배? 애들 장난도 아이고. 쯧쯧."

현철보다는 두 배는 폭이 넓어 보이는 빨간 띠를 머리에 두른 깡마른 인상의 조장훈이 혀를 차면서 신경질적인 반응을 보이고 주위를 둘러보면서 동의를 구하는 눈길을 던지자 노조 간부들은 현철을 불만스러운 눈빛으로 쳐다본다.

사실 여기까지 일이 커지게 된 건 사장인 김영학의 판단 착오가 컸다.

입주한 공단 지역의 모든 업체가 다 들고일어났을 때 현철은 사측을 찾아가서 분명하게 노조의 의지를 전달했었고 절대로 냉동 창고의 전원을 끄는 일은 없으며 과거 10년간 냉동 창고 현장에서 발생한 사망자, 부상자의 현황과 수년간 지속적으로 제기했던 열악한 작업 환경이 개선되지 않은 사례에 대한 시정을 요구했다.

막상 찾아가서 만나보려 한 김영학은 자리에 나오지도 않았고 회사에서는 충분한 토의를 거쳐서 답을 준다고 했는데 강경파가 얘기하는 대로 주도권 다 내주고 질질 끌려 다니기만 한다니 딱히 반박할 수도 없었다.

"보소! 노조 위원장, 뭐라고 한마디 하소!"

조장훈의 닦달에 여기저기에서 불만이 한 마디씩 터져 나온다.

이럴 때는 정면 돌파가 답이다.

“좋습니다. 간부님들 지금 이대로 우리 본사로 찾아갑시다. 오늘 김영학 사장이 있든 없든 확실히 우리 의사 전달하고 어떻게 할지 노조원 투표를 하고 결판냅시다.”

전망 좋은 사무실에서 드라이버를 휘두르면서 몸을 풀던 김영학은 비서를 통해서 노조 위원회 간부들이 찾아온다는 말을 듣고 골프채를 내동댕이치고 말았다.

전경대가 진입해서 곧 해결되리라 믿었는데 정문에서의 저항이 완강했고 불법 파업이 아닌 점과 냉동 창고는 정상으로 운영되어 진압이 불가능하다는 기동대장의 전화를 받고 일을 그딴 식으로 하냐고 막 쏘아댔는데 건방지게 노조 간부들이 자기를 찾아오겠다고 하니 김영학은 가소로운 생각이 들었다. 지금 고양이들이 생선 가게를 보고 있는데 그걸 그대로 손에 쥐여주는 건 말도 안 된다. 빨리 고양이보다 더 센 놈을 불러서 그 가게를 뺏어야 한다.

물론, 고양이보다 더 센 놈이 개가 되었건 곰이 되었건 자기가 시키는 대로만 하면 되고 자기는 지금 이 위기를 잘 이겨나가서 매형에게 빼앗긴 회사의 주도권을 찾아와야 한다. 돈만 셀 줄 알았지 세상 무서운 줄 모르는 매형들은 자꾸 노조와 만나서 풀자고 하는데 자기가 회장인 김득호에게 알아서 하겠다고 벌어놓은 시간은 딱 3일이었다. 그동안 아버지의 눈 밖에 나지 않으려고 자숙했지만 아직까지 완전한 신뢰를 주지 못한 자기는 이미 본격적인 시험대에 오른 것이고 회사를 남의 가문에 넘겨주지 않으려면 무슨 수를 쓰더라도 이 사태를 해결해야 했다. 비서를 불러 인사 기록 카드를 훑어보던 김영학의 눈이 빛나면서 음흉한 미소를 짓는다.

사장을 찾으러 왔는데 정문에서 기다리던 비서가 다른 장소로 안

내를 해서 현철과 조장훈을 비롯한 노조 간부 5명은 얼떨결에 남포동의 한 고급 횟집으로 안내되었다.

신발을 벗고 다다미로 된 방에 다섯 명이 착석하자 몸에서 나는 땀내와 발 냄새가 온 방에 진동을 하고 식당 지배인도 순간적으로 얼굴을 찌푸렸지만 이내 곧 웃는 얼굴로 잠시만 기다리라고 전하고는 방을 빠져나간다. 며칠째 집에 안 들어가고 일부는 작업하고 일부는 농성을 하다 보니 다들 꼴이 말이 아니었고 노조 간부들도 자기들 꼬락서니를 아는지라 방에서 풍기는 향기롭지 못한 체취에 주눅이 들어갔다.

본격적인 협상이 시작되기 전에 고급 식당으로 불러내어 기를 죽이고 꾀죄죄한 자기들 모습 더 못나 보이게 만들려고 하는 김영학의 심리전이 시작되었음을 현철은 알아차린다. 이윽고 다다미 방 문이 열리면서 비서 2명을 앞세운 김영학이 들어섰다. 들어서는 순간 풍겨오는 역한 냄새가 방안에 진동을 하니 김영학은 토악질이 쏠렸다.

'이런 천한 것들이 간이 배 밖에 나와 가지고서는….'

그러나 곧 애써 자기가 사장이라는 걸 나타내기라도 하듯 일어서는 간부들 한 명 한 명씩 손을 잡으면서 악수를 한다. 비서들은 악수를 하고 앉는 그의 양손에 살균제를 열심히 뿌려주고 김영학은 아무렇지도 않게 자기의 양손을 비서에게 맡기는데 이 장면을 노조 간부들은 무안하게 쳐다만 본다.

"보입시더. 여기는 광어회를 제일 잘하는데 내가 간부님들 고생하신다고 풀세트로 시켰습니다. 김 비서! 식사 들어오라 캐라."

"사장님, 좋습니다. 금강산도 식후경이랬는데 오늘 할 얘기도 많으니 식사하면서 얘기 나눕시다."

현철이 맞장구를 치자 그제야 생각이 났다는 듯 현철을 향해 고개를 돌린 김영학이 응수한다.

"아. 배현철 노조 위원장님, 회장님이 잘 지내시는가 안부 전하라고 하시네예."

예상치 못한 김영학의 대답에 노조 간부들은 놀란 얼굴로 현철을 바라보고 현철은 일순간에 말이 막히고 말았다.

"회장님이 빨갱이 자식에 전과자인 노조 위원장님을 불쌍해가 거둬줬으면 고마 일이나 잘 하실 끼지 이리 나서 갔고 일을 크게 만들면 우짭니까? 개도 자기한테 밥 주는 주인은 안 문다 카던데."

김영학이 밉살스러운 말투로 빈정대면서 젓가락으로 밑반찬을 집는데 현철은 예상하지 못한 반격에 당황했다.

"사장님, 오늘은 제가 노조를 대표해서 온 신분이고 사적인 얘기는 이 자리에 안 맞습니더."

"아. 그런가요? 회장님 친구 아들이라카이 제가 반가바서 실수 했네예. 허허."

조장훈은 바로 옆에 앉아서 화난 얼굴로 말없이 현철을 쏘아보고 있는데 갑자기 김영학이 조장훈을 부른다.

"조장훈 반장님은 제가 박 본부장한테 얘기 마이 들었습니더. 평가도 아주 좋으신 분인데 우짜다가 이번 일 때문에 불미스럽게 만나게 되네예."

사장인 김영학이 자기 이름 석 자를 불러주자 조장훈의 눈은 둥그레지면서 자세를 바로잡고 황급히 고개를 숙인다.

"아이고. 사장님, 영광입니더."

여기까지 보니 김영학이 원하는 게 뭔지 견적이 나온 현철은 괜히 쓴웃음이 나왔다. 자기와 김득호 회장, 그리고 조장훈 부위원장의 관계를 이용한 작전인데 이 분위기에 잘 먹혀들고 있었고 조장훈은 근로자를 대표하려는 노조 간부가 맞는지 벌써부터 감격스러운 표정을 짓는다.

"김 비서. 뭐 하노?"

김영학의 턱짓이 있자 30대 초반의 훤칠한 비서가 일어나더니 가방을 열고 다섯 명 앞에 두툼한 봉투를 내밀고는 곧 밖으로 나간다.

"여러분들이 아주 큰일 하시는데 회사에서 조금 성의를 표시한 거니까 걱정 말고 받으이소."

행동이 가벼운 조장훈이 덥석 받아서 봉투 안을 들여다보고 나머지 간부들도 이를 집어 들려고 하자 "여러분, 이런 거 받으면 안 됩니다."라고 영덕이 외치는 순간, 플래시가 번쩍 하면서 거구의 사내들이 우르르 안으로 들어온다.

"야 이 새끼들, 니들 다 여기에 찍혔어. 노조 간부들이 회사의 돈을 받아먹어?"

덩치 큰 사내가 노조 간부들의 뒤에 서고 나머지 어깨들이 김영학의 뒤에 딱 서있으니 방 안은 사람들로 꽉 들어찬다.

"이런 지독한 냄새나 풍기면서 돈이나 밝히는 간부님들, 귀엽다고 해주면 그냥 살 것이지 와 감히 기어오를라고 해? 박 실장. 뭐하노? 저것들한테 빨리 서약서 돌리라."

모기처럼 앵앵거리면서 까불던 목소리의 김영학이 갑작스럽게 호통을 치기 시작한다.

갑작스러운 어깨들의 등장에 노조 간부들은 자리에 앉아 겁을 먹고 주위를 둘러볼 뿐인데 앉아서 보기에도 어깨들의 덩치와 팔에 새겨놓은 문신은 충분한 위압감을 주었다.

"사장님, 인제 나가이소. 요는 우리가 정리하겠습니더. 야, 이 새끼들! 다 고개 들어봐."

그때였다.

"백사 행님. 행님 맞죠?"

자리에 앉아있는 현철을 발견한 어깨 하나가 깜짝 놀라서 현철을 부르지만 현철은 고개를 숙이고 못 들은 척한다.

그제야 현철을 알아본 맞은편의 어깨도 큰 소리로 입을 연다.

"백사 행님, 아입니꺼? 행님이 여기에 와 있으예? 야들아, 저분이 바로 그 백사 행님이시다. 어서 인사드리라."

아직까지 분위기 파악을 못한 어깨들이 주춤거리자 또 다른 상황 전개에 이번에는 노조 간부들뿐만 아니라 김영학도 입이 벌어진다.

"백사 행님, 큰 행님이 얼마나 찾았는고 압니꺼?"

반가운 마음에 어깨 하나가 현철을 껴안으려고 하지만 현철은 그의 가슴을 밀치고 등을 돌린다.

"정진이한테는 내 조용해지면 다시 연락한다고 전해주라. 장훈이 행님, 지금은 컨디션이 안 좋으니께 부위원장님이 면담 마무리 잘 하이소."

궁금증이 가득한 모두의 시선을 등 뒤로 받고 나서는데 오늘 아침부터 지금까지 짧은 시간에 많은 일이 벌어지니 현철은 현기증이 왔다. 방 안에서 말도 안 되는 상황이 벌어지니 허탈한 마음이 들었고 저런 김영학을 사장으로 모셔서 일해야 한다니 예전처럼 힘이 날 거 같지가 않았다. 복잡한 머리를 안고 신발을 신고 나오는 현철을 김 비서가 황급히 따라온다.

"배 반장님, 가실 때 가시더라도 회장님이 좀 보자고 하십니더."

김득호 회장이 부른 자리는 의외로 태종대 자갈밭에 있는 노상 횟집이었다.

"아버님, 그동안 잘 지내셨습니까?"

"그래. 현철아. 내 애기는 듣고 있다. 내가 동아대 최고 경영자 과정에서 김응재 사장하고 같이 공부했는데 너거 외삼촌 칭찬 윽수로 마이 하더라. 다른 신발 회사 사장들도 탐낸다 카더라."

자리를 권하면서 득호는 경춘의 애기부터 먼저 꺼낸다.

"태림 물산에 양 사장도 너거 동생 봉희가 일본으로 시집가가 윽수로 아쉽다 카더라. 너거 집안사람들이 다들 너거 아바지 맨키로 그렇게 성실하고 일을 잘하는 갑다."

지금 동생 봉희는 2년 전에 코타다 요시오까와 결혼해 일본에서 미술 대학에 다니면서 공부를 하다가 애가 들어서서 쉬고 있는 중이다.

"이리 칭찬해 주시니까 고맙습니더. 어르신 요새 건강은 어떠십니까?"

공손하게 득호의 술잔에 술을 부어주고 현철은 득호가 내미는 술병에 맞춰 두 손을 모아 잔을 받는다.

"내나 너거 아버지나 인제 인생 다 살았는데 뭐 이제 다른 일 있겠나. 죽기 전까지 안 아프고 건강하게 살다가 갑자기 '끽' 하고 가는 게 자식들 도와주는 기지."

차디 찬 소주를 냉큼 입 속에 털어놓고 득호는 젓가락으로 아나고 회를 가리킨다.

"오늘은 옛날에 소싯적에 너거 아부지하고 같이 먹던 아나고 회가 생각나더라. 이 계절에는 아나고를 잘게 치갔고 깻잎에 싸 묵으면 그게 진짜 별미인 기라. 어서 묵자."

한동안 말이 없이 두 사람은 회를 씹으면서 파도 소리에 귀만 기울인다.

이윽고 어렵게 득호가 입을 연다.

"현철아. 내가 하는 말 섭섭하지 않게 잘 들으래이. 내가 살면서 제일 못한 게 바로 아들 농사인 거 같다. 하나밖에 없는 아들놈이 좀 똘똘하면 내도 마음이 편할 낀데 그게 내 마음대로 안 되더라. 어릴 때부터 오냐오냐 키웠드만 철도 안 들고 그렇다고 패 죽일 수도 없는 게 애비 심정인기라. 아무리 사위들이 똑똑하다 해도 그래도 내 자식이 더 잘했으면 하는 게 내 욕심이고…."

"아버님, 개안습니더. 마음 편하게 말씀 하이소."

다시 입에 소주를 털어 넣고 득호는 결심한 듯이 말을 꺼낸다.

"젊을 때 정신 못 차리고 하다가 요새 조금 정신이 들었는가 회사 일도 잘하려고 하는 게 참 이뻐 보이더라꼬. 그런데 오늘 그놈이 찾아왔더라. 니가 노조 위원장을 하니까 자기 하는 일에 방해가 되고 도저히 니를 회사에 두고 쓸 수가 없다 카더라. 애비라는 사람들은 말이다. 자식이 그런 말을 하면 우찌 말해야 되노."

사실 현철도 오늘 점심에 있었던 일 때문에 어느 정도 마음을 정리할까 했다. 노조 위원장이라는 사람이 회장이 몰래 뽑아놓은 사람이라는 게 알려졌는데 이건 마치 호랑이 우리 안에 던져진 송아지 같은 신세가 된 것이다.

"아버님, 저도 안 그래도 생각 마이 했습니더. 베풀어주신 게 있는데 제가 주제넘게 노조 위원장까지 해서 아버님께 심려만 끼쳐 드렸네예. 아버님 덕분에 제가 10년 넘는 시간 동안 여기에서 일하고 결혼도 하고 또 이만큼 먹고살게 해주셔서 정말 감사합니다."

득호의 만류에도 불구하고 곧 자리에서 일어나 큰절을 올리는 현철이다.

"내가 자네 아버지한테 큰 죄를 지었는데 우찌 자네한테도 이런 짓을… 이 늙은이가 죄를 참 마이 지었는 갑다."

먼바다를 다시 응시하면서 득호는 문득 친구 영덕이 자식 농사는 정말 잘 지었다는 생각이 들었다.

오늘도 어김없이 갑판 위의 선장처럼 라인에 서서 생산 라인 돌아가는 걸 지켜보는 경춘은 방송으로 “공장장님. 전화 왔습니다.”라는 말을 듣고 사무실로 들어섰다.

“외삼촌, 접니다. 퇴근 안 하십니꺼?”

가끔씩 조카 현철이 술 한잔하자고 찾기는 하지만 지금은 술이 어느 정도 들어갔는지 혀가 조금 꼬부라진 목소리다. 급하게 옷을 갈아입고 경춘은 현철이가 기다린다는 자갈치 어시장 골목의 곰장어구이 단골집에 들어선다.

아버지 영덕을 닮아 술이 세지 않은 현철이 왁자지껄한 방 가운데에 등을 기대고 있다가 경춘을 보고 반갑게 손을 들고 인사를 하며 일어나려고 하지만 다시 바닥에 주저앉는다.

“이노무 짜슥이 오늘 와 이리 술을 마이 묵었노? 와? 뭔 일 있나?”

“삼촌, 내 오늘 회사 짤릿습니더. 아니, 안 그래도 제가 먼저 그만둘라고 하는데 와 이리 가슴이 허전한지 모르겠네예. 11년을 근무하고 평생 여기 있으려고 했는데 세상 일이 내 마음 같지가 않습니더.”

경춘은 술을 더 시키는 현철을 달래가면서 무슨 일이 있었는지 오늘 있었던 일을 차근차근 다 들어주었다. 눈물에 젖어서 반짝이는 눈빛과 서러우면 고개를 돌리고 옆을 보는 모습, 그리고 술만 마시면 뽀얀 피부가 금방 벌게지는 체질까지도 현철은 정말 매형 영덕의 젊은 시절과 똑같았다.

지금의 젊은 현철과 그 멋있었던 매형이 전쟁통에 장애인이 되어서 꿈도 못 펼치고 사는 모습이 겹쳐 올라서 경춘은 자기 잔에 쉴 새

없이 소주를 털어 넣었다.

"현철아. 니는 내가 본 사람 중에서 제일 멋있는 사람이 누군 줄 아나?"

얘기를 마친 현철은 고개를 가로젓는다.

"바로 너거 아버지 배영덕이다. 봉천에 살 때 막 해방되고 만주 사람들이 조선 사람들 노략질할끼라고 너거 아버지 가게에 쳐들어 왔는기라. 매형이 우리 아버지, 내하고 너거 엄마하고 너거 누나들 다 2층에 올려놓고 혼자 칼 들고 내려가드만 아무 소식이 안 들리네. 내가 궁금해가꼬 뛰어나가 보니까 너거 아버지가 수십 명 사이에 둘러싸여 있는데 혼자서 일본도 들고 상대할라 카더라. 니는 그 장면 못 봐서 그렇지 진짜로 보면 남자 대 남자로 그렇게 멋있어 보일 수가 없다. 너거 아버지는 정말 가족을 위해서 목숨을 바치면서 살아온 사람인 기라."

처음 듣는 아버지의 그런 모습에 현철은 귀를 기울인다.

"내가 보니까 니도 성격이나 뭘로 보나 딱 배영덕이 붕어빵이다. 회사에서 상을 주는 것도 아인데 누가 니맨키로 나서 갔고 직원들과 회사 입장을 생각해서 의견을 조율할라고 하겠노? 니는 회사를 위해서는 할 만큼 했고 득호 삼촌이 니한테 그리 해줬으면 니는 거기에 감사하고 새로운 길 찾으면 되는 기라. 최선을 다했으면 결과가 어찌 나왔건 뒤돌아보지 말고 그냥 받아들이라. 그라고 항상 생각해라. 아버지란 존재는 항상 가족을 위해서 사는 기고 가족을 위해서 죽는 기다. 내도 내 젊음을 여기에 다 바치는 게 일도 좋지만 내가 잘하면 가족들이 더 편하게 살고 가족들이 행복하다는 거 그거밖에 없다. 니 그렇다고 옛날처럼 다시 깡패짓 할 끼가? 잘 됐다. 안 그래도 내도 후계자 여럿 키워야 되는데 아무 말하지 말고 우리 회사에 온나."

"네?"

"내가 평소에도 생각했는데 니같이 머리 잘 돌아가는 애들이 기술 하나 제대로 배워놓으면 어딜 가도 밥벌이는 한다. 너거 마누라 또 다음 달이면 산달 아이가? 애 둘이나 딸린 애비가 되었으면 이리저리 생각할 거 뭐 있노? 아침에 내가 우리 사장님한테 얘기할 테니 일단 이번 주는 좀 쉬면서 진주에도 함 갔다 오고 다음 주부터는 출근해라. 그라고 우리 회사는 노조 이런 거 없으니께 함부로 일거리 만들지 말고. 자, 인제 이거 마시고 일나자."

경춘이 두툼한 손으로 현철의 어깨를 두드리며 현철의 잔에 술을 가득 부어준다.

이틀 뒤, 현철은 중앙동 '대주 수산' 본사로 가서 사직서를 내고 현장에 있는 동료들과 작별 인사를 위해 창고로 찾아갔다.

역시나 생각한 대로 자기를 대하는 동료들의 예전과 다른 어색한 눈길을 느꼈지만 현철은 개의치 않고 먼저 다가가 인사하고 그동안 많은 땀을 쏟았던 창고 여기저기를 둘러보다가 벽에 붙여놓은 벽보를 보고 말았다.

"대주 수산 노조 위원장 배현철을 고발한다! 배현철은 김득호 회장과의 개인적인 관계를 통해서 입사한 인물로서 실제로는 사측에 고용된 프락치임이 밝혀졌다. 본 노조가 조사한 바에 따르면… 이에 노조 위원장 배현철의 자진 사퇴를 강력하게 요구한다."

득호에게도 얘길 했지만 좋든 싫든 갈 곳 없던 자기를 받아주었고 오늘의 자기를 있게 해준 고마운 곳이며 회사 덕분에 결혼도 하고 이 사회에 자리를 잡게 되었다. 누구를 원망할 필요도 없고 그저 정든 곳을 떠나는 마음이 시원섭섭하면서도 홀가분하기만 했다.

외할아버지, 아버지, 외삼촌, 여동생에 이어 자기도 신발 쪽으로 가야 하는 숙명이라도 정해져 있는 것처럼 새로운 곳으로 떠나는 현철의 앞날을 축복이라도 하듯 따뜻한 5월의 햇살이 현철의 어깨 위를 내리쬔다.

남겨진 恨
〈1990년 11월 경남 사천〉

지난 3월에 진주 경상대학교 병원에서 폐암 말기 판정을 받은 영덕이 의학적 치료를 거부하고 여기 고향 마을로 돌아온 지도 벌써 6개월이 되었다.

얼마나 더 살 수 있나 담당 의사한테 물어봤지만 지금은 폐뿐만 아니라 타 장기에도 전이가 되어 치료를 하더라도 완치가 아니고 연명이 목적이며 고통을 줄여주는 수준이 될 거라는 답을 듣자 미련 없이 진주의 일을 정리하고 은심과 같이 돌아온 것이다.

치료를 안 받으면 길어야 3개월이라고 했는데 모처럼 돌아온 고향 마을에 마음이 편했는지 영덕은 의사로부터 받은 여명보다는 더 오래 버텨왔지만 이제는 자기의 생명이 다해 가는 걸 알고 있었다.

걱정하는 은심을 뒤로하고 혼자 목발을 짚고 언제나 그랬듯이 자기만의 아지트였던 뒷산으로 다시 올라왔다.

폐의 통증이 심해져서 올라오다가 다시 쭈그리고 앉아서 빨리 통증이 지나가기만 기다리는데 입에서 뿜어져 나오는 입김이 자기가 보기에도 약해 빠진 게 한눈에 보이니 정말 이제 생명의 불길이 꺼져가는 거 같다.

'20년대에 태어나서 90년대에 인생을 마무리 짓는다. 딱 우리 나이로 70이고 내년이면 칠순인데.'

오래 살고자 하는 욕심은 없었다.

다만 평생을 살아오면서 가슴에 쌓인 잃어버린 자식들에 대한 그리움과 가족 부양을 잘 못해서 가난밖에 물려주지 못한 현실, 돌아가신 부모님의 가슴에 큰 못을 박은 것이 뼈에 사무쳤다. 이 죄를 이번 생애에 못 씻으면 다음 생애라도 씻을 수 있으려나 온몸을 부들부들 떨면서 통증을 참다가 겨우겨우 몸을 일으켜서 몇 발을 더 걷더니 그루터기에 털썩 주저앉는다.

차디 차기만 한 그루터기를 만져보니 이제는 여기하고도 작별해야 하는 때가 온 것 같다.

외삼촌 준길의 손을 잡고 처음 왔었던 몇 살인지 기억도 안 나던 그때도 이 자리는 지금하고 그대로였고 친구들과 뛰어놀 때도, 온몸이 만신창이가 되어 다시 고향을 찾아왔을 때도 이 녀석은 언제든지 반겨주었다. 지금 죽음을 눈앞에 두고 새까맣게 변해버린 자기에게 역시 언제나처럼 자리를 내주었다.

고개를 들어 산 쪽을 바라보니 지금이라도 무영, 득호와 같이 웃으면서 갈대밭을 뛰어다니던 자기 모습이 보이는 거 같고 고개를 숙이니 외삼촌 준길이 돌멩이 몇 개를 가지고 '하나 더하기 둘은?' 하면서 셈법을 가르쳐주는 모습, 바닥에 개발 새발 그리다시피 쓴 자기 글자가 보이는 거 같다.

그날 그 자리에서 담임 키무라 선생님이 했던 말씀도 뚜렷하게 들려온다.

“영덕 군, 자네가 꿈꿔왔던 게 있으면 계속 포기하지 말고 살아 보게. 나중에 자네가 인생을 마무리할 때 내가 어떻게 살았는지 반추해 보는 시간이 올 걸세. 그때 후회하는 일 한 점도 없으면 그게 바로 자네의 인생은 성공이라고 할 수 있지. 남들이 보는 판단 기준에 의해서 인생의 성공이냐 실패의 잣대를 대지 말고 자기가 평가하는 인생의 기준을 만들어보게.”

다시 고개를 들어 하늘을 보면서 물어본다.

‘선생님, 포기하지 않고 열심히 살아왔는데 후회하기에도 그리고 안 하기에도 애매합니다. 성공한 인생이라는 평가는 바라지도 않지만 제가 평가하는 인생의 기준에 따르면 귀한 인연을 맺어 부부와 자식이라는 가족을 만든 건 잘한 것이고 그 책임을 다 못한 건 제 잘못입니다. 저는 제가 이루고 싶었던 꿈을 위해서 열심히 열심히 했는데 이 세상이 내 마음 같지가 않네예. 그냥 평범하지 않게 인생을 살았고 70년 못 살은 인생에 많은 한만 품고 이번 생애는 여기까지인 거 같습니다. 험한 세상이 격변하는데 제가 할 수 있는 게 아무것도 없었습니다. 제 의지와는 달리 바람에 날리는 나뭇잎처럼 이리저리 세파에 흔들리면서 살아왔네요. 좋은 소식 못 전해서 죄송합니다.’

지금 옆에 까까머리의 14살 배영덕이 있다면 인생의 마지막 길에 접어들은 자기 모습을 보고 어떻게 평가할지 되묻고 싶었다.

앞으로 니가 겪어야 하는 길이 이런 험한 길인데 알면서도 갈 수 있느냐고?

‘내 소원이 로케트를 타고 달나라 보내달라는 것도 아이고 돈을 많이 벌어서 부자가 되는 것도 아이고 그냥 가족들하고 같이 평범하

게 남들처럼 사는 긴데 그게 그리 힘들었나.'

또다시 통증이 찾아와서 가슴을 움켜쥐니 차가운 공기에도 불구하고 이마에서 식은땀이 계속 난다.

'내가 금희하고 옥희 찾으면 여기에 꼭 같이 데려오려고 했는데….'

이산가족 찾기가 끝난 이후에 주위에서는 할 만큼 했고 이제 잊으라고 하고 누구는 이제 죽었다고 생각하고 남은 인생 마음 편하게 먹고살라고 하지만 영덕의 마음은 그렇지 않았다. 자기 눈으로 봉천에 가서 장밍 일가족이 어디론가 안전하게 피신한 걸 봤고 평양에서도 삼월의 무너진 집에서 아무도 죽은 사람이 없는 걸 확인했다. 분명히 살아있을 거고 다만 자기의 수명이 다 되어서 못 만나는 거뿐이지 한 번도 자기 딸들이 죽었다고 생각해 본 적이 없었다.

살아가면서 얼마나 자기를 원망하고 살았을까 그리고 부모 없이 남들한테 서러움 받으면서 이 험한 세상을 헤쳐나갔을 딸들을 생각하니 제대로 품어보지도 못하고 이렇게 눈을 감는다는 게 한이 될 뿐이다.

이제 기력이 있을 때 손에 쥔 노트를 다시 꺼내어 마무리를 해야 할 거 같다.

말 못 하는 답답한 심정 적어놓은 게 두꺼운 노트로 21권이 나왔는데 과거 회상과 그날그날의 일기로 적어놓았고 은심과 자식들에게 하고 싶은 이야기도 써놓았다. 더 늦으면 기억이 가물가물해져서 자식들을 못 찾을까 봐 써 내려간 게 20년이 넘는 세월인데 이제 자기 생애에서는 더 이상 이룰 수 없는 꿈이 되어버렸다.

아내 은심과 수없이 여기를 같이 올라왔었고 계절마다 바뀌는 경치를 보면서 서로 같이 울기도 많이 울었다.

지금도 눈을 감으면 생각나는 봉천에서 처음 보던 날의 은심은 참

이쁘고 수줍음을 많이 탔다. 몰래몰래 자기를 훔쳐보다가 눈이 마주치면 귀까지 빨개지던 까무잡잡한 피부에 눈동자가 새까만 그 착한 처녀….

장인 범호가 부탁해서 공부를 가르치는데 자기 옆에 서면 긴장하면서 덜덜 떨던 그 작은 손이 이제는 거칠어지고 주름살로 쭈글쭈글해졌지만 그래도 평생 그 손을 잡아가면서 곁에서 지켜주고 싶었다.

팔자가 기구한 남편을 만나서 같이 고생만 했고 남들이 말하는 호강이라는 게 뭔지 그냥 평생 일만 하면서 힘들게 살아온 아내 은심에게 어떻게 고마워하고 미안하다고 해야 할지 모르겠다. 자기가 잘났으면 그리고 장애인이 되지만 않았다면 은심은 자기 태어난 품성대로 곱게 이 세상을 살았으리라.

전쟁통에 여자 혼자서 그 어려운 길을 헤쳐나가서 자기를 찾아와 주었고 고맙게도 같이 살면서 현철과 봉희까지 낳아주었다.

정말 기회가 다시 주어지고 다음 세상이 있다면 상수와 언년의 아들로 그리고 은심의 남편으로 지금 자식들의 부모로 태어나서 제대로 살아보고 싶었다.

아들 현철은 이제 제대로 자리를 잡아가는 거 같다.

경춘의 회사에 들어가서 일도 열심히 배우고 성실하다는 얘길 들으니 마음이 놓인다. 그 녀석도 자기가 하고 싶은 게 얼마나 많았을까. 커오면서 물려준 거 하나 없었는데 오히려 부모 때문에 하고 싶은 걸 못 하고 큰 고통을 받고 살았다고 생각하니 아무리 생각해도 자기는 참 모두에게 죄인처럼 살았다. 자기도 애비가 되니까 영덕의 마음을 아는지 언제든지 따뜻하게 손잡아 주고 꼭 누나들 찾아서 만나게 해주겠다는 든든한 아들이 되었다.

어릴 때부터 자기 옆을 지키면서 착하게 자란 손녀 같은 봉희는 자기 닮은 딸 하나를 낳고 지금 일본에서 잘 살고 있다. 부모가 못 시켜준 공부도 혼자서 다 하고 이제 업계의 디자인 분야에서 두각을 나타낸다고 하던데 얼마 전에는 봉희의 인터뷰 기사가 실린 일본의 전문 잡지도 보내왔다. 처음에 인사하러 왔었던 요시오까의 인상이 너무 좋았고 필담을 통해 예비 사위의 품성과 마음을 보니 자기가 제대로 못해준 사랑을 봉희에게 충분히 주면서 딸을 한평생 아껴주면서 살 거 같았다.

자식이 커오면서 제대로 인생의 길잡이가 되어주는 말도 못 해줬고 그냥 옆에서 속앓이만 했던 답답한 세월, 이제 눈을 감으면 꿈에서라도 자주 나타나서 자식들 성장하는 모습이라도 제대로 봤으면 한다.

다시 고개를 돌려 저 건너편에 있는 부모님의 산소가 있는 자리에 눈길이 머문다.

없는 살림에 자기 하나 잘 키우려고 했었던 부모님, 자기가 집을 나간 이후에 얼마나 가슴을 응어리지게 만들었는지 아버지 상수는 눈을 감을 때도 대문만 쳐다봤다고 한다. 숨을 거두는 그날, 그래도 자기는 자식이 가고자 하는 앞날을 막지 않았고 자기 대신 더 넓은 곳에서 꿈을 펼칠 아들을 그리워하면서 껄껄 웃으셨다고 한다.

그리고 눈을 감을 때도 영덕과 자식들 걱정에 양손에 아들과 며느리의 손을 꽉 쥔 채 세상을 떠난 한 많은 인생을 마감했던 어머니.

부모님 산소에 갔다 온 게 이틀 전이었건만 여기까지 생각이 미치자 영덕은 부모님 산소에 가보고자 가까스로 몸을 일으킨다. 어렵게 일어서서 몸을 돌렸다가 다시 돌아와 그동안 언제든지 자기를 보듬어주었던 나무 그루터기를 한 번 더 손바닥으로 눌러서 자기의 체온을 전해주었다.

언덕을 바라보면서 주위의 풍경을 사진이라도 찍듯이 저장하면서 하나하나 머리에 담는다.

이제 더 이상 여기에 다시 올 자신이 없었고 지금이 마지막이라고 직감했다.

야트막한 비탈길을 내려오던 영덕은 눈앞에 대추나무가 보이던 순간 그 자리에 푹 고꾸라지고 말았다.

영덕이 위급하다는 소식을 듣고 온 가족이 다 모여들었다.

현철은 아내 윤희와 아들 하율, 딸 지유를 데리고 영덕의 마지막 길을 지키려고 했고 봉희도 지금 남편 요시오까와 딸 유리와 함께 금방 부산 김해 공항에 도착했다는 연락이 왔다. 서포에 사는 영덕의 둘째 누나도 도착해서 툇마루에 앉아서 연신 눈물만 흘리고 있다. 경춘 역시 아내 순이와 결혼한 자식들도 다 불렀고 지금 진지하게 영덕의 친구인 무영이와 같이 장례 절차를 논하고 있었다.

작년에 갑작스럽게 득호가 교통사고로 세상을 떠났는데 또 이렇게 영덕이 임종을 앞두고 있으니 두 번이나 친구의 초상을 치르는 무영은 착잡하기만 했다.

작년까지만 해도 한 이삼 년 진주에서 살다가 둘 다 같이 고향으로 내려가서 배 타고 낚시나 하면서 손주들 놀러 오는 거 보는 낙으로 살면서 여생을 보내자고 했는데 이렇게 친구를 떠나보내게 되니 정말 인생이 허무했다.

영덕이 걱정되어 영덕네 집에 들렀다가 혹시나 싶어서 자주 갔던 동산으로 올라가는 길에 바닥에 쓰러져 있던 영덕을 발견하고 집으로 업고 왔지만 아직까지 영덕은 혼수상태에 빠져 깨어날 줄 모른다.

깨어나지 못하면서도 찾아오는 고통은 느껴지는지 영덕은 계속 신음을 하고 있고 그 옆을 지키는 은심은 한시도 자리를 떠나지 않는다. 지금 울음이 목까지 찼지만 정말로 목을 놓아 울어버리면 영덕이 영영 다시는 눈을 뜨지 못할 거 같아 아랫입술을 깨물면서 억지로 버티고 있었다.

아버지 범호를 떠나보낼 때 생각이 나는데 그때는 곁에 영덕이라도 있었지만 이제 영덕마저 떠난다면 이 세상 어떻게 혼자서 살아가야 하나 두려움이 밀려왔다. 눈은 못 뜨지만 귀는 들린다고 생각한 은심은 영덕의 손을 꼭 잡은 채 쉬지 않고 영덕의 귀에 대고 말을 건넨다.

계속 아파오더니 지금은 가슴이 답답하지도 않고 하나도 아프지도 않다.

눈에 보이지는 않지만 자기는 분명히 목발 없이 두 발로 걷고 있고 혹시나 해서 "여보시오"라고 소리를 냈더니 말소리가 울려 퍼진다.

깜깜한 곳에서 자기의 얼굴을 만져보니 꺼칠꺼칠하게 수염이 난 턱이 그대로 달려있다!

여기저기 사방을 둘러보던 영덕의 손이 벽을 더듬다가 손잡이를 잡는다. 문이 소리 없이 열렸다.

방 안에서 비치는 강렬한 불빛에 눈이 부셔 눈을 찡그렸다가 다시 손으로 눈을 비비고 자세히 안을 들여다보았다.

아버지 상수는 헤어질 때 모습 그대로 영덕을 보고 웃고 있었고 엄마 언년은 부엌의 아궁이에 불을 넣으면서 이쪽을 웃으면서 돌아본다. 언년 옆에는 재작년에 세상을 떠난 큰누나도 언년을 돕느라 바쁜 듯 이마의 땀을 훔치면서 영덕을 향해 하얀 이를 드러내고 웃고 있다. 외삼촌 준길도 멋진 양복을 빼입고 자기를 보고 웃고 있고 그 앞으로 경도가 바쁘게 어디론가 뛰어가다가 영덕을 발견하고 반갑게 손을 흔든다. 장인 범호와 처삼촌 범진 형제가 머리 2개나 차이가 나는 키임에도 같이 어깨동무를 하면서 꽃밭에서 산책을 하고 있고 이호영은 콧수염을 쓰다듬다가 웃는 얼굴로 어깨를 활짝 펴고 신선한 공기라도 마시려는 듯 기지개를 켜더니 영덕과 눈이 마주치자 멋쩍은 웃음을 지으며 수줍게 손을 흔든다.

그동안 꿈에 나올 때마다 무섭게 나왔던 외삼촌 준길, 경도, 이호영이 처음으로 보여주는 웃는 얼굴이었고 모든 사람의 표정이 자기를 기다리는 거 같았다. 이윽고 다정하게 손을 잡고 이쪽을 향해 손을 흔드는 장밍과 외숙모 순례도 보이고 점순 할매도 영덕과 눈을 맞추면서 웃고 있고 나무 그늘 밑에는 담임 키무라 선생이 책을 읽고 있다. 그리고 저 멀리에서 여전히 개구쟁이 같은 얼굴의 득호도 손나팔을 하고 자기를 부르는 거 같다.

주위를 둘러보다가 다행히 딸 금희와 옥희의 얼굴이 보이지 않자 영덕은 조마조마하던 마음이 풀려서 한숨을 내쉬었다. 여기는 필히 먼저 세상을 떠나 그리운 사람들이 오는 곳인데 딸들이 보이지 않으니 정말 살아있다는 걸 확인한 셈이다.

영덕은 반가운 마음에 본능적으로 오른발을 문 안으로 내디뎠다. 역시 자기의 발도 멀쩡하게 붙어있었다. 너무나 신난 마음에 오른발에 무게 중심을 두고 왼발을 옮기려고 하자 갑자기 촉촉하게 젖은 은심의 목소리가 들려온다.

"여보, 봉희네 가족들 왔습니더. 어서 눈 뜨고 애들 함 보이소."

망설이던 영덕은 다시 방 안을 쭉 둘러보고는 오른발을 빼고 뒤로 돌아섰다.

눈을 뜨자 자기를 가운데에 놓고 걱정스럽게 바라보는 가족들의 얼굴이 희미하게 한 명씩 보인다.

"애들 얼굴 한 번이라도 더 보고 가이소!"

영덕이 눈을 뜨자 드디어 은심의 눈물보가 펑펑 터지고 만다.

제일 먼저 보이는 얼굴은 눈물로 범벅이 된 은심이었고 은심은 자기의 꺼칠하고 비쩍 마른 손을 꽉 잡고 놓지 않고 있었다. 눈을 굴려서 돌아보니 아들, 며느리, 딸, 사위 그리고 친구 무영의 얼굴이 보이는데 모두가 울고 있었다. 좀 있다가 발소리가 급하게 들리면서 누군가가 방 안으로 들어와 황급하게 머리를 들이미는데 그건 경춘이었다.

이상하게 아주 아파야 했는데 하나도 아프지가 않아 손을 들어 턱을 만져봤지만 역시 턱은 없었다. 급하게 손을 들어 쓰는 시늉을 하자 현철이 백판과 사인펜을 가져다주고 영덕이 쓰기 좋게 들어주었다.

'다들 얼굴 보니까 참 좋네.'

영덕이 쓴 첫 문장에 방안의 울음소리는 더욱 커진다.

'현철아. 내 일기장 보고 꼭 너거 누나들 찾아가라. 너거 누나들 아직 살아있다. 누나들 만나면 궤짝 안에 있는 거 꼭 찾아서 전해주거라.'

그러면서 머리맡에 놓인 색이 바래가는 노트들을 가리키면서 현철과 눈을 맞추자 현철은 입을 꽉 다물고 고개를 끄덕인다.

아직까지 의식이 있는지 봉희와 요시오까를 보더니 '사랑에는 국적이 없는 걸 보여주니 정말 고맙네'라고 일본어로 쓰자 요시오까는 안경을 벗어 손수건으로 눈을 가리고 봉희는 "아버지 아버지"만 외치면서 울지만 쉿소리만 난다.

여기까지 썼더니 다시 통증이 찾아오고 눈앞이 가물가물해진다.

그래도 마지막까지 힘을 내본다.

'친구야. 고맙다.'

무영이는 차마 영덕과 눈을 마주치지 못하고 눈만 껌뻑거리면서 고개를 돌려버린다.

'처남, 너거 누나 부탁한다. 그동안 못 나눈 정 많이 나누면서 살게.'

"매형, 매형, 우리 매형 불쌍해서 우짜노! 이리 가시면 안됩니더!"

경춘이 다시 서럽게 서럽게 오열한다.

이윽고 떨리는 손으로 다시 적어나간다.

'여보, 그동안 미안하오.'

은심의 울음소리와 모두가 우는 소리가 더욱 커져만 가고 통증이 가라앉자 영덕은 편한 마음에 눈이 스르르 감기려고 한다.

방 안의 어른들이 모두 울고 있는데 마당에서 아무것도 모르는 손자 손녀들의 뛰어노는 소리가 들려온다.

귓가에 아련하게 들리는 목소리에 다시 눈을 뜬다.

"니 이름이 뭐꼬?"

"배금희."

"너거 엄마 아빠 이름이 뭐꼬?"

"엄마는 정은심, 아빠는 배영덕."

"너거 아빠 고향이 어디고?"

"경상남도 사천군 곤양면 중항리 안도 마을."

"너거 할아버지 할머니 이름이 뭐꼬?"

"할아버지는 배상수, 할머니는 황언년."

오랜만에 듣는 자기의 젊은 목소리와 금희의 귀여운 목소리로 나눴던 대화가 떠오르자 영덕은 반가운 마음에 입가의 미소가 서서히 번진다.

다시 주위가 컴컴해지고 뒤를 돌아보니 멀쩡한 오른발이 다시 문 안쪽으로 들어와 있다.

신기하게도 여기만 들어서면 이제 더 이상 아플 거 같지가 않다.

조심스레 안쪽을 들여다보니 밝은 태양과 깨끗한 공기, 그리고 주위에는 꽃내음이 나는 조용한 곳이다.

그래도 뭔가 아쉬움이 남아서 다시 뒤를 돌아보았다.

자기를 바라보는 가족들 하나하나 다시 쳐다보고 도로 눈을 감는다.

문 안쪽에서 엄마 언년이 밥상을 다 차렸는지 젖은 손을 앞치마에 닦으면서 일어난다.

“영덕아. 그동안 고생 많았제? 니 할 만큼 했다. 어서 와서 밥 묵자.”

그러자 방 안에 있던 사람들이 어서 영덕에게 오라고 손짓을 한다.

환한 미소를 띠고 영덕은 반가운 마음에 문을 활짝 열고 안으로 뛰어 들어간다.

은심의 손을 쥐던 영덕의 손에 힘이 풀리면서 축 늘어진다.

이렇게 영덕은 자기 아버지 상수처럼 자기가 태어난 방에서 한 많은 인생을 마감했다.

다시 시작
〈1994년 10월 중국 요녕성 심양〉

“승객 여러분, 안녕하십니까. 저희 비행기는 방금 심양 타오센 공항에 안전하게 도착했습니다. 지금은 비행기가 이동 중이니 좌석에서 일어나지 마시고..”

비행기가 착륙하자마자 일어나서 선반 위에 있는 짐을 열려던 현철은 방송을 듣고 다시 자리에 앉았다. 태어나서 처음 타보는 비행기인지라 제일 먼저 벌떡 일어났는데 그때를 기다리기라도 한 듯 기내 방송이 나오자 아주 머쓱해져 옆자리에 앉은 은심과 봉희를 돌아봤다. 창가에 앉은 은심은 목을 빼어 창밖을 쳐다보고 있고 봉희는 긴장이 되는지 눈을 감고 뭐라고 중얼거리고 있다.

창밖으로 처음으로 마주하는 심양의 타오센 공항은 황량한 벌판 위에 있었고 주위에는 높은 건물이 보이지 않았다.

이제 드디어 말로만 듣던 중국에 처음으로 발을 디디게 된 현철이었다.

92년 7월에 드디어 한중 수교가 이뤄졌고 한국 기업의 중국 진출이 이뤄지더니 민간 교류도 더욱 확대되어 온 가족이 벼르고 벼르던 심양행이 성사되었다.

작년에 '정화 통상'이 중국에 진출하면서 60이 넘어 은퇴해 공장의 고문직으로 있던 경춘이 자원해서 중국 산동성 청도로 갔고 현지에서의 토지 구매와 공장 설립, 라인 설치 등을 거쳐서 이제 정화통상 청도 공장이 정상적으로 막 운영되는 중이다. 경춘은 신장이 좋지 않아 가지 말라는 가족들의 만류를 뿌리치고 다른 곳도 아니고 자기가 살던 중국이라며 고집을 부려서 왔고 경춘이 헤어진 조카들과 사촌들을 찾으려는 생각을 실행에 옮기려고 한다는 건 가족들도 다 알고 있는 사실이었다.

현철이 오늘 은심을 모시고 오기 전에 혼자서 시간을 내어 두어번 정도 심양에 와본 경춘은 10월 중국 국경절 연휴 기간을 이용해서 미리 심양에서 기다리고 있다가 직원의 친척과 함께 공항에서 마중을 나오기로 했다.

말로만 듣던 그리고 오고 싶었던 심양에 도착하니 은심의 마음은 걷잡을 수 없었다.

돌이켜 보면 여기를 떠난 지도 벌써 48년째, 살아있다면 올해 금희가 우리 나이로 55살이고 옥희가 50이라니 정말 세월이 참 무상하게도 흘렀다. 여기에 오기 전에 영덕의 산소에 가서 꼭 자식들 만나게 해달라고 빌었고 영덕이 만들어놓은 금희와 옥희의 비단 구두도 가져왔다.

영덕이 죽기 몇 해 전, 어느 날 잠을 자는데 영덕이 조심스레 자기 발을 이리저리 만지기에 무슨 일이냐 물었더니 영덕이 웃으면서 얘길 했다.

"그미오기ㅂㄷㄱㄷ어어어."

어린 딸들에게 약속했던 비단 구두를 만나면 만들어주려고 했는데 더 늦으면 안 되겠다 생각했는지 그날 잠 한숨 안 자고 뚝딱뚝딱 하더니 빨간 비단으로 예쁜 구두 2켤레를 만들어냈다. 그렇게 영덕이 신기고 싶었던 비단 구두를 가지고 은심은 떨리는 가슴으로 다시 심양에 오게 된 것이다.

서울에서 비행기 타니 한 시간 조금 더 걸리는 거리인데 어떻게 그렇게 길고 긴 세월 동안 이렇게 오기가 힘들었는지 허무하기도 하고 그리고 영덕이 좀 더 살아서 같이 왔으면 하는 이런저런 생각이 들어 만감이 교차한다.

"누님, 현철아! 봉희야!"

짐을 찾고 나오자 출구 앞에서 기다리던 경춘이 반갑게 손을 흔든다.

경춘의 아내 윤희가 주기적으로 당뇨약과 신장약을 보내주고 있기는 하지만 살이 쏙 빠진 경춘을 보니 그동안 건강이 안 좋아진 거 같아 은심은 눈물이 왈칵 났다.

"누님, 얼마 만에 맡아보는 봉천, 아니 심양의 공깁니꺼?"

현철과 봉희에게는 낯선 땅이지만 은심과 경춘은 마치 오랜만에 고향 방문이라도 하듯 감격에 겨워 눈가의 눈물을 훔친다. 짐을 싣고 차에 타고 시내로 들어오는 길인데 도로 표지판에 '소가둔'이 보이니 은심의 시선은 거기에서 눈을 떼지 못한다.

"누님, 먼저 서탑에 가서 둘러보고 다시 욜로 올 거니까 걱정 마이소."

차량이 고속도로를 벗어나 훈하가 보이는 다리 위로 올라서자 은심의 눈은 더욱 커져가고 입이 바짝 마르는지 자꾸 물만 들이키는데 봉희는 이러다가 칠순이 넘는 은심이 쓰러지지 않을까 걱정되어 떨고 있는 은심의 손을 꼭 잡아주었다.

일부러 경춘이 기사에게 얘길 한 듯 차량은 청년대가에 접어들자마자 왼쪽으로 꺾어져서 고층 건물이 들어선 심양의 중심부로 접어들더니 심양역 앞을 지나간다. 오랜 시간이 흘렀지만 이제 여기서 딱 5분이면 서탑이라 생각하니 은심의 호흡은 더욱 빨라진다.

50년 가까운 세월이 흘렀는데 심양역은 여전히 초록색 지붕에 붉은색과 흰색으로 된 외벽에다 역 입구에 걸린 시계도 변함없었고 역 맞은편에 있던 준길의 사무실 자리도 그대로였다.

서탑 입구 큰 도로에 들어서자마자 차가 서기도 전에 은심은 마음이 급해서 내리려고 한다. 이런 은심을 부축해서 일행은 꿈에도 그리던 서탑에 발을 내디뎠다.

과연 과거 봉천의 조선인 거리답게 여전히 거리 곳곳에 우리말로 된 간판이 걸려있고 길거리에서 들리는 말도 우리말이 많았지만 예전의 모습은 찾아볼 수가 없었다.

새로 닦은 2차선 차도가 서탑의 중심가를 가로지르고 있었고 길 양쪽에는 식당과 점포들이 빽빽하게 들어서 있다. 대충 눈짐작으로 여기가 옛날의 어디쯤인가 하는 은심에게 경춘이 손가락으로 여기저기를 가리킨다.

"누님, 저 아래 초원식당이라는 그 자리가 예전에 매형이 하던 신발 가게 자리고예, 저기 왼쪽으로 돌아가면 서탑이 있고 그 옆이 바로 저하고 명자가 다니던 조선학굡니더. 그라고 여기서 오른쪽으로 쭉 올라가서 두 번째 골목에서 꺾어지면 개고기 시장이고 여기 바로 뒤가 서탑 시장입니더."

자그마치 50년, 천지가 여러 번 개벽했을 시간이라 경춘의 말을 듣고도 은심은 도저히 어디가 어딘지 구분이 안 갔다. 예전에 마차와 인력거가 지나갔던 중심가를 가르던 그 길이 지금 이곳이 아닌가 짐작만 할 뿐이다.

이런 은심의 마음을 안다는 듯 경춘은 은심의 손을 잡고 앞으로 걸어가면서 여기저기를 가리키고 하나하나 설명하며 앞장을 서고 현철과 봉희는 말없이 그들의 뒤를 따른다.

건너편에 초원 식당이 보이자 "아!" 하는 탄성이 은심의 입에서 터져 나온다.

영덕이 직원들과 피땀 흘려 신발을 만들어냈던 공장터가 분명히 뒤에 있을 것이고 자기가 먼지털이로 부지런히 장식장을 털던 바로 그 자리가 맞았고 그날 지금 이 자리까지 폭도들이 꽉 들어찼을 때 저기 현철이 서있던 자리쯤에서 삼촌 범진이 나타나 총을 쏜 곳이 맞았다. 그리고 건너편 상가의 입구에 올라가는 계단 근처가 바로 아버지 범호가 심심하면 밖에 나와 사람 구경을 하면서 햇볕을 쬐는 그 자리일 것이다.

"어머나, 세상에…."

너무나 변해버린 모습에 그리고 갑자기 떠오르는 그리운 얼굴들 때문에 은심은 울음을 참지 못하고 이런 은심을 봉희가 껴안고 어깨와 등을 토닥여 준다. 경춘은 그런 은심의 마음을 잘 알기에 눈에 눈물을 글썽이며 자기가 기억하는 대로 그 당시 이 골목이 어땠는지 현철과 봉희에게 설명해 준다.

자기가 태어나기 전의 이야기들을 전설처럼 들어온 현철은 막상 심양으로 오게 되니 실감이 안 나기도 했지만 한편으로는 두려웠다. 와보니 심양은 부산 인구의 2배나 되는 인구 700만의 대도시인 데다가 작은 마을이라고 생각했던 서탑의 규모는 생각보다 훨씬 커서 과연 누나들을 찾을 수 있을까 하는 두려움이 먼저 들었다. 그리고 여기만 오면 혹시나 하고 큰 희망을 갖고 왔던 은심이 직접 와 보고 아무런 단서조차 찾지 못하고 돌아가면 얼마나 상심이 클까 하는 걱정도 들었다.

솔직히 부산에서 자기들이 갖고 있는 기억의 흔적만 모아서 50년 전에 잃어버린 사람을 찾는다는 것도 불가능할 거 같은데 말도 통하지 않는 이곳에서 과연 가능할까라는 생각도 꼬리를 물고 떠올랐다.

현철의 생각과는 달리 은심은 추억의 장소를 하나씩 떠올리면서 차츰 방향 감각을 잡아나갔고 이제 저 앞의 모퉁이를 돌아 개고기 골목을 지나면 점순 할매의 식당과 아버지 범호가 있던 곳이 얼마 안 남았다는 생각이 들자 급한 마음에 발걸음을 재촉한다. 방향을 잡은 은심의 빠른 걸음은 물살을 거스르고 자기가 태어난 실개천으로 향하는 연어의 몸부림처럼 간절했고 젊은 현철과 봉희가 따라가기에도 벅찰 정도였다.

골목 양쪽에 막 도축한 개고기가 걸려있는 개고기 골목 역시 5층짜리 아파트에 둘러싸여 있어 옛 모습은 찾아볼 수가 없었고 언제 나타나나 조바심을 내면서 달려왔던 옛날 점순 할매의 식당으로 짐작되는 자리는 들어서자마자 맥이 탁 풀려버렸다. 큰 기대는 안 했지만 그 자리에도 5층 건물의 아파트가 들어서서 그때의 모습은 흔적도 없었다. 허무해하면서 한숨을 쉬는 은심의 마음을 알아차린 경춘은 은심의 어깨를 감싸 안고 떨리는 목소리로 말한다.

"누님, 저도 여기 처음에 왔을 때 너무 허무해서 눈물만 나대예. 조금 기억을 더듬어보면 저기 앞에 건물쯤이 점순 할매 국밥집이었고 아버지 가게가 저기 전봇대쯤에 있었을 겁니더. 그날 아버지가 경찰서에 잡혀가던 날, 누나하고 저하고 울면서 따라갔던 눈 오던 그날, 그 길은 아직 그대로 있네예."

그리운 곳에 올 때마다 잊고 있었던 그날들의 기억이 어제 일처럼 선명하게 떠오르니 은심은 숨이 탁 막혔다.

"경춘아. 맞다. 맞어. 그날 니하고 내하고 같이 손잡고 아버지 부르면서 달려갔던 그 길 맞다."

멍한 눈으로 지금은 차들이 다니는 길을 하염없이 바라보며 말하는 은심의 젖어든 목소리에 현철과 봉희는 숙연해졌다. 자기들이 자라면서 들어왔었던 이야기가 전설이 아니고 실제로 있었던 일이며 은심과 경춘에게는 아직도 잊을 수 없는 아팠던 시간들이었던 것이다.

봉희는 끌려가는 아버지를 태우고 멀어지는 차를 울면서 눈길을 달려 쫓아가던 댕기머리를 한 16살 처녀와 7살 꼬마의 심정이 어땠을지 감정이 이입되면서 소리를 내어 흐느끼기 시작했다. 내가 그 시절에 태어났어도 그렇게 살았을 것이고 그때 자기 부모님이나 외삼촌 경춘, 그리고 돌아가신 외할아버지는 아무런 잘못이 없었다. 그냥 그 시절에 태어나서 운명처럼 그런 삶을 살았던 것일 뿐이리라.

"누님, 지난번에 와서 보니까 저기 안에 야채, 청과물, 조미료 도매 시장이 아파트 사이에 있는데 거기에 심양 토박이 아지매들도 몇몇 계시더라고예. 오늘은 시간이 늦었으니 요 앞에 식당에서 저녁 먹고 내일 아침부터 살살 움직입시더."

그러고 보니 지금 시장이 있다는 곳의 위치가 은심이 점순 할매 식당에서 일할 때 늘 갔었던 그 도매시장 위치하고 똑같아 반가운 마음이 앞선다.

해가 뉘엿뉘엿 져가는 심양의 밤하늘에는 난방을 위해 석탄을 때는 냄새가 무겁게 깔리고 밤이 되니 금방 영하로 뚝 떨어지는 추운 날씨가 된다. 태어나서 처음 중국 땅에 와본 현철은 피곤하긴 했지만 아직까지 흥분이 가시지 않아 몸을 뒤척이는데 창가 쪽 창문의 침대에 누워있는 경춘도 마찬가지인지 계속 몸을 뒤척인다. 경춘이 다시 일어나 현철을 부르더니 잠도 안 오니 같이 나가서 한잔하자고 하길래 현철은 듣던 중 반가운 소리인지라 얼른 옷을 껴입고 밖으로 나왔다.

아직 10월인데도 말로만 듣던 중국 동북, 만주의 칼바람은 매서웠다.

경춘이 몇 번 와본 적이 있는지 서탑의 골목골목을 돌더니 어느 양꼬치 집으로 데려간다.

엄마 은심이 쓰는 귀에 익은 평안도 방언을 쓰는 조선족 아줌마가 반가이 맞아주고 경춘은 자연스럽게 빼갈을 한 병 시킨다. 처음 보는 양꼬치가 숯불 위에 올려지고 기름이 쫙 빠지면서 노릇노릇하게 잘 익어가니 입에 저절로 군침이 돈다.

맥주잔에 빼갈을 가득 채우고 입에 털어 넣는데 식도부터 위까지 찌릿한 전기가 통과하는 것처럼 엄청나게 높은 도수의 알코올이 현철의 몸에 들어온다. 현철이 얼굴을 찡그리자 경춘은 아무렇지 않게 웃으며 한 모금을 더 마신다.

"내가 당뇨 때문에 술을 자제하는데 중국 백주는 도수가 높아도 다음 날에 숙취가 없어서 내한테는 잘 맞더라. 그라고 여기는 날씨가 추운 곳이라 술을 마셔줘야지 겨울을 잘 보낼 수 있는 기라. 쭉 들이키 봐라."

경춘은 익숙한 듯 양꼬치 위에다 소금과 고춧가루를 치고 처음 보는 후추 같은 양념도 앞뒤로 뒤집어서 익어가는 고기위에 뿌린다.

"와, 같은 양꼬친데 청도에서 먹는 거는 맥주랑 마셔야 맛있고 여기 고향에서는 빼갈하고 딱 궁합이 맞더라."

처음 맛보는 양꼬치에서 노린내도 안 나고 입에 와닿는 부드러운 맛에 현철은 연거푸 3개나 먹다가 언뜻 벌써 비어버린 경춘의 잔을 발견하고 다시 채워준다.

"니 오늘 진짜 여기 와서 보니까 어떤 기분이고?"

"삼촌, 솔직히 기대도 되지만 진짜 막막합니다. 과연 찾을 수 있을까 걱정도 되고 우리 어무이 불쌍하기도 하고. 딱 한마디로 어떻다 하기에는 심정이 좀 복잡합니더."

"내가 이번이 세 번째 오는 긴데 내도 나름대로 찾아볼라고 얼마나 여기저기 묻고 댕깃겠노. 근데 그게 생각만큼 쉽지가 않더라. 묻고 물어보니 원래 심양 토박이라꼬 해도 다들 부모 세대 때 길림성에서 이주해 온 사람들이 많고 소가둔이나 만융촌까지도 가봤는데 거기에도 다른 특별한 단서도 없고."

현철이 맛있게 양꼬치를 잘 먹자 경춘은 추가로 20개를 더 주문한다.

"내도 사실은 너거 어무이가 걱정이다. 큰 기대를 하고 왔는데 그냥 돌아가시면 실망이 얼마나 크시겠노?"

이윽고 눈에 눈물을 글썽이면서 경춘이 다시 입을 연다.

"오늘 본 것들 들은 것들, 그리고 내일부터 볼 것들, 절대로 허투루 보지 말고 니 머릿속에 잘 집어넣어라. 너거 부모님들이 그리고 우리 아부지가 정말 치열하게 산 곳이고 가족들 건사할려고 목숨 내놓고 살았던 전쟁터라고 생각해라. 내일 갈 곳은 만융촌이라는 곳인데 내일 가는 차 안에서 내가 또 자세히 얘기해 줄께."

어느새 한 병이 비어가서 경춘이 더 시키려고 하자 현철은 그만 마시라면서 만류한다.

"현철아. 내가 니한테 비밀 얘기 하나 해줄까?"

취기가 오른 경춘이 갑작스럽게 비밀 얘기가 어쩌고 하니 현철은 이제 백주는 그만 마시고 입가심으로 맥주 2병을 더 시켰다.

"내가 우리 마누라한테도 말을 안 했는데 사실은 우리 누님하고 내는 피 한 방울 안 섞인 사이다."

예상치 못한 경춘의 말에 현철의 눈은 커지고 만다.

"내 생부가 지주 놈 앞잡이였고 생모는 술에 찌들어 살던 떠돌이 과부였다 카더라. 과부가 아버지하고 재혼했는데 아버지 자식을 낳은 게 아니고 지주네 마름질 하던 사람의 애를 낳았는데 그게 바로 내란다."

경춘은 맥주 병 뚜껑을 익숙한 동작으로 숟가락을 뒤집어서 따더니 그대로 병째로 마시고 현철도 잔에 남아있던 백주를 단숨에 들이켰다.

"우리 아버지가 내 생부를 죽이고 그거 때문에 고향에서 도망쳐서 여기 심양으로 왔다더라. 나중에 삼촌이 고향 가서 가족들 데리고 올 때 내는 버리고 올랬는데 우리 누님이 내 안 델꼬 가면 자기도 안 간다고 해서 어쩔 수 없이 델꼬 왔다 카더라. 진짜 내 인생도 참 거짓말 같재?"

현철도 맥주를 따서 경춘처럼 병나발을 분다.

"그라문 어무이가 그런 얘기 해주신 겁니꺼?"

경춘은 단호하게 고개를 가로젓는다.

"아이다. 우리 누님은 절대로 그런 말한 적 없고 앞으로도 계속 모른 척할끼다. 아직도 내가 모른다고 생각할걸. 아버지 돌아가시던 그해에 정주에 있었는데 그때 동네 사람들이 수군거릴 때 그때 알았다."

'왜 우리 가족들의 운명은 이렇게 가혹하기만 한 걸까?'

현철의 마음을 아는지 모르는지 경춘은 계속해서 말을 한다.

"내보고 그러더라. 내가 죽은 생부하고 똑같이 생겼다고… 처음에는 봉천에서 막 왔다고 이 놈들이 나를 놀리나 했는데 나중에 알고 보이 그 얘기가 맞더라. 내가 그날 이후로 얼마나 힘들었는고 아나?"

맥주 2병을 더 시키고 경춘은 현철이 꺼내놓은 담배에서 한 개피를 꺼내서 불을 당긴다.

건강이 안 좋아 2년 전에 금연했다고 들었는데 오늘 같은 날 현철도 뭐라고 잔소리를 할 수가 없어 자기도 한 개피를 꺼내서 피운다.

"그런 얼떨떨한 상태에서 평양으로 갔는데 아무리 생각해도 누가 내 생부라 해도 나는 정범호의 아들이고 정은심의 동생이라는 걸 부정 못 하겠더라. 내 생모라는 사람은 아버지가 만주로 도망치니까 어린 내를 팽개치고 도망가 버리고 우리 누님이 내를 업고 젖동냥해서 키웠다 카더라. 겨우 열 살밖에 안 된 어린애가 우리 손녀보다 더 어린 나이의 어린 애가 나는 자기 동생이라고 그렇게 품에서 안 놓고…."

말문이 막히는지 경춘은 잠시 호흡을 고른다.

"내가 클 때 우리 아버지하고 누님이 내를 얼매나 귀하게 키웠는 줄 아나? 여기 올 때마다 여기 골목골목 볼 때마다 아버지가 보고 싶어서 미치겠더라. 그라고 힘들게 살아온 우리 누님 마음 아픈 거 이제 더 이상 못 본다. 내가 어떻게 해서든 꼭 우리 금희하고 옥희 찾아낼 끼다."

두 남자의 눈에 눈물이 고여있고 잠시 침묵이 흐른다.

"현철아. 지금 니가 이렇게 세상에 나오고 살아온 게 힘들었겠지만 그래도 지금은 사회인으로 자리를 잡았고 가정도 이루고 있는 거, 이 모든 게 다 공짜가 아이다. 너거 아부지 어무이가 진짜 죽음을 무릅쓰고 살아남아서 오늘의 니가 있고 니 애기들 하율이하고 지유가 있는 기다. 그러니까 아무리 힘들어도 우리 포기하지 말고 끝까지 해보자. 너거 누나들 꼭 찾아서 너거 어무이 돌아가시기 전에 우리 꼭 소원 풀어주자. 삼촌 말 무슨 뜻인지 알겠제?"

그렇게 둘은 늦은 시간까지 대취하여 서로 어깨동무를 하고 비틀거리면서 숙소로 돌아왔지만 경춘의 말대로 영하의 날씨에도 전혀 추운 줄 몰랐다.

다음 날 아침, 현철네 일행은 먼저 봉천에서 마지막에 살았던 만융촌을 찾아갔는데 오히려 여기는 서탑보다 더 천지개벽이었다. 경춘에 의하면 자기네가 탈출한 이후에 마을은 폐허가 되었다가 신중국 이후에 다시 재건되었다는데 원래 터는 깡그리 없애고 새로 붉은 벽돌집으로 지어진 마을에 옛 모습은 전혀 없었다.

은심이 기억을 더듬어나갔지만 아마 저쯤이 자기가 살던 곳이었고 큰길이 생긴 곳을 쭉 따라가면 금희를 잃어버리기 전에 영덕이 출근하던 신발 공장이 있던 걸로 짐작만 했다. 한밤중에 갑작스레 마을을 떠나서 무작정 남쪽으로 떠난 그날의 흔적은 이제 기억 속에만 남아있고 경춘이 마을 어르신들을 찾아가 물어보기도 했지만 별다른 소득은 없었다. 바로 인근에 위치한 소가둔으로 이동해서도 수소문을 계속했지만 새로운 소식을 들은 바는 없었다.

다행이라면 소가둔은 조선족 집단 거주 지역으로 자리 잡은 지가 80년이 넘어 마을 토박이들도 많았고 그나마 은심 또래의 조선족 할머니를 통해서 만융촌 사건에 대해서 아는 사람이라도 만났다는 게 작은 위안이면 위안거리였다.

주로 서탑 일대와 만융촌에서 거주했고 소가둔에는 연고가 없었던지라 여기서도 아쉽게 그냥 발걸음을 돌려야만 했다.

그렇게 또 하루를 보내고 그다음 날은 서탑 일대의 식당과 시장을 돌면서 조선족들을 상대로 물어보고 다녔는데 여기에서 경춘은 지난번에 왔을 때 자기가 다녔던 조선족 학교를 통해 소학교 동창을 만나게 되었다. 서로 백발의 노인이 되어 한눈에 알아보지는 못했고 그동안 살아온 얘기를 하면서 옛날 얘기를 물었으나 너무 오래전의 일이라 평생을 서탑에서 살아온 경춘의 친구도 기억력에는 한계가 있었다.

한 학년 위에 다녔던 황명자를 아냐고 하니까 기억이 안 난다고 그러고 그가 기억하는 경춘네는 큰길에서 신발 가게를 크게 해서 부잣집처럼 잘살았고 사장네 애기들이 아직 어렸었다는 거까지만 알 거 같다고 했다.

동창의 얘기로는 만주국 시절에 서탑에 살던 원래 토박이들은 조선이 해방되자 절반 정도의 인원이 빠져나갔고 그 자리엔 조선으로 가는 길목에 있었거나 더 큰 도시에서 일거리를 찾으려고 온 길림이나 흑룡강에 살던 조선 사람들이 머물었는데 전쟁이 터지자 그냥 눌러살아서 조선족 인구는 다시 채워졌다고 한다. 그 사람들 중에서도 국공내전 시기에 힘든 상황을 못 이겨 봉천을 떠난 사람들도 있었고 바로 조선 반도에서 전쟁이 터져서 한국과 북한 양쪽에 이산가족이 생긴 사람도 많다고 했다.

그래도 이렇게 살아서 만난 게 인연이라며 경춘에게 얼마 남지 않은 동창들이 있는데 꼭 물어보겠다고 하고 서로 연락처를 교환했었다. 이번에도 그 동창을 만나서 여러 가지로 물어봤지만 아쉽게도 별다른 소득은 없었다.

이렇게 3일을 더 심양에 머물면서 하루도 쉬지 않고 물어보면서 다녔지만 더 이상의 성과는 없었고 현철은 은심을 모시고 다시 귀국길에 올랐고 봉희와 경춘은 심양에서 각각 일본과 청도로 돌아갔다.

그래도 현철의 걱정과는 다르게 은심은 생각보다 더 긍정적이었다.

비행기 탑승을 기다리면서 먼저 출발하는 봉희를 떠나보내면서 아쉬운 마음에 공항 밖을 바라보던 은심이 애써 밝은 표정을 지으면서 현철에게 말한다.

"현철아. 그래도 죽기 전에 이렇게라도 한 번 와서 보니 마음이 놓인다. 내는 가끔씩 내가 살아온 게 꿈인가 생신가 싶었던 적이 있었는데 실제로 와보니 진짜 내가 그렇게 살아왔더라. 첫술에 배부르겠냐만 이제 이리라도 와서 소문내고 다니면 꼭 안 찾겠나?"

"어무이, 정말 고맙습니더."

"뭐가?"

"이렇게 살아주셔서 저를 낳아주셔서예."

부모로서 자식한테 들을 수 있는 최고의 찬사를 받는 거 같아서 은심은 가슴이 뭉클해졌다.

"내가 옛날에는 큰딸은 심양에서 잃고 둘째는 평양에서 잃고 늦게 얻은 막내딸마저 가까운 데도 아니고 저 멀리 일본으로 시집보내고 나니 참 팔자가 기구하다고 생각했는데 그래도 지금은 우리 막내가 저렇게 행복하게 사는 거 보니 마음이 놓인다. 딸 하나라도 옆에 끼고 살라고 봉희 일본가기 전에 내가 그리 반대했는데 너거 아버지가 참 잘 선택했구나라는 생각이 들더라. 너거 누나들도 부모하고 생이별한 거 말고는 지금쯤 어느 하늘 아래에서 가정도 이루고 행복하게 살 거 같다는 생각도 들고 여기에 와보니 진짜 더 거리가 가까워진 거 같다. 너거 아버지 돌아가시고 내도 그냥 이리 살다가 죽어 버리는갑다 생각했는데 이제 더 오래 살아서 꼭 내 새끼들 보고 죽을란다. 내가 너거 아버지보다 더 살았는데 애들 못 찾고 가면 저승에서 너거 아부지 우찌 보겠노?"

영덕이 만들어놓은 비단구두 2켤레는 이번에는 주인을 못 만나서 다시 비행기를 타고 사천으로 가게 되었고 원래 있던 자리에서 하염없이 다시 비행기 탈 날만 기다리게 된다.

본격적인 발판
〈1998년 3월 중국 산동성 청도〉

외삼촌 경춘의 추천으로 신발 제조업으로 업종을 바꾼 현철이 이제 신발 밥을 먹은 지도 10년이 넘었다.

경춘이 얘기한 대로 직원들의 복지에 누구보다 신경을 쓰는 사장인 김응재의 인성 때문인지 '정화 통상'의 근로 분위기는 좋았고 모두가 나서서 입사한 현철이 일을 배워가는 데 도움을 주려고 했다. 일에 대해서는 용서가 없는 깐깐한 경춘의 구상대로 현철은 자재 검수와 재단반부터 시작해서 첫 1년을 보냈다. 과거에 많이 놀아봤었고 무거운 제품만 다뤄봤던 현철의 습관을 고치기 위해 경춘이 미리 잡아놓은 일종의 업무 교육이었던 것이다.

협력 업체에서 들어오는 가죽, 원단, 신 끈, 포장 박스까지 하나 하나 꼼꼼하게 검사하여 어디가 어떻게 되어서 불량인지 검수 단계에서 잘못 올라오면 나중에 회사에 어떤 손실을 주는지 직접 만져보고 현장에서 느끼게 했다. 재단 업무를 배울 때는 경춘에게 야단도 많이 맞았고 조카한테 이렇게까지 해야 하나라는 야속한 마음이 들어 눈물이 쏙 날 정도였다.

경춘이 땀을 삘삘 흘려가면서 몸소 시범을 보여주자 왜 경춘이 재단 업무에 대해 그토록 강조를 했는지 이해가 갔다.

정해진 틀대로 재단칼을 넣고 재단을 했더니 자기는 20조각이 나오는데 경춘은 21조각이 나왔다. 자기가 자르고 버리는 가죽은 간격이 커서 여기저기 듬성듬성한데 경춘이 작업한 건 야무지게 돌리고 돌려서 버리는 가죽이 실처럼 손 한 움큼도 되지 않았다. 그냥 작업 지시서대로 하는 게 아니고 재단칼을 이리저리 돌려서 그림을 그리며 조금이라도 로스를 줄이면서 찍어내니 효율이 무려 5%의 차이가 나는 것이고 이게 바로 회사의 이익에 직결되는 것이었다.

비싼 가죽 어떻게든 살리면서 하나라도 더 찍어내려는 노력이 쌓이고 쌓이면 나중에 큰 차이가 생긴다는 걸 알았고 그다음부터는 군말 없이 경춘의 지시에 따르면서 일을 배워나갔다.

재단 업무를 통해서 로스와 원가 개념이 생기자 경춘은 자기가 생각한 대로 재봉 라인, 제조 라인을 거쳐서 신발의 기초가 되는 패턴 작업을 가르쳤고 이제 현철은 도면을 입체화하는 패턴 작업의 매력에 푹 빠졌다.

게이지와 자, 각도기를 들고 각 사이즈별로 하나하나 도면에 그리고 그대로 작업을 완성하면 신기하게 평면 그림이 입체적인 신발로 완성이 되었다. 혼자서 연구하면서 신발에 대해서 알게 되니 이제 제품이 제대로 안 나오면 애가 어디가 아파서 뭐를 잘못 먹어서 이렇구나 하며 의사처럼 척척 진단이 나와 바로 현장에서 제품을 뜯어 패턴을 수정하고 그렇게 해서 다시 신발이 제대로 이쁘게 나올 때의 희열은 전문가가 되어가는 과정에 있는 현철만이 누릴 수 있는 성취

감이었다.

신발의 자재, 재단, 재봉을 알고 패턴까지 익힌 현철은 이제 경춘의 뒤를 이어 최종 제화 라인의 생산 과장으로 근무하게 되었고 언제나 그러했듯 자기에게 안정적인 소득을 주고 가족을 부양할 수 있는 기반을 마련해 준 회사에 감사하면서 열심히 일하고 있다.

그러나 그 사이에 '정화 통상'은 굴곡을 많이 겪었다.

경제가 고성장하던 시기에 레저에 대한 대중의 욕구가 늘어나자 전임 사장이었던 김응재는 외국 유명 브랜드를 OEM 생산하던 기술력을 바탕으로 야심 차게 국산 스포츠 브랜드의 내수 시장에 뛰어들었지만 그 결과는 참담했다. 김응재 사장은 생산 공장을 가지면서도 자기 브랜드에 대해서 일찍 눈을 뜬 사람이었으나 제조 공장 출신으로서 생소했던 복잡한 유통 구조와 마케팅에서의 한계를 절감하며 그동안 공장으로 번 돈을 다 날릴 정도로 막심한 손해를 보게 되었고 결국 브랜드를 헐값에 처리했지만 그 후유증은 상당히 컸다.

당시에 국내의 대기업들이 막강한 브랜드 파워와 자금을 앞세워 국내 시장을 나눠 가졌고 86 아시안 게임, 88 올림픽 등 국제 스포츠 행사에 후원을 하는 등 한창 번성하던 시기에 애당초 상대가 되지 않을 힘든 싸움을 시작하게 된 것이다.

국내 시장 실패로 인해 생산된 재고로 자금난이 가중되었고 무엇보다도 수출 오더와 함께 물량의 절반을 책임졌던 국내 대기업들의 주문이 끊어진 상황이 되니 엎친 데 덮친 격이 되었다. 국내 대기업의 경우 자가 공장을 갖지 않고 부산 지역의 신발 업체에 OEM을 주고 품질 관리만 하는데 경쟁의 대상이 될 수 있는 정화 통상의 싹을 제거하기 위한 조치는 가혹하기만 했고 거기에다 80년대를 거치면서 한국 경공업의 임금 상승이 가파르게 오르게 되자 이제 더 이상 한국은 해외 바이어에게 신발 공급처로 매력적인 곳이 아니었다. 한국의 기술력은 인정하지만 가공비 10센트에도 민감한 바이어들은 인건비가 저렴한 중국과 동남아시아로 구매처를 옮겨갔고 부산의 신발 제조업은 이제 사양 산업이라 불리면서 위축되어 갔다. 그중에서도 정화 통상은 여러 가지 악재로 인해서 부도 위기가 올 정도로 심각한 국면에 처하게 된 것이다.

생산 설비는 이제 1개 라인만 운영할 정도로 축소가 된 시점에서 3년 전의 설립자인 김응재 사장은 지병으로 세상을 떠났고 이제 정화 통상은 회사의 관리를 맡았던 아들 김상하가 물려받았다. 어떻게든 살아남기 위해 김상하는 인원을 감축하고 갖고 있던 악성 재고를 처분하면서 현금 유동성을 확보해 나갔고 직접 국내 대기업들을 찾아가서 내수 브랜드 사업 포기를 알리면서 생산 오더를 받아오는 등 발로 직접 뛰어 겨우 부채를 청산하면서 운영만 할 수 있는 수준으로 만들어나갔다.

국내에서는 아버지 김응재가 이룬 신용과 기술력으로 기사회생을 해나가는 조짐이 보였지만 인건비를 이유로 떠난 해외 바이어들을 다시 끌어들이기는 쉽지 않았다. 과거 같이 성장했던 바이어들에게 팩스로 주문을 요청하면 대개는 묵묵부답이었고 그나마 정중하게 비즈니스 상대로 더 이상 적합하지 않다고 회신을 주는 고객들은 고맙기까지 했다.

선대 때부터 적게는 10년, 길게는 30년이나 거래했던 바이어들인데 역시 비즈니스의 세계는 이렇구나 하고 절망에 빠져들 때쯤 그래도 이런 정화 통상의 상황을 이해해 준 20년 된 미국 바이어인 '뉴트림'이라는 신발 유통 회사가 사장인 김상하에게 새로운 제안을 했다. 그 역시 다른 바이어처럼 생산 라인을 중국 남방으로 옮겼는데 품질이나 관리가 부산의 정화 통상에 비할 바가 못 되고 단가 메리트만 빼면 자기들도 정화 통상이 그립다고 할 정도라고 한다.

정화 통상에서 중국에 생산 라인 투자가 가능한지 알고 싶고 믿을 만한 한국인 관리자를 보내주면 중국 로컬 공장보다는 단가가 다소 높더라도 연간 고정 물량을 보장하겠다는 것이었다. 이에 김상하는 회사의 운명을 걸고 바로 미국으로 날아가서 뉴트림 경영진을 만난 후에 아주 중대한 결정을 내리게 된다. 앞으로의 먹거리를 위해서 국내 오더는 부산 공장에서 맡아나가고 해외 바이어는 중국에 공장을 설립해서 상대하는 것으로 다시 일어설 원대한 계획을 잡고 해외 진출을 사내에 선포한 것이다.

전쟁이 끝난 후에 부산 삼락동 낙동강 옆에서 고무신 공장부터 시작해서 창업한 부친이 피땀 흘려 일궈낸 기업인데 그냥 포기할 수 없었던 김상하였다.

중국 공장 투자 결정 소식이 전해지자 이미 현장 업무에서 은퇴하고 생산 고문 직함을 갖고 있던 60이 넘는 경춘이 중국 공장 설립을 위해 자기를 보내달라고 지원하게 되었다. 김상하는 안 그래도 회사 경영이 어려워진 이후에 그동안 키워왔던 핵심 인력들이 전직을 하거나 다른 회사를 통해서 중국이나 동남아로 나가는 상황이 심했고 정화 통상 내부에서 아무도 지원하지 않을까 우려했는데 평소에 작은 아버지로 모시던 경춘의 이러한 결심에 인간적으로 큰 감동을 받았다.

경춘의 입장에서는 친형처럼 모시던 김응재 사장이 살아생전에 경영 악화로 좋은 모습 못 보고 세상을 떠난 게 안타까웠는데 어떻게든 회사를 살리려는 조카 같은 김상하에게 도움이 되고 싶었고 다른 땅도 아니고 중국이라니까 망설이고 뭐고 할 게 없었다.

환갑을 넘긴 나이에 건강이 좋지 않아 걱정하는 가족들의 만류를 뿌리치고 중국과 수교가 이뤄진 이듬해 중국 산동성 청도로 경춘이 건너간 지가 벌써 5년… 그동안 경춘은 아직까지 잊고 있지 않던 중국말로 토지 구매부터 공장 건축, 생산라인 설치, 작업자 교육 등등 모든 업무를 이뤄냈고 경춘의 헌신 덕분에 중국 공장은 안정적으로 자리를 잡아갔다.

한국 본사는 저가 제품과의 경쟁을 피하기 위해 고단가의 방수, 투습이 좋은 기능성 아웃도어로 방향을 바꿔서 경영 실적이 좋아지고 있었고 중국 공장은 뉴트림의 도움으로 초기에 기반을 잡아 이제 다른 바이어들도 찾아올 정도가 되어 정화 통상은 제2의 전성기를 맞는 것처럼 보였다.

해외 전시회에 매번 참가하여 상담한 고객들에게 가격대별로 한국 공장과 중국 공장의 옵션을 줘가면서 성장의 가도에 접어들 때쯤인 작년 1997년, 갑자기 불어닥친 IMF 금융 위기는 막 다시 일어서려던 정화 통상을 다시 낭떠러지로 밀어 넣으려고 했다.

국내 거래처의 파산으로 대금도 제대로 받지 못했고 먹고살기도 힘든 마당에 무슨 팔자 좋게 레저를 즐기냐 할 정도로 내수 시장은 얼어붙었으며 정화 통상은 곧 은행의 대출금 상환에 허덕이게 된다. 워낙에 동종 업계의 파산이 이어지니 몇 십 년간 거래해 왔던 국내외 원자재 업체들도 선금 결제가 아니면 거래를 못 하겠다는 통보를 하는 절체절명의 형편이 되다 보니 수출을 하고 금융 위기 전보다 2배의 가치가 있는 달러 수입이 들어와도 원자재가 없어 공장을 못 돌리면 그냥 그림의 떡인 것이다.

위기가 닥치니 이번에는 중국 공장이 구원 투수로 나와서 다시 한 번 정화 통상을 살리게 되었다. 중국 공장 법인장이던 경춘은 중국 공장에서 벌어들인 달러를 한국 본사로 바로 송금하여 긴급하게 불을 껐고 여기에 그치지 않고 미국 바이어를 설득하여 1년 치 주문량에 해당하는 금액을 받자마자 이 역시 한국 본사로 보내서 말라가는 회사의 자금 흐름에 다시금 피가 돌게 만들었다.

모든 게 직접 중국어로 의사소통이 가능한 경춘의 인맥으로 현지의 외환 관리 부문과 은행의 관계자를 구워삶아 만들어온 '꽌시'가 이뤄낸 결과였다.

평소에 경춘은 통역을 동원하지 않고 직접 관공서를 상대하고 건강이 좋지 않았음에도 퇴근 후에 자주 정부 관계자를 만나 독한 술을 마셔가면서 안면을 많이 익혀왔다. 같은 공단 지구에 정화 통상보다 규모가 더 크고 현지인을 더 많이 고용하는 기업들이 즐비했지만 다른 한국 기업 법인장들과는 다르게 중국어를 할 줄 알고 발로 뛰면서 인맥을 넓혀간 경춘은 정부 관리들과 사이가 좋아서 세관이나 은행, 세무국 등등에서 알아서 챙겨주는 관계까지 형성하게 된 것이다.

온 나라를 뒤흔들었고 한국 사회를 통째로 바꿔버렸던 IMF의 위기를 정화 통상은 또 그렇게 이겨내고 다시 낭떠러지에서 중국 공장이 내려준 튼튼한 동아줄을 잡고 올라올 수 있었다.

가족들과 떨어져서 자기가 갖고 있던 모든 재능까지 갖다 바쳐서 회사를 위해서만 살았던 경춘은 종합 검진 겸 설날 휴가로 부산에 왔다가 지병인 당뇨와 신장 기능의 악화로 이제 더 이상 중국 근무가 불가능하게 되었다.

이제는 주기적으로 신장 투석을 받아야 할 정도로 건강이 나빠졌고 우리 나이로 68살… 정말 사장인 김응재를 만난 이후 회사에 자기의 모든 걸 바쳐서 살아온 경춘은 이제 주인을 위해 살아온 털이 빠지고 제대로 짖지도 못하는 늙은 충견처럼 그렇게 나이가 든 노인이 된 것이다.

벌써 중국 공장의 법인장이 한 달 가까이 공석이 되어버리니 사내에서 누군가가 나가야 하는데 이번에는 한국 공장의 생산을 맡고 있는 현철이 중국 공장 근무를 지원하게 되었고 이제 막 중국 공장에 들어온 지 보름이 조금 넘었다. 병원에 입원 중이던 경춘을 만나러 가기 전에 현철은 외할아버지 때부터 신발을 통해 3대째 이어지는 중국과의 끊을 수 없는 인연을 다시 생각했고 이제 자기가 그 뒤를 이어야 하는 운명이 따로 있음을 직감했다.

열악한 중국 공장에서의 근무를 다들 꺼리는 상황에서 지원자가 나오기도 힘들 뿐 아니라 지금 회사의 돌아가는 사정을 봐도 적임자가 자기밖에 없었다. 경춘은 당연히 현철이 가는 걸 알았다는 듯이 병실에서 자연스럽게 업무 얘기를 하며 누나들을 찾기 위해 그동안 어떻게 해왔는지도 자세히 일러주었다. 지난번에 은심과 같이 다녀온 이후에 현철도 경춘과 따로 시간을 내어 작년과 재작년에 심양을 다녀왔었고 경춘이 아는 인맥을 동원하여 심양 지역 공무원을 통해서 호구 조사까지 했지만 결국은 아무 소식도 들을 수가 없었다.

그래도 경춘은 포기하지 않았고 이제 중국 공장 운영이라는 회사의 일과 찾지 못한 가족을 찾는 일도 모두 현철이 이어가야만 했다. 동생 경춘에 이어 아들 현철까지 중국으로 가게 되자 은심 역시 거역할 수 없는 운명을 따라가게 되는 현철의 앞날을 위해서 기도밖에 해줄 게 없었다.

애들이 한창 클 나이이기에 가장의 역할도 중요하지만 이런 사정을 잘 아는 아내 윤희는 기꺼이 찬성을 했고 현철은 고마워하는 김상하 사장으로부터 처음에는 혼자 근무하겠지만 나중에 안정이 되면 가족들도 같이 중국에서 살게 해주겠다는 약속도 받아내서 한결 홀가분한 마음으로 중국 생활을 시작하게 되었다.

정화 통상 중국 공장이 위치한 곳은 청도 청양 국제공항에서 차로 20여 분 떨어진 공업 단지로 신발, 가발, 액세서리 업체가 몰려있는 전형적인 공단 지역이었다.

확실히 인건비 차이가 나는 중국 공장의 규모는 컸고 한국에서는 50대 이상의 나이 많은 작업자가 재봉질을 하는데 비해 중국에서는 갓 18살 넘은 젊은 여성들이 재봉질을 하는 게 참 인상적이었다.

저렴한 인건비도 인건비지만 풍부한 경험을 갖췄어도 눈이 침침할 연령대의 한국인 작업자와 한창 나이의 젊은 중국인 작업자가 하는 작업의 양은 분명히 그 차이가 있을 것이고 나중에 이들이 더 경험을 쌓게 되면 당분간 중국이 세계 신발 산업의 중심지가 될 거라는 생각이 들었다.

경춘이 소개해 준 한국 업체 사람들과 인사를 나누러 다른 공장에도 가봤는데 2가지 장면이 아주 기억에 남았다.

청양구 한국 상회의 간부가 운영하던 액세서리 공장의 작업장에 들어서자마자 풍기는 화학 용품 냄새에 현철은 움찔하고 말았다. 신발 업종도 접착제나 용제 냄새에서 벗어날 수 없어 오랜 시간 동안 자기 코도 단련이 되었다고 생각했는데 전 세계로 수출하는 액세서리 공장에서 풍기는 각종 화공약품 냄새는 현철이 조금만 맡아도 가라앉지 않고 두통까지 느낄 정도였다.

그 열악한 환경에서 한국 나이로 고등학생이나 되었을까 하는 자기 아들 하율이 또래의 여자애들이 입에 1회용 마스크만 걸치고 형형색색의 머리핀이며 장신구에 채색 작업을 하고 있었다. 환풍 시설이라도 제대로 했으면 싶은데 선풍기 몇 대만 갖다 놓고 바람을 날리는 정도였고 이마저도 환풍용이 아니고 작업물 건조용으로 쓰이는 수준이었다.

여기 여공들도 나중에는 결혼해서 가정을 이루고 아기를 가질 건데 이런 환경에 장기간 노출되면 몸에 문제가 생기지 않을까 걱정이 되었다. 현철에게 공정을 설명해 주면서 현장을 보는 와중에 마침 점심시간이었는지 작업자들이 일어서는데 현철이 보기에도 민망할 정도로 남자 관리자들이 작업장을 나가는 젊은 여공들을 상대로 소지품 검사를 실행한다.

아기자기하고 예쁜 캐릭터 액세서리들이라 도난 사건이 많이 나서 어쩔 수 없다는 게 사장의 설명인데 조금만 더 신경 쓰면 정당한 소지품 검사라도 좀 더 인격적으로 받을 수 있지 않을까 생각했다. 작업 환경 개선에 대해서도 물었지만 여기에 있는 공장들은 다 그런 식으로 하고 작업자들도 다 그런가 보다 생각한다며 정부에서도 아무런 규제가 없으니 굳이 투자를 해서 개선할 필요가 없다고 한다. 그리고 사장은 기사가 딸린 고급 수입 외제차로 현철을 공장에다 데려다주었다.

부산의 신발 업체 중 가장 성공한 기업으로 꼽히는 곳의 공장은 청양에서 차로 약 1시간이 안 걸리는 곳에 있는데 규모가 실로 엄청났다. 이 회사는 모두가 아는 유명 스포츠 브랜드의 운동화를 전량 수출하는 기업으로 창업 이후부터 지금까지 자기 브랜드는 완전히 포기하고 100% 고객 브랜드 개발과 생산만 전문으로 했다고 한다. 대형 공장을 중국에 설립하자 중국 정부에서 공장 앞의 길을 회사 이름으로 지어줄 정도로 지역 사회에서 제대로 대우를 받는 업체였다. 한국의 군대 편성 방식으로 운영이 되는 현장 주위는 모든 과정을 미국 바이어가 내려준 작업 지시서대로 철저하게 따르고 있었다.

물 흐르듯 진행되는 작업이 끊기지 않게 하기 위해 현장 직원들이 화장실에 적게 다녀오도록 물 마시는 횟수도 제한하며 어깨에 완장을 찬 간부들은 매의 눈으로 현장을 감독하고 있었다. 재봉 라인의 작업자 같은 경우는 기본 급여에 자기가 작업한 물량 인센티브로 급여를 받는데 작업 도중에 바늘이 부러지면 꼭 찾아내서 부러진 바늘을 테이프에 붙여 와야 새 바늘을 내주었다. 찾지 못하면 그 작업자는 찾을 때까지 작업을 할 수 없었고 그걸로 그냥 그날 하루는 공치게 되는 것이었다.

사유를 들으니 미국 시장에서 소비자가 신발을 신다가 부러진 바늘이 나와서 막대한 배상을 물었는데 물론 금속 검측기로도 잡아낼 수 있지만 작업자의 정신 교육을 위해서 미국 바이어의 지시대로 그렇게 한다고 한다. 김응재 사장 시절부터 자유롭고 개방적인 작업 문화에 익숙한 정화 통상의 문화로는 도저히 적응이 되지 않는 분위기였다.

이 미국 바이어도 한국에서 제품을 받다가 한국의 신발 제조업이 사양 산업으로 접어들자 정화 통상과 마찬가지로 한국인 관리자의 관리하에 인건비가 더 저렴한 중국으로 생산라인을 옮긴 것이고 언젠가 여기도 인건비가 오르면 단가가 더 싼 곳으로 이전할 것이다.

그동안 공장 안에서 자기 일만 하고 100을 투입하면 100이 나오는 생산 공정에 익숙해진 현철의 눈에는 인간미는 눈곱만큼도 없이 차가운 경제 논리가 적용된 현지의 다른 공장들의 실태를 보니 꼭 이것이 답인가 하는 생각이 들었다.

정화 통상 중국 공장의 신임 법인장으로서 남들이 잘하는 건 배우고 우리가 못하는 건 과감하게 버리고 개선해야 하지만 인간적으로 대우해 주고 능률을 높이는 그런 조직을 만들고 싶었다. 이제 자기는 단순한 공장의 관리자가 아니고 월급을 받는 사장인 경영자가 된 것이다.

자기가 어떻게 하느냐에 따라 조직의 분위기도 달라질 것이고 더 좋은 기업 문화를 만들 수 있다고 생각한 현철은 한국에다가 경영 관리에 관한 책을 보내달라고 해서 퇴근 시간이 끝나면 중국어 공부와 더불어 자기 철학을 담은 기업 문화를 구현하기 위해 경영 이론에 관련된 책도 많이 읽었다.

갓 중국 생활을 시작했지만 직원들이 출근하면 현철도 같이 참여하여 사무실 직원들과 같이 손에 빗자루를 들고 공장 대문을 쓸고 출근하는 직원들에게 고개 숙여가며 오늘 하루도 열심히 합시다라고 먼저 인사를 하니 한국식 목례에 익숙하지 않은 직원들도 어설프게나마 따라 하기 시작했다. 처음에는 왜 우리가 이런 걸 해야 하나라는 사무직 직원들의 볼멘소리가 없지 않았지만 그래도 현철은 이 공장에 다니는 직원들은 모두가 한솥밥 먹는 가족이라는 개념을 세우도록 계속 추진할 생각이었다.

그렇지만 모든 게 다 현철의 생각만큼 되지는 않았다.

이제 날씨가 따뜻해지니 황량한 공장 정원에 꽃이라도 심으려고 직접 직원들과 정원에 꽃을 심고 회사 경비원에게 매일 아침마다 물을 주라고 지시를 했다. 며칠 후에 비가 오는 날 사무실에서 밖을 내다보던 현철은 경비원이 비를 맞으면서 화단에 물을 주는 어이없는 상황을 목격했다. 당장 내려가서 뭐하냐고 물었더니 자기는 지시받은 대로 꽃밭에 물을 주는 거란다.

이 일을 겪고 그제야 그동안 사회주의 문화에 길들여진 사람들은 우리와 생각이 많이 다르다는 걸 알게 된 현철은 이제 자기 생각대로 하기 이전에 자기가 판단하는 것에 대해서 중국인들은 어떻게 생각하고 어떻게 받아들일지 먼저 확인하는 쌍방향의 소통을 중요시해야 함을 알게 되었다. 말도 안 통하고 할 일이 많은 현철의 첫 중국 생활은 이렇게 시작된 것이다.

아직은 심적으로도 시간적으로도 여유가 없지만 이제 중국에 발을 들인 이상 자기 가족이 숙원 사업이 된 누이 찾기도 다시 시작하리라 마음먹는다.

한 맺힌 매듭 풀기
〈2001년 4월 요녕성 심양〉

큰 기대를 안 했지만 심양시 화평구 공안국을 나오는 현철의 발걸음은 무겁기만 했다.

중국의 IT기술이 발달되면서 이제 컴퓨터로 중국인의 호구 조회가 더 간편해졌는데 조선족으로 현철이 찾는 '배금희', '황명자', '황수련' 등등의 이름은 찾을 수가 없다고 하니 지난번 방문 때 요녕 신문에 사람 찾기 광고까지 냈지만 아무런 결과가 없었을 때보다 더 허탈하기만 했다.

처음 심양에 왔을 때부터 쉽지 않을 거고 시간이 오래 걸릴 거라고 짐작은 했었지만 이제 찾기 시작한 지 10년이 다 되어가니 정말 더 이상 만나는 걸 포기해야 하나 하는 생각도 여러 번 들었다. 그래도 현철은 이내 마음을 고쳐먹고 바로 서탑으로 발걸음을 향하였다. 이번에는 아주 마음을 단단히 먹고 미리 사람 찾는 전단을 1,000장이나 준비해 와서 서탑 일대의 사람들 눈에 띄는 곳에는 다

붙이겠다는 생각으로 왔다.

외삼촌 경춘이 우연하게 만났던 동창생의 아들이 서탑의 한식당에 조미료를 납품하는 일을 하고 있어 고마운 분들의 도움으로 서탑 거리와 인근의 식당과 가게에 양해를 구해서 전단을 붙여나갔다. 만융이나 소가둔에는 그 회사 직원들이 시장과 식당 곳곳에 다 돌리기로 했다. 현철의 사정을 들은 업주들은 한국인이나 중국인이나 다들 안타까워하여 기꺼이 전단지를 붙일 자리를 내줬고 지난번에 안면을 익힌 요녕 신문의 조선족 기자도 기사를 내주겠다며 같이 동행 취재를 했다.

특히나 어머니 은심이 어린 시절부터 갔던 도매 시장은 명태, 조미료, 식자재 등등을 취급하고 있어 심양 외의 요녕성, 길림성 등 외지에 사는 조선족들이 일부러 찾아오는 지역이라 큰 기대를 걸고 모든 가게에 일일이 찾아가서 매대 밑에 직접 붙였고 도매 시장 입구에도 다른 광고물과 같이 도배하다시피 전단지를 붙여나갔다.

서탑 도매 상가에서 '미림 상회'를 운영하는 진미림陳美琳은 오후에 길림성 통화의 거래처에 보낼 트럭 한 짐을 다 정리하고 다시 가게로 돌아와서 제품 위에 쌓여있던 처음 보는 전단지를 발견했다.

당연히 앞치마나 판촉물 증정 행사를 알리는 식품 회사들의 홍보물이겠거니 하고 예사로 봤고 오늘 하루도 내일 아침 배송 물량과 재고 파악을 하느라 바쁘게 하루를 마무리하는 시간이 되어간다.

새벽에 일찍 문을 여는 도매 시장답게 오후 4시에 문을 닫고 직원들을 먼저 퇴근시킨 뒤 장부 정리를 하다가 문득 다시 전단지에 눈길이 갔다. 그러고 보니 아까 시장 입구 벽부터 맞은편 가게에도 이 전단지가 빼곡히 붙어있고 자기네 매대에도 고개를 돌리면 쉽게 볼 수 있도록 빈 공간을 다 차지하고 있다.

50이 되어 이제 노안이 왔는지 안경을 벗고 손에 든 전단지를 가까이 붙여서 한글과 중문으로 된 내용을 차근차근 읽어보았다.

"사람을 찾습니다.

1930~48년까지 심양 서탑과 만융에서 살았던 헤어진 가족을 찾습니다.

찾는 사람: 큰딸 배금희(1940년생) 작은딸 배옥희(1945년생)
외숙모 오순례(1910년생) 사촌동생 황명자(1931년생)
황수련(1935년생)

서탑에서 신발 가게(금희물산)을 했던 배영덕 가족이 애타게 가족을 찾습니다.

우리 가족은…"

사연을 쭉 읽어 내려가면서 '참 딱한 가족이구나' 싶었고 다 읽고 난 후에 버리려고 하는 순간 전단 속에 있는 희미한 흑백 사진과 낯익은 이름들이 다시 미림의 눈길을 끌었다.

젊은 부부 옆에 예닐곱 살 된 여자애가 서있고 두어 살 된 여자애가 엄마 품에 안겨있는 오래된 가족사진인데 미림의 눈은 젊은 여자의 얼굴에 시선이 멎었다.

자기가 알고 있는 누군가와 너무나 닮았다!

그러고 보니 성은 다르지만 자기 엄마와 이모의 이름도 명자와 수련이고 출생 연도 역시 똑같았다. 고개를 갸웃거리던 미림은 핸드폰을 들어 집에 있는 엄마 명자에게 전화를 한다.

미림이 들고 온 전단지를 보고 명자는 떨리는 손으로 돋보기안경을 낀 눈으로 보고 또 본다.

"맞다. 맞다. 이거 분명히 영덕 오빠네 사진 맞다. 그리고 이건 우리 올케 맞다. 아이고. 세상에나 진짜 이런 일이 다 생기네."

70이 넘은 장명자의 목소리가 떨리자 아들 진량陳亮이 다가와서 식어버린 차를 버리고 다시 따뜻한 물로 채워준다. 딸 미림 역시 명자의 등을 쓰다듬는다. 보이차 특유의 구수한 향이 뜨거운 김과 같이 올라오지만 역시 아무도 찻잔에는 손을 대지 않는다.

"어머니. 진짜 보니까 금희 이모하고 생긴 게 똑같네요. 아이고 심장 떨려라."

가게에서 가져온 전단지를 엄마 명자가 직접 봐도 맞다고 하니 미림도 흥분되긴 마찬가지다.

"돌아가신 어머니가 이걸 보셨으면 뭐라고 하실련가. 눈감을 때도 금희 손잡고 미안하다고 하셨는데…."

차마 말을 잇지 못하는 명자는 다시 숨소리가 가빠진다.

영구에서 진씨 집으로 시집갔던 명자는 아버지 장밍의 호적에 따라 조선족이 아닌 한족漢族으로 올려졌고 성도 황에서 장으로 바꿨다.

영구에서 잘살았던 시가집은 공산 정권이 들어서면서 자본가 계급으로 몰려 전 재산을 다 몰수당하는 고초를 겪었고 남편은 강제로 수산물 공장에 배치되었다가 문화 대혁명 때 악질 지주층으로 몰려서 길거리에서 돌림빵을 당하여 결국은 감옥에서 제대로 먹지도 못하고 젊은 나이에 죽고 말았다. 아버지 장밍도 자본가 계급으로 몰려서 갖은 고초를 겪고 목숨은 건졌지만 구타 후유증으로 고생만 하다가 1973년에 그만 세상을 떠나고 말았다.

먼저 남편을 보내고 든든한 후원자였던 양아버지 장밍도 없이 혼자서 아들딸과 늙은 모친 순례를 먹여 살리려고 안 해본 일이 없었던 명자는 중국의 개혁개방이 시작되자마자 어릴 때 살았던 심양으로 와서 먹고살기 위해 갖은 고생은 다 겪었다.

시장의 좌판에서 야채 장사부터 시작해서 악착같이 어려운 시기를 버텨냈고 한국과 수교가 되기 전부터 한국산 조미료를 사기 위해 혼자 돈뭉치를 속곳에 숨겨 기차를 20시간이나 타고 연길까지 가서 물건을 심양까지 가져왔다. 거기에 연길의 마른 명태까지 취급하여 서탑 도매 시장에 자리를 잡아서 이제 심양에서는 손에 꼽히는 조선족 식자재 도매상의 대표 업체로 가게를 키워냈다. 한국과 수교가 시작되자 한국 업체들도 서탑에서 유통을 잘하는 도매상을 찾다 보니 한국 브랜드의 인스턴트커피와 가공 식품까지 대리상을 하게 되어 이를 계기로 돈도 많이 벌었다.

이제 멀리는 상해, 북경까지 제품을 배송하는 동북에서는 알아주는 한식 식자재 도매상이 되었고 이렇게 키우기까지 과부 혼자서 이루 말할 수 없는 고생은 다 했지만 다행히도 모친 순례가 세상을 떠날 때에는 좋은 것만 보여주어 편안하게 눈을 감게 해줬다.

이제 나이도 들고 힘도 빠져서 딸 미림에게 가게를 물려주고 아들딸네 오가면서 노년을 보내고 있는데 오늘 갑자기 생각하지도 못한 소식을 접하고 명자는 흥분을 가라앉히지 못했다. 이 소식을 알면 바로 누구보다 더 기뻐할 사진의 주인공과 너무나 닮은 조카 금희가 떠올라 벅차는 감정을 추스르기도 힘들었다.

"아들아. 나는 손이 떨려서 전화 못 하겠다. 니가 전화 좀 해봐라."

밑에 있는 연락처를 가리키면서 명자는 거친 숨을 몰아쉰다. 진량이 조심스레 핸드폰을 들어 전화를 거는데 좀 있다가 신호가 가더니 남자 목소리가 들린다.

"전단지 보고 전화드리는데 배현철 씨 맞습니까?"

핸드폰으로 울리는 상대방 목소리가 맞다고 한다.

"거기 자세한 거 확인하고 싶은데 전단지에 나온 사람들 이름 다 맞습니까?"

아들이 잠시 고개를 돌리더니 말한다.

"어머니, 이 사람 한국 사람인데 중국말 잘 못하는 거 같은데요. 저도 이 사람 말 잘 못 알아듣겠습니다."

마음이 급해진 명자가 급하게 핸드폰을 뺏는다.

"여보세요!"

내일 청도로 귀임하기 위해 공항으로 가던 택시를 돌리고 다시 심양 시내로 향하는 현철은 긴장이 되어 다리가 떨리기 시작했다.

전화를 준 사람이 자기가 황명자라고 하는데 믿기지가 않았고 이제 정말 올 때마다 별 소득이 없어서 포기하다시피 한 상황인데 지금은 너무나 흥분되어 입이 바짝 타고 그래도 줄담배를 멈출 수가 없었다. 누군가에게 전화라도 해서 흥분된 마음을 좀 가라앉힐까 해서 동생인 봉희를 떠올렸지만 직접 만나보고 전화해도 늦지 않는다 생각하고 손바닥에 나는 땀을 바지에 닦아가면서 빨리 도착하기만을 기다릴 수밖에 없었다.

이윽고 택시가 서탑대로로 접어들어 차가 막혀 움직이질 않자 현철은 더 기다릴 수가 없어서 잔돈도 받지 않고 택시에서 내려 미친 사람처럼 달려갔다. 약속 장소인 백제원 호텔 커피숍이 보이자 덜덜 떨리는 손으로 담배를 꺼내 다시 심호흡을 하면서 길게 빨아 당긴다.

"딸랑딸랑" 문에 걸린 벨이 요란하게 들리고 현철이 들어서자 입구 쪽만 바라보던 노년의 여자와 중년의 남녀가 일제히 일어선다. 들어서는 현철을 보더니 명자라고 생각되는 백발의 노파가 외마디

소리를 지른다.

"어머나. 영덕 오빠랑 똑같다. 세상에나. 세상에나~ 아이고, 하느님, 부처님 감사합니다."

현철이 뭐라고 말하기도 전에 현철을 끌어안고 얼굴을 부벼대는데 그들 뒤에는 아들딸로 보이는 남녀가 감정이 격해진 명자를 걱정스레 지켜보면서 현철에게 가볍게 눈인사를 건넨다. 현철의 얼굴에도 뜨거운 명자의 눈물이 느껴지는데 명자는 아직까지 현철을 놓을 줄도 모르고 울다가 다시 또 현철을 쳐다보고 또 끌어안기만 반복할 뿐이다.

커피숍에서 벌어진 작은 소란에 여기저기 손님들이 무슨 일인가 고개를 들고 이쪽을 쳐다보면서 관심을 보이지만 명자는 아랑곳하지 않고 현철과 떨어질 줄 모른다.

"정말 명자 고모님 맞습니까? 제가 큰절 올리겠습니다."

현철이 엎드려 큰절을 하는데 명자는 그 사이를 못 참고 묻는다.

"영덕 오빠는? 올케는 다 살아계시나?"

"아버지는 돌아가셨고 어머니는 아직 살아계십니다. 우리 누나는 잘 있습니까?"

"아이고, 오빠. 우리 오빠가 가시고 이렇게 똑같은 아들래미를 남겨놨네. 은심 언니야. 아직 살아있네. 내가 얼마나 우리 언니가 보고 싶었는지 아나!"

그동안 얼마나 하고 싶고 쌓인 얘기가 많았을까.

생각하지도 못한 가족의 상봉에 커피숍 손님들은 사연을 듣고 박수를 쳐주고 종업원들은 이를 지켜보면서 눈시울을 적시고 진량과 진미림도 가슴 아픈 상봉에 눈물만 흘릴 뿐이었다.

이윽고 흥분을 가라앉히고 서로가 그리워했던 가족들에 대한 소식과 근황을 전하면서 못다 한 얘기가 끝나지 않아 철서에 위치한 아들 진량의 집으로 옮겨 갔고 그날 새벽이 될 때까지 이들의 대화는 끊이지 않았다.

현철이 제일 궁금해했던 금희는 아직 살아있었다.

신중국(공산주의 중국)이 들어서면서 호적법이 개편되어 금희 역시 장밍의 딸로 호적에 올려져서 명자처럼 한족에 장씨가 되었고 장밍과 순례가 친딸처럼 사랑으로 키웠다고 한다. 영구의 방직 공장의 노동자로 있다가 심양과 가까운 무순 출신의 한씨 성을 가진 조선족 청년을 만나 결혼하고 이제까지 무순에서 쭉 살고 있다고 하는데 남편은 10여 년 전에 교통사고로 세상을 떠났고 슬하에 아들 하나에 딸 둘을 두고 있다고 한다.

나중에 자기가 미술 공부를 해서 고등학교 미술 교사를 하다가 5년 전에 퇴직을 하고 지금은 개인전도 열면서 지역 내에 나름대로 이름 있는 화가라고 했다. 심양에도 가끔씩 미술 전시회나 학술 교류로 찾아오면 항상 명자를 찾아와서 안부를 전하고 있고 불과 3일 전에는 단동에서 열리는 북한 미술협회와의 교류에 가는 길에 심양에 들러서 명자네 집에서 자고 갔다고 한다.

빛바랜 흑백 사진부터 최근에 찍은 사진을 보니 큰누나 금희는 정말 젊은 시절의 엄마 은심의 모습이, 그리고 지금 동생 봉희의 모습이 그대로 나오는 상상속의 그 모습과 똑같았다.

부모 없이 자랐지만 장밍과 순례의 따뜻한 보살핌 아래에 잘 자랐는지 구김살 없이 웃는 익숙한 얼굴은 10대부터 60대까지 한결같은 모습으로 잔잔한 미소를 머금고 있었다.

"여보세요. 어, 오빠 잘 갔다 왔나?"

오빠 현철이 이번 주에 심양 갈 거라는 얘기는 들어서 전화 한번 해보려던 봉희는 가볍게 받았다가 동공이 점점 커지면서 멍한 표정이 되더니 금세 눈물을 터트린다.

옆에서 작업하던 코타다가 놀란 얼굴을 옆으로 돌려 걱정스레 봉희를 바라본다.

"오빠. 진짜 우리 언니 맞더나? 내 지금 당장 비행기 표 끊고 갈게. 어… 어. 그래, 알겠다. 일단 엄마한테는 알리지 말자. 어. 언니가 모레 심양으로 온다고? 어. 어. 제일 빨리 가는 편으로 알아볼게."

전화를 끊자마자 봉희는 코타다의 품에 안겨서 펑펑 울고 대충 알아들은 코타다는 말없이 봉희를 쓰다듬어주었다.

"금희야. 단동에서 내일 오는 길에 심양에 들러라. 응. 응. 마른 명태 좋은 게 들어왔는데 애들 명탯국 좋아하잖아. 그래, 그래. 집에서 밥 먹기 싫으니 백제원에 가서 고기 구워 먹자. 어, 내일 봐."

전화를 끊은 명자는 안도의 한숨을 내쉬었고 옆에서 귀를 세우고 듣던 현철은 엄마 은심의 20년 전과 똑같이 들리는 목소리에 유전자가 주는 힘에 놀라고 말았다.

아버지 영덕 살아생전에 쓴 일기에도 큰누나 금희하고 동생 봉희가 어머니 은심을 빼닮았고 자기하고 둘째 누나인 옥희는 아버지 영덕을 빼닮았다고 하는데 정말 그런 걸 보니 이제 심양 시내 길거리에서 누나 금희와 마주쳐도 찾을 수 있을 거 같았다.

이른 아침에 전화를 해서 봉희한테 알렸는데 오늘은 오사카에서 심양으로 오는 직항 편이 없어 오사카에서 북경으로 거기서 다시 심양으로 오는 편으로 갈아타 1시간 뒤면 도착한다고 한다.

좀 있으면 공항으로 가서 봉희를 데리고 올 거고 내일은 그동안 꿈에도 그리던 큰누나를 만난다는 생각에 현철은 어제도 그랬고 오늘도 그렇고 제대로 잠을 잘 수가 없을 것이다.

역시 현철이 생각한 대로 명자는 공항에서 봉희를 한눈에 알아보고 달려갔고 봉희도 부모로부터 말로만 들었던 명자 고모와의 믿어지지 않는 상봉에 공항 입국장은 또다시 눈물바다가 되었다.

그렇게 다시 명자네 집에서 거의 뜬눈으로 밤을 보낸 현철과 봉희는 아침부터 설레는 가슴을 진정시키지 못하고 자기들이 가져온 사진이랑 아버지 일기장 등을 다시 뒤적이면서 만나면 어떻게 어디서부터 얘기해야 할지 이렇게도 그림을 그려보고 저렇게도 그림을 그려보며 빨리 시간이 가기만을 기다릴 뿐이었다.

이렇게 쉽게 찾을 수 있었는데 그동안 찾아 헤매던 시간이 아쉬웠고 무엇보다도 이런 좋은 날을 못 보고 먼저 세상을 떠난 아버지 영덕 생각에 현철과 봉희는 빛바랜 영덕이 남긴 노트를 뒤적거리며 눈시울을 붉혔다. 그렇게 초조한 마음으로 기다렸지만 아직 실감이 나지 않기는 마찬가지였다.

그 시간, 택시에서 내린 60대의 여성이 여행용 가방을 끌고 서탑거리에 들어선다. 따스한 봄날에 맞게 상의는 연한 회색 스웨터를 입었고 하의는 까만 치마를 입은 단아한 인상으로 희끗희끗한 머리카락과 적당하게 잡힌 눈가의 주름이 어울리는 지적인 인상이다. 아무것도 모르고 심양으로 돌아온 금희는 평소와 다름없는 가벼운 발걸음으로 약속 장소인 백제원 식당으로 향하고 있다. 심양에 올 때마다 항상 들리는 서탑이지만 언제나 서탑에 올 때는 항상 설레이는 마음이고 그리움이 가득하다. 때문에 바쁜 일 없으면 좀 더 여기저기 둘러보고 추억을 곱씹으면서 돌아간다.

지난달에 환갑을 지낸 나이… 그리고 그리운 부모님과 떨어져 살아온 지도 벌써 50년이 훌쩍 넘었다.

50년이 넘은 세월이 지나도 서탑 거리 곳곳은 아직까지 부모님과 동생에 대한 기억이 물씬 나는 곳이고 눈을 감고 코를 벌름거리면 어릴 적에 골목 곳곳에서 풍기던 석탄 때는 매캐한 냄새가 더더욱 그때 그 시절을 떠오르게 한다. 이상하게 부모님이 어떻게 생겼는지 도무지 기억이 나지 않았고 다섯 살 어린 동생 옥희도 얼굴 생각이 안 났지만 그들의 목소리와 어릴 적에 나눴던 대화, 엄마 아빠의 냄새는 생생하게 기억이 났다.

엄마 등에 업혔을 때 맡았던 엄마의 땀 냄새, 밥 냄새, 김치 냄새 그리고 조금 더 커서는 지금 보이는 저 건너편에 터를 잡았던 아빠의 공장과 매장에서 나던 가죽 냄새와 신발 냄새, 아빠와 외삼촌 경춘이 구워주던 고구마 냄새, 마지막으로 아직까지 강하게 남아있던 병원의 소독약 냄새…. 그 냄새를 끝으로 이제는 부모에 대한 기억이 하나도 나지 않는다.

그렇게 소독약 냄새와 함께 자기에게 손을 흔들어주고 갔던 아버지는 다시는 볼 수 없었고 장밍의 양녀로 입적하여 영구에서 쭉 자라왔다. 커오면서도 자꾸 엄마 아버지 생각을 하면 장밍과 순례가 걱정하는 걸 알기에 남몰래 밤에 자다가 울어서 베개를 적신 게 한두 번이 아니었고 자기만 두고 사라져버린 부모님을 원망하기도 했지만 언젠가는 만날 거라는 희망을 포기하지 않았다.

부모의 모자란 정을 채워주려고 한 듯 장밍과 순례, 그리고 시집간 명자와 수련도 금희를 친딸, 친동생처럼 사랑으로 키워줘서 밝게 커갔지만 영구에서 제법 장사를 잘했던 장밍네 가족은 격변의 시기를 거치면서 가세가 기울었고 금희는 학교를 다 마치지 못하고 15살 어린 나이에 방직 공장에 취직해 '장금희'라는 중국 한족으로 살아왔다.

세상이 바뀌어 이제는 또 자본가 계급의 자식이라는 신분으로 눈치를 보며 살아야 했지만 시집가기 전까지 장밍과 순례를 인휘와 같이 친부모 모시듯이 부양하고 살았다. 그러다가 21살에 같은 방직 공장에서 첫사랑 요녕성 무순 출신 조선족 한상범과 결혼해서 무순으로 와서 가정을 이루고 자녀 셋을 두고 행복하게 살았다.

홀로 된 시어머니 밑에서 시집살이도 엄하게 했지만 키가 크고 눈매가 선한 한상범은 그런 금희를 아주 아껴주었고 그런 남편의 지원으로 금희는 하고 싶었던 미술 공부를 더 해서 문화대혁명 이후에 무순의 고등학교에서 미술 교사로 일을 할 수 있었다. 고된 시집살이도 넉넉하지 않은 생활에서 오는 어려움도 가족에 대한 그리움도 모두 그림을 그리면서 이겨나갔고 그림의 세계에는 불가능이 없어 금희는 자기의 모든 소망을 담아 그림 속에서 가족을 만나고 더더욱 행복한 미래를 그려나갔다.

그러나 공무원으로 재직하던 남편과 갖은 고생을 다 하고 이제 애들도 다 키우고 고생 다 했거니 하던 때에 남편 한상범은 갑작스러운 교통사고로 먼저 유명을 달리했다. 어려서부터 친부모와 헤어지고 제일 많이 의지했던 남편마저 먼저 보낸 기구한 운명에 신세 한탄을 했었지만 남겨진 자식들을 위해서 다시 일어설 때도 예술이라는 버팀목이 있어 금희는 또 버티고 버텨왔다.

자식들도 이제는 다 장성했고 금희도 정년퇴직을 하고 '요녕성 화가협회'의 정식 화가가 되어 작품 활동도 하고 타 지역과 예술 교류도 하면서 이제는 나름대로 안정된 노년을 보내고 있다. 금희가 그리는 작품은 항상 밝은 채색과 태양, 파도, 어린이의 웃음, 소나무가 자주 등장하는데 작년에 출품했던 '해송'이라는 작품은 전국대회에서 대상을 받기도 했다. 태풍이 몰아치는 바닷가의 비바람에 휘날리면서도 꺾이지 않는 늙은 소나무에 감명을 받아 그렸는데 씩씩하게 시련을 이겨나갔고 앞으로도 그럴 거라는 금희의 염원이 담긴 작품이었다.

이제는 그림으로 이름도 제법 알려졌고 자식들도 다 가정을 이루면서 걱정할 일도 없지만 가슴 한구석에는 부모님에 대한 그리움이 날이 갈수록 더 진해져 갔다. 서탑에만 오면 항상 그러듯이 오늘도 금희는 잠시 걸음을 멈춰 눈을 감고 코로 전해오는 공기 속의 냄새를 들이마신다.

부모님과 동생의 냄새를 진하게 담은 기운이 금희의 안으로 들어왔고 금희는 다시 발걸음을 옮긴다.

금희가 들어오자 명자는 벌떡 일어나서 금희의 손을 꼭 잡아준다.

"금희야. 오느라고 고생 많았지? 어서 자리에 앉자."

"고모, 지난번에 얼굴 보고 갔는데 며칠 사이에 보고 싶었나 보네요."

자리에 앉자마자 금희는 명자를 보고 반가운 마음에 눈을 맞추며 웃는다.

"그래, 금희야. 단동은 잘 갔다 왔나?"

"네. 그쪽에는 또 조선 화가들하고 교류가 있어서 이번에는 더 많이 보고 왔네요. 조선 사람들이 나한테 한족인데 조선말 잘한다고 하기에 부모님이 모두 조선 사람들이라니까 깜짝 놀라더군요."

여느 때와 다름없이 얘길 하는데 금희는 명자의 눈빛이 평소와 다르게 흔들리는 걸 보고 이상하다고 생각했다.

뭔가 할 얘기가 있는 거 같은데 궁금했지만 계속 기다려 보기로 했다.

"금희야. 니 이제부터 내가 하는 말 잘 들어라. 절대로 놀라면 안 된다."

그러면서 명자는 가방에서 뭔가를 조심스레 꺼내서 금희에게 보여준다.

"이거 잘 봐라. 이게 누군가…"

명자는 말을 잇지 못하고 눈물이 터지고 말았다.

손에 전단지를 받아 든 금희의 눈이 확 커지더니 입으로 손을 가리면서 금희 역시 눈물이 터지고 만다.

"고모, 이거 우리 엄마 아버지 맞아요. 우리 엄마 아버지가 이렇게 생겼네. 그리고 아직까지 나를 찾는다고… 어허헝."

명자는 일어나서 금희를 꼭 끌어안아 주고 눈물로 범벅이 된 얼굴에 자기 얼굴을 비벼댄다.

"그래 금희야. 마음껏 울어라. 오늘은 울어도 된다."

금희는 다시 전단지를 들고 부모님의 얼굴을 보고 또 보려는데 눈물이 앞을 가려 제대로 볼 수가 없었지만 흐릿하게 보이는 사진 속의 얼굴은 잊고 있었던 부모님의 얼굴이었고 사진 속의 주인공은 자기하고 동생 옥희가 분명했다.

"어떻게 이런 일이…"

사진을 보고 또 보고 금희는 가슴을 치면서 오열을 터뜨리고 만다.

"금희야. 네 동생들 지금 와있다. 내가 지금 데리고 올 테니 마음 굳게 먹고 만나자."

또 한 번 믿기지 않는 말에 금희는 다시 어리둥절해지는데 명자는 눈물범벅이 된 얼굴로 아무 설명 없이 나가고 금희는 명자의 뒷모습만 바라볼 뿐이었다.

잠시 후 문이 열리더니 명자의 어깨너머로 남녀가 들어온 걸 본

순간 금희는 놀란 입을 다물지 못했다.

울면서 들어오는 그들은 잊고 있었던 아버지 영덕과 어미 은심의 모습 그대로였다.

"누님!" "언니!"

생전 처음 보는 이들이지만 금희를 부르면서 달려오는 그들은 50년 전에 봤던 부모님의 모습 그대로였다. 그제야 금희는 잊고 있었던 그리운 얼굴들이 살아나서 꿈틀거리며 자기에게 안겨오는 것을 온몸으로 느낄 수가 있었다.

"이럴 수가… 어떻게 이럴 수가. 엄마, 아버지! 왜 이제 오셨어요?"

희미한 기억 속에 남아있던 아버지와 똑같이 생긴 남자가 눈물이 가득한 얼굴로 울음을 참으면서 금희를 보면서 말한다.

"니 이름은 뭐꼬?"

듣는 순간 숨이 턱 막힌다.

열리지 않는 입을 가까스로 열고 떨리는 입술로 대답한다.

"배금희."

그러자 상대방도 숨이 턱 막히는지 잠시 말이 없더니 더 떨리는 목소리로 되묻는다.

"너거 엄마 아빠 이름이 뭐꼬?"

"엄마는 정은심, 아빠는 배영덕."

가쁜 숨을 몰아쉬던 금희는 남편의 갑작스러운 죽음에도 놓지 않았던 정신줄이 탁 놓이면서 그 자리에서 눈앞이 새까맣게 되고는 쓰러지고 말았다.

지금 여기가 엄마 아버지와 같이 살던 집인지 아니면 아버지 영덕에게 업혀서 중가로 가던 길인지 모르겠지만 익숙한 목소리가 다시 들려온다.

"니 이름은 뭐꼬?"

"너거 엄마 아빠 이름이 뭐꼬?"

다시 생각해 보니 몸이 흔들흔들하는 게 아마 아버지 등 위의 지게에 업힌 것도 같다. 그 목소리는 잊히지 않던 아버지의 목소리였다.

아버지 영덕의 말대로 잊지 않고 있으면 다시 만날 수 있다고 했지만 사춘기 시절 자기를 버린 부모에 대한 원망 때문에 더 이상 외울 필요가 없었다고 생각했고 그렇게 기억의 저편으로 사라졌던 말이 동생 현철을 보자마자 자기도 모르게 튀어나온 것이다.

"엄마, 아부지."

정신이 들어 눈을 떠보니 하얀 천장이 보이는 명자의 집이었다.

누군가가 옆에 있는 거 같아 가만히 고개를 돌려보니 꿈인 줄 알았는데 그때 그 시절 부모님보다 더 나이가 들어 보이는 아버지의 모습을 한 남자와 엄마의 모습을 한 여자가 명자와 함께 자기의 두 손을 꼭 잡고 눈물짓고 있었다.

"언니. 이제 정신이 좀 드십니까? 제가 막내 동생 봉희고 여기는 오빠 현철입니다."

말씨가 아버지 영덕과 비슷하다고 느끼는 순간 손에 만져지는 뜨거운 체온, 그들이 흘리는 뜨거운 눈물이 손등에 닿았다.

정말 꿈이 아니고 이건 현실인 것이다!

"엄마, 아버지는? 아직 살아계세요?"

"아버지는 돌아가신 지 10년이 넘으셨고 엄마는 아직 살아계십니다."

젖어든 목소리로 현철이 말하자 금희는 목을 놓아 "아이고. 엄마!

아버지!"를 부르면서 다시 눈물이 터지고 말았고 동생들은 누나가 가여워서 아무 말없이 쓸어안았다.

"둘째 옥희 누나는 아직 우리가 못 찾았습니다. 누님 찾은 거처럼 우리가 꼭 찾아낼 겁니다."

"엄마, 아버지, 옥희야! 옥희 너는 부모님과 같이 있을 줄 알았는데 내 동생 불쌍해서 어떻게 해."

잊고 있었던 동생 옥희의 얼굴이 사진을 보니 기억이 났다.

뽀얀 피부에 귀여움 많았고 언니 손을 꼭 잡고 놓지 않았던 이쁜 동생….

"엄마는 아직 건강하십니까?"

"언니. 엄마 아직 건강하십니다. 얼마나 언니들 찾으려고 한평생 마음 졸이고 사셨는데요. 불쌍한 우리 엄마. 아버지."

소식을 전하는 봉희도 더 이상 눈물을 주체할 수 없어 말을 잇지 못한다.

방 안에서 서로 껴안고 울고 있는 삼 남매와 이들 남매들의 대화를 지켜보면서 눈물만 흘리는 명자도 이렇게 극적인 상봉을 하게 된 가족의 기구한 운명에 더 이상 말을 잇지 못하기는 마찬가지였다.

지금은 아무 말없이 서로가 쌓인 한을 눈물로 씻을 수밖에 없었다.

금희의 격한 감정이 가라앉자 현철과 봉희는 가져온 사진들을 보여줬고 어린 시절 못 봤던 부모님이 어떻게 늙어갔는지 그리고 영덕이 딸들을 그리워하면서 어떤 글들을 남겼는지 보여주면서 못다 한 얘기를 나눈다. 이야기는 나눠도 나눠도 끝이 없었다.

조금 감정이 가라앉았던 금희는 영덕이 적은 노트를 보고 다시 오열하고 만다.

'현철아, 봉희야. 우리 금희 만날 때 꼭 확인해라. 니 이름은 뭐꼬? 너거 엄마 아빠 이름이 뭐꼬? 너거 아빠 고향이 어디고? 너거 할아버지 할머니 이름이 뭐꼬? 이리 물어보면 우리 금희 절대로 안 까먹을 꺼다. 꼭 이 애비 말 명심해라.'

"아버지 내 진짜 안 잊어 먹었는데 왜 아버지를 못 보나요!"

일주일 뒤….

그저께 봉희는 잠시 한국으로 들어갔고 내일 엄마 은심을 모시고 여기 심양에 도착할 예정이다.

언니인 금희가 엄마를 많이 그리워하고 영덕의 산소에 가서 절이라도 하고 싶어 했지만 중국에서 여권을 만들고 한국행 비자를 받기까지는 시간이 너무 걸려서 아무래도 늙은 은심이 힘들겠지만 중국으로 나오는 게 더 빠를 거 같아 다들 그렇게 결정했다.

그 사이에 현철은 청도로 내려가서 회사에 보고를 하고 급한 일을 마무리 짓고 다시 심양으로 올라와서 어떻게 모녀간의 상봉을 준비할 건지 생각하기에 여념이 없었다. 누나 금희도 갑작스러운 상봉에 충격을 받아서 혼절했는데 고령인 노모가 어떻게 받아들일지가 문제였고 명자와 금희 다 같이 상의한 결과 지난번처럼 식당에서 만나는 것보다는 명자네 집에서 보는 것이 낫겠다고 의견을 모았다. 또 봉희가 사전에 미리 청심환을 주고 한국에서 귀띔을 하기로 했다.

만약 은심의 상태를 봐서 괜찮으면 상봉하기 전에 서로 통화해서 목소리라도 먼저 확인하는 것도 좋겠다는 데는 다들 의견이 일치했다. 솔직히 금희야 노모 은심만 괜찮다면 정말 목소리라도 들어보고 싶은 마음이 간절했다.

오늘은 동생 현철과 같이 만융촌에서 출발해서 지금 막 서탑을 지나 중가로 향하는 길까지 같이 나란히 걸어가는 중이다.

도로가 잘되어 있어도 세 시간 넘게 걸었는데 아직 중가까지 두 시간은 더 걸어야 한단다.

그래도 서로 피붙이인지라 금희는 처음 만났지만 몰랐던 남동생의 존재에 대해서 기뻐했고 현철도 처음으로 불러보는 '누님'이라는 단어가 전혀 어색하지 않았다.

"현철아. 많이 힘드나?"

"아뇨. 날씨도 따뜻한 게 참 걷기도 좋네요. 누님, 목마르시면 저기서 물 하나 살까요?"

금희가 피식 웃으면서 말한다.

"내가 사올게. 중국 사람이 중국 땅에서 한국 사람한테 심부름시키겠나?"

자기 친누나인데 본인 입으로 자기는 중국 사람이라고 얘길 하니 틀린 게 아닌 걸 알면서도 현철은 순간적이지만 약간은 낯설다는 감정이 얼핏 들었다.

"저 그 정도 중국말은 할 줄 압니다."

현철이 쌩하고 냅다 저쪽으로 달려가는데 뛰는 모습이 영락없이 아버지의 모습이어서 금희는 또 울컥한 게 올라왔다.

같이 걸으면서 잠시 동안 말이 없더니 금희가 입을 연다.

"나 사실은 이 길 이제까지 수십 번도 더 걸었다."

현철도 아버지가 남긴 메모에서 인상 깊게 읽었던 대목인지라 그날 무슨 일이 있었는지 잘 알고 있다.

"그날 아버지한테 업혀서 오는데 아버지가 우시더라고. 그땐 몰랐는데 내가 엄마가 되어보니까 그 마음 알겠더라. 옛날에 무순에서 애들 키울 때 작은딸이 한밤중에 열이 났는데 애 아빠는 출장 가서 연락이 안 되지 급한 마음에 아픈 애를 업고 막 뛰는데 아버지 생각, 그날 이 길 왔던 생각이 나서 막내 업고 참 많이도 울었다. 눈도 오고 길도 미끄러운데 열이 펄펄 나는 애 데리고 넘어지고 다시 업히고 불 꺼진 병원 문을 두드리는데 아무도 문을 안 열어줘서 얼마나 울었던지."

사람이 참 신기한 게 남매들이 만난 이후에 그토록 많은 눈물을 쏟았건만 조금이라도 옛 생각만 하면 또 눈물이 그치지 않고 계속 나온다.

"엄마 아버지가 미울 때가 없었다면 거짓말이겠지. 어릴 때는 일부러 엄마 아버지 기억 잊으려고 했고 원망도 많이 했다. 특히 남편 먼저 떠나보내고는 힘들 때는 진짜 여기 자주 와서 중가까지 많이 걸어갔다. 그때 엄마하고 손 흔들고 아버지 등에 업혀서 올 때가 마지막인 줄 누가 알았겠나. 혼자 걸어도 힘들건대 나를 업고 아버지는 그때 무슨 생각으로 밤새도록 이 길을 걸으셨을까. 지금 우리 아들보다 더 어린 나이인데 자식이 잘못될까 봐 얼마나 무서우셨을까 그런 생각도 드니까 나중에는 다 이해가 되고 내가 나이가 드니까 아버지가 불쌍하더라. 그래서 생각했다. 우리 부모님은 나를 버리신 게 아니고 올 수 없는 상황이라 어쩔 수 없이 그렇게 되었을 거라고."

"누님, 아버지가 그러시데요. 전쟁통에 정말 제일 쉬운 게 죽는 건데 가족들 얼굴 보고 싶어서 억지로라도 살아남았다고요. 나중에는 누님 때문에 제가 태어난 거라고 저한테 누님 만나면 고맙다고 큰절하라고 하십디다."

웃을 때 고개를 숙이고 입을 가리고 킥킥거리는 모습이 엄마 은심하고 똑같은 금희가 마냥 행복한 표정을 지으니 현철은 덩달아 기분이 좋아졌다.

"현철아. 그동안 니하고 봉희하고 경춘이 삼촌 다들 고생 많았다. 동생 옥희 찾는 거는 내가 이제 나서서 해보려고 한다. 나는 그것도 모르고 옥희라도 부모님과 같이 살아서 다행이라 생각했는데… 불쌍한 내 동생."

이제 자기도 가족들과 상봉했는데 아직까지 소식을 모르는 동생 옥희 생각이 나니 금희의 마음도 급해져만 간다. 잊혔던 옥희의 얼굴도 사진을 보고 또 보니 단발머리에 뽀얗던 얼굴모습이 다시 살아났고 애교스럽던 귀여운 모습이 이제는 눈에 선하다.

"얘기를 들어보니까 전쟁통에 헤어졌고 남한에서 방송에도 나갔는데 못 찾았다고 하면 아마 지금은 북조선에 있을 거 같다. 내가 중국 사람이니까 훨씬 더 알아내기 쉬울 거고 내가 언니로서 역할을 제대로 해야 안 되겠나. 꼭 찾아내서 어머니하고 같이 만나야지. 아버지가 살아있다고 하셨으면 꼭 살아있는 거다."

서산으로 뉘엿뉘엿 넘어가는 저녁노을을 등지고 남매는 말없이 걷고 있지만 꼭 움켜쥔 손에는 서로의 힘이 들어가 있었다.

이번에 사천에 찾아온 막내 봉희가 조금 이상하게 보였다.

원래 효심이 깊고 애교 많은 딸이라 집에 올 때마다 이것저것 챙겨 오지만 이번에는 뭐가 급한지 자세한 설명도 안 하고 안방 속에 있는 여권을 찾아서 어딘가 갔다 오더니 중국 급행 비자 신청했으니 바로 모레 심양으로 가자고 한다.

자기가 배 아파 낳은 자식인데 뭔가 할 얘기가 있는 거 같은 분위기를 어찌 은심이 모르겠는가? 언제쯤 입을 여나 기다렸지만 사실 은심도 속으로 은근히 기대가 되었다. 부정 탈까 봐 감히 입 밖으로 낼 얘기는 아니었지만 봉희의 상기된 표정이나 저절로 올라가는 입

끝을 보면 분명히 나쁜 소식은 아닐 거라는 생각이 드니 은심도 설마하면서 자꾸만 기다리게 된다.

저녁 밥상을 물리고 이런저런 얘기를 하다가 갑자기 봉희가 청심환을 쑥 내민다.

"엄마 요즘 심장 안 좋제? 이거 하나 드시고 푹 주무이소."

은심이 청심환을 받아 드는데 가만히 보니 청심환을 먹을 사람은 자기가 아니고 봉희여야 할 거 같았다. 어릴 때부터 거짓말을 하거나 숨기는 게 있으면 뭔가 불안한 얼굴을 지으면서 입술을 혀로 핥는 버릇이 있는데 지금 애 엄마가 되고 사회인이 되어도 그대로 나타난다.

"봉희야. 엄마 개안타. 그래 이번에 심양 가면 좋은 소식 있는 기가?"

목까지 차왔던 말을 내뱉자 상상만으로도 손이 떨린 은심은 청심환을 입에 털어 넣고 봉희의 답을 기다린다.

노년의 까만 눈동자와 중년의 까만 눈동자가 서로를 쳐다보더니 중년의 까만 눈동자의 눈에 와락 눈물이 맺힌다. 봉희는 말없이 은심의 품 안에 파고든다.

"엄마."

이윽고 봉희는 결심한 듯 입을 열었고 은심은 믿기지 않는 이야기에 밤새도록 울고 또 울어 밤을 꼬박 지새우게 되었다.

다음 날 아침, 밤을 하얗게 지새운 은심은 단정하게 머리를 빗고 떨리는 마음으로 봉희의 옆에 자리를 잡고 앉아 초조하게 핸드폰의 신호음 떨어지는 소리만 기다린다.

신호가 가더니 굵직한 아들 현철의 목소리가 들린다.

"오빠, 어제 밤에 엄마한테 다 얘기했다. 응. 걱정 많이 했는데 갑자기 심양에 가자고 하니까 조금 눈치는 채셨는갑더라. 많이 놀래지는 않으셨는데 어제 밤에 잠 한숨도 못 주무셨다. 응. 그래."

좀 있다가 봉희가 고개를 돌려 벌써 눈가가 촉촉해진 은심을 쳐다보니 은심은 말없이 고개만 세차게 끄덕이고 봉희는 다시 조심스레 현철에게 물어본다.

"오빠, 지금 옆에 언니하고 같이 있지? 언니 좀 바꿔줄래?"

"언니, 엄마 목소리 좀 들어볼래요?"

떨리는 손으로 핸드폰을 건네받는 은심의 얼굴은 이미 하얗게 질려있었고 핸드폰을 건네주는 봉희의 손도 떨리기는 마찬가지였다.

"그… 금희야…"

"엄마. 엄마…"

"금희야…"

"엄마. 엄마…"

서로 간절하게 금희야와 엄마만 부르더니 더 이상 대화는 이어지지 못하고 은심은 봉희의 품에 기댄 채 울 뿐이었고 봉희는 앙상한 엄마 은심의 어깨를 안으면서 심양 쪽도 여기처럼 눈물바다가 되었을 거라는 생각만 들었다.

그날 오후, 은심은 봉희의 부축을 받아 집 앞에 위치한 영덕의 무덤을 찾아가 파릇파릇 올라오는 잔디를 쓰다듬으며 많은 얘기를 들려주었다.

재작년에 현철과 봉희가 영덕이 편하게 누워서 바다를 마음껏 봤으면 하는 생각으로 무덤의 봉분을 다시 하고 무덤 위에 사철나무도 새로 심어 단장했고 무덤 앞을 가리던 나무들도 다 제거해서 조경을 해두었다.

"영감, 내가 아직 안 죽고 살아있다 보니 우리 금희를 보게 됩니다. 이제 내일이면 우리 금희 보러 가는데 이 에미 원망하지 않을까 겁도 나네요. 그래도 내가 꼭 가서 우리 금희 밥도 해 먹이고 잘 살았다고 칭찬도 해줄 겁니다. 우리 옥희도 꼭 찾게 영감이 많이 도와주이소."

금희를 만난 이후에 눈물을 그렇게 흘리고 아직까지 눈물이 남아 있을까 싶었는데 또 엄마 은심의 가냘픈 뒷모습을 보니 눈물샘이 터져서 봉희는 몸을 돌려서 바닷가를 본다.

저녁노을이 서쪽의 서포 바닷가를 붉게 물들일 때까지 영덕과 은심의 말없는 대화는 계속되었고 집으로 향해 내려가는 모녀를 영덕이 잘 다녀오라고 배웅하듯 길옆의 대나무들이 바람에 흔들리며 좌우로 허리를 돌려가면서 춤을 준다.

공항에 나가있던 현철로부터 인천에서 출발한 비행기가 금방 심양 타오센 공항에 잘 도착해서 모두 출국장에서 기다리고 있다는 연락이 왔다.

금희는 동생 봉희가 드디어 보고 싶은 엄마 은심, 외삼촌 경춘과 같이 도착했다는 말이 실감이 안 났지만 입이 바짝 말라가는 걸 보니 50년 넘게 꿈에도 그리던 일이 진짜 현실이 되어가는 모양이라고 생각할 수 밖에 없었다.

고령인 은심의 상태를 고려해서 갑작스러운 만남을 지양하고 먼저 한국에 가있었던 봉희를 통해 목소리를 들었지만 실제로 만나서 손을 잡고 얼굴을 만지면서 체온을 느끼는 건 또 다른 느낌일 것이다.

전화를 통해서 은심과는 제대로 말 한마디 못 하고 울기만 했는데 통화가 끝나고 현철이 준 사진으로 엄마 은심을 다시 찬찬히 보니 자기가 생각했던 모습으로 늙은 거 같았고 어릴 적 오빠처럼 대해줬던 경춘도 사진으로만 봤는데 통통했던 모습은 하나도 없는 깡마른 노인으로 변해있었다.

'정말 세월이 그렇게 흐르긴 흘렀구나.'

조금 있다가 은심과 경춘을 잘 픽업해서 이제 막 시내로 출발한다는 현철의 연락이 오자 금희는 긴장이 되는지 소파에서 일어나 왔다 갔다 하기 시작한다.

그동안 소식을 몰랐던 외할머니의 등장에 무순과 북경에 살고 있는 금희의 세 자녀들도 모두 모여 방 3개에 130평방미터가 넘는 명자네 집은 모처럼 모여든 일가친척들로 붐비게 되었다. 불안해하는 엄마 금희를 막내딸 희원이 더 불안한 모습으로 지켜보고 있었고 아들 성화는 이 감격적인 순간을 기념하기 위해 연신 떨리는 손으로 소니 캠코더를 만지작거릴 뿐이었다.

명자의 거듭되는 재촉에 금희는 겨우 소파 끝에 엉덩이를 걸쳤지만 다시 왔다 갔다 하자 보다 못한 큰딸 주원이 핸드폰을 들고 아파트 밑으로 내려간다. 철없는 손자 손녀들이 뛰어노는 소리에 금희는 다시 눈을 감고 소파에 머리를 기대어 어서 시간이 지나가기만 기다릴 뿐이다.

"띠띠띠띠…"

요란하게 금희의 핸드폰 소리가 들려서 황급하게 들여다보니 발신자가 딸 주원으로 되어있다.

"엄마, 이제 도착하셔서 엘리베이터에 탔습니다."

은심과 경춘의 도착을 알리는 딸 주원의 목소리 역시 떨리기는 마찬가지다.

눈앞이 캄캄해진 금희는 얼른 일어나 현관문으로 달려가고 싶었지만 다리에 힘이 풀려서 일어날 힘도 없었고 명자는 뭔가에 홀린

듯 슬리퍼를 신은 채 바로 문을 열고 현관 문밖으로 부리나케 나가 버린다.

옆에 있던 막내딸 희원의 부축을 받아 겨우 엘리베이터까지 이동하는데 숫자가 18, 19, 20, 21층으로 점점 올라오다가 명자네 집이 있는 24층에서 멈추자 동시에 금희의 숨도 멎어버렸다.

"언니."

엘리베이터가 열리자 애절한 목소리로 제일 먼저 입을 연 사람은 명자였고 동시에 "명자야"라고 부르는 소리가 울려 퍼진다.

금희는 마침내 보고야 말았다.

눈물이 가득한 두 눈으로 자기를 뚫어져라 쳐다보는 앙상하게 마른 저 노파가 바로 자기 엄마 은심이었다.

얼마나 오랜 그리움이었던지 그리고 얼마나 고대했던 순간이었던지 눈물을 흘리며 말없이 손을 벌린 은심의 품에 금희는 와락 안겼다.

"어이구. 내 새끼… 우리 애기가 이렇게 컸네."

"엄마, 정말 보고 싶었어요."

"금희야. 살아 있어서 고맙다."

"엄마."

더 이상 무슨 말을 하겠는가.

자기 눈앞에 있는 자기가 안겨있는 엄마의 체온을 느낄 수 있었고 이게 꿈인지 생시인지 금희는 눈을 감고 깊이 숨을 들이마셔 엄마 냄새를 맡아본다.

예전의 땀 냄새와 엄마 살 냄새는 안 나지만 자기 귀에도 들리는 콩닥거리는 엄마의 심장 소리와 얼굴에 흩어지는 축축한 눈물이 뜨겁게 느껴지고 또 다른 엄마의 냄새가 나니 이건 자기가 꿈을 꾸고 있는 게 아니고 분명히 엄마 은심을 찾은 게 맞았다.

경춘은 명자를 부둥켜안고 울다가 금희를 찬찬히 바라다본다.

"금희야. 내 생각처럼 곱게 늙었구나. 너거 아버지가 얼마나 니하고 옥희 보고 싶어 했는 줄 아나?"

눈을 감고 은심의 품에 안겼던 금희는 경춘의 말에 다시 눈을 뜨고 경춘은 다가와서 은심과 금희를 꼭 끌어안아다 준다.

"엄마, 삼촌. 내가 꼭 옥희 찾겠습니다. 우리 옥희 찾아내서 꼭…"

더 이상 말을 잇지 못하고 서로 안고 울고 있는 은심과 금희를 보고 현철은 자기가 살아오면서 제일 잘한 일이 중국에 와서 누나 금희를 찾아낸 거라고 생각하며 둘째 누나 옥희도 찾을 수 있다는 희망을 버리지 않는다.

또 다른 매듭
〈2003년 5월 북한 평양〉

금희는 엄마 은심과 동생 현철, 봉희와 상봉한 이후에 명자와 함께 한국을 3번 다녀왔었다.

2001년 처음 한국에 갔을 때는 말로만 듣던 아버지 영덕의 고향인 사천으로 가서 영덕의 산소에 다녀왔고 아버지가 그렇게도 같이 가자고 얘기했던 영덕의 고향 마을에서 엄마 은심과 동생 봉희와 같이 한 달 동안 시간을 보냈다.

평생 일만 하고 살아온 엄마 은심의 허리는 구부정하게 굽었고 지팡이를 짚고 다녀야 했지만 아침에 일어나자마자 바로 영덕의 산소부터 가서 둘러보고 내려와 조금도 쉬지 않고 텃밭을 가꾸는 부지런함은 하나도 변함이 없었다.

금희와 같이 갔던 명자도 돌아가신 할아버지 할머니 묘소를 찾아가서 성묘도 하고 엄마 순례의 고향인 서포로 가서 아직 생존해 있는 일가친척들도 방문했다.

식민지 시절의 조선인 신분이었던 준길과 순례는 각각 일본인으로 그리고 중국인으로 저 멀리 동북 심양에서 숨을 거두었고 고향 땅을 밟지 못하고 중국인이 된 딸이 노인이 되어 뒤늦게나마 부모의 고향으로 찾아와 소식을 전하게 된 것이다.

영덕의 고향인 안도 마을에 머물면서 금희는 왠지 모를 포근한 마음과 편안한 기분을 느꼈다. 엄마 은심에게 100번도 더 들었을 마을 여기저기에서 아버지 영덕이 어떻게 시간을 보냈는지 어떤 생각을 했을지 흔적을 찾으며 걸었고 영덕의 일기에 자주 나왔던 뒷동산 그루터기에 앉아서 영덕의 마음이 어땠는지도 느껴보았다.

걷잡을 수 없는 창작의 욕구가 치밀어 올라 나무 그루터기에 앉아서 석양을 바라보는 까까머리 어린이의 뒷모습을 그리고 혼자서 '소년'이라는 제목도 붙여보았다.

첫 번째 한국 방문 이후 두 번째 방문은 너무 갑작스럽게 이뤄졌다.

한국이 월드컵 열기로 후끈 달아오르던 2002년 6월, 외삼촌 경춘이 위독하다는 소식을 듣고 고모인 명자와 급하게 한국으로 왔지만 결국 경춘의 임종을 지키지 못했다. 어릴 적 친오빠처럼 자기에게 든든한 버팀목이 되어준 외삼촌 경춘은 투병 생활을 하면서도 항상 혼자 남은 누나 은심 걱정뿐이었고 어떻게든 꼭 동생 옥희를 찾아서 노모 소원을 풀어달라고 입버릇처럼 얘길 했다.

그동안 경춘이 살아온 인생이 어땠는지 증명하듯 경춘의 부고 소식이 전해지자 정말 많은 조문객들이 왔고 중국에서도 급하게 현철과 함께 경춘의 중국인 부하 직원들이 조문을 왔다.

뒤늦게 찾은 동생 경춘을 떠나보낸 은심의 상처는 생각보다 많이 컸다. 주위에서는 경춘이 가진 거 하나 없이 혈혈단신으로 월남하여 가정을 이뤄 자식들도 다 잘 키워냈고 열심히 살아왔으니 이만하면 정말 후회 없는 삶을 살았으리라고 하지만 쉬어야 할 나이에 무리해서 중국을 오가게 한 것이 늘그막을 건강하지 못하게 보낸 원인이 된 것이 아닌가 하여 마치 자기 탓 같았다.

어릴 적 처음에 갓 태어난 경춘을 보고 내 동생이라는 정을 줬었고 주위에서 자기 친동생도 아닌 피 한 방울 섞이지 않은 걸 업고 다닌다고 수군거림도 많이 들었지만 은심은 개의치 않고 경춘을 품에 안아서 키워왔다. 누구 자식인지가 중요한 게 아니다. 자기 아버지 범호를 아버지라고 부르고 자기를 누나라고 불렀으니 자기 친동생인 것이다.

어린 나이에 인민군에 강제로 징집되는 걸 그냥 지켜볼 수밖에 없었던 못난 누나에게 있어서 두고 온 자식과 함께 평생 살아오며 마음에 걸렸던 동생이었는데 뒤늦게나마 찾기는 했지만 그래도 계속 미안한 마음뿐인 것이다.

남편 영덕을 먼저 보내고 난 후에 더 자주 찾아와서 누나를 챙겨주더니 중국 근무를 마친 후에 급격히 건강이 악화되었는데도 금희를 만나는 누나가 걱정되어 같이 심양까지 가주었다. 아마 동생 경춘은 긴 시간 동안 누나 은심에게 제대로 표현하지 못했던 고마움을 자기가 몸으로 실천해서 보여주려고 했던 것이고 그 열정을 후회 없이 불사르니 이제 조용히 눈을 감게 된 것이리라.

사람이 언젠가는 죽는다는 게 정해진 이치건만 외삼촌 경춘을 보낸 이후에 엄마 은심의 상심이 큰 것을 본 금희의 마음은 더욱 급해졌다. 이제 우리 나이로 팔순이 되어가는 은심이 얼마나 더 살지는 모르겠지만 자기가 맏딸로서 동생 옥희를 찾아주겠다는 약속을 빨리 지켜야만 했다.

한국 국적자인 동생 현철이 북한에 있을 거로 추정되는 옥희를 찾기에는 아무래도 제약이 따르지만 자기는 한국 사람에 비해 북한 출입이 비교적 자유로운 중국 사람이라 외삼촌과 동생이 했던 노력의 반만 해도 꼭 찾을 수 있으리라고 확신했다.

경춘의 초상을 치른 뒤 은심을 봉희와 함께 사천으로 모셔다 주고 중국으로 돌아오는 날, 자기에게 손을 흔들고는 다시 눈을 들어 영덕의 산소를 바라보던 엄마 은심의 모습이 눈에 선하게 남아 금희는 며칠 동안 잠을 못 이루고 말았다.

급한 마음에 금희는 우선 북한 신의주와 활발한 무역 거래를 하는 중국 제일의 국경 도시 단동으로 달려가서 자기가 아는 사람을 통해 북한 근황과 사람 찾는 일에 대해서 물어봤다.

평소에 친분이 좋았던 단동시 미술협회 작가들이 많이 나서서 도와주었고 정기적인 교류가 있었던 북한 쪽 미술 협회에서도 다음 교류회가 두 달 뒤에 있다길래 그때는 금희도 참석하기로 했다.

그전에는 그냥 북한 화가들과의 평범한 교류였지만 이제는 자기 혈육을 찾기 위한 일이니 금희는 마냥 기다릴 수가 없었다. 북한과 단동을 자주 오가는 북한 무역상들을 소개받아서 인적 사항을 알려주고 수소문을 부탁했다.

인적 사항이라고 하지만 금희가 알려줄 수 있는 건 많이 없었다.

'평안북도 정주 출신으로 심양에서 살다가 지금 한국에 살고 있는 정은심이 사람을 찾습니다. 딸 배옥희, 1945년생, 현재 59세, 살던 곳 평양 대성구역(고려 호텔 부근에 있던 작은 아버지 정범진네로 이주). 작은 아버지 정범진 인민군 상장(1950년 당시 인민군 상좌), 작은 어머니 최삼월, 사촌 동생 정만춘, 정상춘(사촌 동생 정만춘은 전쟁 당시에 인민군 공군 조종사로 복무).'

이게 금희가 영덕의 일기를 통해서 알아낸 인적 사항의 모든 거였고 더 이상 알 수 있는 건 없었다.

전쟁 당시에는 삼촌 범진을 상좌로 기억했는데 전쟁이 끝난 이후에 한국의 방첩 기관을 통해서 범진이 상장으로 진급했다는 얘기는 영덕이 경찰서를 통해 들었던 것이고 정확한지 자신하지는 못했다.

듣기로는 90년대 중후반부터 시작된 고난의 행군으로 북한 인구의 10분의 1이 굶어 죽고 실종되었다는데 그나마 계속 평양에 살던 사람들은 제한적이지만 배급도 이뤄져서 사는 게 낫다지만 혹시나 타 지역에 산다면 생사를 장담하기 힘들다는 얘기도 듣자 걱정도 되었다.

그동안 살아오면서 동생이 북한에 있을 거라고는 꿈에도 생각하지 못했던 금희는 국가는 다르지만 같은 민족이 겪어온 아픔에 대한 자기의 무지와 무관심을 자학했고 그 어려운 과정을 동생 옥희가 잘 이겨내서 살아있기만을 바랄 수밖에 없었다.

단동 화가협회의 조선족 박수남 화가를 통해서 단동의 북한식당인 '비로봉'의 지배인 김철이라는 사람을 소개받았는데 금희의 딱한 얘기를 듣고 평양 가는 사람을 통해 부탁을 해보겠다며 자기가 직접 평양에 갈 일이 있으면 그때 같이 가보자는 고마운 제안까지 받았다.

이렇게 여기저기에 수소문을 하고 필요한 비용까지 지불해 가면서 금희가 동생 옥희의 소식을 기다려온 지도 1년 가까운 시간이 다가왔다.

평양 금성 유치원은 오늘도 수업을 마치고 몰려나오는 꼬맹이들로 왁자지껄하고 정문 앞은 자전거를 타고 오거나 걸어서 애들을 데리러 온 학부모들로 붐볐다.

밝게 웃으면서 손을 흔들며 인사하는 꼬맹이들을 하나씩 안아주는 60대의 여성은 인자한 웃음을 짓고 마지막까지 옆에 앉아서 자기를 기다리는 손자의 손을 잡고 나서야 이제 퇴근 준비를 한다.

손자 승호가 할머니의 손을 잡고 어서 집에 가자고 재촉하더니 먼저 쌩하고 뛰어간다.

"승호야. 기다리라."

저만치 앞서 가던 승호가 빨리 오라면서 할머니를 부른다.

"승호야. 오늘 손풍금 잘 켜던데 계속 배우고 싶니?"

"네!"

할머니의 손을 잡고 걸으면서 손자 승호는 신이 나서 떠들어댄다.

"할머니는 우리 아빠의 엄마, 그러면 할머니의 엄마는 누구예요?"

"할머니 엄마는 할머니가 승호보다 더 어릴 때 헤어져서 잘 모르겠네. 얼굴은 모르겠고 이름은 알지."

그러자 밝게 웃던 승호가 측은한 눈빛으로 할머니를 올려다본다.

"그럼 할머니는 누가 낳았는지도 모르는 겁네까?"

"누가 낳았는지는 알지, 지금은 어디 계시는지 몰라서 그렇지."

"아이고, 우리 할머니 고아였군. 불쌍해라."

승호가 걷던 걸음을 멈추고 할머니의 허리를 감싸 안는다.

손자 승호와 같이 걷고 있는 60대로 보이는 여성은 정옥희다.

지금 평양 대성 구역에 있는 금성 유치원 원장으로 있는 그녀는 평양 철도국 간부로 퇴직한 남편 민재만과의 사이에 2남 1녀를 두고 있고 남편과 같이 큰아들 민경운네 가족과 함께 살고 있다.

어린 시절의 옥희는 평양에서 부모와 헤어지고 작은 외할아버지 정범진과 작은 외할머니 최삼월의 손에서 자랐다. 작은 외할아버지인 정범진은 전쟁이 끝난 후에 징계를 받아서 제대로 얼굴을 보지도 못하고 자랐고 작은 외할머니 삼월이 옥희를 친자식처럼 키웠다.

12살 되던 해인가 어느 날 갑자기 군인들이 찾아와 삼월 그리고 오촌 오빠 상춘과 같이 군인들이 모는 차를 타고 며칠을 달리고 달려서 함경북도 회령이라는 곳에 도착했더니 피골이 상접한 채 앙상하게 말라서 마지막 숨이 붙어있던 정범진을 본 기억은 남아있다.

묘비 하나 없는 공동묘지에 범진을 묻어주고 평양으로 돌아오는 길에 몹시나 흐느껴 울던 외할머니 삼월이 잘못될까 봐 자기도 같이 울었던 기억도 강렬하다.

그때가 옥희가 태어나서 제일 멀리 가본 여행이었다.

자기를 번쩍 안아주면서 서울 구경시켜 주던 아빠의 얼굴과 항상 환하게 웃으면서 안아주던 엄마의 얼굴은 가물가물하지만 다섯 살 위의 언니 금희에 대한 기억은 선명했다. 초롱초롱한 까맣고 선한 눈으로 자기가 뛰어다니면 다칠세라 꼭 안아주던 이쁜 언니였고 언니 무릎에 누우면 머리카락을 땋아서 이쁘게 올려주던 언니였다. 그러면 옥희는 신이 나서 방방 뛰며 춤을 추었다.

언니가 부르던 노래도 기억이 났는데 나중에 학교에서 풍금을 배울 때 그 노래가 '오빠생각'이라는 것도 알게 되었다.

커오면서 부모님 생각과 언니 생각이 나면 울적하기도 했지만 너무 어릴 적 기억이라 잊혀졌고 외할머니 삼월을 엄마처럼 생각하기에 부족함 없이 헌신적인 사랑으로 자라왔다.

김일성 종합 대학을 나와서 의사를 하게 된 오촌 오빠 상춘도 옥희를 친동생처럼 이뻐하며 글쓰기에 재능을 보인 옥희를 위해 아낌없는 지원을 해주었다.

사춘기에 들면서 친부모와 언니에 대해서 물었지만 삼월은 전쟁통에 죽었다는 말만 하고 더 이상 알려주지 않아 자기 이름은 태어나서부터 지금처럼 정옥희라고 알고 자랐다.

하긴 자기 나이 또래에서 전쟁에 부모 잃은 사람이 한둘이 아니었고 같은 반 친구들 중에서도 전쟁고아가 절반이 넘었으니 자기만 특별히 불쌍하다고 생각하지는 않았다.

그렇게 평생을 정옥희로 자라왔었고 유치원에서 애들을 가르치다가 중매로 남편을 만나서 남들처럼 자식 낳고 평범하게 살아왔다.

엄마처럼 키워줬던 삼월이 세상을 떠나기 얼마 전에 옥희에게 부모님 이야기와 언니에 대해서 모든 걸 말해줬을 때에서야 자기 원래 성이 배씨이며 부모님과 언니의 이름이 무엇인지 겨우 알게 되었다.

80넘게 장수했던 삼월은 세상을 떠나기 얼마 전에 이미 애 엄마가 된 옥희에게 부모인 배영덕과 정은심이 어떻게 살아왔으며 바로 위 언니인 금희와는 어떻게 헤어졌는지 자기가 알고 있던 모든 이야기를 들려주었고 부모님이 아직 살아있다면 아무래도 고향이 남한인 아버지 배영덕을 따라 남한에 가있을 것이고 친언니 금희는 아마 아직 만주 땅에 있을 거라고 했다.

그리고 당부하기를 작은 외할아버지 범진의 항명 건으로 가족이 더 큰 벌을 받아야 하는데 고위층의 비호 아래에서 목숨을 부지하고 있으니 옥희만 이 사실을 알고 있고 절대로 남편에게도 알리지 말라고 했다.

그 후 얼마 후에 삼월은 세상을 떠났다.

남한으로 월남한 친부모가 있다는 게 알려지면 옥희에게도 좋을 게 하나도 없었던 터라 차라리 부모님이 모두 전쟁통에 돌아가셨다는 게 지금의 출신 성분을 유지하는 데 더 도움이 되었고 옥희 역시 모든 걸 가슴속에 묻어두기로 하고 자기는 평양 출신에 인민군 상장 정범진의 딸로 그리고 인민 영웅 정만춘의 여동생 정옥희로 그렇게 알려진 대로 살았다.

자식들이 막 결혼하고 장성할 시기인 1994년에 닥쳤던 고난의 행군은 평양에 살던 옥희네 가족에게도 큰 시련으로 다가왔었다. 수도인 평양에도 배급이 끊길 정도였는데 듣기로는 공화국 곳곳에서 사람들이 굶어 죽어나가고 국경을 넘어 중국으로 탈출하는 사람도 많다고 했다. 평양과 100킬로밖에 안 떨어진 평안북도 구성에서조차 사람들이 소나무 껍질을 벗겨 먹고 굶어 죽는다는 말을 듣고 철도국에서 간부를 했던 남편 민재만은 융통성을 발휘하여 자기 지위를 이용해 미리 물자를 챙겨놓았다.

상황이 더욱 악화되자 결국은 평양에서도 배급이 끊어졌다. 에너지난으로 철도의 운행이 끊어지자 민재만은 평양 밖으로 나가 돈 되는 걸 가져다가 식량으로 바꿔 왔고 유치원 교사로 평범한 삶을 살았던 옥희는 남편이 미리 챙겨놓았던 생필품을 장마당에 내다 팔면서 거기에서 얻은 식량을 어미 제비가 새끼들에게 먹이 물어다 주듯 자식들에게 나눠주며 그 시절을 악착같이 버텨냈었다.

그 힘든 시기가 겨우 지나갔고 들리는 소문에 의하면 공화국에서 몇 십만 몇 백만 명이 벌써 굶어 죽었다고 하는데 어쨌든 옥희네 가족은 별 탈 없이 살아남았다…. 이제 자식들도 다 장성해서 독립을 했고 옥희는 큰아들네와 함께 살면서 손자 손녀들 커가는 것을 보는 낙으로 사는 주위에서 흔히 볼 수 있는 그런 평범한 노인으로서 살고 있었다.

나이가 들어가니 더 이상 바랄 거 없고 자식들 가정은 화목하고 남편과 자기는 건강하게 사는 게 소원일 정도로 많은 욕심은 바라지 않고 있지만 지금 손자 손녀보다 더 어린 나이에 헤어졌던 친부모와 언니에 대한 그리움은 갈수록 간절해졌다.

그동안 남한 출신의 아버지를 둔 게 밝혀지면 커가는 자식들 출신 성분에도 큰 오점이 될 거 같아서 남편에게도 말 못 하고 있었지만 요즘에는 또 분위기가 북남 교류와 민족 화합을 얘기하니 혹시나 가족 소식을 들을 수 있을까 은근히 속으로 기대를 품기도 했다.

3년 전 괴물처럼 눈이 빨갛고 머리에 뿔이 달린 줄 알았던 남한의 김대중 대통령이 평양에 오던 날, 옥희도 환영 인파에 동원되어서 분홍색 한복을 입고 꽃을 들고 지나가는 남한 대통령 차량 행렬에 목이 터져라 만세를 불렀다.

동원된 다른 사람들 마음은 모르겠지만 남한에 부모가 있을지 모르는 옥희는 말 못 할 뜨거운 감정이 올라오는 걸 느꼈고 어쩌면 자기만이 갖고 있는 작은 꿈이 실현될지 모른다는 희망도 가져봤다.

TV를 통해서 본 남한 가수들의 공연을 보니 그들도 자기들처럼 우리말을 썼고 우리가 알아들을 수 있는 말로 노래를 불렀다. 남한 사람들은 괴물도 아니었고 생긴 것도 똑같은 민족이라는 걸 자기 눈으로 보고 나니 저들이 돌아가서 살 어느 하늘 아래에 평생 얼굴도 모르고 살아온 자신의 부모님이 같은 숨을 쉬고 살고 있을 거라는 생각에 가슴이 벅차올랐다.

맞벌이를 하는 아들 며느리가 퇴근하기 전에 저녁을 준비하면서 흥이 나면 혼자서 제일 좋아하는 남한 노래 '남자는 배, 여자는 항구'를 흥얼거리는 옥희의 귀에 2000년에 착공한 개성 공단의 진척 상황을 알리는 TV 뉴스가 들린다.

남편에 의하면 이제 개성 공단이 완성되면 남한과 공화국이 합쳐서 경제적으로 서로 도움을 주고받으며 주위의 강대국들이 쉽게 넘볼 수 없을 정도로 강하게 되어 지상낙원의 꿈을 빨리 앞당길 수 있다고 한다.

평양 출신 공무원 집안에서 곱게 자란 남편 민재만은 비록 좌천을 당했지만 국가 부주석 최용건의 신임을 받았던 인민군 상좌 정범진의 사위, 인민 영웅 정만춘과 김일성 종합대 의과대학 정상춘 교수의 매제라는 걸 은근히 자랑스러워했고 사회생활을 하면서 처갓집 배경을 알게 모르게 이용하여 간부직까지 올라갔다. 장성한 자식들도 그러한 자랑스러운 외갓집의 출신 성분을 바탕으로 지금 사회에 잘 자리를 잡고 있다.

오늘도 손자 손녀들은 자기들끼리 집에서 놀고 있고 남편 재만은 옛 직장 동료들과 모임이 있어서 늦게 오고 아들 며느리가 퇴근해서 집에 오기에는 아직 시간이 이른 평범한 하루였다. 노래를 흥얼거리는 옥희는 누군가가 문을 두들기는 소리를 들었고 누가 이렇게 빨리 왔나라는 생각에 문을 열었다.

인민복을 입은 풍채가 좋은 50대로 되어 보이는 낯선 남자가 문밖에 서있더니 조심스럽게 "혹시 정옥희 원장님 맞습니까?"라고 입을 열기에 맞다고 하니 자기에게 명함을 하나 건네준다.

'단동 비로봉 합영 무역회사 총지배인 김철'이라는 낯선 직함이 적혀있는데 옥희에게 긴히 할 얘기가 있으니 잠깐 들어가도 되겠냐고 묻는다.

보통 남편이나 아들을 찾으러 오는 손님들이 많이 오기는 하지만 자기를 원장님이라고 부르면서 찾아오는 유치원 학부형들도 가끔 있기에 옥희는 망설임 없이 손님을 집 안으로 안내했다.

바닥에 자리를 잡고 조심스럽게 앉은 김철이라는 사람이 집 안이 정리가 잘되어 있고 자기에게 인사하는 손자 손녀가 예의가 바르다고 칭찬을 한다. 옥희가 이 사람이 왜 자기를 찾는지 궁금해서 먼저 물으려는 찰나 남자가 입을 열었다.

"저는 정옥희 원장님 친언니인 장금희 씨의 부탁을 받고 그동안 계속 원장님을 찾아왔습니다."

이게 무슨 소리인가? 친언니인 장금희? 이름은 맞는데라는 생각에 무슨 말인지 몰라 다음 말을 기다렸다.

"지금 남한에 계시는 원장님의 어머니인 정은심 씨가 원장님과의 만남을 간절하게 기다리고 있습니다."

순간 옥희는 망치로 세게 한 대 얻어맞은 기분이었고 자기의 귀를 의심했다.

"김 선생님, 난 당최 무슨 말인지 모르겠수다. 내 어머니라고…"

"원래 원장님 성이 정씨가 아니고 배씨가 맞죠?"

그걸 아는 사람은 이 세상에 자기랑 상춘 오빠밖에 없다고 생각했는데 낯선 인물에게서 뜻밖의 말을 듣자 옥희는 겁이 와락 났다.

옥희의 표정이 바뀌자 남자는 품속에서 종이 한 장을 꺼내더니 곧 일어설 채비를 한다.

"원장님, 이제 북남이 호상 교류를 하고 민족이 가까워지는 시기라 과거의 일이 큰 흠이 되지 않을 겁니다. 오늘 들은 얘기로 충격이 크실 건데 일단 이 내용 잘 읽어보시고 생각 있으시면 저한테 전화 주십쇼. 제가 유치원에 가서 찾아뵙고 어떻게 된 건지 다 설명해 드리겠습니다. 지금은 안 가지고 왔는데 원하시면 내일 단동에서 언니 분인 장금희 씨가 보내온 가족사진도 가지고 가서 보여드릴까 합니다."

밤새 잠을 제대로 못 이뤘던 옥희는 사무실 책상 위에 앉아서 몇 백 번이고 읽었을 그 남자가 남겨준 종이를 또 펼쳐서 읽어본다.

'평안북도 정주 출신으로 심양에서 살다가 지금 한국에 살고 있는 정은심이 사람을 찾습니다.

딸 배옥희, 1945년생, 현재 59세, 살던 곳 평양 대성구역(고려 호텔 부근에 있던 작은 아버지 정범진네로 이주). 작은 아버지 정범진 인민군 상장(1950년 당시 인민군 상좌), 작은 어머니 최삼월, 사촌 동생 정만춘, 정상춘(사촌 동생 정만춘은 전쟁 당시에 인민군 공군 조종사로 복무).'

누가 보더라도 자기 가족의 사연이 분명했고 언니가 자기를 찾는다니 믿기지 않는 현실이었다.

옥희는 많은 고민을 하다가 결국은 명함에 적힌 전화번호로 다이얼을 눌렀다.

유아들이 하교한 조용한 오후에 김철이라는 남자가 다시 찾아왔고 먼저 말없이 자기가 가져온 사진 몇 장을 옥희에게 보여주었다. 웃고 있는 중년 여성의 사진을 보는데 그 사람이 바로 자기 언니 금희라고 한다.

생각했던 거처럼 곱고 기품 있게 나이가 들은 언니를 보니 반가운 마음에 눈물샘이 왈칵 터지고 만다.

이윽고 보이는 엄마라는 은심의 얼굴, 그리고 돌아가신 아버지 영덕의 사진과 함께 자기가 몰랐던 남동생과 여동생을 보니 옥희는 가족에 대한 그리움을 쉽게 떨쳐버릴 수 없었다. 60년 가까이 자기는 혼자라고 생각하고 살아왔는데 언니 말고도 남동생과 여동생이 있고 이제 80이 넘는 엄마 은심도 모두 다 애타게 자기를 찾는다고 한다!

잊지 않고 자기를 찾고 있는 가족의 존재가 고마웠고 어떻게 해서든 꼭 만나고 싶었다.

가족을 만나고 싶다는 의사를 분명히 전달하자 김철은 며칠 후에 곧 단동으로 돌아가서 언니인 금희와 연락을 취할 테니 소식을 기다리라고 했다.

김철이 떠난 후에 손에 쥐고 있는 가족사진을 보고 또 보던 옥희는 눈을 감고 조용히 보고 싶은 가족들을 하나하나 불러본다.

지난주에 단동에서 온 김철의 "찾았습니다"라는 반가운 전화를 받고 이제 금희는 북한으로 갈 준비를 다 마쳤다. 비로봉 무역에서 초청장을 내주어 명목상 비로봉 무역이 수출하는 화구 용품 중국 측 구매상 자격으로 평양 방문이 가능하게 되었다.

그동안 옥희를 찾기 위해 모든 경비를 다 내어준 명자는 고령이라 초청장을 받지 못해 이번 방문을 같이할 수 없어 아쉬웠지만 다음을 기약하면서 꼭 옥희에게 전해주라며 먹을 것 입을 것을 아낌없이 다 챙겨주었다.

북경에서 출발하여 단동을 거쳐 평양으로 가는 국제 열차에 몸을 싣고 떨리는 마음으로 기다리니 드디어 기차는 느릿느릿하게 중조우의교를 지나서 신의주로 향한다. 창밖으로 지나가는 낯선 풍경을 보다가 가져 온 지도를 펼쳐보니 조금만 있으면 엄마 은심이 태어나고 자랐던 정주 땅을 지나가게 된다.

다음에 만날 엄마 은심을 위해 금희는 저기 멀리 보이는 이름 모를 어느 산에 외할아버지 범호가 묻혀있을 거 같아 지나가는 철로변의 풍경을 쉬지 않고 찍어서 고향 생각이 그리울 은심에게 보여주고 싶었다.

4월이라는 계절이라 다들 모내기 준비를 하는지 농기구를 끌고 걸어가는 사람들이 많이 보였는데 다들 깡말랐고 왜소하다. 지금 경제 상황이 나아졌다고는 하지만 여전히 자기 조국의 반쪽 땅은 먹고

살기에 힘들어 보였다. 에너지 사정이 안 좋은지 기차 역시 가다가 서기를 반복하는데 그때마다 창가에 몰려들어서 먹을 걸 달라는 애들을 보니 모두 자기가 모르고 살았던 일가친척 애들 같아서 마음이 아파왔다.

그렇게 달리고 달려서 평양에 도착하니 김철이 보낸 안내원이 마중을 나왔고 평양역 인근의 창광 거리에 있는 고려 호텔로 가서 투숙했다. 45층의 최고급 호텔로 TV를 켜니 중국 CCTV 방송이 나와 밖으로 보이는 야경을 제외하고는 전혀 북한이 아닌 중국의 어느 도시로 출장 온 느낌이 들었다.

아침 일찍 호텔방으로 동생 옥희가 찾아오기로 해서 일찍 잠자리에 누웠으나 긴장이 가시지 않아 사촌 언니 명자가 챙겨준 옥희에게 줄 선물을 다시 풀었다 쌌다 하면서 긴장을 풀려고 했으나 쉬이 잠이 들지 못하다 겨우 눈을 붙여 평양에서의 첫 밤을 그렇게 보냈다.

가슴에는 김일성 김정일 배지를 달고 목에는 '평양 비로봉 합영무역회사 정옥희'라는 명패를 건 옥희는 심호흡을 한 후에 3203호 방문을 두드렸다.

안에서 "네"라는 소리가 들리더니 곧 문이 열린다.

옥희의 눈앞에 사진에서 봤던 '언니'라는 금희가 서있었다.

"옥희야. 내 동생 옥희 맞나?"

"언니! 금희 언니!"

봉천에서 같이 손을 잡고 뛰어놀던 자매는 50년의 세월이 훌쩍 넘어 흰 머리가 더 많아진 노년에 접어들어서야 다시 손을 맞잡을 수 있었다.

"옥희야. 언니가 이제 와서 미안하다."

"언니, 언니. 정말 보고 싶었어요."

서로 얼굴을 만지고 눈물을 닦아주며 그동안 흘렀던 세월이 아쉽기라도 한 듯 금희와 옥희는 부둥켜안고 서로 떨어질 줄 몰랐다.

다시 보고 또 봐도 어릴 적 봤었던 귀엽고 뽀얀 얼굴이 아직 남아있는 동생 옥희가 분명했다.

그동안 얼마나 서럽게 살았을까 이제야 찾아와서 미안한 마음에 그리고 흘러버린 세월이 야속해서 금희는 동생 옥희를 따뜻하게 품어주었다.

완전체
〈2004년 1월 요녕성 단동〉

지난봄에 기구한 가족사의 마무리를 지을 수 있는 소식이 큰누나 금희를 통해서 전해졌을 때 현철은 50평생 살아오면서 가져왔던 큰 숙제를 겨우 해냈다는 안도감에 핸드폰을 들고 멍하니 서있었다.

그 후에 평양을 다녀온 누나 금희를 찾아가 둘째 누나 옥희의 가족사진과 함께 근황을 자세히 들었고 옥희를 찾은 상봉소식은 막내 봉희가 또 사천으로 가서 노모 은심이 충격받지 않게 잘 전달했다. 노모 은심은 팔순이 넘은 나이라 죽기 전에 보고 싶다는 말만 한다고 한다.

금희 얘기로는 동생 옥희가 남한 출신 생부와 월남한 생모의 일이 알려지면 자식들에게 영향이 있을까 걱정했다고 한다. 그래서 금희는 두 번째 방문 때 직접 옥희네 가족을 만나서 모든 얘기를 다 해주었고 옥희네 남편과 자식들도 이제 남북 교류 시대에 접어들었으니 더 이상 문제될 게 없다면서 그동안 몰랐던 옥희의 가족이 생겼다는데 같이 기뻐해 주었다고 한다.

그러다가 지난여름에는 북한 출입이 상대적으로 자유로운 일본 국적의 봉희가 큰언니 금희와 함께 평양을 방문하여 3박 4일 동안 옥희 가족과 보내면서 찍은 VCR 테이프를 한국에 휴가차 들어온 현철과 노모 은심에게 보여줘서 말로만 듣던 평양과 둘째 누나 옥희네 사는 걸 보게 되었다.

뽀얀 얼굴에 날씬한 체형의 옥희는 눈매와 행동이 현철이 보기에도 아버지와 자기를 닮았고 그 옆을 지켜주는 중후한 노신사와 또 이들을 닮은 젊은 남녀와 어린 애들의 표정이 아주 밝아 보이니 옥희가 부모 없이도 잘 살아주었음을 알 수 있었다. 이렇게 행복한 가정을 이룬 걸 본 은심은 너무나 대견스러워서 찬찬히 한 장면도 놓치지 않고 보고 또 보았다.

봉희 얘기로는 엄마 은심이 아버지 고향 사천에서 사는 모습과 일본에 사는 자기 가족, 큰언니 금희와 현철네 사는 모습도 담아가서 옥희에게 보여주니 옥희도 영상을 보면서 가족에 대한 그리움을 달랬다고 한다.

서로가 그리운 만큼 현철도 봉희가 찍어 온 VCR을 여러 번 돌리고 돌려봐서 이제 길 가다가도 옥희는 물론 옥희 손자 손녀까지 알아볼 정도지만 그래도 화면만 보고 만족하는 거와 실제로 체온을 느끼면서 상봉하는 거는 다른 느낌일 것이다.

현철뿐 아니라 은심도 은심이고 옥희 역시도 노모 은심과의 만남을 기다렸지만 은심이 북한으로 가거나 또는 옥희가 북한 땅에서 나오기가 쉽지 않아 이 문제를 해결하기 위해 남매들은 머리를 맞대고 각자 동분서주하면서 다른 방법이 없는지 알아보느라 그렇게 또 몇 달의 시간을 보냈다.

그러다가 금희가 미술 협회를 통해서 옥희의 합법적인 중국 입국 절차를 해결하게 되었고 1월 중순에 단동에서 개최할 북중 화가 정기 교류회에 옥희가 북한 매체의 보도원 자격으로 참석할 수 있는 길이 열리게 되었다.

이제 방법과 장소, 시간까지 정해지고 단동에서 이뤄질 가족의 상봉 준비는 금희와 명자가 다 하기로 했으니 막내 봉희는 일본에서 노모 은심을 모시고 오기로 했고 현철은 청도에서 바로 합류하기로 했다.

곧 단동으로 향할 채비를 하는 현철은 이제 자식들도 자기 조상들에게 무슨 일이 있었는지 제대로 알려줄 때가 되었다 싶어서 오늘은 청도 시내에 있는 경복궁 한식당으로 불러 그동안 하고 싶은 얘기를 하려고 한다.

이 얼마나 길고 길었던 가족을 찾기 위한 시간이던가….

각자 뿔뿔이 흩어져서 살다가 이산가족 찾기를 통해서 외삼촌 경춘을 만났고 경춘과 자기가 심양을 제집 드나들듯이 해서 금희를 만났으며 이제 금희가 다시 옥희를 찾아내게 된 것이다.

현철이 중국 청도에서 근무한 지 1년 만에 정화 통상 사장 김상하는 현지에서 일하는 현철의 안정적인 생활을 위해 가족들 모두 청도에서 근무할 수 있도록 배려를 해줬고 아내 윤희와 중학교에 다녔던 아들 하율과 딸 지유도 이곳 청도로 와서 생활하고 있다. 아무래도 애들이 외국어 공부에 빨라서 여기에서 중국인들이 가는 로컬 학교에 다니니 중국어도 금방 늘어 전투 중국어 수준만 구사하는 현철에 비해 중국말을 훨씬 잘했다. 어느 순간부터는 가족끼리 같이 시내에 나가면 애들이 통역을 해줄 정도가 되었지만 현철은 부끄럽기보다는 애들을 위해서라도 중국 근무를 지원하길 잘했다는 생각이 들었다.

고등학교를 청도에서 마친 큰아들 하율은 북경 청화대에 진학해서 컴퓨터를 전공하는데 이제 잠시 휴학하고 3월에 한국으로 가 군복무를 마칠 계획이고 딸 지유는 내년에 고등학교를 마치면 본인이 원하는 대로 대학을 한국으로 갈 예정이다.

큰누나 금희와 명자 고모를 만난 후에 가족들을 데리고 심양에 여러 번 방문해서 그동안 자기도 몰랐던 많은 중국 친척들을 만났기에 아이들도 할아버지 할머니의 이야기를 어느 정도는 알고 있었지만 북한에 있는 둘째 누나 옥희와 같은 경우 다소 민감한 문제도 있고 해서 망설였었다. 그렇지만 오늘은 정식으로 가족사를 다 얘기하여 자식들도 알게 해줘야 한다고 생각한다.

술을 그렇게 즐기지 않는 현철이지만 그래도 이제 성인이 된 아들 하율에게 남자 대 남자로서 같이 술도 권하고 받고 하다 보니 기분이 좋아졌다.

아들 하율은 자기 닮아서 뽀얀 피부에 호리호리하게 키가 큰 외모에다 약간 내성적이긴 하지만 은근히 근성도 있고 남에게 지기 싫어하는 면도 있는 외유내강형이라면 딸 지유는 엄마 윤희를 닮아 성격이 밝고 낙천적이라 잘 웃는 분위기 메이커 역할을 해준다.

한국에서나 중국에서나 그동안 바쁘게 살아오면서 가정사에 소홀히 해왔는데 현모양처인 아내 윤희는 현철이 벌어온 돈으로 알뜰하게 살림 잘해주고 애들도 잘 키워냈다. 그런 아내가 고마워서 현철은 안 먹겠다고 극구 사양하는 아내 윤희에게도 몇 잔 술을 먹여서 가족이 단란하게 식사하는 자리는 화목하기 그지없다.

"아버지, 그러면 진짜 북한에 우리 둘째 고모님이 살아계셨네요. 정말 이런 일이 있다는 게 믿겨지지 않습니다."

현철에게 받은 소주잔을 다시 건네면서 하율은 탄성을 내지른다.

"그러게 말이다. 막내 고모가 할머니한테 소식 전했을 때 아빠도 할머니가 충격받지 않으실까 걱정했는데 다행히 빨리 안정을 찾으셨단다. 내일 단동으로 가서 아빠도 이제 50년 만에 처음으로 누나를 만나게 된다는 게 실감이 안 나는구나."

모든 가족이 만나는 극적인 장면을 벌써 상상했는지 현철이 걸어온 길을 잘 알고 있는 아내 윤희는 벌써부터 눈물을 글썽거린다.

"아빠. 얘길 듣고 보니 우리 할아버지 할머니 다 불쌍해요. 할아버지가 살아계셨으면 얼마나 좋아하셨을까요."

지금 제 나이 또래에 결혼한 할아버지 할머니가 그런 험한 일을 겪었다니 믿기지가 않는다고 생각한 딸 지유의 눈에도 금방 눈물이 맺힌다.

할아버지 영덕은 지유에게는 항상 말이 없고 마스크를 낀 조용한 사람이었지만 언제나 볼 때마다 눈웃음을 지으면서 주머니에 사탕도 넣어주고 칼로 깎아서 팽이며 장난감 차도 만들어주었던 자상한 분이었다.

"나는 벌써 우리 하율이가 군대에 간다는 생각만 해도 보고 싶을 거 같고 그 시간을 어떻게 기다리나 하는데 하물며 한평생 얼굴도 못 보고 사셨다니 정말 두 분 가슴에 진 응어리가 얼마나 컸을지 상상이 안 가네요."

다른 이들도 아니고 자기 가족들에게 큰 위안을 얻고 거기에다 다들 아픈 마음을 공감해 주니 현철은 오늘 같은 자리를 마련하기를 잘했다는 생각이 들었다.

"우리가 이렇게 가족이 되어서 만났고 우리 조상들과 달리 좋은 세상 만나서 이렇게 사는 거 감사하면서 모두들 자기 역할 충실히 하면서 하루하루 즐겁게 살자. 이 아빠도 여기 낯선 중국 땅에 온 거 너무나 감사하고 이제 내 삶의 터전이 되고 너희들도 다 잘 자라 주어서 너무나 고맙다."

이제 철이 든 자식들에게 그동안 하고 싶은 얘기를 다 하니 속이 시원해졌다.

"아버지, 참 아이러니합니다. 그냥 그전에는 북한하면 가난하고 못살고 불쌍한 사람들만 사는 곳이고 이제 저도 곧 군대에 가면 그런 북한을 향해 총부리를 겨눠야 하는데 그곳에 제가 모르고 살던 친척들이 있다니 정말 감회가 새롭네요. 어쩌면 저와 같이 휴전선에서 이쪽을 보고 경계할 북한군이 내 일가친척이 될 수 있다니 정말 우리 민족이 처한 현실이 가슴 아픕니다."

이과생이지만 역사와 문화에 관심이 많은 하율의 정확한 지적에 현철은 아들이 부어준 소주를 한입에 털어 넣는다.

정말 맞는 말이고 자기 가족의 이야기로 대표되는 민족의 기구한 운명을 누구를 탓할 것이며 어떻게 일개 개인이 그 운명을 피해 갈 수 있었겠는가.

"아빠, 저는 사실 어릴 때 고모가 일본 사람한테 시집갔다는 얘기 친한 친구한테도 못 했어요. 괜히 그런 얘기했다가 친일파니 어쩌니 그런 소리 들을까 봐요. 고모네 애들이 부산에 놀러 왔을 때도 일본 사람이란 거 알려질까 봐 어린 나이에도 신경이 쓰이더군요. 지금 생각하니 아무것도 아닌데 그때는 왜 그랬는지…."

딸 지유가 한 얘기도 맞는 말이고 그것이 옳은지 틀린지 현철이 대답을 해줄 수는 없다.

"하율 아버지, 그래도 하늘에 계시는 아버님과 지금만 기다려 온 어머님의 덕이 쌓여서 이런 좋은 날이 온다고 생각하시고 우리 기분 좋게 다녀옵시다."

비어버린 현철의 잔에 아내 윤희가 술을 채워주면서 위로의 말을 건넨다.

"아빠, 그러고 보니까 큰 고모는 중국 사람, 둘째 고모는 북한 사람, 아빠는 한국 사람 그리고 막내 고모는 일본 사람… 사 남매의 국적이 네 개네요. 와! 한 가족이 서로 다른 네 개의 지붕 밑에서 사네요. 네 지붕 한 가족이구나."

서글픈 현실을 재치 있게 나타낸 딸 지유의 표현에 현철은 쓴웃음을 지으면서 또 소주를 털어 넣는다.

'네 지붕 한 가족'이라… 아버지와 어머니가 봉천에서 부부의 인연을 맺었을 때 과연 이렇게 되리라고 예상하셨을까? 아니면 남매 모두가 태어나기 전에 정해진 무슨 운명의 장난일까?

"이제 우리 민족의 비참한 고통이 아빠 대에서 끝나고 너희들을 포함한 우리 후손 세대에는 다시는 그럴 일이 없으면 하는 게 이 아빠의 소원이다. 진심으로.."

그날 과음한 현철은 자기를 부축하는 아들 하율의 단단한 어깨 근육이 너무나 든든해서 기뻤지만 아버지 살아생전에 단둘이서 이런 술자리를 가져보지 못한 게 많이 후회되었다. 그리고 딸 지유가 한 '네 지붕 한 가족'이라는 말이 계속 머릿속을 떠나지 않았다.

언니 옥희와의 만남이 성사될 수 있다는 소식을 듣고 봉희는 사천으로 달려가서 엄마 은심과 함께 중국 갈 준비를 하는데 어떻게 된 건지 엄마 은심이 배를 타고 단동으로 가고 싶다고 한다.

팔순이 넘는 연세가 걱정되어 봉희가 몇 번을 확인해도 이번에는 꼭 그러고 싶다고 해서 인천에서 단동으로 향하는 페리를 탔는데 역시나 엄마 은심은 자기가 예상한 대로 배 타고 오는 시간 동안 자기가 살아온 시간을 반추하는 거 같다.

배를 타서 자기가 태어나고 아버지 범호가 묻힌 땅을 멀리서나마 보고 싶었던 은심은 지나가는 승무원에게 새벽 시간이라도 좋으니 정주 땅을 지나가면 꼭 알려달라고 신신당부를 했다. 이른 새벽, 봉희가 잠들지 못하고 뒤척이는데 인기척이 나서 보니 은심이 혼자 일어나 갑판으로 향하고 있었다. 엄마 은심이 걱정되어 1월의 차가운 바람이 몰아치는 갑판으로 나가보니 저 멀리 동쪽 하늘이 보이는 곳에 은심이 서있었다.

바람이 세차게 불어서 잘 들리지는 않았지만 은심은 동쪽 하늘을 향해 뭔가를 외치고 있었다.

은심의 뒤에 다가선 봉희는 엄마가 목 놓아 부르는 소리를 똑똑히 들었다.

"아버지! 아버지! 엄마!"

아직 해가 뜨기 전이라 어둑어둑하지만 동쪽 끝 저 멀리에 희미한 불빛이 보이니 거기는 북한 땅이 맞을 것이고 지금 이 시간대면 얼추 평안북도 정주 바다를 지나는 걸 아는 걸까. 은심은 거칠게 불어대는 겨울 바닷바람에도 아랑곳하지 않고 난간에 최대한 붙어서 목을 놓아 엄마 아버지를 부르고 있다.

이제 고령인 나이를 생각하면 언제 이렇게 다시 멀리서나마 고향땅을 볼 수 있을지 알 수 없다는 예감이었을까. 은심은 너무나 간절했다.

봉희가 들려준 소식에 의하면 삼촌 범진은 객지에서 돌아가셔서 거기에 묻혀있고 숙모 삼월은 고맙게도 자기 딸 옥희를 잘 키워줬고 지금은 평양에 잠들어 있다고 한다. 범호가 남긴 유일한 혈육인 자기마저 고향을 떠나 살고 있으니 불쌍한 아버지 어머니 생각에 그리고 그 쓸쓸한 무덤을 아무도 찾지 않을 거라는 생각에 혼신의 힘을 다해서 난간에 붙어서는데 그 모습이 너무 위태로워 보였다.

보다 못한 봉희가 뒤에서 엄마 은심의 늙고 자그마한 몸을 와락 껴안는다.

"엄마! 엄마 마음 다 알아요. 우리가 있잖아요. 엄마가 못다 하신 효도 나중에 우리가 다 할 테니 엄마 걱정하지 마세요. 우리가 못 해도 우리 애들에 또 그 애들이 있으니…"

은심이 무엇을 그리워하는지 잘 아는 봉희는 그런 은심을 품에 안고 놓지 않았고 은심은 그런 봉희에게 안겨서 울음을 그칠 줄 모른다.

은심과 봉희는 배가 단동에 도착할 때까지 마주 잡은 손을 놓지 않고 아침 해가 서서히 떠오르면서 하나씩 모습을 드러내는 북한 땅을 말없이 바라보며 그 자리에서 꼼짝하지도 않았다. 그런 모녀를 봉희 남편인 코타다 요시오까는 걱정스러운 눈길로 바라만 볼 뿐이었다.

창밖으로 압록강과 강 건너편 신의주가 보이는 곳에 자리한 단동 앵화櫻花 호텔 중식당 룸에 긴장하면서 앉아있는 사람들은 팔순이 넘은 은심, 명자 그리고 현철네 부부와 봉희네 부부였다.

미술 협회의 회의가 막 끝나서 이제 곧 이쪽을 출발한다는 금희의 연락을 받고 나니 방 안의 긴장된 분위기는 더욱 달아올랐다.

평소와 다르게 이번에는 인천에서 배를 타고 단동으로 들어온 은심의 얼굴은 잠을 제대로 못 자서 힘들었을 것인데도 아주 평온해 보였고 혹시나 해서 자식들이 권하는 청심환도 먹지 않고 차분하게 옥희를 기다리고 있었다.

아버지 사업을 물려받아 기업을 운영하면서 취미로 사진 촬영을 배운 요시오까가 눌러대는 카메라 셔터 소리만 이따금 들려올 뿐 지금 방 안은 쥐죽은 듯 조용하다.

처음 금희를 만날 때처럼 이 팽팽한 분위기를 못 이겨낸 명자가 먼저 일어나서 은심을 꼭 안아주더니 애들 마중 나간다고 방을 나서자 이제 곧 다가올 시간이 실감나는지 긴장했던 현철도 자리에서 일어나 엄마 은심에게 따뜻한 물을 따라준다.

얼마나 기다리던 순간이던가.

눈물로 범벅이 된 고모 명자가 먼저 문을 열고 들어오고 긴장한 얼굴의 금희와 더 긴장한 얼굴의 옥희가 뒤따라 들어온다.

정말 VCR을 통해 몇 백 번 봤었던 친근한 얼굴의 옥희가 맞았다.

"엄마! 엄마!"

방 안의 다른 사람들은 돌아보지도 않고 옥희는 은심에게 울면서 안긴다.

"옥희야. 내 새끼…"

딸 옥희를 보자 그동안 차분하게 보였던 은심은 다시 고개를 들어 옥희를 자세히 쳐다보다가 그냥 그대로 쓰러져 혼절하고 말았다.

"엄마" "어머니"라는 소리가 울려 퍼지는 방 안에서 뛰쳐나온 현철은 빨리 구급차를 불러달라고 식당 안의 아무나 붙잡고 소리를 질러댔고 생각하지 못한 위급한 상황에 사위 요시오까는 카메라를 집어던지고 쓰러진 은심의 맥을 짚더니 얼굴이 하얗게 변한다.

자식들의 간절한 마음이 통했던 것일까. 갑자기 혼절했던 은심이 눈을 뜨니 자리를 지키고 있던 자식들이 우르르 몰려들었다.

재빠르게 병원으로 후송된 후 병원에선 갑작스러운 충격으로 인한 쇼크이며 하고 신체적으로는 괜찮다고 하였는데 다행히 두어 시간 만에 다시 진정이 된 은심이 깨어난 것이다.

'나도 이제 정말 늙었구나'라는 생각이 든 은심은 자식들의 만류에도 불구하고 다시 앉아서 흐트러진 머리를 매만졌고 주위의 자식들을 천천히 둘러보았다.

큰딸 금희, 오늘 만난 둘째 딸 옥희, 언제나 든든한 아들 현철 그리고 막내 봉희 모두가 눈물이 가득한 눈으로 자기가 하는 동작 하나하나를 지켜보고 있다.

"옥희야. 이리 온. 엄마 이제 괜찮다."

자기가 더 울면 엄마 은심이 또 충격을 받을까 봐 옥희는 다시 다섯 살 어린 옥희가 된 거처럼 조용히 엄마 은심 옆에 앉는다.

"그동안 엄마 아버지 보고 싶었나?"

입을 꾹 다문 옥희는 조용히 고개만 끄덕인다.

"내 새끼 한번 보자."

그러면서 옥희의 왼쪽 어깨를 슬며시 까보더니 새끼손가락 손톱 반만 한 작은 점을 확인한다.

"옥희 태어날 때 엄마 아빠도 어깨에 점이 있는 줄 몰랐는데 금희가 먼저 발견한 거다."

그 말을 들은 옥희는 이제 소리를 안 내고 울 수가 없었다.

"옥희야, 엄마 이제 괜찮다 울고 싶으면 마음 놓고 울거라."

"엄마!"

옥희는 더 이상 참지 못하고 은심의 품을 파고들면서 큰 소리로 울음만 터트린다.

"내가 너거 언니 뱄을 때는 꿈속에서 학을 봤거든. 분명히 늘씬하고 이쁘게 생긴 학인데 하늘에서 움직이지 않고 가만히 있길래 이상하다 싶어서 너거 아버지한테 얘길 하니까 딸이라고 하더라고. 그리고 옥희 태몽은 엄마가 고추밭에서 고추를 따는데 풋고추가 너무 싱싱해서 이쁜 기라, 그래가 이번에는 아들인 갑다 싶어서 너거 아버지한테 말하니 너거 아버지가 풋고추면 딸이라고 하더니만 딱 맞더라."

엄마 은심이 아니면 누가 이런 얘기를 해줬을까 금희도 옥희도 처음 듣는 얘기에 가슴이 뭉클했고 듣고 있던 다른 자식들은 모두 울음을 삼키기에 바빴다.

60 평생 가까이 살아오면서 생각해 왔던 거처럼 자기는 어느 날 갑자기 하늘에서 툭 떨어진 생명체가 아니었고 사랑하는 부모님 사이에서 태어나서 사랑받고 자랐던 귀한 존재였던 것이다.

"봉천에서 언니하고 헤어지고 그렇게 울더니 그래도 용케 이렇게 언니하고 다시 만났구나. 그날 평양에서 헤어질 때도 엄마 아빠 잘 갔다 와라고 손을 흔들던 애가… 이제 할머니가 다 되었네. 지금 와서 엄마가 미안하다."

도저히 눈물 없이 볼 수 없는 장면에 사남매는 가운데에 엄마 은심을 놓고 지나간 세월이 서러워 같이 껴안고 울 뿐이었다.

말없이 자식들 사이에 안겨있던 은심이 무슨 생각이 들었는지 봉희를 쳐다보니 봉희가 가방 안에서 무언가를 꺼낸다. 영덕이 그토록 신기고 싶었던 비단 구두가 빨간 색을 드러내면서 수줍게 튀어나왔다.

"너거 아버지가 꼭 딸들 만나면 주라고 만들어놓은 거다. 내 죽기 전에 우리 딸들한테 줬으니 나는 이제 더 이상 여한이 없다."

정성스레 만들어진 비단 구두 안의 내피에는 자수로 '배금희' '배옥희'라는 이름이 새겨져 있었다.

"너거 아버지도 오늘 같은 날은 저세상에서 아주 기분 좋아하시겠다.”

그런 구두를 차마 신어보지 못하고 금희와 옥희는 가슴에 꼭 안은 채 나지막이 불러본다.

‘아버지, 아버지.’

20세기에 탄생한 가족 구성원들은 헤어져서 각자가 멀고 먼 길을 돌아서 50년이 넘는 시간이 흘러 21세기에 다시 만났고 못다 한 이야기를 나눈 3박 4일의 단동 일정은 너무나 짧고 아쉽게 지나갔다.

소풍
〈2009년 8월 경남 사천〉

우리 나이로 87살이 된 은심은 일본이나 중국에서 같이 살자는 자식들의 권유도 뿌리치고 여전히 혼자서 영덕의 고향 집을 지키면서 살고 있다.

유일한 낙이라면 일본과 중국에서 아들 딸 손자 손녀 며느리 사위가 찾아오면 배부르게 해 먹여서 일하고 먹고사느라 지친 자식들 좀 더 쉬어서 재충전하도록 해주는 것이다.

북한에 살고 있는 둘째 딸 옥희는 처음 만난 후에 두 번 더 봤지만 이제 기력이 다한 은심이 매번 단동으로 가서 볼 수가 없어 큰딸 금희나 막내 봉희가 북한을 오가면서 찍어 온 사진이나 동영상을 보면서 위로했고 그렇게 안부를 전하는 게 많이 아쉬울 뿐 이제 더 이상 여한은 없었다.

이제 여기 남한에 처음 정착했을 때의 그 거칠고 억센 '평안도 빨갱이 아지매'는 더 이상 없고 항상 웃음기 있는 얼굴로 노인들밖에 없는 동네에서 일할 때 잘 나서고 사람들에게 잘 베푸는 인심 좋은 '정씨 할머니'만 남았다.

이제 8월 여름 휴가철이 되면 중국이나 일본에 있는 자식들이 기다렸다는 듯이 시골 마을이 북적거리게 여기 찾아올 것이다.

오늘은 아침부터 영덕의 무덤이 있는 앞산에 올라가서 이번에 자식들이 새로 보내온 사진을 액자에 담아 영덕이 잘 보이도록 고르게 놓아주고 왔다. 영덕이 누워있는 자리에서 오른쪽부터 금희네로 시작해 막내 봉희네까지 액자를 쭉 놓아 영덕에게 지금 자식들이 어떻게 사는지 조금이라도 알려주고 싶었다.

특히 영덕이 만들어준 빨간 구두를 신고 손을 맞잡은 금희와 옥희의 사진은 제일 가운데에 위치해서 영덕이 고개를 안 돌려도 바로 보일 수 있도록 해주었다. 그래야만 영덕이 자기를 잘했다고 칭찬해 줄 거 같았기 때문이다.

아침 이슬이 신발에 맺힐 때 올라와서 언제나처럼 영덕과 길고 긴 대화를 하다가 한낮의 태양이 푹푹 내리쬐는 시간에 산을 내려가는 평범한 하루였다.

오늘 밤은 어쩐 일인지 한동안 꿈에서 보이지 않던 영덕이 나타나더니 아무 말 없이 자기를 보고 웃더니 이쪽으로 오라는 손짓을 한다. 꿈에서 깨어난 은심은 한참을 혼자 있다가 무슨 결심을 했는지 막내 봉희에게 전화를 한다.

막내 봉희로부터 긴급한 전화를 받은 현철은 휴가 일정을 앞당겨서 아내 윤희와 함께 한국행 비행기에 몸을 실었다.

가장 먼저 도착한 봉희를 보자마자 엄마 은심은 곧 혼수상태에 빠졌고 은심의 소식을 듣고 중국에서 고모 명자와 큰누나 금희도 곧 사천으로 왔다. 시골 마을까지 왕진 온 의사는 이제는 고령에다가 노환이라서 자식들이 가시는 길 편하게 가시도록 곁을 지켜주라는 말을 남기고 돌아갔다.

다시 꿈속인 모양이었다.

아직 고개도 못 가누고 옆만 바라보는 애기 은심의 눈에 숨을 거둔 엄마를 붙잡고 통곡하는 아버지 범호의 모습이 들어오더니 지금은 흔들리는 아버지 범호의 등 위에 올라 짙은 땀 냄새를 맡으면서 숨넘어갈 듯이 울고 있다.

아버지 범호가 누군가에게 뭐라고 사정을 하니 배고파 울던 은심의 입에 누군가의 젖이 물리고 은심은 허겁지겁 빨아보지만 이내 젖꼭지는 도로 멀어져 가고 양이 안 찬 은심은 더욱 세차게 울어댄다.

그런 은심을 안고 우는 범호의 뜨거운 눈물이 은심의 얼굴에 방울방울 떨어져 은심은 곧 울음을 그치고 그런 아버지를 물끄러미 쳐다본다. 자기와 눈을 마주치자 울음을 그치고 웃어주는 은심을 보고 범호는 더러워진 소매로 눈물을 닦더니 다시 은심을 업고 은심은 흔들리는 아버지의 등에 업혀서 스르르 잠이 든다.

다시 눈을 뜨니 아버지 범호가 열심히 쟁기질을 하면서 나무 밑에 허리가 묶인 채 혼자 놀고 있는 은심을 바라보고 있다. 아버지를 바라보며 웃고 있는 자기 입가는 진흙을 파먹었는지 마른 흙이 묻어있고 이걸 본 범호가 놀라서 뛰어와 자기를 번쩍 들어 가슴팍에 안아주는데 또 머리카락 위로 툭툭 떨어지는 범호의 뜨거운 눈물이 다시 한번 느껴진다.

이번에는 갑자기 왼쪽 뺨이 아파오더니 무언가가 은심의 머리를 향해 날아와서 얼굴을 세게 치고 지나간다. 무섭게 생긴 새엄마가 은심의 머리채를 잡더니 바닥에다 내동댕이치는데 바닥에는 갓 태어난 동생 경춘이 세상모르고 자고 있다. 넘어진 은심의 등짝을 새

엄마가 밟아대지만 은심은 아픈 줄도 모르고 귀엽게 하품하는 동생을 쳐다보면서 얼굴에 웃음을 짓는다.

도마 위에 울리는 요란한 칼질 소리와 뭔가를 볶는 소리로 시끄러운 주방에서 은심은 까치발을 하고 점순 할매가 하는 걸 지켜보고 있다. 뭐가 그렇게 바쁜지 점순 할매는 눈길 한 번 안 주다가 뜨거운 국물을 퍼주고 은심은 그것을 쟁반에 담아서 손님 자리에 가져다주고 온다. 자리를 떠나지 않고 곁을 지키는 은심에게 점순 할매가 잘했다고 웃으면서 볼을 당기더니 은심의 손에 주먹밥을 쥐여주는데 은심은 자신이 먹지 않고 자기 옆에 붙어있는 경춘의 입에 넣어준다. 경춘은 허겁지겁 그것을 입안에 넣기에 바쁘다.

쟁반을 머리에 이고 밖으로 나가니 어느샌가 명자가 쫄래쫄래 은심을 따라온다. 은심은 한 손을 내밀어 명자의 손을 잡고 나머지 한 손은 경춘의 손을 잡는다.

익숙한 국밥 냄새와 아버지 범호의 가게에서 나는 진한 본드 냄새와 함께 처음 보는 누군가가 은심의 눈앞에 나타난다.

잘생기고 뽀얀 피부의 귀족같이 생긴 멋진 청년이 은심을 향해 고개를 숙이고 인사를 하니 은심은 처음으로 심장이 멎는 듯한 느낌이 들었다. 가끔씩 오가면서 인사를 하는 청년의 지적인 옆모습을 은심은 숨죽여서 지켜만 봤고 그때마다 혼자서 얼굴이 붉어졌다.

이윽고 은심의 눈에 자기 옆에 앉아서 가늘고 긴 손가락으로 연필을 잡고 무언가를 써나가는 청년의 뽀얀 손이 들어오는데 손을 내밀어 그 손을 꼭 잡고 싶었지만 용기가 없어 죄 없는 손가락만 꼼지락거리는 자기 손이 보인다.

이번엔 갑자기 밖에서 소나기 소리가 후드득 들려 고개를 들어보니 벌거벗은 자기를 껴안으면서 뜨거운 숨을 내쉬는 영덕의 얼굴이 보인다. 은심은 사랑하는 그 얼굴을 자세히 보려고 했으나 어느새 자신의 눈은 가려져 있고 입은 구역질 나는 수건으로 막혀있어 놀라서 뱉으려고 발버둥 치다가 눈을 번쩍 떴다.

"엄마!" "어머니!" "할머니!"

눈을 뜨니 붉게 충혈된 눈의 금희, 현철, 봉희와 손자 손녀들이 보인다. 옥희만 빼고…

'휴. 정말 다행이다.'

만족한 얼굴로 다시 주위를 둘러보고 은심은 다시 깊은 잠에 빠져들었다.

자기 품 안에는 까만 눈을 들어서 엄마를 쳐다보는 금희가 안겨져 있고 영덕은 자기가 안아보겠다고 손을 내밀지만 은심은 그런 남편이 미덥지 않아 주지 않으려 한다.

옥수수 가루에 물을 타서 저녁을 준비하는데 저 바깥에서 와하하 웃으면서 신나게 떠드는 남편과 금희, 옥희 그리고 동생 경춘의 목소리가 들리더니 이내 노래 부르는 금희의 귀여운 목소리에 은심은 잠시 손을 멈추고 귀 기울여 들어본다.

아버지 범호의 기침 소리가 끊이지 않고 금희는 두꺼운 이불에 꽁꽁 싸인 채로 길을 나서는 아빠의 지게에 오르며 손을 흔들고 옥희는 숙모 삼월의 품에 안겨서 잘 갔다 오라고 밝게 웃어주더니 갑자기 둘 다 보이지 않아 겁이 났고 무서웠다.

아버지 범호도 보이지 않고 아무도 없어 울고 싶은데 저 멀리에서 영덕이 나타나더니 은심의 손을 잡아준다. 넘어지려는 은심을 잡아 일으켜 주더니 영덕은 다시 멀어져 간다. 그런 영덕을 잡으려고 부지런히 쫓아가는데 시어머니 언년이 문을 열어주더니 어느새 은심의 품에 고추를 단 현철이 안겨져 있고 은심은 귀하게 얻은 아들에게 젖을 물린다.

갑자기 머리카락이 빠질 듯이 아팠지만 은심은 양손에 더 힘을 줘서 마주 선 여자의 머리채를 더 세게 잡아당긴다. 누군가가 은심의 등을 걷어차기에 다시 고개를 돌려 그 여자의 어깻죽지를 온 힘을 다해서 깨물었다. 여러 명이 때리니 아팠지만 은심은 머리를 풀어헤치고 바닥에 떨어진 돌멩이를 주워 든다. 모두가 겁을 먹고 도망가자 미친년처럼 맨발로 쫓아가려는데 자기 옆에서 이런 엄마를 지켜보는 겁먹은 얼굴의 막내딸 봉희가 눈에 들어온다.

봉희를 업고 집에 오는 모습을 저 멀리서 영덕이 보더니 이쪽을 향해 허겁지겁 달려오다가 곧 넘어져서 일어나질 못하길래 은심은 또 그런 영덕을 일으켜 세우지만 눈물은 나지 않는다. 일어난 영덕은 여전히 잘생긴 처음 본 모습 그대로에다가 다리병신도 아니었고 등에 업힌 봉희를 위해서라도 울면 안 되었다.

손에 수갑을 찬 낯선 모습으로 날아가려는 현철의 모습을 본 은심은 갑자기 생살을 잡아 째는 통증이 왔지만 그래도 날아가려는 현철의 발목을 놓지 않고 끝까지 매달린다. 현철은 날아오를 듯이 날개만 퍼덕이다가 다시 떨어져서 자기 품에 안긴다. 그러더니 현철이 고운 색시와 애기를 안고 찾아와서 기뻤는데 이번에는 봉희가 가방을 싸서 비행기를 타고 어디론가 가려고 해서 서럽게 울었다.

누군가가 은심의 등을 콕콕 찌르기에 뒤돌아보니 동생 경춘이 웃으면서 안겨온다. 어릴 적 제비 새끼처럼 밥 달라고 짹짹 벌리던 입도 그대로고 뭉툭한 코도 하나도 안 변한 아저씨가 되어서 울고 있는 은심을 달래준다. 그리고 봉희의 손을 잡고 어딘가를 한참 갔더니 금희와 옥희가 자기를 기다리고 있다.

허겁지겁 영덕이 만들어둔 비단 구두를 신겨주니 이제 자기가 할 일을 다 한 거 같아서 온몸의 힘이 쭈욱 빠진다. 이제 영덕에게 자랑하려고 고개를 들어 찾아봐도 영덕이 보이지 않으니 불안하기만 하다.

빨리 더 눈을 크게 뜨고 찾으려고 눈을 번쩍 뜬다.

"엄마, 이제 정신 좀 드십니까?"

금희가 보이고 "언니!"라고 부르는 쉰 소리로 울부짖는 명자의 목소리가 들린다.

자기 주위로 사람들이 몰려드는데 아무리 눈을 크게 뜨고 둘러봐도 영덕이 보이지 않기에 자기 보고 이리 오라고 손짓한 사람이 어디 갔나 야속해서 서운한 마음이 들어 다시 눈을 감는다.

다시 깊은 잠에 빠져서 꿈을 꾸는지 아니면 모두들 잠이 든 시간인지 주위가 조용하다.

누군가가 발밑에서 자기 발을 만지고 있어 은심은 화들짝 놀라서 몸을 일으켰더니 고개를 들어 웃으면서 자기를 쳐다보는 사람은 바로 영덕이었다.

"영감, 내가 한참을 찾았는데 어디 갔었어요? 오늘 애들도 다 와 있는데 이런 좋은 날에 보이지도 않고."

젊은 시절 처음 만날 때 모습을 하고 있는 영덕은 멋쩍으면 고개를 옆으로 돌리며 머리를 긁는 버릇을 그대로 하며 아무 말 없이 은심을 보고 씩 하니 웃어준다.

"내가 생각해 보니 이제까지 평생 남의 신발만 만들어주고 제일 고생 많은 우리 마누라 신발도 제대로 못 만들어줬네. 내가 그게 마음에 걸려서 편하게 갈 수가 있나."

"영감, 내 신발은 괜찮으니 나 그런 거 필요 없소. 이제 제발 어디 가지 좀 말고 우리 애들하고 얘기라도 좀 하소."

"자네가 매일 찾아와서 얘기도 다 해주고 우리 금희, 옥희네 사진도 다 보여주는데 인자 나도 우리 애들이 잘 사는 거 아는데 이제는 당신이 걱정이지."

"영감, 우리 애들 신고 있는 비단 구두 봤어요?"

"그럼, 보다마다… 그거 전해준다고 정말 고생 많았소."

"왜 영감은 이런 좋은 세상에 우리 애들도 못 만나고 뭐가 급하다고 그렇게 빨리 갔소? 우리 애들이 당신 얼마나 보고 싶어 하는지 아시오?"

"여보, 당신 이제까지 살아오면서 평생 고생만 하고 호강도 못 시켜줬는데 내가 정말 미안하오. 이제 내가 당신 발에 제일 편한 신발 만들어서 다시 찾아올 테니 당신 그 신발 신고 나하고 같이 좋은 데로 소풍 갑시다."

"영감, 빨리 오시오. 당신이 모처럼 찾아왔는데 또 안 오면 내가 불안하오."

영덕은 다시 아무 말 없이 은심을 보고 웃어주더니 서서히 시야에서 사라져갔다.

눈이 떠지기 전에 귀가 먼저 열려서인지 방 안과 밖에서 나는 소리가 하나씩 들려온다.

점박이가 컹컹 짖어대는 소리가 들려오는데 누군가가 밥을 주는지 기분 좋을 때 내는 소리이니 안심이 된다. 자지러지게 울어대는 매미 소리 역시 쉬지 않고 들려오니 오늘도 바깥 날씨는 구름 한 점 없이 맑고 아주 더울 거 같다.

땀이 하나도 안 나서 이상하다 생각했는데 얼굴에 와 닿는 바람이 누군가가 자기에게 부채를 부쳐주는 거 같아 살며시 눈을 떴다.

"엄마!" 큰딸 금희였다.

자기도 더울 텐데 이마에 땀이 송글송글한 채 쉬지 않고 누워있는 자기에게 계속 부채질을 했던 모양이었다.

"언니, 잠 편하게 잤어요?"

"어머니!" "엄마!" "할머니!"

자식들에게 이런 모습 보여주지 않으려고 일어나 앉아서 다시 머리를 만져야 하는데 일어날 힘이 하나도 없어 은심은 곧 단념한다.

"우리 새끼들, 이제 다 왔나? 옥희는 못 오겠네."

하나 빠진 옥희의 자리가 무척이나 커 보인다.

"너거 아버지가 내 신발 만들어 와서 새 신발 신고 같이 소풍가자고 하더라."

이제 다들 노모 은심의 마지막이 온 것을 걸 직감했는지 여기저기서 우는 소리가 터진다.

"엄마, 이제 아버지랑 같이 좋은 데 놀러 다니시고 좋은 곳에서 하고 싶은 거 다 하시고 사세요."

막내 봉희의 자지러지는 목소리가 들린다.

"아이고! 너거 아버지 저기 와있네. 저 신발이 내 꺼라는데 와 이리 곱노? 내가 시집갔을 때 신었던 꽃신인 갑다."

자식들의 눈물진 얼굴 사이로 나타난 영덕이 대견한 눈빛으로 방안에 있는 사람들을 한 명 한 명씩 보더니 손에 들고 있던 예쁜 꽃신을 정성스럽게 은심의 발에 신겨준다.

"여보, 우리 같이 소풍 갑시다."

활짝 웃으면서 내민 영덕의 손을 맞잡으니 자기는 이제 꽃신을 신은 젊은 은심이 되었다.

"내 너거 아부지랑 같이 소풍간다."

그러더니 다시 눈을 감는다.

자기의 생명이 다했다는 걸 알았던 것일까 아니면 자기의 죽음으로 흩어진 자식들을 다시 불러 모으고 싶었던 것일까 은심은 남편 영덕이 세상을 떠난 방에 누워서 편안한 얼굴로 숨을 거둔다.

두 가지 소원
〈2019년 1월 중국 북경〉

북경 수도 공항에서 현철은 오사카행 비행기 탑승을 앞두고 있는 봉희네 가족과 아쉬운 작별 인사를 나누고 있다.

"봉희야. 설날에 요 녀석 데리고 한 번 더 보자."

봉희의 딸 유리가 안고 있는 3살짜리 마쓰야마의 볼을 살짝 꼬집으면서 현철이 뽀뽀를 해달라고 하니 마쓰야마는 망설이지 않고 현철의 뺨에 뽀뽀를 쪽 해준다.

"삼촌, 설날에 다시 뵙겠습니다."

일본어 억양이 강한 한국어로 유리가 밝게 웃으면서 대답한다.

"오빠, 부산가는 비행기도 좀 있으면 탑승할 건데 이제 가봐라."

"처남, 우리 먼저 들어가네."

현철은 게이트 앞에서 봉희 부부와 유리 그리고 마쓰야마가 보이지 않을 때까지 손을 흔들어주었다.

잠시 시간을 보니 아직 여유가 있어 곧 핸드폰을 들어 전화를 한다.

“어, 누님. 금방 봉희네는 비행기 타러 들어갔어요. 이제 손님들 다 가시면 누님도 쉬어야죠. 네네. 북경에 있다가 설날에 오신다고요? 무리하지는 마시고 다시 연락해요. 네네. 한국 가면 다시 전화 드리겠습니다.”

금희와 통화가 끝나고 다시 아들 하율에게 전화를 한다.

“하율아. 이제 집에 도착했니? 며느리도 몸 푼 지 얼마 안 되었는데 같이 큰일 치른다고 고생했다. 니 엄마 지금은 한국에 가도 딱히 할 일 없으니 서진이 좀 더 봐주라고 그러고 너도 이번 설에는 한국 들어오지 말고 그냥 리리하고 애들하고 북경에서 쉬거라. 엄마는 그때 한국 들어오면 되니까. 그래. 그래. 부산가면 전화하마.”

지난주에 있었던 북경에 사는 금희의 막내 손자 한경석의 결혼식에 온 가족이 다 모여들었다. 금희네 세 자녀 내외에다 손자, 손녀들 그리고 영덕네 일가족과 며느리, 사위에 손자 손녀에다 봉희네 부부와 딸 유미와 손자, 5년 전에 세상을 떠난 명자네 아들딸에 손자 손녀들, 한국에서 경춘의 아들딸까지 모이니 신랑 친지 쪽 테이블만 해도 네 테이블이 넘었다.

이제 80이 다 된 금희는 자기 막내 손자의 경사스러운 날에 와준 일가친척들이 고마웠고 이런 좋은 날에 모인 친척들 역시 모두 자기 일처럼 기뻐해 주었다.

한국, 중국, 일본의 각기 다양한 국적의 사람들이 피붙이에 친척이라고 모여서 시끌벅적하게 축하해 준 뒤 이제 돌아갈 사람은 돌아가고 남아있는 사람은 남아있게 되지만 곧 있으면 설날이 다가오니 형편이 되는 사람은 사천에서 다 같이 모이기로 했다.

이제 배씨 집안의 장남인 자기가 호스트가 되었으니 한국에 도착하자마자 사천 본가에 가서 보일러는 잘 들어오는지 어디 보수할 곳은 없는지 바쁘게 보내다 보면 금방 설날이 다가올 것이다.

부모님이 사셨고 자기가 태어난 집은 그대로 두고 남매들은 돈을 모아서 집 맞은편에 있는 부모님이 묻힌 산 아래에 2층짜리 전원주택을 장만했고 이제 모두가 정기적으로 모이는 아지트가 되었다.

지은 지 100년이 넘는 옛집은 아버지 어머니의 손길이 묻어있어 어떻게 쓸까 고민하다가 그림을 잘 그리는 금희와 봉희가 달라붙어 예쁘게 외벽에 색칠도 하고 가족들이 살아온 역사를 보여주는 작은 박물관으로 활용하기로 했다.

각기 다른 언어를 쓰는 손자 손녀들을 위해 영덕이 쓰던 지게와 은심의 손때가 묻은 호미 등 옛날 용품들에는 이건 돌아가신 조상이 어떻게 쓰던 거라고 한국어, 중국어, 일본어로 설명해 주는 태그까지 다 붙여놓았다.

현직 디자이너인 봉희의 주도로 방 안과 마루에는 배씨 가문이 일제 시대부터 지금까지 걸어온 과정과 어렵게 찾아낸 옛날 사진부터 갈수록 늘어나는 후손들의 화목한 단체 사진까지 걸리게 되어 작은 박물관을 방불케 했다.

집안의 구심점이었던 은심이 세상을 떠난 후에도 후손들은 장남인 현철을 중심으로 연락을 끊지 않고 계속 만남을 갖고 있었고 설날이나 부모님의 제삿날에는 특별한 일 없으면 다들 빠지지 않고 참석하려고 한다.

북한에 살면서 가끔씩 단동에서 보는 옥희가 한 번도 아버지 고향 땅을 밟지 못한게 아쉽고 옥희도 살아있을 때 부모님 산소에 가서 큰절 드리는 게 소원이라고 하는 거 빼고는 다들 평범하게 노년을 보내고 있으며, 자식들과 함께 건강하게 잘 살고 있다.

은심이 떠난 그 이듬해에 갈수록 높아지는 중국의 인건비가 감당이 안 되어 정화 통상은 해외 공장을 베트남으로 이전하기로 했다. 현철은 외삼촌 경춘이 세운 중국 법인에 대해 자기 손으로 청산 절차를 진행하였고 베트남 이전 업무까지 완벽하게 한 뒤 정들었던 정화 통상에서 퇴직하게 되었다.

베트남 법인 설립에는 한때 몸담았던 주먹 세계를 정리하고 일찌감치 베트남으로 건너가서 요식업으로 현지에서 자리를 잡은 친구 박정진이 큰 도움을 주었다. 월남 참전군인 출신으로서 젊은 시절 자기가 피땀 흘렸던 베트남으로 이주해서 제2의 인생을 살게 된 정진은 현지의 한인회 회장을 맡으면서 쌓아온 인맥을 통해 정화 통상이 새로운 정착지인 베트남에 잘 자리 잡도록 물심양면으로 도왔고 다행히 현철의 뒤를 이은 후배들이 잘 맡아서 운영하고 있다.

이제 경제적인 여유도 있어 은퇴하면 고향에 정착해서 농사지으며 한가로운 노년을 보내려고 했지만 아직 60도 안 되었던 현철은 귀농 생활을 얼마 하지 못했고 소일거리를 찾다가 중국 북경에서 창업을 하게 되면서 올해 67살의 적지 않은 나이임에도 불구하고 부지런히 한국, 중국, 일본, 베트남을 다니면서 바쁘게 살고 있다.

은퇴하면서 너무 사람이 처진 거 같아 동생 봉희의 권유로 신발제품 ODMOriginal Design Manufacturer 사업을 시작했는데 자기가 잘 아는 분야라 적성에도 잘 맞았고 재미도 있었다.

퇴직한 정화 통상에서 현철에게 원로 공신 대우를 해주면서 시즌별로 제품 디자인 의뢰를 현철에게 주면 일본에 있는 동생 봉희가 디자인 컨셉을 보내주고 디자인이 채택되면 디자인 용역비와 판매에 따른 인센티브를 받는 수익 구조인데 거의 대부분 채택된 디자인의 신발은 현철에게 납품까지 맡겨서 현철은 중국에 있을 때 같이 근무했던 인맥을 통해 신발을 생산하고 납품하여 이윤을 가져갔다.

일본 신발 업계에서 아주 유명한 디자이너인 봉희의 작품이라 입소문이 나 현철을 찾아와서 디자인을 의뢰하는 브랜드 업체가 늘어났고 소득이 증대하면서 아웃도어 제품에 대한 관심이 커지는 중국 메이저 브랜드들도 현철을 찾아왔다.

그러다가 중국 내수 시장 확대를 위해 다국적 브랜드 회사와 중국 브랜드 본사가 있는 북경에 법인을 만들어 디자인은 일본에 있는 봉희가 책임을 지고 선정된 디자인을 생산할 업체 지정과 품질 관리 등 현지 생산 일정은 현철이 맡았다.

정화 통상이 있었던 산동성 청도 지역도 인건비가 많이 올라 대부분 신발 제조 라인이 복건성 진강晋江 쪽으로 옮겨 가서 생산이 걸리면 주로 복건성으로 가고 중국 고객과 상담할 때는 북경 본사에 가서 업무를 본다.

이제는 북경이 현철 부부에게 제2의 집이 되었다.

북경 청화대를 졸업하고 중국의 실리콘 밸리라고 불리는 중관촌에 있는 중국 IT 기업에서 시스템 개발자로 근무하는 아들 하율은 북경 출신의 여자 리우리리刘丽丽와 결혼해서 가정을 이뤘고 큰손자 서진이 생겨서 큰 기쁨을 주더니 지난 11월에 또 손녀 한슬이 태어났다. 북경의 한인 타운인 왕징에 살고 있는 현철네 부부는 맞벌이를 하는 아들네를 위해 손자, 손녀를 돌보고 있었고 아내인 윤희는 손자 손녀 키우는 재미에 푹 빠져서 살고 있다.

북경에서의 일상은 자기 명의로 된 사무실에 출근해서 업무를 보다가 고객을 만나거나 출장 스케줄이 나오면 일을 보고, 쉬는 날에는 여느 할아버지처럼 눈에 넣어도 아프지 않을 손자 데리고 놀아주는 평범하고 행복한 삶이다. 예전과 다르다면 먹고살기 위해서 일을 하는 것이 아니라는 것이다. 70이 안 된 젊은 노인이 그냥 놀기에 이 세상은 너무나 할 일이 많았고 현철은 아직도 할 일이 있다는 게 즐거웠다. 젊은이 못지않은 열정으로 살다 보니 아직까지 아픈 데 없이 건강하고 이제는 정말 기력이 다할 때까지 일을 손에서 놓지 않을 것이다.

딸 지유는 한국에서 대학을 졸업하고 서울의 한 고등학교에서 국어를 가르치는 교사인데 같은 교사인 남편을 만나 아들 둘 낳고 잘 살고 있다. 방학이면 언제나 애들을 데리고 북경에 사는 부모님 집으로 찾아오고 가족이 다 모여서 즐거운 시간을 보내며 다 같이 심양으로 놀러가서 보고 싶은 친척들을 만나고 오기도 한다.

금희의 아들인 한성화도 젊은 시절부터 북경에 정착했고 손자인 경석도 북경에서 대학을 졸업하고 북경시 공무원으로 근무하면서 보금자리 신혼집을 왕징에 잡게 되어 누나 금희도 더 자주 북경에서 보게 될 것이다.

이제 팔순이 다 되어 가는 금희는 왕성했던 작품 활동을 접고 심양에 있는 딸들 집과 아들이 있는 북경을 오가면서 편안한 노후를 즐기고 있다. 그래도 항상 잊지 않고 주기적으로 북한으로 가서 동생 옥희에게 가족 소식 전해주고 집안의 대소사에 빠지지 않는 맏딸 역할을 잘해주는 집안의 든든한 큰 어르신이다.

봉희는 이제 디자인 실무 업무의 대부분을 큰딸 유리에게 물려주고 지금은 일본 오사카에 있는 대학의 시각 디자인학과에 강의를 나간다. 공부에 대한 욕심이 많아서 이태리로 가서 디자인 공부를 더 하려고 하지만 남편인 요시오까가 만류하여 아직 어떻게 될지는 모르겠다.

요시오까는 자기가 찍은 사진과 금희가 그린 그림을 전시하는 작은 전시회를 열어 일본 지역 매체에 기사가 실려서 현철네 가족 이야기가 언론에서 화제가 되기도 했다. 요시오까가 가장 아끼는 작품은 사진작가 협회에서 대상을 받았던 것인데 단동으로 가는 배 위에서 동 트는 새벽에 은심과 봉희가 말없이 손을 잡고 해 뜨는 북한 땅을 바라보는 뒷모습을 찍은 '그리움'이었다. 차분하고 조용한 요시오까는 아버지 영덕이 제대로 봤듯이 언제나처럼 그리고 한평생 봉희 옆에서 묵묵히 봉희를 지켜주면서 처갓집 일은 제 일처럼 나서서 앞장서서 도와주는 고마운 사람이었고 봉희의 표현처럼 처음이나 지금까지 변하지 않는 한결같은 사람이었다.

엄마 은심의 마지막을 함께하지 못하고 현철이 아직 만나지 못한 옥희네 가족도 북한에서 잘 살고 있으니 배영덕과 정은심의 2세들은 다들 그렇게 자주 만나고 정을 나누면서 우애 좋게 살아가고 있다.

"승객 여러분께 알리겠습니다. 지금 부산으로 향하는…"

탑승 안내 방송이 나오자 현철은 탑승구에 있는 일간지를 집어 들고는 정해진 좌석에 앉아서 조용히 펜과 다이어리를 꺼낸다.

'아버지 어머니가 결혼하셔서 남긴 자식들이 몇이나 되나.'

하나씩 적어나가다가도 다시 고개를 갸웃거리면서 핸드폰 계산기로 다시 수정하고 누르고 하는 걸 보니 ODM 업무 마진 계산하는 거보다 더 심각해 보인다.

'큰누나네 아들 하나, 딸 둘에 손자 손녀가 넷이고 증손자가 둘이니까 현재 직계가 9명인데 배우자까지 거기에다 사위와 며느리까지 합치면 17명… 둘째 누나가 누님 내외, 큰아들 경운이네 부부에다가 손자 승호, 손녀 선희네 부부… 선희가 다음 달에 출산이랬으니 일단은 빼고, 큰딸 옥선이네 부부에다 큰손녀 영림이네 부부하고 작은손녀 수희가 아직 결혼 안 했다고 했지… 그리고 작은아들 경준이네 부부하고 그 집에 손자가 둘인데 큰손자 승철이네 부부하고 작은놈 승학은 아직 군대에 있다니까… 가만있어 보자… 작은 누나네도 17인가? 우리 집이 나하고 집사람, 하율이하고 리리에다가 서진이, 한슬이에다가 지유하고 최 서방에다가 외손자 희찬이하고 승찬이까지 하면 10명… 봉희네는 자기들 부부에다가 딸 유리, 남편 기타시마하고 손자 마쓰야마에다가 아들인 지료 부부가 첫째를 막 가졌다니까… 포함하면 8명인데..잠깐 그러고 보면 둘째 누나네 선희도 아까 포함을 안 했는데… 일단은…'

진지한 얼굴로 혼자서 쓰고 지우고 하더니 결국 적어놓은 51이라는 숫자 옆에는 '잠정'이라고 적어놓고 현철 자기도 웃긴지 허허 웃고 말았다.

'경상도 사천 시골 청년하고 평안도 정주의 시골 처녀가 원하든 원치 않든 고향을 등지고 남의 땅 만주 심양에서 부부의 인연을 맺어 80년의 시간이 흘러 이렇게 많은 자손들이 생겼구나. 그리고 그 자손들은 이제 중국, 북한, 한국, 일본이라는 다른 국가에서 다른 국적으로 살아가지만 아마 세월이 지나도 이들이 아버지 배영덕과 어머니 정은심의 DNA를 물려받은 건 변하지 않을 것이고.'

그렇다!

배영덕과 정은심이라는 민들레가 뿌린 씨앗은 운명이라는 바람에 날려 각기 다른 네 나라로 퍼져나갔고 그 씨앗들은 튼튼하게 자리를 잡아서 또 씨앗을 뿌렸고 또 그 씨앗의 씨앗은 끊이지 않고 계속 퍼져나갈 것이다.

그리고 첫 번째 씨앗을 이어받은 자기 대에서는 혈육이 그리워서 뒤늦게라도 그동안 못다 한 정을 나누기 위해서 모임을 갖고 살아가지만 이제 그다음 세대는 또 어떨지 모른다.

중국 사람으로 북경에서 공무원을 하는 금희의 손자 경석이나 한국인으로 살아갈 지유의 아들 희찬이나 북한에서 직장인으로 살아가는 옥희 손자 승호나 앞으로 일본인으로 살아갈 마쓰야마가 이제 성인이 되면 자기 할아버지 할머니처럼 그런 끈끈한 유대 관계를 가지면서 같은 핏줄이라고 알고 지내고 조상들을 기억하고 지낼까? 현철은 아니라고 생각했다.

현대화된 사회에 같은 한국 땅에 사는 친척들도 사촌들끼리 한 세대만 거치면 서로 남이 되는 세상에 거기까지 바라면 더 큰 욕심인 걸 잘 알고 있다.

이렇게 세월이 흐르고 흘러서 백 년 지나고 이백 년이 지나면 아무도 기억하지 못할 전설 같은 이야기가 될 것 같아 안타깝기도 하지만 그래도 영덕과 은심의 후손들은 각자의 국가에서 자기 역할을 하면서 살아갈 것이고 더 멀리에 있는 나라에 진출해서 다른 인종과 섞일 수도 있겠지만 역시 세월이 지나도 그들의 피에는 영덕과 은심이 물려준 DNA가 남아있을 것이다.

멀리는 천 년도 더 된 당나라로 끌려갔다는 고구려 유민 30만 명처럼, 그리고 임진왜란 때 일본으로 끌려갔던 조선인 도공의 후예들처럼… 아니 현철 자신도 병자호란 때 조상이 조선에서 왔다며 한국 성씨인 박씨를 쓰는 중국 한족을 동북에서 직접 만나지 않았던가.

가까운 역사를 보더라도 연해주에서 중앙아시아로 강제 이주를 당했던 고려인 후손들처럼 시간이 지나도 밟혀도 다시 일어서는 민들레 같은 강한 생명력으로 영덕과 은심의 후손들은 그 사회에 뿌리를 내리고 씨를 뿌리며 그렇게 면면히 피를 이어갈 것이다.

그냥 비행기 뜨기 전에 적어보려고 했던 게 이런 저런 생각에 잠기면서 의외로 시간이 많이 걸려서 현철은 간단하게 기내식을 먹고 신문을 펼쳐 보았다.

'2차 북미 정상 회담 일정을 위한 협상 재개'라는 1면 기사에 눈이 갔다.

현철은 작년부터 진행된 북미 정상 회담, 남북 정상 회담이 잘되어서 정말 우리 민족끼리 전쟁의 공포 없이 자유롭게 왕래하기를 누구보다 손꼽아 기다리는 사람이다. 평범하게 직장 생활을 해왔고 지금은 사업을 하는 사람으로서 이데올로기나 정치에 대해서는 큰 관심이 없지만 같은 민족끼리 잘 살아보자는 정치 기류에는 큰 기대를 걸고 있다.

현철에게는 이제 마지막 남은 두 가지의 소원이 있다.

개인적으로는 하루 빨리 남북 간의 자유 왕래가 가능하게 되는 것이다. 현철의 계획은 이렇다. 아침에 SUV 차량에 북경에 사는 가족들을 태우고 자기와 아들 하율이 운전해서 첫날 밤을 심양에서 보낸다. 그리고 거기서 큰누나 금희를 데리고 같이 압록강을 건너서 평안북도 정주로 가 어딘가에 계실 외할아버지 외할머니 묘소에 성묘하고 평양으로 달려서 영상으로만 봤던 옥희네 가족을 만나본다. 평양에서 합류한 식구가 많아졌으니 평양에서부터는 차량이 2대가 되어 나란히 줄을 지어 지나가는 아름다운 풍경을 보면서 서울을 거쳐 고향인 사천까지 같이 간다.

같은 민족, 아니 같은 남매끼리 서로 자기가 사는 곳을 보여줄 수도 없고 자유로이 왕래도 못 하는 이 현실이 가슴 아팠고 이제 노년기에 접어들어 살날이 얼마 남지 않은 현철 자신이나 누나 옥희를 위해서라도 꼭 자기 세대가 살아있을 때 그런 날이 오기만을 바랄 뿐이다.

두 번째로는 북한이 본격적으로 개혁 개방이 되면 지금 하는 사업이 충분한 자금력을 갖추고 있으니 어머니 고향인 정주에 신발 공장을 지어 주민 생활에 도움을 주는 것이다. 거기서 나오는 수익은 경로당이나 고아원에 어머니 정은심 이름으로 기부하여서 정주 땅에 조금이나마 고마움을 표시하고 싶었다.

살아오면서 주위 지인들에게 자기가 가진 두 가지 꿈에 대해서 얘길 해보면 대부분 사람들은 실현 불가능한 말 그대로 꿈은 꿈일 뿐이라고 하지만 현철은 남은 생애 동안 절대로 포기하지 않을 것이다.

서로 얼굴도 모르고 뿔뿔이 흩어진 자기 남매들이 이렇게 다시 만난 그 자체가 꿈과 같은 이야기였지만 결국은 거짓말처럼 이뤄졌고 현철은 한 번 꿈을 이뤘기 때문에 또 다른 꿈을 갖는 데 자신이 있었고 꼭 실현되리라 믿고 있다.

어느새 비행기 안에는 곧 착륙을 알리는 안내 방송이 나오고 창밖으로 거제도가 보이더니 곧 부산 항만에 밝게 켜진 불들이 눈에 들어온다.

다이어리와 펜을 넣으면서 아버지 영덕이 남긴 노트의 마지막에 쓰여있던 글귀가 생각난다.

"성공한 인생이란 무엇인가, 과연 이렇게 한평생 힘들게 살다가 자식들에게 가난과 상처만 주고 가는 내 인생은 어떻게 평가될 것인가. 자격이 없는 애비와 남편, 그리고 자식으로서 나는 그 판단을 유보한다. 다만, 나는 내가 처한 현실에서 정말 최선을 다해서 살았다."

이제는 그 판단을 누군가가 해줘야 한다.

다음 날 아침, 찬 바람이 부는 아침 공기를 뚫고 현철은 부모님 산소로 찾아간다.

"아버지, 어머니, 아버지 인생은 성공하신 인생 맞습니다. 힘든 세월 잘 견뎌주셔서 우리 자식들이 모두 다 잘되었고 그 어려운 시절 포기하지 않고 살아주셔서 감사합니다. 저희에게 귀한 생명을 주셨고 모두가 행복하게 부모님 은혜에 감사하면서 살고 있습니다. 이제 자식들 걱정 마시고 다시 뵐 때까지 좋은 곳에서 두 분 편하게 사시면서 다음 생에도 다시 두 분의 아들로 태어나게 해주십시요."

엎드려 우는 현철의 등 위로 붉게 떠오른 아침 햇살이 밝게 내리쬐고 있다.

작가의 말

인류가 이 땅에 나타난 이래로 많은 이야기꾼들이 왔다가 사라졌고 인류는 문자를 통해서 하고 싶은 이야기를 남겼고 문자가 없었던 시기에는 벽화라도 그려서 많은 이야기를 후세에 들려주고 싶어 했다. 나 역시 그러한 수많은 이야기꾼의 한 명이 되고 싶었다. 인생을 어떻게 살라는 큰 이야기는 못해도 쉽게 지나칠 수 있는 우리가 놓쳤던 가슴 아픈 이야기들을 들려주는 그런 이야기꾼이 되고 싶었다.

지금으로부터 15년 전 어느 겨울날 중국의 한 도시. 업무를 통해 알게 된 나보다 스무 살이 많은 분과 술자리를 하게 되었다. 평소에도 호감이 갔었던 그분과 이런저런 얘기를 나누다가 민족의 아픈 역사를 겪으면서 이산가족이 되어 뿔뿔이 흩어진 그분의 가족사에 대해서 듣게 되었고 그날은 대취했었다. 역사라는 큰 바닷물에 있어서 이 분 가족의 이야기는 한 숟가락도 되지 않을 미미한 존재일지언정 이야기에는 사람이 있었고 실제로 우리가 사는 이 땅에서 벌어졌던 사실임을 부인할 수 없다. 뭔지 모를 뜨거운 감정이 북받쳐 올랐고 언젠가 기회가 되면 이를 소재로 해서 꼭 많은 사람들에게 들려주고 싶었는데 드디어 하고 싶은 이야기를 다 풀어놓고 숨을 헐떡이면서 냉수 한 잔을 쭉 들이키는 심정으로 이 글을 적어본다.

지금의 21세기의 동북아시아의 정세는 100여 년 전의 역사가 그러했듯이 여전히 혼란스럽다. 국가든 개인이든 좀 더 욕심내지 않고 마음을 비우고 정말 모든 사람들이 자신의 의지와 관계없이 역사의 소용돌이에 휘말리지 않고 살 수 있는 그런 세상이 오기를 희망한다. 그 사람이 어느 나라 사람인 걸 떠나서 인간은 인간답게 자기의 행복을 추구하며 인간의 존엄성이 훼손되지 않는 그런 정상적인 세상이 계속 되기를 바란다.

중국에서 20년 넘게 일하면서 중국에 진출한 한국 기업들의 현실을 누구보다 가까이에서 지켜봤다. 다음에는 중국이라는 무대에서 필자가 몸담았던 한국 기업들이 현지에서 펼쳐나가는 희로애락을 함께하는 이야기로 찾아뵙고자 한다.

이 글이 탄생하기까지 많은 도움을 주신 친구들, 여러 지인들에게 감사드리고 많은 응원을 보내주신 사랑하는 부모님과 아내, 그리고 두 딸에게 감사의 말씀 전한다.

중국 북경에서 황경호

끊을 수 없는 민족의 운명,
우리가 책임져야 할 미래를 그려봅니다!

권선복(도서출판 행복에너지 대표이사)

'네 지붕 한 가족'을 처음 보았을 때 감상은 이랬습니다. 이야기가 참 술술 읽힌다. 작가는 어려운 단어의 사용 없이 복잡한 역사적 지식을 갖추지 못한 독자도 어려움을 느끼지 않고 줄거리를 따라갈 수 있도록 쉽고도 재미나게 글을 써 나갑니다. 문장 문장을 따라가다 보면 어느새 정신을 놓고 흥미진진한 이야기 속에 빠져들게 됩니다.

하지만 등장인물들의 삶은 그다지 무탈하지 않습니다. 쉽게 읽히는 이야기와 반대로 모든 등장인물의 삶은 복잡하고 또 끊임없는 고난에 직면합니다. 등장인물들은 저마다 삶에 대한 욕망과 생존본능을 지켜가며 투쟁합니다. 그저 소용돌이치는 역사적 굴레 안에서 열심히 바퀴를 굴려가며 앞으로 전진, 또 전진해야 할 뿐입니다. 안온한 휴식도, 승승장구하는 듯 보이는 앞날도 순식간에 까무룩 떨어집니다.

아! 그들이 지금 우리와 다른 점이 무엇이 있을까요? 우리 역시 책 속의, 과거의 그들과 다를 바가 없습니다. 복잡하게 돌아가는 사회 속에서 우리 역시 하루하루를 보내며 개인의 안위, 가족의 안위, 더 크게는 공동체, 조직, 국가의 안위를 위해 살아가고 있습니다. 하지만 그 거대한 흐름은 한 개인으로서는 파악하기 힘들 뿐만 아니라 우리에게 미치는 영향을 조정하는 것도 불가능해 보입니다.

분명 우리를 대표하는 등장인물은 끈덕지고 처절한 삶을 통해 어떻게 막을 수도 손쓸 수도 없는 역사적 폐허를 헤치고 나아갑니다. 그러나 그 손쓸 수 없는 역사는 다시금 우리가 책임져야 할 과제가 됩니다. 거기서 우리는 거대한 인류애의 필요성에 직면합니다.

분단의 아픔은 우리 모두가 짊어진 공업共業입니다. 우리 손을 떠난 듯이 보이는 역사적 피해와 아픔은 결국 우리가 다시 매만져야만 합니다. 이 책을 읽으며 안에서 울컥하고 나오는 뜨거운 감정이 있다면 그것이 아마 그 책무를 증명해 줌이 아닌가 싶습니다.

부디 언젠가 우리 민족의 진정한 결합이 이루어지기를, 그래서 모든 슬픔과 고통이 훨훨 날아가 '모든 지붕'이 하나로 합쳐지는 세상을 꿈꿔봅니다. 이 책이 그러한 아픔의 해소에 다가가는 한 발자국으로서 독자 여러분의 가슴에 남기를 바라봅니다. 부디 영덕과 은심이 눈을 감으며 따스한 손길을 맞이했듯 우리 역시 그런 손길을 주는 미래를 만들어 나가도록 힘을 내야겠습니다. 독자 여러분의 미래에 그러한 힘이 주어지길 바랍니다. 감사합니다.

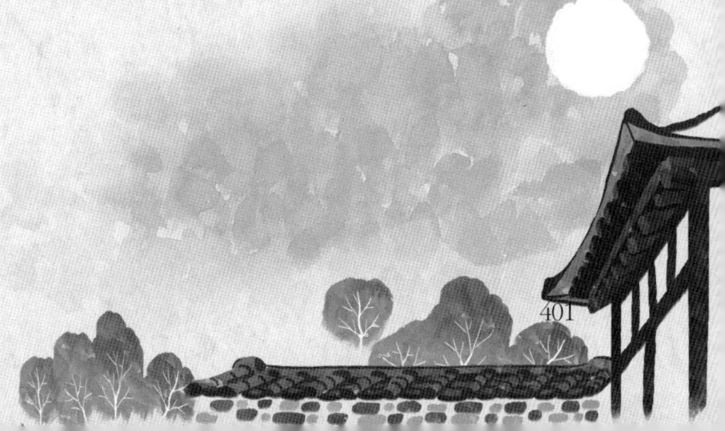

함께 보면 좋은 책들

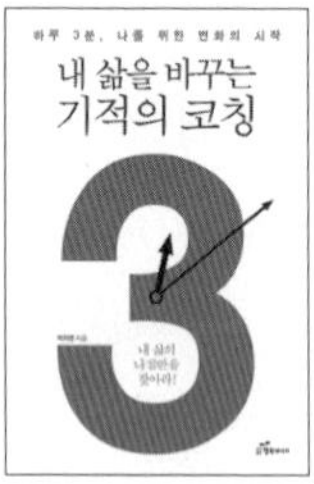

내 삶을 바꾸는 기적의 코칭

박지연 지음 | 값 15,000원

『내 삶을 바꾸는 기적의 코칭』은 '내면의 변화'의 길로 인도해 줄 안내서이다. 이 책은 하루에 딱 3분만 들여도 충분히 음미하고 생각할 수 있는 흥미로운 이야기가 가득하다. 내 삶을 변화시키고 내면을 변화시키는 것이 무작정 '어렵다'고 생각하기 쉽지만, 이 책은 오히려 아주 조그마한 생각의 전환만으로도 나를 바꿀 수 있음을 말하고 있다. 딱딱하게 말하는 자기계발서와는 달리, 독자에게 생각할 수 있는 여지와 여유를 준다는 게 차별점이라고 할 수 있다.

아홉산 정원

김미희 지음 | 값 20,000원

이 책 『아홉산 정원』은 금정산 고당봉이 한눈에 보이는 아홉산 기슭의 녹유당에 거처하며 아홉 개의 작은 정원을 벗 삼아 자연 속 삶을 누리고 있는 김미희 저자의 정원 이야기 그 두 번째이다. 이 책을 통해 독자들은 '꽃 한 송이, 벌레 한 마리에도 우주가 있다'는 선현들의 가르침에 접근함과 동시에 동양철학, 진화생물학, 천체물리학, 문화인류학 등을 아우르는 인문학적 사유의 즐거움을 한 번에 누릴 수 있을 것이다.

성공하는 귀농인보다 행복한 귀농인이 되자!

김완수 지음 | 값 15,000원

『성공하는 귀농인보다 행복한 귀농인이 되자』는 귀농 · 귀촌을 꿈꿔 본 사람들부터 진짜 귀농 · 귀촌을 준비해서 이제 막 시작 단계에 들어선 분들, 또는 이미 귀농 · 귀촌을 하는 분들까지 모두 아울러 도움을 줄 수 있는 책이다. 농촌지도직 공무원으로 오랫동안 근무하고 퇴직 후에 농촌진흥청 강소농전문위원으로 활동하고 있어서 현장 경험이 풍부한 저자의 전문성이 이 책에 고스란히 녹아 있다고 하겠다.

뉴스와 콩글리시

김우룡 지음 | 값 20,000원

이 책 『뉴스와 콩글리시』는 TV 뉴스와 신문으로 대표되는 저널리즘 속 콩글리시들의 뜻과 어원에 대해 탐색하고 해당 콩글리시에 대응되는 영어 표현을 찾아내는 한편 해당 영어 표현의 사용례를 다양하게 제시하기도 한다. 이러한 과정 속에서 독자들은 해당 영어 단어가 가진 배경과 역사, 문화 등 다양한 인문학적 지식을 알 수 있게 된다. 또한 많은 분들의 창의적이면서도 올바른 글로벌 영어 습관 기르기에 도움을 줄 수 있을 것이다.

아파도 괜찮아

진정주 지음 | 값 15,000원

이 책 『아파도 괜찮아』는 한의학의 한 갈래이지만 우리에게는 낯선 '고방'의 '음양허실' 이론과 서양의학의 호르몬 이론, 심리학적인 스트레스 관리 등을 통해 기존의 의학 및 한의학으로 쉽게 치료하기 어려운 '일상적인 고통'을 치료하는 방법을 제시한다. 또한 이론을 앞세우기보다는 저자의 처방을 통해 실제로 오랫동안 고통 받았던 증상에서 치유된 사람들의 이야기를 먼저 전달하며 독자의 흥미를 돋운다.

맛있는 삶의 사찰기행

이경서 지음 | 값 20,000원

이 책은 저자가 불교에 대한 지식을 배우길 원하여 108사찰 순례를 계획한 뒤 실행에 옮긴 결과물이다. 전국의 명찰들을 돌면서 각 절에 대한 자세한 소개와 더불어 중간중간 불교의 교리나 교훈 등도 자연스럽게 소개하고 있다. 절마다 얽힌 사연도 재미있을 뿐 아니라 초보자에게 생소한 불교 용어들도 꼼꼼히 설명되어 있어 불교를 아는 사람, 모르는 사람 모두에게 쉽게 읽힌다. 또한 색색의 아름다운 사진들은 이미 그 장소에 가 있는 것만 같은 즐거움을 줄 것이다.